本书受河北大学燕赵文化高等研究院学科建设经费资助，为河北省社会科学基金项目"莲池学派文艺思想研究"（项目号：HB16WX009）和中国博士后科学基金第61批面上资助项目"莲池学派及其文艺思想研究"（项目号：2017M611182）阶段性成果

叙异斋集

（民国）赵衡 著

李刚己集

（清）李刚己 著

于广杰 点校

中国社会科学出版社

# 图书在版编目（CIP）数据

叙异斋集；李刚己集 / 于广杰点校 . —北京：中国社会科学出版社，2021.1

ISBN 978-7-5203-7615-0

Ⅰ.①叙… Ⅱ.①于… Ⅲ.①中国文学—古典文学—作品综合集—清后期 Ⅳ.①I215.21

中国版本图书馆 CIP 数据核字（2020）第 254291 号

| | |
|---|---|
| 出 版 人 | 赵剑英 |
| 策划编辑 | 李凯凯 |
| 责任编辑 | 刘凯琳 |
| 责任校对 | 赵　威 |
| 责任印制 | 王　超 |

| | |
|---|---|
| 出　　版 | 中国社会科学出版社 |
| 社　　址 | 北京鼓楼西大街甲 158 号 |
| 邮　　编 | 100720 |
| 网　　址 | http://www.csspw.cn |
| 发 行 部 | 010-84083685 |
| 门 市 部 | 010-84029450 |
| 经　　销 | 新华书店及其他书店 |
| 印　　刷 | 北京君升印刷有限公司 |
| 装　　订 | 廊坊市广阳区广增装订厂 |
| 版　　次 | 2021 年 1 月第 1 版 |
| 印　　次 | 2021 年 1 月第 1 次印刷 |
| 开　　本 | 710×1000　1/16 |
| 印　　张 | 22 |
| 字　　数 | 343 千字 |
| 定　　价 | 119.00 元 |

凡购买中国社会科学出版社图书，如有质量问题请与本社营销中心联系调换
电话：010-84083683
版权所有　侵权必究

# 莲池学派及其文艺思想研究述论（代序）

清代同治、光绪时期，随着晚期桐城派的领袖人物曾国藩主政直隶，曾门弟子张裕钊、吴汝纶北上，桐城派重心随之北移。南北仰慕桐城派的文人在畿辅一带交流学习，逐渐形成以莲池书院为中心展开学术思想和文艺活动的古文圈。这一古文圈的文人将桐城派的文统与燕赵学统相结合，又顺应清末救亡图强的思潮而兼治西学，论者遂将这一文人群体称为"莲池学派"。莲池学派作为晚清、民国桐城派的核心，以曾国藩为初祖，"曾门学士"张裕钊、吴汝纶为二宗，起自曾国藩督直（1868），至俞大酉弃世（1966）而止，绵延六代近百年，为晚清民国学坛、文坛的重要组成部分。从传承桐城古文来看，莲池学派的文艺活动以古文创作和批评为中心，是湘乡嫡脉，在全国形成了声势浩大的文化影响力。除莲池书院之外，吴汝纶在其主政的深州、冀州，也大力兴办教育，与莲池书院遥相呼应。其后，莲池弟子因仕宦、从事文教、开办实业等因缘，其影响力也超出了保定、京城、天津等核心区域，辐射直隶乃至全国。在晚清波谲云诡的政治文化环境下，莲池学派循洋务派中体西用、渐进改良的路线；以桐城古文为号召，辨章斯文之绪以明新统；以西学为借鉴，融通学术与时事以开新境。他们有限开放的文化心态与固守斯文的保守立场，在新文化运动中虽显得迂妄，但在晚清到民国的历史进程中，以莲池学派为代表的文士群体，对中下层文士的思想启蒙、吏才培养、职业转向具有深远的意义；实质上扮演了弥合新旧矛盾，以实现政治文化平稳过渡的重要角色。这个绵延晚清民国近百年，继承桐城派世系传播特征和文化学术精神的流派，是中国传统文艺发展

# 莲池学派及其文艺思想研究述论（代序）

演变历程中重要的一环。

## 一 莲池学派及其群体构成研究

晚清民国以来，即有人或隐或明地以"莲池派"表彰张裕钊、吴汝纶主讲莲池书院后造就的燕赵古文创作群体。隐指者如徐世昌谓张裕钊"主讲莲池书院最久，畿辅治古文者踵起，皆廉卿开之"①。吴汝纶之子吴闿生说："自廉卿先生来莲池，士始知有学问。先公继之，日以高文典册摩厉多士，一时才俊之士奋起云兴，标英声而腾茂实者先后相望不绝也。己丑以后，风会大开，士既相竞以文词，而尤重中外大势、东西国政法有用之学。畿辅人才之盛甲于天下，取巍科、登显仕，大率莲池高第。江、浙、川、粤各省望风敛避，莫敢抗衡，其声势可谓盛哉！"②显指者如王树枬说："贵筑师（黄彭年）主讲保定莲池书院去后，予与挚甫荐（张裕钊）之直督张靖达公，继主讲席。廉卿去后，挚甫续之，河北文派，自两先生开之也。"③刘声木作《桐城文学渊源考》，勾勒了莲池学派士人的群体构成。此书卷十专门记载师事及私淑张裕钊、吴汝纶的桐城派成员。张、吴二人是曾国藩的门生，列入"曾门四子"，亦是开辟畿辅莲池学派的重要人物。张裕钊继承了姚鼐、曾国藩注重文章声音、声调的理论，刘声木说张裕钊谓"文章之道，声音最要，凡文之精微要眇，悉寓其中"④。因此其"一生精力全从声音上着功夫。声音节奏，皆能应弦赴节，屹然为一大宗"⑤。吴汝纶好文出于天性，刘声木说吴汝纶尝谓"文者，精神志趣寄焉，不得其精神志趣则不能得其要领"，其为文深渺古懿，使人往复不厌。⑥魏际昌《桐城古文学派与莲池书院》一文虽未直接称"莲池学派"，就其论述

---

① 徐世昌：《续修四库全书·晚晴簃诗汇》，上海古籍出版社2013年版，第389页。
② 吴闿生：《吴门弟子集》，莲池书社1930年版，卷首。
③ 张裕钊著，王达敏校点：《张裕钊诗文集》，上海古籍出版社2007年版，第599页。
④ 刘声木著，徐天祥点校：《桐城文学渊源考撰述考》，黄山书社1989年版，第285页。
⑤ 同上。
⑥ 同上书，第286页。

## 莲池学派及其文艺思想研究述论（代序）

观之，已非常明确地指出："曾国藩任直督以后，书院达到了鼎盛时期。桐城古文学派开始在书院扎根发芽，先后有曾国藩的学生张裕钊、吴汝纶二位桐城派后劲主讲书院，使桐城古文学派的中心由南移到了北方直隶，具体地说就是到了莲池书院。"① 魏际昌所述莲池学派成员除张、吴二子及见于刘声木《桐城文学渊源考》著录者外，尚从1898年莲池书院《学古堂文集》钩稽出新城白中元、献县纪钜湘、献县张坪、盐山杨越、文安蔡如梁、安州张銮坡、高阳李增辉、清苑崔琳、任丘崔庄平、定州马锡蕃、高阳阎凤阁、安州王宝钧、任丘籍忠寅、四川傅增湘、肃宁刘春霖、任丘宗树枬诸人。王达敏《张裕钊与清季文坛》一文直接以"莲池派"名张裕钊、吴汝纶开辟的以莲池书院为中心的古文群体。其《曾国藩总督直隶与莲池新风的开启》一文曰："莲池派若从曾国藩督直（1868）算起，到俞大酉弃世（1966）为止，绵延近百年，相承历六代。其成员多半来自畿辅，活跃在保定、北京、天津、沈阳等地；主要任职于教育界、政界、新闻界；有姓名可考者约四百人，有文学成绩者不下百人。"② 详述了莲池派的发展历程。并就此学派经世致用、融贯中西的文化担当精神和社会启蒙意识，与晚清民国政坛的紧密关系及主要社会文化活动做了初步梳理。从张裕钊、吴汝纶学古文之法的直隶学子有武强贺涛、新城王树枬、沧州张以南、安平弓汝恒、饶阳常堉璋、南宫李刚己、盐山贾恩绂、衡水王景迻、清苑王恩绂、枣强李书田、霸县高步瀛、任丘刘培极、行唐尚秉和、深州武锡珏、邯郸李景濂、盐山刘彤儒、永年孟庆荣、无极崔栋、宣化张殿士、南宫刘登瀛、深州李广濂、武邑吴镗、衡水刘乃晟、枣强步其诰、深泽赵宗忭、肃宁刘春堂、刘春霖、冀州孟君燕、冀州关凤华、盐山刘若曾、定州安文澜、永年胡源清、陈永寿、献县纪钜湘、天津严修、阎志廉、阎凤阁、马锡蕃、马鉴滢、傅增湘、吴笈孙、蔡如梁、王振尧、王瑚、谷钟秀、韩德铭、梁建章、籍忠寅、邓毓怡、邢之襄、柯绍忞、廉泉、吴芝瑛、中岛裁之。第三代中从贺涛学古文的有吴闿生、赵衡、赵彬、张宗

---

① 魏际昌：《桐城古文学派与莲池书院》，《文物春秋》1996年第3期。
② 王达敏：《曾国藩总督直隶与莲池新风的开启》，《安徽大学学报》2014年第6期。

莲池学派及其文艺思想研究述论（代序）

瑛、贺葆真等。第四代吴闿生门下优异者有张继、李葆光、周明泰、李濂镗、齐燕铭、贺培新、贺又新、柯昌泗、于省吾、吴兆璜、潘式、谢国桢、徐鸿玑、曾克端、何其巩、陆宗达、王芷章、张江裁、陈汝翼、王汝棠、王维庭、吴君琇、吴防等。第五代贺培新门下优异者有俞大酉、刘叶秋、刘征、孙梅生、孙贯文等。第六代俞大酉等没有传人，一脉文心，就此了断。

## 二 莲池学派文学创作和文学思想研究

目前学界对莲池学派的研究是从桐城古文的整体脉络展开的，并主要集中在张裕钊、吴汝纶、贺涛等古文大家身上。除了研究桐城派发展史的专著有部分章节介绍外，尚有一些颇具代表性的单篇论文。如李松荣《张裕钊的创作分期及其在莲池书院的散文创作》指出张裕钊在莲池书院中的散文创作是重要的丰收期，体现了其散文"以意度胜"和"词峻以厉"的特点。① 然惟魏际昌《桐城古文学派与莲池书院》②、王达敏《张裕钊与清季文坛》③ 二文最能发张裕钊古文义法、声气、诗歌风貌的真趣。关于吴汝纶的研究近年似较张裕钊研究成熟。除了一些考证吴汝纶生平交游的文章外，更有任亮直从吴汝纶的儒学思想出发，为其文论探源。④ 杨新平从"风格观"探求吴汝纶的古文美学思想。⑤ 孙文周以吴汝纶论文信笺为资料，探索其文章学观念。⑥ 胡丹以"正变"观考察吴汝纶的文学创作和文学思想。对于贺涛的研究实在寂寥，且多为皮相之论。⑦ 惟范丹凝《贺涛与清末畿辅古文圈》一文对贺涛家世、

---

① 李松荣：《张裕钊的创作分期及其在莲池书院的散文创作》，《常熟理工学院学报》2014年第5期。
② 魏际昌：《桐城古文学派与莲池书院》，《文物春秋》1996年第3期。
③ 王达敏：《张裕钊与清季文坛》，2007年第三届全国桐城派学术研讨会论文集。
④ 任亮直：《吴汝纶的思想及其文论》，《河南大学学报》1987年第5期。
⑤ 杨新平：《吴汝纶古文风格观新探》，《中国社会科学院研究生院学报》2012年第2期。
⑥ 孙文周：《论张裕钊论文书信中的文章学观》，《常熟理工学院学报》2012年第4期。
⑦ 胡丹：《守正与变通：吴汝纶文学活动中的一种现象研究》，硕士学位论文，安徽师范大学，2014年。

## 莲池学派及其文艺思想研究述论（代序）

古文创作、文学思想做了较为细致的研究。且以贺涛为中心，对后莲池书院时期畿辅古文圈的群体构成、交游、文学活动做了初步梳理。① 由此看来，莲池学派作为晚清民国熔铸河北地域特色、传承燕赵文脉传统的学术、文艺群体，并未受到应有的重视。深湛如魏际昌、王达敏二先生，提出"莲池派"，亦多是从桐城古文的角度立论，缺乏融莲池学派古文、诗歌、游艺之学为一体的文艺观照视阈。而对莲池学派游艺之学的研究，除张裕钊、刘春霖书法之外，更属寥寥，遑论透过莲池学派文艺诸体交融会通的现象，探寻古文、诗歌、游艺之学等不同文艺形式的内在联系。关于莲池学派文艺创作和思想传播的方式途径研究，也是一个非常重要的问题。李松荣认为："文学传播的方式有很多种，可以是著书立说，也可以是教书育人，桐城派这一特殊的文学群体，他们的很多代表人物都在书院担任教职，于是它的传播也就与书院教育结下了不解之缘。"② 以张裕钊、吴汝纶在直隶的活动来看，张裕钊主要是担任莲池书院山长，以教育为业。吴汝纶任职深州、冀州知州期间，重抓教育事业，深州、冀州教育蔚然而兴，其后吴汝纶掌莲池书院，也以冀州及周边州县学子为多。由此看来，张裕钊、吴汝纶的文艺创作及思想传播主要还是通过书院教育，其于直隶文化影响面之深广亦缘于此。

莲池学派以幕府文人为主，多是以经学为文化正统根据的、与权力中心亲近的士人和官僚。在发展过程中先后得到曾国藩、李鸿章、袁世凯、徐世昌等政治实权人物的支持和庇护。因莲池学派依附政治权力中心，又是一批以斯文相号召的文人士大夫，所以社会文化思潮的变化、政局的变化都会对此群体的发展产生重要的影响。比如传播的根据地和地域范围，传播的方式、内容，乃至文风等诸多方面。其中，就莲池学派学术和文学传播的根据地和地域范围来讲，往往与所依附的政治中心有密切的关系。起初，以保定莲池书院为中心，辐射到直隶地方州县书院。如吴汝纶当政、贺涛主持的冀州信都书院。其后，清末民初随着莲

---

① 范丹凝：《贺涛与清末畿辅古文圈》，硕士学位论文，山东大学，2015 年。
② 李松荣：《"枝蔓相萦结，恋嫪不可改"——张裕钊与莲池书院师生间的情谊》，《广东广播电视大学学报》2012 年第 6 期。

## 莲池学派及其文艺思想研究述论（代序）

池诸子进京，直隶政治中心移至天津，莲池学派的学术和文学活动也随之形成以北京、天津、保定为活动中心的格局。

张裕钊论文以意为主而通于自然。其《答吴挚甫书》曰：

> 其文以意为主，而辞欲能副其意，气欲能举其辞。譬之车然，意为之御，辞为之载，而气则所以行也。欲学古人之文，其始在因声以求气，得其气，则意与辞往往因之而并显，而法不外是矣……盖曰意、曰辞、曰气、曰法之数者，非判然自为一事，常乘乎其机，而绳同以凝于一，惟其妙之一出于自然而已。自然者，无意于是而莫不备至。动皆中乎其节，而莫或知其然，日星之布列，山川之流峙是也。宁惟日星山川，凡天地之间之物之生而成文者，皆未尝有见其营度而位置之者也，而莫不蔚然以炳，而秩然以从。夫文之至者，亦若是焉而已。①

张裕钊所谓"意"，一是"中和"，这是他"原本六经"的反映；二是"利泽天下"，于世道人心有所裨益。② 所以他的文章深沉醇厚，叙述娴雅，宛转有度，思想以从正大入手，温润中有雅健之气。张裕钊古文的堂庑比起曾门其他弟子更大，超出了学习韩愈、欧阳修、方苞、姚鼐的范围。他"假途唐宋八家，上溯两汉、先秦、晚周，并原本六经，且于许慎、郑玄的训诂，二程、朱熹的义理，均究其微奥。故张氏之文文义精辟，词句古朴峻拔，实际上已脱离桐城派的藩篱而自成一家"③。故而，刘声木论曰："其文以柔笔通刚气，旋折顿挫，自达其深湛之思，并以经术辅之，于国朝诸名家外，能自辟蹊径，为百年来一大宗。"④ 张裕钊的古文理论对莲池学派影响较大。其弟子王树枏"浸淫两汉，而出入于昌黎、半山之间"⑤。其文气骨遒上，实有得于雅健之

---

① 张裕钊著，王达敏校点：《张裕钊诗文集》，上海古籍出版社2007年版，第84页。
② 罗福惠：《张裕钊的时局关怀及文学特色》，《鄂州大学学报》2003年第3期。
③ 同上。
④ 刘声木著，徐天祥点校：《桐城文学渊源考撰述考》，黄山书社1989年版，第285页。
⑤ 同上书，第288页。

莲池学派及其文艺思想研究述论（代序）

美。另一高弟贺涛为文"导源盛汉，泛滥周秦诸子，矜练生创，意境自成。其规模藩域，一仿张吴二公"①。平心而论，莲池诸子的古文在晚清民国社会巨变的影响下，与清中期以来脱胎科举八股和模拟的"古文"已经有很大不同。从内容上来讲，义理、考据、辞章中，义理突破经义的范围，融入更多西方传入的近现代政治、经济、哲学思想，并多以实践、务实的手眼论证之。形成了融入时务，参酌中西，归于儒家义理的思想内容局面。曾国藩引"经济"入古文的思想，莲池诸子之"经济"也不限于洋务派的思想和实践，而更多的是在西方文化思想影响下，从事教育的改革，新式的融贯中西人才的培养。考据亦多从典章制度、历史沿革入手，梳理时务关涉的焦点和重点，有为而作，而不是泛著空文。辞章更加讲求朴实平淡。他们虽然不丢以声气律调为核心的古文创造法则，但因思想和内容的变化，他的文章更加平典朴实。这种务实而紧跟时代的古文创作潮流在当时深受文人士大夫阶层欢迎。值得一提的是，莲池诸子古文有一种强烈的传承燕赵文脉的地域文化意识，影响到其文风一是变化桐城古文偏于阴柔之美而济以阳刚；二是更加务实尚气，形成质朴自然的审美风貌。若究其弊，则是鄙陋迂直有余，风流蕴藉不足。

在晚清民国波谲云诡的政局中，莲池学派在新文化潮流的冲击和政治权力挤压的夹缝中与世浮沉，艰难求存，发展渐趋于保守。但他们以中华文脉的守护者自居，正因担负了斯文之重任，在文化思想和形态上表现出与时代思潮相颉颃的巨大灵活性。比如曾国藩及曾门四子、贺涛、赵湘、吴闿生诸人对桐城古文的变革。他们把桐城古文集约成中国道统和文统的的载体，是斯文的具体形式，只要以此斯文精神为文，其题材内容、义理均可以自由伸缩。其文章的语言形式也发生较大的变化。然而，莲池学派所代表的斯文传统，毕竟是传统的文人文化，代表一种文化精英意识。其觉世牖民的文化宣传和动员能力难以适应救亡图存的大众文化的需要。因为进入民国以后，在新文化运动兴起的时候，莲池学派所代表的桐城古文首当其冲，被视为旧文化、旧文学的象征，

---

① 刘声木著，徐天祥点校：《桐城文学渊源考撰述考》，黄山书社1989年版，第287页。

莲池学派及其文艺思想研究述论（代序）

成为"革命"的对象。

## 三 莲池学派游艺之学和文献整理研究

儒者依仁游艺，先秦时期即有儒家"六艺"之学。宋元以来，琴棋书画等艺术逐渐被文人"驯化"，成为他们寄托胸臆的载具。元代理学家刘因提出儒者"新六艺"，将琴棋书画均纳入儒者游艺之学的范围。莲池学派以程朱理学为本，融通汉学，文章之余，亦游心艺事。张裕钊、吴汝纶、刘春霖并以书法名世，而张裕钊又雅擅山水画。早在清末民初，康有为作《广艺舟双楫注》即称赞张裕钊书法集北碑之大成。欧阳中石《张裕钊书法艺术溯源》对张裕钊书法艺术的取法对象进行了细致的研究。[①] 日本人杉村邦彦《张裕钊的传记与书法》一文当为目前张裕钊书法研究资料最为丰富且切实的佳作。[②] 近年另有《张裕钊碑味行书研究》《张裕钊书法艺术研究》两篇硕士论文问世。然这些研究多就书法论书法，对张裕钊的书学思想，以及与其学术思想、文学精神的内在联系缺乏立体的思考，学界于刘春霖书法的研究亦属此类。刘春霖（1872—1944），字润琴，号石云，河间府肃宁县人。光绪三十年（1904）进士，为中国历史上最后一名状元，尝自谓"第一人中最后人"。刘春霖善书法，尤长于小楷。有"楷法冠当世，后学宗之"之誉，今天的书法界仍然有"大楷学颜（真卿）、小楷学刘（春霖）"的说法。刘春霖的书法圆匀平正，为典型之馆阁体。其小楷娟秀端庄，笔力清秀刚劲，气质深蕴沉厚。曾出版小楷字帖《大唐三藏圣教序》《文昌帝君阴骘文》《闲邪公家传》《兰亭序》《灵飞经》等多种。贺培新（1903—1952），字孔才，号天游，斋名天游室、潭西书屋，河北武强人，为莲池学派巨子贺涛之孙。曾任北平特别市政府秘书，中国大学国学会教授、秘书长，河北省通志馆纂修等职。1949年初，将其二百年来家藏之图书、文物捐献给北京图书馆和历史博物馆，受当时北平军管

---

① 欧阳中石：《张裕钊书法溯源》，《北京师院学报》1985年第2期。
② ［日］杉村邦彦：《张裕钊的传记与书法》，《书法之友》1996年第10期。

会通令嘉奖。贺培新于古文能世其家学,虽不以名世,却也能够自立。书法宗欧阳询、褚遂良,秀劲丰厚。民国间书墓志多种,法北碑,得张裕钊精髓。治印入白石老人之室,其论治印当气体贯注,追求古雅淡泊之趣,与古文义法和审美宗尚有异曲同工之妙。刘叶秋序《近代名家印集》曰:"贺(孔才)、邓(散木)俱未得享大年,而各臻精诣,贺公从赵、吴两家入手,以上溯秦、汉,小章秀劲,大印浑沦,朱文粗笔,尤属一时独步。"① 辑有《武强贺培新印草》二册,成书于1923年,亦名《迂轩印存》。上册收印四十八方,下册收印四十七方。共存印九十五方。多为时人姓名、斋堂印。关于贺培新的印学研究,目前仅有宋致中主编《齐白石贺孔才批刘淑度印稿手迹》《孔才印存》二册问世。总之,关于莲池学派游艺之学的整理和研究尚处于初步阶段。其主要关注点是张裕钊、吴汝纶、刘春霖的书法及贺培新等人的印学。实则,莲池学派诸人物,除诗歌、古文、书法外,于绘画、音乐等诸体艺术多有研究。我们考察他们的游艺之学也应该扩大范围,将研究的视野扩展到这些领域之中。只有这样,才能从更深广的视角揭示出莲池学派文艺思想的丰富内容和魅力。

近年来关于莲池学派的文献整理成果日益丰富。国家清史编撰委员会整理出版了《桐城名家文集》,其中包括张裕钊、吴汝纶、贺涛、范当世等4位作家的文章选集和马其昶、姚永朴、姚永概等3位作家的诗文集。另张裕钊、吴汝纶、贺涛、范当世等人的诗文集已经有点校本问世,如王达敏点校《张裕钊诗文集》《贺培新集》、施培毅等点校《吴汝纶全集》、马亚中等点校《范伯子诗文集》、冯永军点校《贺涛文集》、张善文点校尚秉和《周易尚氏学》,另有吴闿生《诗意会通》《吴门弟子集》、高步瀛《唐宋诗举要》等诗文选本也有学人专门整理出版。这些文献整理工作为我们研究莲池学派及其文艺思想提供了基本的文献资料。但是尚有很多名家的诗文集没有整理,如吴闿生的《北江先生文集》等。另有一些人的诗文集在其生前并未刊刻或出版,散落各处。这需要我们进一步搜集莲池学派名家的诗文集,进行系统的研

---

① 鲁小俊:《清代书院课艺总集叙录》,武汉大学出版社2015年版,第516—520页。

莲池学派及其文艺思想研究述论（代序）

究。徐世昌对晚期莲池学派的发展影响甚大，众多莲池弟子都曾有游历徐世昌幕府的经历。他倡导复兴"颜李学"，以此作为他施政的理论基础。四存学会和该学会的会刊《四存月刊》都凝聚了莲池弟子的不少心血。2014年广陵书社整理出版了北京四存学会编的《四存月刊》，为我们考察莲池学派在此阶段的学术和文艺活动提供了重要资料。贺涛之子贺葆真所作《贺葆真日记》亦由徐雁平整理出版，其中有关贺涛的文艺活动，颜李学与莲池学派关系，四存学会及莲池学派在冀州、保定、北京、天津活动的记载多有助于对莲池学派文人交游情实的考述。

总之，莲池学派是晚清民国熔铸河北地域文化、承继燕赵传统文脉的重要学术、文艺群体；是桐城派正传，晚清民国华夏文脉所系，深入研究莲池学派及其文艺思想可拓宽晚清民国桐城派研究的视野和思路，扩大清代桐城派研究的学术堂庑。亦可重新发现莲池学派文艺创作的价值和意义；纠正近现代文学史叙述中凸显新文学，忽视传统文学的偏差；深化晚清民国时期中国文学史和文艺思想史研究。目前学界对莲池学派文艺思想的研究尚处于起步阶段。对莲池学派的群体构成，活动时间和地域，文艺思想资料的搜集和整理，文艺思想的立体研究等诸多基础性、拓荒性的工作尚待我们去努力。

一直以来，河北大学燕赵文化高等研究院致力于燕赵文化的整理与研究，为推动燕赵文化的发展做出了重要贡献。为了更好地弘扬和传播燕赵文化精神，我们分步整理燕赵诗文名家的文集，推出一系列具有重要影响力的文人别集和总集。赵衡的《叙异斋集》和李刚己的《李刚己集》（即《李刚己先生遗集》）即是其中重要的两种。本次整理二人文集采用现代标点，简体横排，以期将莲池派文人的文学创作和学术思想更加广泛地传播开来，推进燕赵文化的创新发展。

赵衡（1865—1928），字湘帆，直隶冀州（今河北衡水市冀州区）人。幼承家学，又从金正春学李塨小学，遂倾心颜李学派倡导的"六艺"之学。应郡试，文章受到知州吴汝纶的激赏，得补弟子员。入信都书院，先从新城王树枏习考据之学和诗歌，自谓"知从事于学问之途，自先生启之"。后受业于贺涛，师事贺涛最久。涛门下从游者甚众，如李刚己、张宗瑛、刘苹西等，赵衡尤称高第，深得贺涛古文评点

## 莲池学派及其文艺思想研究述论（代序）

之学的精髓。

赵衡作为晚清民国莲池学派的重要人物，在文学、教育、政治诸方面都有重要的影响。由于其相对保守的政治文化立场，在民国全面趋新的文化界中渐渐被遗忘，其生平事迹也多湮没无闻。今从其师友诗文、书信、日记中亦仅能勾勒大概而已。齐赓荪《湘帆先生行状》、刘声木《桐城文学渊源撰述考》记叙赵衡生平颇详，为文学史诸家论述所本。大致而言，赵衡在吴汝纶任冀州知州期间（1881—1888），在信都书院从王树枏习考据之学与诗歌，后间从吴汝纶、贺涛习古文。光绪十四年（1888）中举，二十一年（1895）大挑二等，得候选教谕，不赴，任信都书院监院，掌管书院丰富的藏书四年之久。吴汝纶主讲莲池书院，与他多有函牍往来，论古文与时事，并佐吴汝纶修《深州风土志》。赵衡于光绪二十四年（1898）主讲深州文瑞书院，执教七年。他在文瑞书院期间，有欲谋他就之意，遂借深州学堂被谤之机，入都协助办理华北译书局。先是1901年时，吴汝纶在北京创办报社，委任常堉璋、邓毓怡任编辑，翻译宣传西学。1902、1903年间，邓毓怡、籍忠寅等在北京依托华北译书局《经济丛编》杂志成立文学团体"小说改良会"。邓、籍都是吴汝纶的弟子，他们沿承吴氏对旧"说部"的批评，遵循他"取之欧美"的思想，欲在小说领域开展一场改良。由于他们对小说"文辞"的规定存留着桐城派古文家的痕迹，所倡导的小说改良虽与时呼应，但"小说改良会"的影响相对较小。报社不久也被清政府查封，遂改名华北译书局，后又更名北新书局，由赵衡掌管其事。废除科举制后，1906年，袁世凯在莲池书院旧址倡立保定文学馆，聘贺涛为主讲。贺涛于文学馆开办之初即招弟子赵衡入馆，并允诺入馆后可以兼办都中报馆之事。故赵衡在保定文学馆期间（1906—1910），往来京、保之间，兼办华北译书局事务。1914年，徐世昌请赵衡教授其子弟，又聘其为礼制馆编辑，遂居京师，从徐受颜、李之学。在此期间，徐世昌委任王树枏搜集整理畿辅文献，任总纂，赵衡为修纂，以供《清史》采用。在徐世昌主持下，王树枏、赵衡等人大力征寻畿辅文士文集，成《大清畿辅先哲传》，赵衡主撰颜李学派诸儒传记、孝友传，又选《颜李语要》、作《颜李学案》。1918年，徐世昌任大总统，赵衡

## 莲池学派及其文艺思想研究述论（代序）

任总统府咨议。受徐氏委任，取颜元《存人》《存性》《存学》《存治》四编之义，与张凤台、齐振林、贺葆真、齐礜斋等倡立四存学会，任副会长。1919年徐世昌开晚晴簃诗社，赵衡为诗社编诗的主力，多次参与晚晴簃诗社的雅集活动。贺葆真日记载：

> 晚晴簃诗社开办，所招选诗人皆一时之名士，凡十二人，曰樊云门，曰周少朴，曰王晋卿，曰柯凤孙，曰郭春卿，曰张珍午，曰秦友蘅，曰王书衡，曰易实甫，曰徐少峥，曰曹理斋，曰赵湘帆。①
> 
> 总统招至一时诗家，宴于晚晴。曰樊樊山，曰柯凤孙、王晋卿、张珍午、周少朴、郭春榆、易实甫、赵湘帆、徐又峥、曹理斋、秦友蘅、姚叔节、马通伯、宋子钝、林琴南、纪泊居、吴传绮、吴辟疆、陈松山，凡十九人。②

从晚晴簃诗社文人群体来看，赵衡依附徐世昌期间，交游的人物除莲池学派师友之外，还有一些桐城派的重要人物，如柯绍忞、姚永概、马通伯、林纾等。他们在政治上围绕着以徐世昌为中心的北洋政府，文化上已经渐渐失去了晚清时引领文化风气之先的地位，而被提倡新文化的民国文人视为复古守旧的代表。除此之外，赵衡与梁启超、赵熙也有比较多的交往，比较值得关注。他曾经作《梁莲涧先生七十寿序》为梁启超的父亲祝寿，并称赞梁启超"以新学开示学子"的文化精神。赵熙与赵衡在宣统年间相识于北京，其《怀湘帆》曰："北道韩徒出，文章天下才。青山元气厚，素学古风回。近病闻高卧，殊方各劫灰。冀州横四海，谁澜屈平哀。"③对赵衡的古文、品格多有赞誉。又填《高山流水》词：

---

① 贺葆真著，徐雁平整理：《贺葆真日记》，凤凰出版社2014年版，第489页。
② 同上书，第495页。
③ 赵熙著，王仲镛主编：《赵熙集》，浙江古籍出版社2014年版，第257页。

12

## 莲池学派及其文艺思想研究述论（代序）

　　故人一别五秋风。老余生，双鬓如葱。前世望长安，凉天碣石旧鸿，年年是战血腥红。西飞燕，身世依然是客，寄迹雕枕。撰东京杂记，一一梦华浓。

　　霜中。寒梅作花了，茅屋在，鸭涨牛宫。天外冀州山，涧石定采蒲茸。画蛾眉，揽镜难工。唐经事，应仿昌黎素业，间气天钟。莽燕云杳杳，消息雁书慵。①

　　从词序与跋来看，赵熙与赵衡在分别后未再相见，且对赵衡依附徐世昌、倡导四存学会颇有微词。赵衡在《清故弼德院秘书长田先生神道碑铭》《记送赵尧生叙后》《赵府君墓志》诸文中也多次深情地写到与赵熙的交谊。

　　李刚己（1873—1914），字刚己，直隶南宫人。家世代以儒为业。他天资聪颖，年十三四学作八股文，已能度越侪辈。桐城吴汝纶为冀州知州，看到他的文章，非常欣赏，列入优等。并让李刚己跟随范当世、贺涛在冀州信都书院学习诗古文。吴汝纶主讲莲池书院，李刚己往从受教。他在莲池书院读书前后近十年，才学并进。李鸿章认为"此人材器闳远，异日当为吾辈事业"②。光绪甲午（1894）成进士，用为山西知县，历任灵丘、繁峙、五台、静乐等县。辛亥革命爆发，至大同，兼署知府。民国三年，受聘于保定高等师范国文部教席。李刚己古文受吴汝纶、贺涛指授；诗歌得到范当世真传，与吴闿生等人唱和交游，是近代诗坛"河北派"诗人群体的健将，与于光宣诗坛主流。吴闿生《吴门弟子集》《晚清四十家诗钞》收他的诗歌甚多，将他视为莲池学派诗学的重要代表人物。然入仕以后，为宦计所困，诗文既不多作，又不自爱惜，散佚颇多。

　　赵衡文集有北新书局光绪三十四年戊申（1908）《叙异斋文草》（三卷）铅印本，收信都书院课作和在文端书院、保定文学馆时诸作，吴郁生题名。此本有南皮张宗瑛（献群）朱墨两色批校本传世。民国

---

① 赵熙著，王仲镛主编：《赵熙集》，浙江古籍出版社2014年版，第1056页。
② 刘登瀛：《李刚己传》，《李刚己遗集·附录》，民国六年刊本。

13

莲池学派及其文艺思想研究述论（代序）

二十一年（1932），徐世昌在三卷本基础上，搜集遗佚，刊成《叙异斋文集》八卷，水竹村人徐世昌题签，并作序言，置于弁首。本次整理即以徐世昌民国二十一年刻本《叙异斋文集》为底本，校以别出之文。在此基础上，又搜集赵衡诗文数篇，辑录研究资料多则附入集中。李刚己与赵衡同为吴汝纶、贺涛弟子，交游甚深。李刚己文集尝由其子李葆光辑成《李刚己先生遗集》五卷，民国六年七月刊于北京。遗集收诗一卷，文、函牍都为一卷，还收有李刚己感于清末教案，发愤而作的《西教纪略》三卷。由于刊落《西教纪略》三卷，李刚己诗文数量较少，不足以单独成书，遂借整理赵衡《叙异斋文集》之机，将李刚己诗文与赵集合刊为一书。本次整理《李刚己集》，以民国六年刻本《李刚己先生遗集》为底本，目次顺序不变。诗歌部分校以吴闿生《晚清四十家诗钞》《吴门弟子集》收录的李刚己诗歌，补入原集未收的诗歌多首，并移录了诗中所引的诸家评论。且辑录研究资料若干则附于卷末，以为读者知人论世之助。

在整理和点校过程中，得到河北大学诸位领导、师长很多关心、勉励和帮助，张静阳、王佩师妹多方查阅资料，整理文字，为此书付出了艰辛的劳动，在此一并深表谢忱。

赵衡、李刚己是莲池学派的健将，是晚清民国北方传承桐城派的重要力量。由于整理者水平有限，疏漏错误之处在所难免，敬请方家批评指正。

点校者
2020 年 6 月

# 总目录

## 叙异斋集

| | |
|---|---|
| 目　录 | （3） |
| 序 | （11） |
| 卷一 | （12） |
| 卷二 | （35） |
| 卷三 | （57） |
| 卷四 | （88） |
| 卷五 | （110） |
| 卷六 | （132） |
| 卷七 | （159） |
| 卷八 | （181） |
| 附录一　赵衡诗文辑佚 | （200） |
| 附录二　赵衡研究资料汇编 | （213） |

## 李刚己集

| | |
|---|---|
| 目　录 | （221） |
| 李刚己先生遗集序 | （227） |
| 卷一　诗（附词四首） | （228） |
| 卷二　文（附函牍二十篇） | （257） |
| 原书附录 | （287） |
| 附录一　李刚己研究资料汇编 | （300） |
| 附录二　李刚己的诗文创作与文学思想 | （321） |

# 叙异斋集

# 目　　录

序 …………………………………………………（11）

**卷一** ………………………………………………（12）
 书《新史·死节传》后 ……………………（12）
 书《史记·赵世家》后 ……………………（13）
 书《始皇本纪》后 …………………………（14）
 王用仪墓表 …………………………………（15）
 张廉卿先生七十寿序 ………………………（15）
 木公传 ………………………………………（16）
 祭王用仪文 …………………………………（17）
 书欧阳永叔《春秋论》后 …………………（18）
 书《史记·汲郑传》后 ……………………（18）
 《十家制义》序 ……………………………（19）
 读《仲尼弟子传》 …………………………（20）
 编集《王用仪时文》序 ……………………（21）
 赠某秀才序 …………………………………（22）
 拟汉文帝王三子赐策 ………………………（23）
  赐代王武策 ……………………………（23）
  赐太原王参策 …………………………（23）
  赐梁王胜策 ……………………………（23）
 河间献王论 …………………………………（23）
 读《齐悼惠王世家》 ………………………（24）
 尉迟潭神碑记（代） ………………………（25）

辨韩退之柳子厚论《鹖冠子》 (26)
杂说 (27)
《孟子》述赞 (28)
祭魏生允卿文 (28)
书《新史·唐本纪》后 (29)
书《新史·周世宗家人传》后 (30)
唐孺人墓表 (31)
京房论 (32)
镜铭 (33)
叙异斋记 (33)

卷二 (35)
书《顺宗实录》后 (35)
书《汉书·武五子传》后 (36)
记《法言》《中说》 (37)
跋《非国语》 (38)
读《平准书》 (38)
书《汉书·酷吏传》后 (39)
贺苏生先生七十寿序 (40)
步筠峰哀辞 (40)
读苏明允《六经论》 (41)
信都书院藏书记 (42)
读扬子云《反离骚》 (43)
读《后汉书·荀彧传》 (44)
读《平原君传》 (44)
驳柳子厚所论《舜禹之事》 (44)
李君用章墓表 (45)
合刻《方姚文集》序 (46)
读《留侯世家》 (46)
张承绪传 (47)

目 录

跋宋芸子《三唐诗品》……………………………（48）
二疏论…………………………………………………（49）
书《濂亭文集》后……………………………………（50）
再书《新史·周世宗家人传》后……………………（51）
书《荀子·议兵篇》后………………………………（52）
读《史记·卫霍传》…………………………………（53）
读《汉书·东方朔传》………………………………（53）
与赵冠生秀才书………………………………………（54）
序吴先生所著《尚书》………………………………（55）
书《霍光传》后………………………………………（55）
祭王韵岚文……………………………………………（56）

卷三……………………………………………………（57）
秦论……………………………………………………（57）
书《古文辞类纂·赠序类》后………………………（59）
送赵铁卿序……………………………………………（60）
文说……………………………………………………（61）
王考府君事状…………………………………………（62）
送刘际唐序……………………………………………（63）
与刘际唐书……………………………………………（64）
《四十二篇文钞》叙…………………………………（65）
钱君墓表………………………………………………（66）
吴先生六十寿序………………………………………（67）
送璘章从日本某君游学序……………………………（68）
《深州风土记》叙（代）……………………………（69）
深州韩文公庙碑………………………………………（70）
文瑞书院藏书楼记……………………………………（70）
驱鼠文…………………………………………………（71）
《窥豹试帖》叙………………………………………（72）
贺巍堂先生八十寿序…………………………………（72）

5

叙异斋集

曹母程太淑人七十寿序 …………………………………… (73)
曹母程太淑人七十寿序 …………………………………… (74)
贺巍堂先生八十有三寿序 ………………………………… (75)
吴贞吉墓表 ………………………………………………… (76)
张辉堂墓表 ………………………………………………… (77)
吴先生墓碑铭 ……………………………………………… (78)
吴先生墓志铭 ……………………………………………… (81)
《吴先生文集》叙 ………………………………………… (82)
《古文四象》叙 …………………………………………… (84)
杨用光先生墓表 …………………………………………… (84)
欧太淑人墓铭 ……………………………………………… (86)
《味蔗轩诗》叙 …………………………………………… (86)

卷四 …………………………………………………………… (88)
杨绳祖先生八十有三寿序 ………………………………… (88)
杨先生墓志铭（代） ……………………………………… (89)
王锡爵先生墓表 …………………………………………… (90)
张君墓表 …………………………………………………… (92)
吴君墓表 …………………………………………………… (93)
陈伯寅墓表 ………………………………………………… (93)
《李文清公日记》序 ……………………………………… (94)
题徐幼梅先生《小蓬莱阁赏雪图》 ……………………… (94)
题徐幼梅先生《小蓬莱阁观海图》 ……………………… (95)
题徐幼梅先生《双瑞图》 ………………………………… (95)
中秋西园雅集记 …………………………………………… (95)
谢君墓表 …………………………………………………… (96)
祭马琢章文 ………………………………………………… (97)
祭贺先生文 ………………………………………………… (97)
贺先生行状 ………………………………………………… (98)
梁莲涧先生七十寿序 ……………………………………… (103)

6

目 录

题王荫南壁 …………………………………… （104）
《贺先生文集》序 …………………………… （104）
李备六先生墓表 ……………………………… （106）
南皮张氏两烈女碑记 ………………………… （107）

## 卷五 …………………………………………… （110）

《李氏族谱》序 ……………………………… （110）
徐相国六十寿诗序 …………………………… （111）
题赵菁衫先生所遗诗文册子（代） ………… （111）
题赵菁衫先生所遗诗文册子（代） ………… （112）
邓贞女墓志铭（代） ………………………… （112）
郭春榆先生六十寿序 ………………………… （113）
曾王父府君墓碣 ……………………………… （114）
王父府君墓碣 ………………………………… （114）
重修李镇桥记 ………………………………… （115）
曾文正公圣哲画像记序 ……………………… （115）
陈蓉曙先生七十寿序 ………………………… （117）
《宋子钝诗集》序 …………………………… （118）
形意拳学序 …………………………………… （119）
《嵩岳游记》序 ……………………………… （120）
亡室张氏葬志 ………………………………… （121）
李刚己墓志铭 ………………………………… （122）
联文直公墓志铭 ……………………………… （124）
书隐先生墓志铭 ……………………………… （125）
儿换直殇志 …………………………………… （126）
儿钟池殇志 …………………………………… （127）
郑君天章墓表 ………………………………… （129）
祭赵都督文（代） …………………………… （130）
祭赵都督文（代） …………………………… （131）

7

## 卷六 ………………………………………………（132）

徐相国废园记 ………………………………………（132）
《易经遵朱》序（代） ………………………………（133）
胡君子振墓志铭 ……………………………………（134）
胡君子振墓志铭 ……………………………………（135）
于泽远墓志铭 ………………………………………（136）
《韩翰林集》序 ……………………………………（137）
钱母张太夫人八十寿序 ……………………………（138）
题固安贾氏世系图 …………………………………（139）
祭王荫南文 …………………………………………（142）
题陈可园先生遗像 …………………………………（143）
王荫南墓表 …………………………………………（144）
扶沟柳纯斋先生八十寿序 …………………………（145）
题胡子振照相 ………………………………………（146）
梁燕孙振灾鼎铭 ……………………………………（146）
序韩君所著书 ………………………………………（147）
《陶庐文续集》叙 …………………………………（149）
诰封奉政大夫候选训导孙君墓表（代） ……………（150）
《求放心斋文集》序（代） …………………………（151）
《元和篇》序 ………………………………………（152）
《颜李语要》《师承记》后序（代） ………………（153）
继室温氏葬志 ………………………………………（154）
题杨昀谷先生《紫阳峰图》 ………………………（155）
清例赠修职郎太学生李府君墓表 …………………（155）
《辛壬春秋》序 ……………………………………（156）
束鹿焦府君墓表 ……………………………………（157）

## 卷七 ………………………………………………（159）

楚航先生墓志铭 ……………………………………（159）
深县李府君墓表 ……………………………………（160）

冯副总统六十寿序 …………………………………… (162)
貤封奉政大夫羡府君墓表 …………………………… (163)
太学生羡府君墓表 …………………………………… (164)
羡香远府君墓表 ……………………………………… (165)
《颜李丛书》序 ……………………………………… (166)
黄母冷太淑人七十寿序 ……………………………… (167)
壬戌冬月照相自赞 …………………………………… (168)
又 ……………………………………………………… (168)
祭征蒙死事诸士卒 …………………………………… (169)
秦夏声传 ……………………………………………… (169)
祭赵崛兴先生 ………………………………………… (170)
记徐生绪通授室 ……………………………………… (170)
赠陆军上将勋一位克威将军浙江督军杨公墓志铭 … (171)
记温孺人事 …………………………………………… (172)
枣强辛太夫人墓表 …………………………………… (173)
《止园诗集》序 ……………………………………… (174)
诰封光禄大夫咸丰乙卯举人新城王公神道碑铭 …… (175)
《颜李遗书》序 ……………………………………… (176)
《寅寮睡谱》题词 …………………………………… (177)
崔氏女葬志 …………………………………………… (177)
清故弼德院秘书长田先生神道碑铭 ………………… (178)

卷八 ………………………………………………………… (181)
书《齐世家》后 ……………………………………… (181)
貤封奉政大夫庆春羡府君墓铭 ……………………… (183)
育英女校 ……………………………………………… (184)
朱母张太淑人墓志铭 ………………………………… (185)
冀县学生同乡录序 …………………………………… (186)
束鹿赵君墓表 ………………………………………… (187)
书高孝悫先生传后 …………………………………… (188)

羡希三先生神道碑铭 …………………………………………（188）
《周易实践止心篇》序 …………………………………………（190）
记《送赵尧生叙》后 ……………………………………………（191）
送杨昀谷叙 ………………………………………………………（192）
安厚齐属题其宝华楼所出物品 …………………………………（193）
同渤儿照像 ………………………………………………………（194）
李君墓表 …………………………………………………………（194）
题周养安先生《篝灯纺读图》 …………………………………（195）
高阳张府君墓表 …………………………………………………（195）
题李允恭照像 ……………………………………………………（196）
西北银行设立旨趣 ………………………………………………（197）
赵府君墓志 ………………………………………………………（198）
书宁河《邵孝子事略》后 ………………………………………（199）

**附录一　赵衡诗文辑佚** …………………………………………（200）

**附录二　赵衡研究资料汇编** ……………………………………（213）

# 序

自曾文正公倡以汉赋气体为文，而武昌张廉卿、桐城吴挚甫两先生暨武强贺君松坡起传其绪，拓而益大，于是宋后数百年沿用之体至是一变。盖有宋诸子源本韩柳之简朴，以矫六朝尨芜纤伪之失，而其弊反伤于流易。介甫步趋韩轨而具体而微，欧公视韩其弊也懦，子固视韩其弊也滞，三苏以下无论矣。夫文所以经纬万端，迎运万变。不有质朴之词，何以穷幽杳无极之理；不有葩华之藻，何以尽天地雄奇怪瑰之观。屈、宋、扬、马以质直之气驱遣其丰华丽缛、滔荡拨洒之文，韩公取汉文之气体，扬、马之奇变，而内之薄物小篇之中，其貌异，其神同。其所以经纬天地，感骇人神者无二致也。汉文弊而韩公振之，唐宋弊而曾公振之。是以有清文学中兴，诸儒溯源盛汉，进窥周秦，蹴踏唐宋，其风力实足追远八代。湘帆乃吴先生暨松坡课冀州所得士，而并及余门。从松坡游尤久，受教亦最深。优游餍饫，日寝馈乎其中。故其文岸然入古，为侪辈所难到。松坡先后主讲信都书院、文学馆余二十年，门下注籍者数千人。自李刚己、张献群外无有庶几及湘帆者。顾刚己、献群先后逝世，遗著仅存。湘帆则年逾六十，以此终身，所著文亦裒然成帙。是亦若有天焉，非尽可以人力致也。晚至京师，与余过从甚密，文酒之宴，盖无役不从，为余撰述文字亦最多。一若吴、贺逝后，惟余为可质疑问业者。余甚媿之。嗟乎！大雅不作，贤哲日远。忆与松坡赏奇析疑，穷日夜不倦。挚甫先生往来于保定京师间，亦时相晤语。踪迹宛然，如在昨日，忽忽已三十年前事。不图挚甫、松坡皆已宿草，湘帆亦没且五六载矣。缅维今昔，能勿伤乎？余以授受渊源，途辙昭然，为后学所宜取法，不可以无传，因为付梓以布于世而序其大略云。民国二十一年八月，天津徐世昌。

# 卷 一

## 书《新史·死节传》后

《死节传》为王彦章作也。彦章《画像记》欧公之推崇之者已不遗余力，乃复为立一《死节传》以表异之，裴约、刘仁赡附之传耳。欧公于五代之时，所膺者王朴与彦章二人。彦章事梁，称智勇，卒以节死，尤所谓难能而可贵者也。

余独念自古谓忠臣义士多出于乱世，而怪五代之可称者何少，仅有之矣，乃一出于武夫战卒。而当时之被儒服儒冠，学圣贤之学者，顾食人之禄，视易君代国若今之更守令然者，绝不以为怪，非惟不以为怪，而且以为荣者，所至皆是也。昔者，余尝怪庄周、韩非、司马迁、班固诸人所为书，往往以侠武与儒文并称，而历古治平之世，又或糜生人之粟豢养武夫，文书之不省，会计之不知，无功而食禄。以谓治国、治人有儒臣为之足矣，奚用是行行为？及观于列国兵争之会，变起仓皇，干戈四出，辇七尺之躯，提一旅之卒，急国之难，义不反顾，履锋冒刃，身与士卒驰骋于矢石之间。大者削平患难、立功业，小者至死不屈。其卓然不没者，乃在此而不在彼。此何怪史迁作传，退儒士而进游侠哉！

夫死一也，血气之物类不能长存而不敝也。值必死之事，死而千古，儒者知之明，又大过于武夫之愚也。乃去之惟恐不远，而惟恐不速，岂其不顾人之诟厉哉？利欲焚其中，而所学所习，复有以佐其趋避之具，而为之解免。大行已亏，亦自审为人所不容，乃扳援往昔，举古人之事之近乎是者，比附焉以欺己而欺人，人见古人之尝有是也，亦遂信而不怪，乐为播扬。至传习之久，群相矜为模棱之行，风俗既成，势遂重而不可返。吾观于冯道所自述，盖不能不为彦章诸人悲也。

世衰久矣，以冯道之历相十君四姓，浮沉取容，当世之士，皆喜称誉，仰为元老。其死也，至叹赏以为与孔子同寿。五代之人即甚无廉耻，其称冯道不应至是，岂非以其文学哉？以文学之故，不顾其人之行，无贤否概为延誉，无惑乎终五代之时而武夫全节之士不出于儒臣，而出于武夫全节之士亦只王彦章等三人而已也。岂不悲哉！岂不悲哉！（吴先生云：气体闳放，于集中别成一格。其醇而后肆，时乎？贺先生去：脱去羁络，绝尘而奔，其议论偏挚不平，尤为古文胜境。此等文字近今罕见。）

## 书《史记·赵世家》后

赵鞅梦之帝所，寤言其事，后皆验。某曰：此惑人之计也。赵氏与范中行氏迭主晋政，势力均敌，固无必胜之券也，造为怪异以神其事。自古豪杰举事非常，惧己之不能以取信于人，而人之必不服从己也，辄托于神以示威。陈涉、吴广之反秦也，假鱼书狐鸣以威众；汉高祖则卜之蛇母。世之论者信高祖而以涉、广为伪，事后胜败之智耳。当夫烹鱼得书，篝火祠中，人之严惮涉、广，盖与高祖无异。老妪夜哭，吾固亦以为高祖伪也。明则有礼乐，幽则有鬼神，始为之说者谁哉？古之治天下者，知治天下之道不可以明示人也，于是创为幼眇之谈，以与天下从事于恍恍惚惚之中。郊祭天，社祭地，柴望山川，凡人日用之物，耳目不及之地，罔弗名以命之，仪以崇之，俾天下咸知敬畏，洋洋乎如在其上，如在其左右。礼之所不能制，乐之所不能化，以鬼神愚天下，而天下治。岂非以其不可知哉？赵鞅、涉、广、汉高之徒，知其然也，遂窃之以擅乱，托之冥冥，索之杳杳，水火木石之妖，皆援以为兆，以为是固天之所授也。天授之人，无如天何，人莫由发其覆也，亦遂信之不疑，而群然附之。幸而事中后，则传以为谶。所谓力足者取乎人，力不足者取乎神也。取乎人者，舍尧舜吾未之见；取乎神，自周初而已然矣。白鱼跃入舟中，火自上复于下流为乌，物之适然，于人何涉？而武王且援以为征，又况其下焉者乎！赵鞅以熊罴为范中行氏，射之皆死，犹言攻之皆克耳。其为惑人而无疑。

或曰：赵鞅所谓熊罴，某知之矣。其所谓梦，岂亦亡而为有？某曰：人之生，不能一日无事。事与形接，则谓之真；事与神接，则谓之梦，而皆成于心之所思。赵鞅之欲取范中行氏久矣。自六卿以法诛公族，祁氏、羊舌氏分其邑为十县，六卿各令其族为之大夫。赵鞅之心益侈极其所至，不至于尽取五卿之室代晋国不止。其逡巡迁延而不敢遽发者，惧始乱之祸及耳。瘁神疲精，固非一日，思之深而结而为梦，此事之常，无可怪者。然必如鞅所自言，则其梦亦惑人之计，诞妄不足信也。

或曰：赵鞅之诞妄，既然矣，扁鹊当道者，姑布子卿何为者也？毋邮之立亦诞妄乎？某曰：毋邮，嬖人之子也。赵鞅欲以毋邮为太子，而难伯鲁。故来相者，使立之。扁鹊当道者，亦赵鞅所使也。

或曰：嬴姓败周，与赵鞅何与？武灵胡服，赵鞅后事。赵鞅何以知之？某曰：此后人迁就附益以成其说，非事实也。（张献群云：《史记》于高祖惑人之术，不肯明言。赵鞅、陈涉二事，似皆为高祖发。吴先生云：闳识高文。贺先生云：其说未必尽是。而奇谲瑰怪，炫人心目，亦复无以难之。）

## 书《始皇本纪》后

史迁叙夏、商、周三代为三本纪，而于秦独别始皇为二。明归熙甫氏谓秦有书可据，故其文特详。其说是矣。然以谓秦纪多，别纪始皇，乃为失之。迁史多寓言，《始皇本纪》盖为武帝作也。始皇、武帝皆英主，侈心多欲，任用武力酷烈谀悦之臣，穷兵求仙，毒乱天下，其行事殆无不同。史公生当建元之时，目睹当时之政，心非之而莫敢言，而其积不能平之意，乃于始皇发之。掇辑事迹，互质对举，以为实录，而使人得识其意于语言文字之外。迁诚良史哉！不知者乃区区于尺寸之间，吾未见其得也。文之至者，累至数万言不为多，至数十言不为少。熙甫好迁史，为之勤，乃犹有失乎此焉！呜乎！此古人之书，所以日汩没于解说者之口，而其意反晦也。（吴先生云：自是卓识，文亦峻。贺先生云：能得史公微旨，非有意求新奇者可比。作者深于史学，故论史诸作皆有不刊之论。）

## 王用仪墓表

衡与用仪同读书州之信都书院，从武强贺先生游。先生亟称用仪。用仪亡且一年，先生悲不释，命同人祭之以文。而予适以试礼部，不获与。又一年，先生又命为文表其墓，而予又以试礼部，不获与。岁且秋，先生以事在都，诸同人亦各旋里，独予与老仆在院，败絮落木，积不可扫。块然孑立，思前三四年时，予与用仪栖止一室，语每至夜半。已寐，复起为予道其家事，往往叹息哀怨，悲不能已。乱以他语，终不可释。用仪体故羸，间数日辄病，病则不可眠食。然刻意励学，未尝一息少间。光绪十四年十月某日，竟以是病卒于家，春秋二十有八。其卒之三日，予及诸同人往吊之门，且敛，哭而去。及今则皆往事矣。用仪卒岁之八月，顺天乡试，用仪力疾偕予往。将归，而用仪病渐。予以归之速也，意在车；用仪以病之渐也，意在舟。不得已，乃以舟归。既抵衡水，用仪泣涕语予曰："吾累君矣。"呜呼！以用仪之质亮温雅，笃于朋友，求之古人且不可多得，而竟夭折以死，岂非天哉？用仪病时，予视诸其家，先后凡两至，语必哭。予固知其病之不可为矣。蜉蝣天地之间，始生终死，始合终离，人所不能逃者也。每怪古人之戚戚于是者，以为不达于理，今衡于用仪之死，乃不知悲泣之何从。用仪姓王氏，讳景遂，娶刘氏，无子。女弟某，以其子某后之。用仪行谊见于诸同人之文，故予不复道，道予之所以知用仪者，因以慰先生之思焉。（吴先生云：哽咽不可卒读，情至而语益遒。贺先生云：意真挚而语淡荡，神似熙甫。）

## 张廉卿先生七十寿序

光绪十八年，武昌张廉卿先生春秋七十，贺先生既寿以文，且命诸生皆为文寿之。衡受贺先生文，退卒业，因伏而思曰：鲍、朝，古巧佞人也，尝试语于众，亦以为巧佞人也。今有人鲍言而朝行者，则众相与是之。孔、颜古圣贤人也，尝试语于众，亦以为圣贤人也。今有人孔言而颜行者，则众相与非之。于古人则是此而非彼，于今人则是彼而非此，人心之不可知也，岂独于文事然哉？凡事固莫不然也。俗之所积，道与之变，习之所成，性因而移。譬若水之就下，汛滥奔赴，不可以隄防而御，其又可以激之而使返乎？

今先生弃举子业，独致力于古文辞，而所书复取法北魏以上，隶于汉，篆于秦，因进而会古取象造体之本。此皆人之所必非也。先生恐人之骇且怪也，不以法示人，亦可谓多虑者矣。冠带裳衣，中国之法服，苟以之鬼亲漆身之国，则骇而反走，怪其所不见，以其不己类耳。庄周有云："毛嫱，丽姬，人之所美也。鱼见之深入，鸟见之高飞，麋鹿见之决骤。"毛嫱，丽姬，岂其忽不美哉？人之所美，非鱼鸟麋鹿之所知也。韩退之文起八代之衰，后之治古文者宗之，当其时，信之者籍、湜辈耳！其他之骇且怪者，盖所至皆是也。垂二百余年，至宋欧阳公与尹师鲁之徒，讲求古文，奉以为归，其文始大行，以迄于今不废。先生之书，亦俟知者讲求已耳！昔扬子云作《太玄》，人皆笑之。子云之言曰："世不我知，无害也，后世复有扬子云，必好之矣。"欧阳公，后世之韩退之也。先生之书，亦俟如先生者已耳，恶可以古之孔、颜与今之鮀、朝竞是非哉！

贺先生先生之门人，衡又受业贺先生之门。贺先生寿先生文，以其书比退之，恐人不知，力为辨之。故衡复推论退之之文，以论先生之书，次贺先生后，以为称觞之一助。昔李汉序退之之文曰："时人始而警，中而笑且排，先生益坚，终而翕然随以定。"吾于先生之书亦云。（吴先生云：起学韩公，排偶得其骨法。中段亦有妙趣。贺先生云：中窾合节，与道大适，古文妙境。）

## 木公传

木公者，青州人也。初名容，后改为公。其先句芒，佐高阳氏治天下，有功。高阳氏以民事纪官，句芒为木正，赐之姓而封诸东方，实曰木氏。其后子孙蕃盛，散处于天下，惟公之族未尝徙。

公之生，盖当帝尧陶唐氏之时。丹朱不肖，帝咨四岳，求逊位，或以公告。四岳，姜姓也，炎帝神农氏之裔。公祖黄帝轩辕氏王天下，降炎帝榆罔于潞，而神农氏亡，四岳以是怨公，毁之帝，不征庸。及舜举禹为司空，平水土，至青州，卒与公遇，曰"斯真所谓栋梁之材也"，载之归，言于舜，使续祖父业。未几，禹即天子位。初，舜命禹摄位，禹让于皋陶，舜曰："惟汝谐至是。"将授皋陶政，而皋陶薨。谋相公，新进，伯益则虞唐书臣，乃相益，而封公于社，使主后土祀。

公为人沉毅有大节义，不苟合于人，人或造焉，终日未尝发一言。时仰天长啸，闻者以为琴瑟之声。禹没，终后启之世，公职如故。太康立，任用后羿，以逸豫灭厥德。公乃喟然叹曰："明明先王，有此万邦。荒坠厥绪，乃底灭亡。吾不忍见夏社之颠覆。"乃去之景山，隐焉。学神仙之术，得不死药，遂不复出仕。

汤既灭夏，立社稷，思木氏之功，诏求其后。伊尹、仲虺以公未死对。汤使使往聘之，辞焉，使再至，避于徂徕山。汤乃求得其族弟，曰："白者守其事。"白生新甫，尝从公于景山，学神仙之术。既征，入辞于公。公曰："执规者行，执矩者阻。汝性迫切不容物，恐不免。"白不听。后周武王入商，黜白，以卤代之，而公言始验。卤亦公之族也。

初公之少也。公父以见于工倕，工倕曰："苍苍者，天之正色。天，君也，是宜为君，有君人之象。"陶唐氏让天下，公先以逸废，及夏后氏王，位稍显矣，已而引去。至秦并天下，始皇封泰山，遇大风雨，公以身蔽始皇，始皇德之。征不就，乃即其地封为大夫，后不知所终。（贺先生云：瑰奇怪伟，如读古史。）

## 祭王用仪文

呜呼用仪！君之才可以有为，乃数多奇；君之文可以为其至，乃志不遂。天讫奇祚，庸人恶方喜圆。呜乎用仪！吾于君复何言。（吴先生云：节短韵长。）

## 书欧阳永叔《春秋论》后

《春秋论》三篇，大抵皆为《新史》不伪梁发也。梁、唐、晋、汉、周皆以篡弑得国，旧史独以梁为伪，然亦曰五代，欧公驳之，是矣。余独怪其作《梁本纪》既已言之明而论之详，乃复为《正统论》《春秋论》设问，反覆辨难，不能自已，何不惮烦如斯也？

迁史多寓言，其深者至微妙难识，而其略可识者，又或为诡谲之辞以掩之，偏宕之辞以乱之。故其书旨趣妙远，读者不厌。欧公乃惟恐人之不知，而数数自言之。文章限于时代，非时代限之，其人自限之耳！

余尝论志传之史，马、班而下，惟陈、范、欧三史其义法尚古，余第以考事实而已，芜浅盖不可读。以欧公之圣于文，乃犹急于自见，类于浅者之所为。呜呼！此司马子长所以独有千古也。（吴先生云：能纠欧公之失，是谓读书得间。贺先生云：高识，文亦超旷。）

## 书《史记·汲郑传》后

汲以忼直守高，不见用，至郑稍贬矣，然亦不能久居位，而公孙宏、张汤乃益贵幸用事。夫武帝所好者，儒术耳，汲、郑欲以黄老之治易所不好，枘凿之势也。况如黯者，复数数切谏面折武帝之过哉！不诛为幸矣。

汉自高祖定天下，反秦之敝政，尚简易，与民休息，至于文景，遂移易风俗，天下称治。武帝苟循其旧，虽致刑措不难，乃任用宏、汤等以扫乱一世，而汲、郑坐见废弃，史迁盖惜之矣。

吾观学官功令定自宏，史迁传儒林，则绌之；吏治律令定自汤，史迁以为酷吏。而汲、郑传乃次儒林前，循吏后，此迁好恶所在，抑以著二子之贤，非伪儒所可同，而上可继古之循吏也。然独如武帝之不能用，何哉？（吴先生云：起执劲峭，收亦韵折。贺先生云：短幅中能究尽笔势。）

卷一

## 《十家制义》序

自前明以制义取士，迄今三四百年，沿用为例，群天下士之从事于是者，亡虑亿秭数，而其卓然可传者，亦且百数十家。竭毕生之材力，专精于是，不敢他有所涉，且恐有所不给，若涉江海，茫无津涯，泛泛然惟其所之，抑何多也。食具百味，不过一饱；筑室万间，不过一适。惟人自取而已。余既博观其途，乃择其尤可则法者，前明五人，国朝五人，都为一编，以识向往。昔姚姬传先生纂录古文辞，学者宗之，号桐城派，至今以为正轨。余钞时文，欲以姚先生绳古文之法绳之，故野杂乖纵者不取。事物之来，骚扰万端，止于一是，是有道焉。背而驰焉，可乎？

有宋迄明，三四百年，至归、唐而制义之道始大备。正、嘉以前，治举业者称王、钱，归、唐，有作尽取有宋五子之理，行以唐宋八家之气，而尺寸仍不失王、钱旧法。何其神哉！荆川兼容并包，集前人之大成，震川创业垂制，立后世不祧之祖。

江西五家，陈大士纵横变化，其文最为杰出。然章、艾诸公既遇，而大士乃屡黜，文固不可凭乎？大力视大士，气体少衰，说理之文，脱弃故常，不取语录一言一句，而离形得神，其至者虽大士，犹当屈首，况余子哉！

余钞十家制义，以雅洁为主。金正希文，矫变健拔，为启、祯之冠，然时有戾乎此者。崇祯初年，国事已棘，公屡抗疏论列，既遣退，复殉国死，忠诚义愤，有郁必发，此固不得以尺寸绳也。余取而著之，不独不忍弃其文，抑以见文固以人重耳。

国初制义，卓然名家者刘觉岸、刘克犹、李石台、章云李，然皆袭明季之习，放恣诡乖，轶乎法而不适于义。钟陵文简穆肃括，在当时独为雅驯。一谿一壑，皆藏蛟龙，不崇朝而雨遍天下，万物皆其所灌溉也。炫奇逞博者，遇之反走矣。

余尝论国朝制义李厚庵第一。制义自有制义之义法，贤知过之，愚不肖者不及也。余钞文不取成、弘以前，以其义蕴少耳。至启、祯诸公，乃或偭弃规矩，竞为奇奥以相尚。厚庵有作，义蕴擅启、祯诸公之长，而格局则本成、弘，谓其文为古文可也，谓其文为语录注疏，亦无不可也。

唐宋以来治辞章者其别有二，曰古文，曰骈文。明豫章之文自古文出，云间之文自骈文出。艾、陈诸公各持一是以相诋，至张晓楼而并用不悖，然所得于豫章者为多。制义用古文气局，倡自荆川，震川又加侈焉。然二公皆得力欧公，亦间与子固相近。晓楼学豫章，文瘦劲奥衍，乃极似王介甫，此亦归、唐所少也。

近世治制义者颇称述望溪，以为有似明归震川之所为。自我观之，不同道而趋矣。震川文为望溪所自出，特体貌各别耳。世徒以震川工古文，望溪亦工古文，遂相提并论，此不察之过也。震川古文之胜在妙远，望溪古文之胜在朴质，时文各如其古文。

方朴山文独辟畦町，精心所至，金融石开，七百年来未历之境也。吴先生谓朴山好《庄子》，为文多取其辞。岂惟辞哉，意气声情皆近似之矣。

俞桐川氏纂录制义，自国初上迄有宋百二十家，都为一编，多矣哉。而方望溪、王罕皆所纂录，乃始明，不复上及于宋。以为制义之法，至明始备也。王介甫变策论为经义，余观其文，亦犹策论焉耳，俞先生取之过矣。明初之文法备矣，而理未畅。法犹人之耳目也，理则视听之用也。耳目不具，不可为完人；视听不灵，不可为成人。余钞制义，断自归、唐，成宏以前不录。成、宏以前之文，归、唐皆已包之，归、唐之文，成宏以前不能为也。于国朝则乾嘉以后不录，乾嘉以后之文，国初实已具之，国初之文，乾嘉以后不能追也。（吴先生云：于制艺源流，言之了了，文亦雅驯。贺先生云：古雅淡荡，似姚姬传《古文辞类纂目录序》、曾文正《圣哲画像记》，其源盖出于《汉书·艺文志》。）

## 读《仲尼弟子传》

史迁传孔子弟子，特详子贡之事，非好而称之，世多有其说耳。迁学通六家，重值武帝之烦扰，故常推崇道德，以鉴武帝之失，要其归本儒家者流也。儒家宗师孔子，而孟、荀为正传，迁史跻孔子于世家，又为传其弟子，而孟、荀传于周末诸子，学术无不经纬其中，迁所服膺概可知矣。世徒以子贡数绌于孔子，而迁信之，以谓是非，颇谬其说，非也。子贡利口巧辞，近战国策士之风，世艳称之，传之者详，故记之亦详耳。此岂有所去取于其间哉？

迁最喜廉清不阿之士，《货殖传》讥武帝侈心多欲，叙子贡，富益以原宪之不厌糟糠者形之，而是篇又详载其诋子贡之言，曰"贫也，非病"。迁之所取固在彼不在此。

夫子贡货殖岂真与心计之徒逐什一、权子母哉？即其利口巧辞，亦非战国策士所能同也。风会之所趋，气类之所感，固有兆之于先者。以子贡之贤，又得圣人为依归，乃犹类乎小人之所为，其他又何怪乎？而迁之叙游侠、退处士，而进奸雄，固亦有所见矣。（吴先生云：反侧尽意。贺先生云：收处识见尤高，笔亦奇宕。）

## 编集《王用仪时文》序

衡友用仪亡且一年，衡既祭之以文。又一年，复为文表其墓。今岁冬，用仪之亡几四年矣，贺先生命刊书院试文。衡从其家求得用仪所为遗文数篇，以请于先生刊之，而衡为之序。衡以光绪十年读书州之信都书院，始与用仪交，当是时，吴先生为政吾州，聘新城王先生都书院讲席。王先生去，武强贺先生继至。凡吾州之人士有文行者，无不读书院中，受业两先生之门，一时号为极盛。用仪其一也。衡尝论朋友之道，至今世而已薄。群居类聚，相语竟日夜，非谑则谀，无规劝之谊。又其甚者，结发相好，而同趋异诣，自分不可企几，往往造谋飞谤，以相刺讥，势若水火之不相容。自衡得用仪诸人，彼此相勖以植身勉行之道，知无不言，言无不尽，乃又觉衡前所论之非，而不可概谓今之无人。衡表用仪之墓文曰"用仪质亮温雅，笃于朋友"，其言岂无自哉！用仪性刚直，遇事敢言，所为文镵削爬落，不取人一言一句，不烦规绳而自合。王、吴、贺三先生皆称之。七八年间，用仪已死，王先生以官去，吴先生亦解官归，昔之诸尝从三先生学者亦大半去，教授乡里。其留于此者，惟贺先生与衡三数人耳。离合聚散之感，人尝以是为至悲。今衡与用仪乃死生相隔，寒窗短檠，时时隐几思用仪，不可复见，而读其遗文，其为悲更何如哉！用仪于诗古文辞无不通，尤工时文，然卒不遇，以诸生终。用仪之文，其传固不待衡言，而衡特区区于是者，念衡自出与人交，得人如用仪盖寡，朋友之情，故不能无所悲耳。（吴先生云：于聚散死生之感，言之独为沉郁。贺先生云：学欧公而时与熙甫相类。张献群云：低徊往复，用仪传矣。公于用仪，为文三首，何其心之似古人也。）

## 赠某秀才序

人之生，其初则皆类也；及其卒，而善否贤不肖区以判焉。判于成之之人，实判于所自为耳。衡以谓人之不同，不必至其卒而知之，当其自少而长，未至于壮老，而所谓善否贤不肖，固已辽焉毕判于其人之心，而夐然其不相类。

有耳待听，有目待视，有手足待动，有心待思，自其少而长焉，凡古圣贤人所为，已能大概于其心，而诸子百家之说，亦且博涉其流。嗜好不同，趋向各异，于是而观其志之所在，固未有过于文章者也。其文而能为孟、荀、老、庄之言者，其人必圣哲；其人而能为屈马、马班之言者，其人必贤豪。然生乎今之世，必舍今人之所谓时文，群趋而争骛者，而常有志乎古之所为，则其难亦百倍于今人。故夫人之为古文者，其成与不成，必视其人之生于天者善否贤不肖为何如；其生于天者诚善且贤矣，又必视其所遇之人善否贤不肖为何如；所遇之人诚善且贤矣，终而其文之成与不成，乃必视其人之所以命诸志而能取诸人，与善承乎天否也。苟三者有一不备，则其人固不能远绝今人，而峣然出乎其类。

秀才某，资才夐绝，为童子时已能知名，其生于天者诚善且贤矣。岁之秋，从衡识某先生，因从受古文义法，所遇之人又善且贤。天之生某与某之所得于人者，余既为某推而信之矣，其承天之生而取乎人，则惟某所自为耳。

齐之望秦为绝域也，有人焉示之以途，奋力而趋，苟不已，虽远必至，况韩、魏与之相邻者哉！恃其相邻而弗举足焉，则亦终其身韩人耳，魏人耳，秦之山泽关隘终莫幸而至也。（吴先生云：学荆公文法，结束亦近似之。贺先生云：刚建婀娜，文之妙境。）

## 拟汉文帝王三子赐策

### 赐代王武策

呜呼小子武！朕惟稽古，建尔国家，王于代，往即乃封，敬哉！汉与匈奴，自白登后，连兴师旅。朕德不武，思遣使与之通和，界长城，复高祖故约。寝兵息卒养马，与天下乐利。王念哉！过不可先，衅不可启，惟德可以柔远。善乃边陲，释乃囚虏，亦毋废乃备，时乃功。惟余一人，大赉尔王，毋荒弃朕命。

### 赐太原王参策

呜呼小子参！朕惟稽古，建尔国家，王于太原，往即乃封，敬哉！朕治晋阳，十有七年，祗祗兢兢，惟惧不克。百僚庶尹，越仆隶阍寺，罔非惟德之求，庸宏济于艰难，以至今。诞受大命，而其尚克用前人。乃询乃谋，毋倚心作势，毋以金壬与政。《书》不云乎"人惟求旧，器非求旧，惟新"。王其毋忘乃父之训。

### 赐梁王胜策

呜乎小子胜！朕惟稽古，建尔国家，王于梁，往即乃封，敬哉！自吕产罪诛，梁废为郡，朕念古蕃卫王室之义，用复置国。王念哉！汉自受命有天下，梁凡三易主。彭越负功怨望，大逆不道。吕产非刘氏，背高祖故约。惟乃叔父恢，无怨无德，王其敬之。毋废乃学，毋朋好游，毋以形便作棐德。王往哉。朕言不再，朕且征谊，使辅子。（贺先生云：各切其人。其地坚确古质，目是西汉盛时之文。张献群云：雄健古朴，三王封时，恐亦无能为之者。）

## 河间献王论

汉治天下，王霸道杂。元帝为太子时，以好儒之故，宣帝数欲代以淮阳王。河间献王好儒,岂不乱汉家之法?景帝何以不黜之?景帝亦知儒一术之不足以治天下也,而未尝不思以儒术愚天下受治之人,献王固亦受治者也。令当时汉之受治诸侯王皆献王若也,景尚何七国之足虑,而必抑损之,以致其反哉?

衡尝论古之能治天下者,莫不有愚天下之具。自唐虞迄周,愚天下以礼乐;自汉迄今,愚天下以诗书。礼乐之兴,能使人拘;诗书之行,能使人迂。群天下之人,夺其智勇,黜其辩力,而惟从事于拘迂之途,黄小穷经至白首尚不能通,而昕夕无暇,上之人为所欲为,天下岂有不顺之民哉!吾固以谓秦始皇之燔书坑儒,为不知治天下之道也。人生天地之间,视物为灵类,不能冥然而生、冥然而死也。或好斗,或好争,或淫于色,或靡于声,或贷蠹其心,或名蛊其精,或衣裳必杂逯曼暖,或饮食必甘脆肥腥。各以性之所近,入其中不能出,顺焉而害止一身,逆焉则乱及天下。古之治天下者,知天下之杂扰而难治也,故为礼乐诗书之具以愚之。始皇乃一切去之,而欲与天下相望而治,不知天下智勇辩力之徒,皆将俯首低眉以就死乎?抑将积为不法之事也?秦不二世而亡,其势然也。

汉元帝有治天下之责,宣帝不乐其好儒;献王好儒,景帝则听之。二君于治天下之道,可谓知其深矣。道家之说曰:"国之利器,不可以示人。"始皇去其愚人之具,不可谓智。(吴先生云:议惊创而语愤激,笔势亦劲悍无匹。外国民智于是民权重而有民主之国,此最合于孟子民为贵之旨。以公理言之,未必中国之是,而外国之为非也。贺先生云:擒纵出没,得古文奇境。其神气有似子瞻处。)

## 读《齐悼惠王世家》

某读史至《齐悼惠王世家》,究其所以分裂之故。曰:汉诸侯之分,策自贾谊;削诸侯,用晁错;使诸侯得推恩,分子弟国邑,不行黜陟而诸侯自微,则主父偃之谋。三人之智略同,其所以抑损诸侯,为强干弱枝之计一也,乃或行之而安,或用以致乱,事竟背出而相反。一以其计愚诸侯,一明以示诸侯耳。某论秦始皇燔书坑儒为不知治天下之道，引道家之说以纠其失，曰："国之利器，不可以示人。"晁错挟术用数，治天下之道自谓轶古初矣，远处而不见身害，死无益于人国，亦示利器之过欤！

古之治天下者，盖无所不用其愚。非天下不可以明治也，治天下之道，凡以为自便计，非以便天下也。以明治天下，使天下皆知其非以便天下，而以自便，作乱者将并起而四应。故古之人第率天下而从事于愚。欲役天下之力也，而先之使子为父使，弟为兄使；欲取天下之财也，而先之使老有所养，幼有所长。恐其我欺也，而信之以律度量衡；恐其我夺也，而守之以城郭宫室。堂必九重，都必十里，出称跸，入言警，使天下仰其君如神之尊，戴其君如天之高，不知其事之凡以为自便计也，而以为便天下。

天下之乐于自便与治天下者无以异也。治天下者方以其便予天下，而天下方赖治者以饥、以食、以寒、以衣、以御暴、以通用，视其君若性命，得之则生，失之则死。夫去生就死，非人之情，故古之时，愚天下而天下治。五帝以降，三代相承，盖莫不由是术也。晁错不知用五帝三代治天下之术，蹈亡秦之辙，而以利器明示天下，天下皆知其事之非以便天下而以自便也。逆之必亡，听之亦亡。亡一也，夫孰肯坐以待毙哉？幸而汉特用其削诸侯之策耳。使汉之法令尽用错所更定，几何其不与亡秦同也。主父偃鉴于晁错之失，说武帝分诸侯，用贾谊旧策。吾观于七国之反，益叹贾谊之才为不可及也。

古之帝王治天下至纤至悉也，其百虑图之，舍愚天下之道而别无所以治天下者，岂其轻天下哉？天下固不可以明治也。秦之已事其较然者也，而晁错又用以削诸侯而致乱，吾故著而论之，复以为后之人君听言者戒。（吴先生云：此及上篇义相首尾，皆独得于古，似苏明允之论六经，前人所不敢言，后世所不能易。贺先生云：其论甚正，而故为奇诡之笔，苏氏之论往往如此。）

## 尉迟潭神碑记（代）

新渠导自尉迟潭，自潭东迤北，带州城，蜿蜒四十余里，至衡水入滏阳河。滏阳河与新渠每岁夏中盛涨，秋尽辄不时涸，惟尉迟潭常有水不竭，土人相传以为其中有神。嘉庆六年，滏阳河溢，决隄东出，水汇于此，迄今若干年，未尝见底。时有灵异，为乡人所仰依。滏阳河者，自州境西南来，东北流经百数十里至衡水，受新渠水。光绪初年，余为南宫，岁再旱，再祷于潭，再应。余既已惊异，思请于州某公某某，有以尊崇之，会迁去，事不果。逾若干年，而余来为州，其明年，有事于所谓新渠者，往来潭上，归读前州范公某某所为《南潭记》文，益惊愕其神，以为灵异不常，宜食馨香之报。

世俗之见，贵人而下物，人有功德于一乡，一乡祀之，有功德于一邑，一邑祀之，有功德于天下，天下祀之。而物之有功德于一乡、一邑、天下者，则摒之不与列。余以谓人之与物异形不异能，人不能为世所仰赖，形则人也，能则物也；物能为世所仰赖，形则物也，能则人也。怀自私之心，不问能，徒执形以为贵下，其论说不可谓公。古昔圣王制祀典，凡有功德于民者，通得祀，初无人物之分。大而山岳，小而宫室，下及日用饮食之事，莫不有神，而其为神，或人物错杂，或物主而人配，故弃与句龙，为社稷之神，而社实祀土，稷实祀谷。土、谷，物也；弃与句龙，以人佐享。此可见物之在天地，与人为一，贵下以能，夫岂贵下以形哉？而世徒以其形之不类而斥之，抑何所见之不广也。

潭之神，土人莫定其为何，或以为龙，或以为龟。余以兴云雨，尚非龟之所能，其为龙无疑。范公某某既以祀事崇潭之神，复传之以文，未有祀所，余乃集工人为立庙宇，以妥以侑，而怪世之人所见执而不通也。故立石，为文记之。尉迟去州城西北八里，潭在尉迟之南。某年月日，知冀州事某某记。（吴先王云：人物形能，说之凿凿，妙有确证。）

## 辨韩退之柳子厚论《鹖冠子》

韩退之号识古书正伪，独其论《鹖冠子》，则不如柳子厚之说为知言。《鹖冠子》固伪书也，然子厚概目以鄙浅，亦过其实。《鹖冠子》盖杂袭古人之文以成书，自周秦诸子皆见剽窃，不独《鵩鸟赋》也。

据今可知者言之，如所取《老子》《吕览》之类，其辞意之美，岂复让"殉财殉名"二语，而尽以鄙浅概之，可乎？若退之所称"四稽""五至"暨"中流失船，一壶千金"者，盖亦必有所本。其书不传，故所本不可知耳。古书之存于今者，真与伪杂，以圣人之经尚有窜乱，况其为诸子之言耶！然往往因其所窜乱，而古人不传之书即藉之以传。其可指而知者，若逸《诗》逸《书》之类；其可以意揣而知者，此书是也。退之谓其辞杂黄老刑名，非《鹖冠子》之兼黄老刑名为《鹖冠子》者，黄老刑名之言不择也。

今《鹖冠子》十有九篇，唐陆佃氏谓韩退之所见十有六篇，为不全。今韩文亦十有九篇者，后人据今《鹖冠子》改之也。说者谓《鹖冠子》晚乃益出，故班《志》录目止一篇。余意不然，今《鹖冠子》盖成于汉魏之间，前之《鹖冠子》已亡，后之《鹖冠子》乃作。梁刘勰所谓"鹖冠绵绵，亟发深言"者，今《鹖冠子》也。古《鹖冠子》一篇，班氏盖犹未及见其书。班氏录书本刘向、歆父子，其所注序，乃班氏所自为。其注《鹖冠子》曰："楚人居深山，以鹖为冠。"或向、歆本有是说，否则传闻之辞不然，班氏决不至约略言之如是。今《鹖冠子》十有九篇，半言兵事，乃后之好事之徒据《续书·舆服志》"武冠鹖冠"妄以为《鹖冠子》，必好兵而作也。又其辞杂黄老刑名，乃推本于迁史韩非与老子同传，刑名原于道德之意，其意旨出入显然与人，以可见其为伪托无疑。不然，向、歆古称博极群书，当录《鹖冠子》入杂家，其录入道家，必其书皆为老、列、庄、文之言，今杂以刑名者，伪也。且非独《鹖冠子》，《晏子春秋》向、歆录入儒家，至柳子厚以为墨之徒；《管子》录入道家，今以为法家。盖今之所见亦皆伪托，非其本也。今之人乃据伪托之书，向、歆所不见，而议向、歆之不详，其为不详甚矣。（贺先生云：识见绝高，其文学柳子厚辨古书诸篇，国朝考据家盖无此等文也。）

## 杂　说

秦俗好缶，有赵客者挟瑟以往，秦缶者见而悦之，因从之学三年而通，以瑟干秦诸公卿贵人。秦诸公卿贵人故尝以金令缶者击缶为乐，不悦瑟也，复强之缶。缶者以既能瑟，不肯为缶，久之，困无所得，归而饥死。某曰：谲哉！赵客以其术杀秦缶者，而已不坐其罪。

某富人一奴，某氏子，善盗，富人觉而笞遣之。后某氏子竟以盗兴其家，与富人埒，富人又引与往来。然某氏子其盗天性也，富人失物，意某氏子，系而上之吏。某氏子以其所盗于富人者赂吏，不直富人。富人大恨，骂吏。吏怒，系富人，亦以货免。某曰：甚矣，富人之偵也。某氏子始一奴耳，生杀之惟我而出之，既又引之入室。一物之失，至掫也，不胜忿而与吏为难，所亡盖不可以数计矣。（吴先生云：有逸致。贺先生云：不及韩之倔强，其谲变处绝似柳。）

## 《孟子》述赞

桓文兴而王道湮，至于七国，遂合纵连横，以攻伐为贤，使孟子竟死不遇，吁哉其天！述《梁惠王》第一。齐不能用，天下无王，秦暴梁愤，楚夷赵创，时也数也！无不欲平治天下，述《公孙丑》第二。自孔子殁而异端横，下害人心，上害国政，至于禽兽，生人始大病。好辨不得已，述《滕文公》第三。大哉仁乎！尽伦希圣，乃舟乃舆，立塞广被，至于亘九天横八区，富贵而不仁，君子羞诸。述《离娄》第四。诸侯恣行，而周室班爵禄之籍亡；士夫诡遇，而交际辞受之礼去。自尧、舜、禹，洎伊尹、孔子、百里奚以下，皆有以诬致之。欲知古人，当知古人之世。述《万章》第五。圣教既微，心性之说先乖。语其相近，人皆可以为尧舜，道在有以动忍之使自奋。述《告子》第六。尧、舜、汤、文传于孔子，孔子传于孟子，承孔子之传，在于阐微言，微言之明，在于反经。述《尽心》第七。（吴先生云：雅健。贺先生云：学子云《法言·自序》而得其奇古。）

## 祭魏生允卿文

呜呼！生之至于斯，我实为之，咎将焉辞！生体素羸弱善病，时时间作，久辄复理，亦不药。自去年来从余游，颇自恨其初之不学。学乃于是始置经子诸史一切汉唐以来所为文集甚具，目览手缮，膏以继晷。余嘉生故天亮出于人人，但力为之不已，其大成可立俟也。而生亦自喜，一有不能，用以为耻。如是者一年，又一年而病作。余初亦以为适然，曾不思早为之筹度，迨疾甚不可为，余又不肯一过其家，恐以增病者之悲。至死者长已，乃徒以没后不见而忧伤幽思，使生早自率其大常，抃舞奔走，筋力强则神气完，或可与金石同寿。而我乃束缚整齐，穿凿剥剖，不死不已，若堇毒之未殊，而又酰以酒。呜呼！天地有穷，此恨何极。生之生，我既致之于必死；生之死，我之文又俚鄙不足以铭之幽宫，使鬼神呵护之，风雨不得剥蚀。千龄兮万代，共尽兮谁识。驰辞告哀，涕泗沾臆。（吴先生云：后幅情至文生，天然节奏。贺先生云：体势仿宋人，而质健乃得之韩公。）

## 书《新史·唐本纪》后

五代之乱，开平、显德五十年间天下五易，然实八姓；周二而唐三，尤乱之极也。欧史传义儿，独详唐太祖子八人，他不及议者，颇讥其疏。唐起代北，取天下多赖义儿成功业，而其亡也亦由焉。欧公作《五代本纪》，每详纪其始兴之由，见得天下皆不以正，而渐卒亦有不同，即位以后书从略，各载其事实于各国诸臣之传，诸臣传不及载者，载杂传，杂传不及载者，又或标名别目，更立传。详焉而不厌。如《义儿》《伶官》《死节》《死事》，皆因时制义法，破除故常，此岂可以他史例哉。

《义儿传》为唐作也。古之老死无子，而后其同宗之子者，圣人曰："礼著此为经，不绝也。"秦汉而后，乃有取他人之子养以为子者，至五代而其风益盛。骨肉之亲，视若仇敌，乃远取异族与我不同类者置左右，而倚为手足，稍一隙焉，辄反兵以相向。古来史策所载天子亡天下，诸侯亡国，卿大夫亡家，士庶亡身，所谓以疏间亲，致乱之事，百出而不可同，而其卒与祸会乃合，千古而若一。

此岂独五代为然哉！五代之乱，古今所未闻也。君臣父子人伦之间，无不四裂而大坏，群然若鸟兽之相逐，一起众应，百不为怪。若友珪之于梁太祖，从荣之于唐明宗，以亲父子之间至于称兵。彼明宗、废帝所为，又何责乎？而周世宗者，君子且许其立之正矣。呜乎！此何时哉！（贺先生云：笔势郁盘，结尤谲宕自喜。）

## 书《新史·周世宗家人传》后

欧史于为人后义每详论之，其言颇辨，意皆为濮议发也。五代之君，可称者惟周世宗一人。至若晋高祖以耶律德光为父，而出帝称孙，于其所生父反臣而名之，此岂复有人心哉？冯道诸人本不可以人理责，其靦然视其君为之而不知耻，吾固无咎焉矣！余独怪司马光、范纯仁皆宋贤者，乃亦欲陷其君于不义，而群然不知为非。岂其不顾心理之安哉？

先王之制礼也，莫不准乎人情之同，名以正之，义以制之，非苟而已也。为人后者，为其父母服，欧公据《礼经》以折之，是已。人即甚愚不肖，莫不知就此而去彼。而司马光等顾胶执其一偏之见，强辞相争，而劾公为奸邪；韩琦、曾公亮、赵概并劾，附会不正，朋党之说起于仁宗之时，以至帝昺，无世无之。此在小人与君子，势若水火，其不容并立宜耳；乃君子与君子亦岌岌乎有不容并立之势，卒以俱伤而两败，宋之亡也，天下无人，岂不以是故哉？吾又以见《唐六臣传论》之不专为六臣言也。门户之见横据于中，不论事之是非，专以言语相诋，必胜乃止，理之安否固不问耳。英宗自濮邸入继大统，诏议崇奉濮王典礼，父子之恩，本不容没，初无凌越僭易之嫌。司马光等偏执一为人后者不顾私亲之义，以相辨折，不惟不与礼经相合，使濮王尚在，将何以处之乎？欧公为《濮议》《为后或问》《汉魏五君篇》《晋问》，往复辨难，言之颇详，而于作史纪《晋出帝传》《晋出帝家人》《周世宗家人》，复数数言之，不惮其烦，岂好辨哉？要以准乎人情之同，得乎事理之安，衷于是焉而已。

五代干戈之际，三纲五常之道无不大坏。世宗生长其时，目睹耳熟友珪、从荣之事，独能不为所习，而善全其父子之恩。宋自太祖至英宗，治平且百余年，礼乐文章翕然与上古比，而司马光等所见反不世宗若焉。皇伯之称，于古无征，惟晋出帝常以封其父敬儒，名之不正，实从而亡。宋自徽、钦以后，以金为叔而称侄，此与晋之称儿称孙于耶律德光者，复何以异哉？丑哉！《诗》所谓"不可道"者，固不独五代为然矣。（贺先生云：旁出侧证，变化无方。所谓理得而气盛，措焉皆得其所安。）

## 唐孺人墓表

乔先生某讳某，某科副贡生，冀州人。故尝与吾父从宁晋夏先生游，后又与某同受业清苑金先生之门。其为人，诚笃君子也。乙未夏，介李生成海以其母唐孺人刻墓之文来请，余诺之，而未暇以为。今岁正月，李生再至，则告我曰："乔先生死矣。"先生病且革，召成海，面嘱曰："必得赵先生文表吾母，则吾死不恨。"余闻而重伤之。

按状，孺人唐氏，某君之女，年十有七岁归乔氏诸生某君。归七年而某君卒，孺人悲泣不食，濒于死矣。姑氏某泣且责之曰："女死大好，顾我终岁卧病衽席，饥饿求食，将谁依赖。且女有身，幸而男，乔氏之嗣不至绝也。"孺①人乃不死。家故贫，养姑育子皆取给于十指。姑死，葬之尽礼；子长，教之成名。光绪十三年，以疾卒，春秋六十有八。先生恐无以示后世也，乃为书，状孺人之行，遍走诸知交名人，为诗文传之。然皆乐道孺人之节，余独以为持家政数十年，其才有足多也。

妇人卑弱不任事，创为之说者，何人哉？相承既久，渐为风俗，致使有天下国家者每一事兴，辄叹人才之难。人肖②天地之貌，怀五常之性，聪明精粹，其为有生之最灵，无男女，一也。出今世所谓丈夫之职业，使妇人与之共事杂作，竭耳目心思之用，其成功之疾迟，为艺之高下，安知彼果赢而此果绌也。今必曰此妇人也，惟酒食是议，缝纫是

---

① "孺"，原本作"儒"。
② "肖"，原本作"宵"。

职，他不以闻。呜乎！是坐举数千百年天下之人才而落其大半，而半为所余者，又或教之不其道，至于用之，乃叹无才，岂不悖哉？

近观一乡一曲，以丈夫而败亡其家者多矣。其不幸中道夭折，而亲老子弱，以妇人经纪其间，而日益以裕如孺人者，又岂少哉？有天下国家之责者，可以睹其差数矣。余既重感先生之意，又吾父亦为之言，乃本余之所知，文其辞，用李生归诸乔氏。李生者，先生之门人，今来从余学。（吴先生云：此文足扶持世教。今外国大兴妇学，辄訾吾弃女不教，得此足以解嘲。贺先生云：近日士大夫有能破除故见者，尚无人敢言及此。余曾发其端，而拘牵而不敢骋，此则畅所欲言矣。）

## 京房论

京房以言事忤石显，竟坐法死。某曰：握径寸之玉，击方丈之石，至则碎耳，而且冀其必胜也。房可谓不知自爱者矣。

石显左右元帝，阴贼险狠，中外僚臣忤恨，睚眦辄被以法。房即不短显，犹思中伤之，况日哓哓焉，危言刺讥，以构怨之哉！机罗方张而故离之，是求死也，其又何尤！前将军萧望之、光禄大夫周堪、宗正刘更生建白短显，大与显忤，显皆害之。望之自杀，堪、更生废锢，不得复进用。大中大夫张猛、御史中丞陈咸、待诏贾捐之，皆尝奏封事，或召见言显短。显求索其罪，捐之弃市，猛自杀于公车，咸抵罪，髡为城旦。以刑余不足比数之人，危杀中外僚臣，肆然惟所欲为，而人皆无如之何，固元帝之昏昧使然，亦诸君子有以自取之也。

衡尝以谓，君子之仕也，达其道也；道不达，以危其身，君子不为也。唐柳子厚遍以文献诸贵人，韩退之亦数干谒公卿，彼岂诣附权贵者哉？盖汲汲欲达其道，而恐忌我者之媒蘖我也。论者或窃非之，是取上古之衣冠，绳今人之身首，所谓大惑不通者也。唐虞三代之时，政自天子出，士苟有以自见，虽直道而行，无不可以得志，而试以施之后世，非死则辱，罢犹幸耳。权门鼎贵，天子且任信不贰，忽焉以疏逖之臣，日伺其间而瑕疵之，而欲天子之必不我疑，而其人之必不我忌也，岂可得乎？贾谊初见文帝，擅议更张，绛灌之属且共害之，况如石显之阴贼险狠者哉！惜望之诸人之见不及此也。士不求进用亦已耳，既迫迫焉思致已所有者出而试诸天下，又何取于危构强臣以自危其身乎？

孔子，圣人也，仕季桓子；百里奚，贤人也，媵秦穆夫人；商鞅，知术士也，进以景监。穷哉孔子！难乎其遇者，百里奚、商鞅也！吾故借论萧望之诸人，使后之君子知所自处，亦使为人君者得如望之诸臣，知其嘵嘵不已皆有所激而为，而少为宽假之。庶几刚直之士接踵，而巧佞不作乎。（吴先生云：用意反侧激宕，最是文家胜境。贺先生云：离奇变化，出没不测，神似子瞻。）

## 镜　铭

上天下泽，中惟物充。或妍或媸，万有不同。以镜取象，妍妍媸媸，乃均莫逃乎其中。余信其明，持以登泰岱之峰，欲尽观天下之物。知其妍媸若何，而镜力至是亦穷。盖驰远者，中多碍；好高者，终无功。己之不知，知物奚庸。而今而后，责不出乎余躬。妍媸之形，善恶由衷。妍善媸恶，余改余从。置之左右，时发余蒙。（贺先生云：纵横变化，令人忘其为有韵之文。）

## 叙异斋记

始余欲以齐、鲁、韩三《诗》为《毛诗考订》，而《韩诗外传》有曰"别殊类，使不相害；序异端，使不相悖"，其说既善矣。盖自古圣哲贤豪，奇崛不数出之士，其始未尝自异于人也，假于物以广己而造大，学益邃，道益美，而人终莫能及焉。故舜好问察迩，言三王之治政逮刍荛；而孔子师老聃、郯子、苌宏、师襄，兄晏婴，故人有蘧瑗、原壤子、桑伯子；唐韩愈氏攘斥佛老，而与僧大显游。天地之气化，万变不测，则天下之人亦万类不等。一时一地之所产，一师友之所渐濡，而性之所近，意之所向，或简或放，或奇或平，或宏或邃，或渊或崇，或博于外，或敛于中，每辽判而不相及也。

今之所谓学人，吾惑焉无知则已，有则曰必此乃几，彼则否；无能则已，有则曰必此乃几，彼则否。蚍蜉天地之间，所足履而目遘者几何？乃欲使四海之大，九州之遥，群焉不出吾所知能之外，稍有所异，则疾之诋之，众聚而掊之，何其隘也！人之一身，耳司听，目司视，手足司动。虽聪耳明目，不能代手足之任；虽手足便利，不能为之听、为之视也。一身之能事至鲜也，异焉并任之；天下之能事至博也，异焉反恶之。其可怪也！与人形之不齐，见有短于我者而斥之非人，有长我者至则又将以我之短为是乎？

古人之贤，初非必远胜今人，而常以众人成之。今人亦非必远逊古人，而常以自异于人而自败之。古今人之不相及，岂不以是故哉！余既善《韩诗外传》之说，因以"叙异"自名其斋而记之，以时自勉焉。（吴先生云：刻意学韩公，韵味亦与之近。贺先生云：俊逸跌宕，若翔舞于虚空之表。）

# 卷　　二

## 书《顺宗实录》后

《顺宗实录》五卷，自唐以来议者纷如。其称之者曰："追踪马迁，非班、范以下所能几。"其诋之者曰："取舍不当。"某以谓诋之者固非，称之者亦不免阿其所好。

退之之文自不可几，所为《顺宗实录》实不及班、范二书之古雅。非退之之才有不及，亦所据事实固有今古耳。两汉之文，前后远不相逮，然其时近古，上下三四百年，诏撰私述，闻见皆与后世不同。韩退之文起八代之衰，亦其所自为，今之所谓古文耳。出韦处厚所撰《顺宗实录》，以退之重加损益，其事必不能尽从改革。苟令班、范生退之之时，而为之文，固不能前后书若也。议之者遂以为取舍不当，岂不过哉？

史家之文，大旨在法戒后世，《顺宗实录》于当时弊政、权倖小人罪状直书不隐，虽古良史何以加兹。其所以不及古之人者，文之取材异也。今有二人同为一室，一取材于深山穷岩，梁栋皆任大木，虽使拙工为之，亦必大有可观。一拘拘于目前之材，收樗栎而为之，大匠虽能，亦乌得与拙工所为者比哉。为文之道，何以异此。

退之之所以傲①倪古今，自负不在马、班下，而卒可以与马、班以俱传者，固不在此纪传之文。刘秀才劝退之作史，退之作书拒之。退之于斯事，盖筹之熟矣。蹈循马、班之轨迹，势必不能与马、班并。李吉甫令撰《顺宗实录》，非退之之意也，然其文亦绝非后之史臣所可及。

---

① "傲"，原本作"敖"。

至宋欧阳修撰《新唐书》遂本之,以为《顺宗本纪》,而当时所谓更修者不传。文固不可诬哉!后之人从事于斯途,一遇世人之非笑,遂皇然思返,而为逢世之文。观此,其亦可以有所倚,不惑矣!

## 书《汉书·武五子传》后

班氏论巫蛊之祸,以为有天时,非人力所致。某以为非也。巫蛊与武帝之惑神怪相终始,所谓上有好者,下必有甚焉者也。我欲不死,人孰不欲生哉!武帝乃一切用自疑恶,致使奸臣得乘间以肆其毒,卒成巫蛊之祸。武帝所自为耳,冥漠中固无主使乎是者也。

好言灵异,汉儒之通患。自董仲舒始推阴阳,至刘向父子,沿数百年,皆汩没于五行休咎,而不能出。班史又详载其说,于各人之传,传不及载者,而综之以为《五行志》。某以谓指陈灾异,以为君上行事之戒则可矣;附会穿凿,必一一曲为之说而传以示后,说盖少有不诬者。日有薄蚀,星有孛陨,此天之变,人所不能预也;川有竭溢,岳有震崩,此地之变,人所不能预也;草有妖虫,畜有孽祸,此物之变,人所不能预也。举人所不能预之事,凡变之见于天地与物者,胥引而近之,群分类聚,以为此人之貌、言、视、听、思之咎征。思在人属心,听属耳,视属目,言属口,貌属体,而寄其事于手足。手足耳目心口皆应,其职人之常也。有变而心或顽,耳或聋,目或昧,口或哑,手足或不仁,人能归咎于天地与物乎?人之变,天地不能为人任咎;天地与物之变,胥归其咎于人,亦焉见其不悖也?

《春秋》,圣人之经,二百四十年多书灵异,不过因鲁史之旧,实具其事而已。初何尝如汉儒之治《春秋》者所解说哉。六经燔于秦火,绝而复出,汉儒之功为多,而其所推候占验,亦实为后之通人所讥。两汉四五百年,将相之才有可称者代不乏人,然皆不纯,求如唐宋名臣之一无可议者则少。不学者无术,其以儒术进者又皆蔽于休咎之说,或用以亡身,或身不亡而道僻。古之令辟哲相,抑抑畏畏,日星川岳之异,草术虫畜之妖,盖未尝不借以自警,惧已不立政。专以灵异之见为事,昕令夕改,此贸彼迁,甚非古人所以取戒之意。自古及今,固未有能以治天下者。识者论班史《五行志》，以为失体，某以谓班史之言灵异者，列传亦十而八九，其可议者固不惟《五行志》。故特推而论之，以告后之读班史者。

## 记《法言》《中说》

汉扬雄①氏仿《论语》作《法言》，隋王通氏仿《论语》作《中说》，唐宋以来治儒者多葆其书。某以谓《中说》于诸子之中，去取虽正，然非《法言》比也。韩退之识古书正伪，其论扬子②曰"大醇而小疵，圣人之徒"，而《中说》十篇乃未尝一语道及，则其书之不足传亦明矣。

唐初定天下，设法施化，类皆可观，而一时将相半出其门。吾意文中子必积有道术，而足为人所取法者，今其书乃悖妄若此，纪文达公讥之，不诬也。孔子之后，儒分为八，惟孟、荀得其宗。孟子之学出于曾子，故尝称曾子、子思子；荀子之学出于子游，故尝称子游，或曰子弓。依归相同而称说各异，此扬子所谓"同门异户"者也。然扬子之学实自孟子出。文中子高言侈论，抗颜孔、颜，而核以事实，乃或多所牴牾。吾不知其于圣人之道果安得也。

周、秦、两汉之间，儒、墨、名、法、阴阳、道德六家人各有书，书各异旨，纷杂并著，各不能相下，而其不敝于后若一。岂不以精深闳博，各极其术而有不可泯没者欤？吾甚怪子云《长杨》③诸赋伟丽诡谲，训纂于小学亦深。而《法言》一书，乃不能自持其论，依仿《论语》而成，文中子更复为之，殆又出其下矣。我诚有所得耶，据理发论，不主故常，欢愉之辞，穷苦之言，皆足以信今而传后；我诚无所得耶，夫何如默而息焉之为得也。蹈循前人之轨迹，章摹而句仿之，以求其合，此岂壮夫所为者？

---

① "扬雄"，原本作"杨雄"。
② "扬子"，原本作"杨子"。
③ "杨"，原本作"扬"。

呜呼！前人已成之书，人所传闻而习诵者也，著之口而铭之心，一或戾焉，辄不胜其刺谬，而相与诟之，苟非知言之士，盖少有许可者。彼二子抑岂有激而为此耶？

## 跋《非国语》

《非国语》六十七篇，柳子厚贬永州时作。其自序云："本诸理，作《非国语》。"此偏辞也，子厚之意不在此。古人著书见志，明而人物，幽而神鬼，随所感触，皆可以抒所愤积。如必拘尺寸以绳之，则六经，圣人之书，其可为訾议者多矣，岂子厚而矫诬若是？世所传江端礼、虞槃《非非国语》，余未见其书，以意逆亿①，非支则庸，必无可观。不知子厚非之之意，而反执其所非者以非之，其中必大有可非者。此子厚所谓难言于世俗也。吕温、吴武陵与子厚交善，余观其与二子书论《非国语》之意详矣，乃犹或偏宕其词，迂曲其意，以至不可测识，则子厚之不求人知亦明矣。孔子曰："古之学者为己，今之学者为人。"

## 读《平准书》

平准法创自桑宏羊，然即《管子·轻重》之旧也。管子通之国，宏羊专之君；管子取之山海，宏羊取之百姓耳。史公《自序》云"作《平准》，以观世变"，盖讥之也。然汉制革乱之故，粗在于是。事变之兴，作之自上，及其久，天下化之而风俗以成。《货殖传》言"天下熙熙，皆为利来；天下攘攘，皆为利往"，其于天下凡可以求利之人与事，罔不备载悉具，而最下与争之意，乃于《平准》发之。所谓利诚乱之始，著以尤武帝也。史公作史，辞多愤激，诸能文者皆知之。烹宏羊，天乃雨，曾文正公②以为此史公褊衷。余谓其素志也。降天子之尊，使与编氓争利，而摧骨挫节权算，惟恐或遗，宏羊之罪，岂一烹所

---

① "亿"，原本作"億"。
② "曾文正公"原本作"曾文正正公"，衍一"正"字，整理时删去。

能尽者。《孟荀传序》曰"余读孟子书至梁惠王问'何以利吾国',未尝不废书而叹也",盖谓此耳。撮辑事迹,杂见侧出以成实录,而使人得识其意于语言文字之外,而群然知所法戒,史公诚良史矣。

## 书《汉书·酷吏传》后

班史大旨宗马迁,独《酷吏》一传,乃与史公异旨。史公传酷吏之虐,以刺武帝,班史取其能。论之者多进马而退班,余以为非也。

马牛之为人服役,以制之有其具耳,去而羁縶①橛楅,虎狼何异?民马牛也,羁縶之不施,橛楅之不设,四放不加制,而可以治天下者,吾未之前闻也。昔子产作《刑书》,叔向作书规之,子产曰:"吾以救时也。"时非三代之时,而欲治以三代之治,是犹遵古制而造车,而试以今之轨辙也,乌可行哉?三代之治宗唐虞,周末道弊,秦人以法易之,然不数世而亡。人见秦亡之剧也,动援古昔有道之长,诟厉秦而归罪于法。夫法非能亡秦也,亡秦者二世耳。使二世稍得中主,用商鞅以来之旧,循法而安俯之,安见秦不可与唐虞三代比隆?夫唐虞亦幸以禅让终耳。丹朱、商均皆二世,伯仲间也,使二子继尧舜之后,亦亡秦等耳。尧知其然也,而以天下授舜;舜知其然也,而以天下授禹;始皇不知,而以二世亡秦,亡秦者二世也,非法也。学者诵习唐虞三代之旧文,口勒心铭,以法之始于秦也,不量时势,扳援往古,瞋目语难。商鞅、李斯皆智术士,岂其见出今人下哉!

一家之中,父严母慈,天下之通义也。父死而母不能禁其子之为非者,失于慈也。承天子命,来守一邦,坐视其人之为非,一不加禁,且哓哓曰吾用古治,谁其信之。猛虎扑前,礼服喻以大义,而虎遂逡巡告退者,未之有也。吾读班史,有感于《酷吏传》之与史迁异也,故特叙而推论之,以告后世之为吏者。史迁当被刑之后,意有所不平,故逞其一偏之说,以至此耳。要其归以班史为是。

---

① 縶,原本作"馽"。

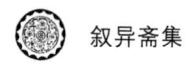 叙异斋集

## 贺苏生先生七十寿序

　　国朝以古文名一时，足以信今而传后者，前惟方氏望溪、姚氏姬传，近则曾文正公。曾文正公没，而武昌张廉卿先生、桐城吴挚甫先生实接斯文之统，一言一字，学者争以得之为荣。吾师武强贺先生从两先生学，尽得其传，述往开后，为天下师。岁之仲春某日，吾师之父苏生先生七十揽揆之辰，张、吴两先生皆有寿文。衡暨诸同人既具时俗所为生日之礼为吾师称觞之助，及读两先生之文，乃复奉笔祝曰：

　　生日之礼，始于齐梁，至近世而其风益盛。无贵贱，习以为俗。然野间下里，礼多不具，无可称述。其可称述于时者，惟缙绅之家与公卿贵人。公卿贵人据冲要之地，声势倾动天下，丞佐僚属，争欲得其欢心，于是珠玉之宝，金币之货，凡天下难得之物，莫不辐辏于其门。至若词章之士，间有以文字称颂功德者，亦不过谀媚失实之言而已。立意不诚，故其气亦易尽，能得文于知言之士如两先生者盖寡。吾师，世族也。今所以寿其亲者，乃萃天下知言者为之诗文，此外则别无长物，此其所绝异于世俗者。

　　夫天地之间，山有崩、川有竭，日月星辰有薄蚀陨坠，惟托之文字者历终古不敝坏。今斯文之传，既在两先生暨吾师，其所为物莫与大，虽山川、日月、星辰且不得比，况其为珠玉金币之细也哉！是不独两先生之文足以传先生之行于不朽，即吾师所以显扬其亲者亦莫大于是矣。

　　衡初学为文，颇于古人"文于一气间，为物莫与大"之言笃信不惑，于先生之寿也，故敢直书所知，敬以问先生，且请吾师教之。

## 步笏峰哀辞

　　某与笏峰交，自始识至笏峰之死，十有一年。二年共处，九年离居，心未尝一日不相思。

　　笏峰，枣强人，姓步氏，讳以绅。为人短小精悍，性倜傥不羁，为

文章喜辩①论，飞扬跋扈，敢作大言不让。光绪七年，桐城吴先生来刺吾州，首以诗古文辞试吾州人士，举笏峰第一。招致之读书冀之信都书院，从新城王先生问学。益纵所为，脱去羁络。笏峰之名，藉藉一时。吾乡之人化之，诸尝诵诗书为士人者，乃稍稍知于举业之外致力于古今。十三四年，诗若某某，文若某某，精诣孤造，皆几几乎追古人而与之并，为畿疆他郡县所莫能及。

某少笏峰九岁，颇兄事之，从问诗古文义法。至于今，至为吴先生与武强贺先生所称，吾乡之有能为诗古文者，自笏峰始。笏峰家故旧族，自其祖父上自高、曾，皆习今所谓义理之学。王先生精考据，笏峰皆屏不为，独肆力于词章，几至于成，诗似唐人李长吉，文似宋人苏子瞻。昔姚姬传有言："以天下才俊之多，而能为古文者盖少；有能为之，必豪杰也。"然则虽以某之不肖无才，弃世俗之好，负众万之讥，背人所趋，取人所舍，孑孑单单，虽父兄师友，有不可以言者，抑岂有乐乎此哉？而笏峰之先我为之者，乃不幸早赍志流落以死，不得竟其业；而某之先所尝闻问于笏峰与今之所欲为笏峰言者，竟箝口无可与语。可哀也已！

笏峰卒年三十九，妻某氏，无子。辞曰：

呜乎！君竟何幸于天！独君之父，寡君之妻。中岁一子，又不幸早夭折以归。语有之曰，文章憎命。岂其天之所呵，固亦如人之所讥。

## 读苏明允《六经论》

自前明茅顺甫氏谓苏明允论六经语皆渺茫不根，后之学者苦索其解而不得，乃往往穿凿附会，妄断以求其合。因《辨奸论》之为荆公发也，因明允《六经论》皆为荆公之变法而作，且取《辨奸》以为证。以予考其说，盖妄不足据。

明允卒于宋英宗之时，至神宗而新法始行，熙宁以后之事，明允顾安得于治平以前而预有以知其弊之必至此也；且新法之行，皆当时诸公

---

① "辩"，原本作"辨"。

激成之，在荆公之心，初亦不过藉是以要君耳。司马诸公竞持异议以相诋，乃遂以触其刚愎之性，而势不可以复返。未至之事，在其人且不能以自知，而谓他人乃能知之于未事之前焉。有是理乎？甚矣！人之不知妄言者不可与论古人之文。而孟子所谓颂诗读书必论其世者，其言终古不能易也。

明允之学盖出于周末诸子，而徐以返之经，故其文之体质似子而与经绝不相类。然以其义裁之，固亦未尝歧出也。茅氏谓为渺茫不根，余犹谓其说之无据，乃遂因以谓为荆公而发，且取《书论》"风俗之变，不可复返"一言以为证。读古人之文，不能得其旨意之所在，亦缺以俟知者已耳。不顾时事之安，牵引捏造，专以快一时之论，文章之弊，不胜言矣。一人倡之，千人和之，转相传衍，而群然不知为非。若《六经》[①]揆时度事，显然不与荆公之变法相涉，而人犹为之辞，武断以成其说，其他之不可以时事故者，盖又不可指数矣。顾安得一二好学深思之士，而一一为之辨而识别之耶！

## 信都书院藏书记

书院章约，监院实司书籍之责。余自己丑职此，盖四年于兹矣。监院之设，始吴先生。自葛公创立书院，置书籍，至吴先生刺冀之初，三四十年，书籍初无专责，第以荐绅领之，人不时来，初无常主。同治某年，捻匪骚扰，居守失人，书遂亡其十之三四，其幸而未亡者，亦残缺多不全。吴先生既知州事，以书籍不给于用，复筹金市若干卷，置监院二人以典其事。如刘君步瀛、王君玉山，至余与胡君庭麟，凡三易。

余为监院，适当先生去冀之年。先生治冀七八年，凡州治之利弊得失，无不究心，而于书院之事，尤兢兢。迄今犹常以书往来问讯[②]，若未去事然者。其去时，虑书之或即于亡，或残缺复如同治时也，立藏书之约，以为经法，冀久远不坏。法曰：书院之书，不许外人称贷；其读

---

① "《六经》"，此处当指苏洵《六经论》一文。
② "讯"，原文作"訒"。

书院中者，欲读某书取某书，读某书已，以书易书；监院为簿，记其出纳时日；书有佚失或污损，某人读书之时责某人，否则，监院任责；夏之时，勿为阴雨渗漏，秋则曝之；岁终一编次，有更代，交谢必明。先生以异方之人，其加惠于吾州者犹如此，一藏书之事，计今计后，恐有坏失，而虑之无不至。然则，吾州之人之有是责者，其视斯事当若何珍重哉！

人心之不古处久矣！己之所有，曾不瓦砾若，而视若拱璧；曾不锱铢数，而视若钜万。及用他人之物，乃蔑视不甚加爱惜，然犹以其莫宽于人也，稍存顾忌之心。至于空无所置，无一人焉督责其间，如所谓书院所藏书，其爱惜之者谁哉？余生后，不及咸同之间，其书之缺亡者，亡虑以是耳。

今岁春，贺先生又命置书若干卷，合旧所藏书共若干卷，命诸同人各为标题，既藏事且为文记之。余念物以类至，既有书，不患无读之者。惟恐读之者不加爱惜，而蹈同治时缺亡之辙也。故辄复道吴先生所定藏书章约以自勉勉人，并使后之有此责者咸知勉。幸矣！余之为之者四年，而不至一或缺亡也。

## 读扬子云《反离骚》

子云悲屈原才不容时，作《离骚》，自投江死，乃为书，名曰《反离骚》，沉江以吊屈原。呜乎！子云之吊屈原，即所以自吊也。成、哀时，诸权贵以势利相倾，而豪杰不数出之士反沦身下僚，求达君听而不可得。当是时，负气者或以愤直贾祸，而子云沉默以保其身，进不为利疚，退不为势回，而所以醰心于道者日大。孔子曰"邦有道，危言危行；邦无道，危行言逊"，子云非其人欤？若屈原者，一不得志，忧愁幽思以至于死，此子云所为深惜者也。史策以来，信而见疑，忠而获咎者，不惟屈原一人。屈原至以此自沉，而君终不悟，则凡贤人才士，又孰能必行其言于来世者乎？夫世亦有任政相君，而一为优游养望，以偷安而固荣者，子云固不取矣。

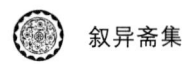叙异斋集

## 读《后汉书·荀彧传》

荀彧事曹不终,卒以疑死。陈史讥其志有未充,范史乃推而论之,以为杀身成仁。其说是矣。余独怪彧以王佐之才,当四方扰乱,不思发愤自为,乃欲依曹以成事,亦思曹固何如人哉!彧心知有汉,曹之号召诸侯起兵讨卓,以为名耳。去一卓,又来一卓,一死岂足以塞责?彧盖悔之晚矣。然势既无可如何,彧不引身他去,而以死报之,亦可谓不欺其意者。君子乐与人为善,商周以后之人才,固有未可以责备者矣。

## 读《平原君传》

平原君倚一毛遂,纵①楚却秦,使几亡之邯郸危而复存,置之上客,因与列国公子争以待士相倾。嗟乎!毛遂亦干时之雄耳,岂足以言士。《传》有之"遁世不见知而无闷",又曰"我待贾者也",若信陵所谓毛、薛二公,其近似矣,而平原遗之;平原之游,徒豪举耳,不求士也。以毛、薛之贤,居相接而不知,又安问岩穴之士隐藏而不见者哉?能以富贵下贫贱,贤能绌于不肖,惟信陵其庶几乎!宜史迁之亟称之也。

## 驳柳子厚所论《舜禹之事》

柳子厚论舜禹之事与曹丕之代汉同,而以人之笑之者为不知言,曰"向使丕若曰'舜禹之道,吾知之矣',丕罪也"。事与道宁有异耶?道分公私仁强,岂事遂有公无私,有仁无强也?事不得,第曰公曰仁,以人之系忘者论事,道之系忘于人,又岂有异于事也。第以系忘论事,第曰事有系忘,曹氏之代汉亦究不能与舜禹同。

汉自桓灵以后,四海沸乱,曹氏出而持之,天下赖以少安,民思一日之安,或系曹氏而忘汉。尧舜之功德在人,今之言主术者犹皆颂其治

---

① "纵",原本作"从"。

而称述不置,况其为当时之人。《书》曰放勋殂落,"百姓如丧考妣,三载,四海遏密八音",天下岂忘尧哉?尧不能忘,舜亦不能忘也。论曰:是史氏归德之辞,尤所谓说不可通,而从而为之辞者也。

君子之论事也,必揆诸理,理之安否不问,专以快一时之议论,说盖少有不诬者。尧、舜之不敢骤以天下授舜、禹,非尧、舜之不能授舜、禹,恐舜、禹之不足以治天下也。燕哙之事,不可为也。其心凡以为天下也,所谓仁也公也,其道如是,其事亦如是也,无所谓系忘也。曹氏之不敢骤取汉之天下,非曹氏之不欲取汉,恐天下之讨已也。新莽之事可以鉴也。其心凡以自为也,所谓强也私也,其道如是,其事亦如是也。亦无所谓系忘也。曹氏既得汉禅,曰"舜禹之事,吾知之矣",此奸雄欺人之语,人非下愚,固未有不知其诬者。斤斤于道与世之间,放言横议,敢以奸雄之事侮圣人,吾意此必庸妄人之所为,何乃出于柳子厚。子厚而不惜为此,子厚亦乌得为知言也。或曰:"此与《谤誉》《咸宜》,皆韦所为。"

## 李君用章墓表

某自少时则闻李君用章之名,以善医、通形家之学称乡里。长从王先生某某游,获交君之元孙景棠、世棠,益得知君之详。君之卒以某年,至今年凡若干年。君又有元孙曰培棠者,纠其族谋共立石以述君德。以某知君之详也,故不状而以刻墓之文来请。

李故望族,家丰于财,君又持之以勤俭,人无一闲物不少弃,财益饶。君乃纳赀为国学生,而一致力于所谓医家、形家之学。应乡人之求,见贫辄往,无须臾需;若来求者富也,则必俟暇。垂手往还,不取丝毫之利。以故乡里至今称之。

史家之例,非有关于世之事不具。马迁撰《扁鹊》《仓公》《龟策》《日者》等传,颇负世讥。余意以为不然,上而以政教治人,下而以数术方技济人,其为有功于世一也。班书志艺文、序数术为六种,方技四种,至陈寿《三国志》,书以入《方技传》,后史仍之,岂非以其有关于世而为世之必不可少哉?君生值国家太平之时,怀奇负异,既不获见用于世，家裕，于人无所求，亦不必以唐宋以来所谓诗文者名，或藉经方活人，或举地形为人卜休咎，其为有益于世，视史家所传方技，夫何以殊哉！宜其乡至今称之不置，而君之元孙培棠思表君之德以诏来世也。

君卒年七十四，讳俊杰。父某，王父某，曾王父某。娶李氏，无子女；又娶郭氏，生三子。长馨吾，某之曾王父；次省吾，某之曾王父；次辅吾，某之曾王父。先世自某所迁居直隶之冀州傅水店，自始祖至君凡若干世。

## 合刻《方姚文集》序

国朝之治古文者，曾文正公出，始上可与唐宋诸作者比，离立参坐无愧色。然曾公论文顾尝称述桐城姚氏姬传，以为某之粗解文章由姚先生启之；而姚氏姬传又尝称述其乡先辈方氏望溪，究心有宋义理之学，其所为文往往过为质朴，一字一言，不敢假借。出入古文之义法，自望溪而精，然其道亦隘不广矣。姚氏继起，因望溪之说而稍为通之，纂录古文益以楚辞、汉赋，以为伟丽闳博可补方氏之所不足也。以是论文，文亦以是为归。

国朝之兴二百有余年矣，魁儒杰士代不乏人，然皆崇尚考据之学，而能为文者绝少。方、姚二先生独力行之不顾，致身皆不甚通显，不足以号召天下。而所谓崇尚考据之学者，皆达官贵人，乘其势鼓动群伦，入客出庑，率天下而以其学倡，天下之学者靡然从风。而古文遂为无用之学，学之者上焉无授受之资，下焉又不得求助于友朋。独行孤立，与今之达官贵人背道而趋。苟不能已，所恃以启诱而引进之独有所传先进之文耳。曾文正公晚出，所为文实加方、姚之上。然非二先生有以开其先，公文固亦不能骤为其至也。公之言不余欺也，学者知其所从事哉！

## 读《留侯世家》

留侯从高帝诛秦灭楚，与有功力。然卒定天下者，韩信、彭越、黥①布也，留侯何与焉。留侯信有定天下之荣，立韩后而辅之，当四方扰乱，宜可以南面而自王，何为日夜从高帝哉？所谓因人成事者也。然韩、彭诸人皆罪诛，而留侯卒以身免，其远祸固有足多乎？

嗟乎！人生三代后，不揣人情之好尚，截然以义自裁，不肯降心抑志，与人为俯仰；则贾谊不能行之于孝文，汲黯不能得之于孝武，况其为高帝之枭雄者哉！史公曰"留侯状貌如妇人女子"，以余观之，所行亦妇人女子而已。夫留侯之如妇人女子，乃留侯之所以免乎？

## 张承绪传

张承绪，字绪业，号静斋，冀州增广生。所居村曰西野庄头，东南濒滏。有承绪高祖际隆、曾祖存义先后所施置义学，名滏阳书院。教族子姓读书识字，至承绪已五世矣，颇著绩效。际隆，字运昌，初捐田十数亩，储其租周急困。存义，字宜万，复捐二十余亩，计租入足备先生修脯之用，乃以兴学，命其子延龄主之。延龄，字乔年，国学生，延师课读子姓，份份渐至他族。他姓子姓皆来就学，或负笈来自他乡邑，于是滏阳书院之名遂大著闻。乾隆三十年，知州事吴克明以"功崇养正"额书院，堂上为楹联曰"严立规修遵四教，多成俊秀待三升"，并额其家大门曰"孝友双辉"。悉手书，身亲送至，乡里荣之。

嘉庆十一年，村有无赖子张明远，故健讼，艳书院田租，谋吞食之。时延龄已殁，弟锡龄与讼于官。知州孔传金判锡龄照旧管理，不得推诿，外姓他支不得干预。张氏聚族共处，凡一祖分东西二门，际隆、存义东门支裔，明远则西门支裔也。故孔公判以他支不得干预。其明年，又益以北堂田十余亩。北堂田故属兴隆寺，寺故张珽捐建，以护视田者，后倾圮，珽仍孙中清之时，知州顾某判归书院学田，以珽、中清亦东支也。

珽于承绪为十二世祖，中清十九世祖，延龄其伯祖，锡龄其祖也。父凤焘，锡龄之三子。锡龄，字某，武生；凤焘，字某，诸生。初，家

---

① "黥"原本作"鲸"。

饶给，以所入田租迎师，后再分，家落。同高祖以下约言，五家有补学官弟子者，得自食其租而自教之。承绪父子仍世诸生，仍世教滏阳书院。凤纛生长富厚，晚岁食饮之资慨不快意。承绪藉课徒四方为养甘旨，未尝或缺。遇鲜食，不远十里、数十里，辄怀归献堂上。妻魏氏，亦贤。姑早卒，侍君、舅食能得其欢。凤纛没，承绪归教滏阳书院凡数十年，村人之读书识字者大率皆其弟子。其高者为诸生，有名州里。

承绪工书善画，有文章，并晓音律，能谱曲；而性方鲠不回屈，处乡里以严见惮。尝所往来经过途巷，宵小子弟转相告语，曲道避去。遇有父老冬日负暄，夏或喝荫墙下，皆倏起拱立，承绪仰首直行不顾。移时归来，父老起立如前，承绪直行亦如前，未尝一与谦逊为让。其为乡人所敬信如此！

学使庞钟璐案试至州，试日值①天大寒，笔冻，承绪且呵且书，所占坐适近学使，学使望见之，旋起取阅所书卷，问若寓何所。翊日，使人持一折扇求书，学官或言其能画，并求画于又一面。因取列一等，补增广生。及试已阅卷，学使评点文字佳处，浓墨淋漓。承绪所书阅澹作浅灰色，见者谓愈形其书之美，而能文之名亦自是播闻远迩。然承绪终其身教授里门，未尝一就试京兆求举。所书所画，亦皆冥心自造，无师承。尝曰："吾以适吾意耳！"每抑郁无聊，辄抗声哀歌，其歌第②用今时调，唯辞涉鄙俚，多所窜改。与其画皆写有稿本，藏于家。光绪十一年卒，年六十一。一女，嫁州人赵衡；二子英楷、英椿。英楷亦诸生，接教滏阳书院。三十年学堂法行，私塾改良，仍自教之。英椿以其兄既娶妻，与母分居，因矢终身不娶，以子兼妇事母。母卒年八十有几，英椿亦且五十矣。论者谓承绪家世传孝友，天生是子，所以报也。

## 跋宋芸子《三唐诗品》

富顺宋君芸子既刊其诗与词，乃复为《三唐诗品》刊之。初唐十

---

① "值"，原本作"直"。
② "第"，原本作"弟"。

五家，盛唐二十八家，附中唐十三家，晚唐十二家，品以高下，不由时代相次。吾师武强贺先生以官入都，与之交，归携其书，而命衡为之跋。衡学为诗，略识途径畛守域界，于唐所尝从事者，不过王、杜、韩、李数人，余则概未尝以为，为矣而未尝卒业。取已所不一与之事而悬揣之，以求其是，溢美溢恶，均之失耳。然衡初从王、吴两先生游，诗之派别原末则亦习闻其说。今取是书所论次而以昔之所闻，若有媒介通其间，不识而归于合。术业百出，各有所主。是书也，衡以王、吴两先生之说信之。光绪辛卯春三月，信都赵衡跋。

## 二疏论

始余读韩退之《送杨少尹序》，窃以少尹之去为苟退，退之之文有微词，殆不欲以断二疏。又尝即二疏之事思之，亦所谓苟焉而已，非真知进退之大节者也。

君子之仕也，行其义也，非以为名也。所谓食人之禄者，必忠人之事也。国家无事，庸人亦优为之，固无待于豪杰；及事之棘，则庸人有不能为者矣，托于知足不辱之说，而矜言却退。天下事将谁赖哉？深德渥泽，人之所以遇我者至厚，而我未有以报之，一不当意，遂怫然以去，此在朋友之交，事且有所不可，又况其为君臣哉！二疏之与杨少尹，其为不知进退，一也。奚其贤！

间尝论臣之于君，分则父子，义则夫妇，道固无所容其去计，惟有君黜之耳。柳下惠，圣人也，三黜不去；屈平，大贤也，屈抑放逐，沉身不悔。彼岂贪恋爵位者哉？激于义之所不容已，制乎理之所不能逃，故委质报称，有死而已，不能自外。而论者或以知进不知退讥之。天下岂有无君之地哉？欲洁其身而乱大伦，是昔者孔子之所不屑也。孔子三月无君则皇皇，而于历古隐逸之士尝称伯夷、叔齐以为贤，至殷、周以前所传巢、由、务光则未尝一语道及。伯夷、叔齐痛周之灭商，义不为周臣以饿死。商虽虐，君也；周虽仁，皆臣耳。孔子之贤夷齐，贤其不忘商，岂贤其不臣周哉？故不可以巢、由、务光比。后世之人材，百不逮古，而隐士之多则古所未有。秦四皓，汉严君平、郑子真、二疏、两龚，以彼其人与吾向者所谓孔子、伯夷、叔齐、柳下惠、屈平诸人较，虽愚者亦知其有所不及。孔子诸人皆以不得君为忧，而所谓隐士者，争以去君为名，或未尝仕，或仕即乞退。当时之君既皆宽而容之，后之人复乐为之传，而太史氏又或详具其事，标名别目，为之传以示来者，岂不悖哉？

君臣之与父子、夫妇地异而义一也。子去其父，妇去其夫，罪不容于诛者之口，而臣之于君乃或以为贤，则论人者之过也。吾读史有感于二疏之事，偶与近世同也，欲为之，力而不可，故特推而论之，告世之有力者。

## 书《濂亭文集》后

家所藏《濂亭先生文集》八卷，吴先生为州时持以授某者也。先生与吴先生为友，而皆曾文正公之门人。曾文正以名儒为国大臣，今之达官贵人半皆出其门下，独先生不乐仕进，而从而传其文。嗜好不同，各从其类，固不能以相强，人各言其志耳。庄周有云："民食刍豢，麋鹿食荐，蝍且甘带，鸱鸦嗜鼠。四者孰知正味？"昔庄周却楚聘不仕，著《南华经》；扬雄当汉哀帝之时，诸权贵争相倾以势利，而雄草《太玄》①，有以自守，泊如也。以彼之才，岂不能舍此他适，而乐之终身不厌，夫亦曰志而已矣。

先生之南归也，吴先生亦解官去。其赠言以为凡著书者，君子不自得于时者之所为，取孙况、扬雄以为拟②。文不穷不工，古人所言，其信矣哉！始某读文正公文，窃自恨居卑行微，穷岁时之力，孜孜皇皇，舍一室米盐之外，别无所事事，无由广己而造大。即或张胆大言，言天下之事，譬若窭人谈富贵之家，色飞眉舞，流沫口角，反以相诘，终无奈已之一无所有何。文正公提数十万之师，战数千里之地，举将倾之天下而措之于泰山之安，事皆其所为，作为文章，质言

---

① "玄"，原本作"元"。  
② "拟"，原本作"儗"。

若饰，实言若夸，闳远侈肆，绝非他人所能几。以谓吾人为文，亦第以为适怀之具耳。苟非达而在上，故不能以涉其流而为其至。今吴先生为州数年，辄弃去，而先生则未尝仕，舍人世富厚宠利之事一不措意，独致力于庄周诸人所谓著书者，而文乃日益以昌。自文正公没，天下之达官贵人踵相接，而名能文者绝少，群仰两先生为老师。某观于先生《赠蒋寅昉序》及《与黎纯斋书》，盖断然有以自决也。

某以读书冀之信都书院，间从吴先生问古文义法，吴先生每相语，必曰濂亭。某窃不自揆，尝欲一见先生，冀得一言以自益，一昔不遂。今相隔于数千里之外，而读其所著之文，独居讴吟一室之中，傲然俾睨乎尘壒之外，此岂有为而言哉！以彼易此，视世之所谓富厚宠利者何如也？

## 再书《新史·周世宗家人传》后

欧公纪晋出帝，传出帝家人、周世宗家人，详论为后之道，余既辨而明之，以为为濮议发矣。至其《唐六臣传论》，余复推论及之，以为为仁宗时朋党发者，岂无意哉！

欧史多寓言，意皆有所指。如论朋党宦女，忠孝两全，义子降服，陈师锡所谓非小补者，犹其意之见者耳。其他之意不可见而皆有所指者，盖什伯于此也。采辑古人之事实，而当时之政治利弊得失，随所感触，借而发之，欧史所以上继马、班，而非陈、范以下所能及者，以有此耳。论者或窃非之，以谓纪传同也，而赞不赞异，数人同传，或独论一人，或并不论，俱失史迁之旧。执一成之屦，见人而责之曰"尔足奈何不与屦合"，乌乎可哉？

六经之道同归，而体或侈敛异质，辞或华实异文。周秦诸子之书体质辞文，各不相假，其为工也则一。纪传之史创自迁，班、陈以下率用其体例。从汉迄今，亡虑数十家，而其可称者无几，岂非克自树立者少乎？薛史芜浅猥陋，不能厌然足乎人心，其体例固未尝不与迁史合也。学术不足以继述作，专取古人之书，尺规而寸守之，无所震发于间，班、陈以下诸史所以不能上追迁史，而为识者所诟病者，岂不以是故哉？因时制义法，破除旧常，不规规于前人，而尧然有以自立，此欧公所自信必不能为旧史掩，而上可与马、班诸人并著不朽者也。论者以为失体，诚所谓拘于墟者耳！

道湮久矣。学者株守一先生之说，面东背西，主左奴右，耳目不达十步之外，于其心所尝服习者，一或戾焉，辄不胜其诟厉。昧于古人著书之旨，知其一不知其二，是此非彼，荣古虐今，譬犹知日之光明，见月而以为天不容有，是可不谓大惑乎？余读史见欧史体例偶与迁异，而各尽其美也，论之者多执马以诋欧，故特推而论之，凡以见文章之事，俱当会观其通耳。

# 书《荀子·议兵篇》后

呜乎！兵之为祸烈矣！不求其本而逐其末，于父子相夷，君臣相杀，而世变已亟。战国之时竞势利，尚变诈，挟策而任政，百虑而一致，而荀卿独守其道，辟势利变诈之说，矫然以仁义为断。卿可谓知本者矣。韩退之以为圣人之徒，岂不然欤？率其道而行之，虽王天下无难，否亦不失为霸者。虽然，兵，凶器也；用兵，危事也，夫惟圣人之兵，用之如不得已也。故其言之，亦有不得已者焉。

天下之事，有行之不及于言者矣，未有既已言之而无人行之者也。六经，圣人之书，所为典礼、法制治天下之道，罔不备具，而言兵独从其略。今所传风后《握奇经》、吕望《六韬》，皆后人伪托，诞妄不足言。至周之衰，圣人之道不明，而孙武、吴起、司马穰苴之徒乃各有书。此数子者，其于用兵之道，非能果愈于圣人也。苟以圣人与之对垒决战，吾知其必不胜也。然数子皆有书，而圣人终慎言之者，非圣人之诎也，圣人之不得已也。

生人安居无猜，本无所知争也。有人告之曰："是有道焉，必此乃可，彼皆否；必此乃得，彼皆失。"耳提而面命之，而其人之心生焉。是禁之勿争，而适以启其争，且示以争之之道也。少不自持，未有不及于乱者也。夫兵一也，汤武用之而王，桓文用之而霸，六国用之而亡，秦用而乱。此岂有异说哉？蹈循前人之轨迹，而步趋其后，曰"吾亦有所行云尔"，愈行愈失，至其久，遂败轨而灭迹。吾观李斯用秦以乱天下，盖不能不为荀卿咎也。终日謷謷，唇焦舌敝，而必其言之无弊，虽圣人不能自信。所可信者，不言已耳。

昔者卫灵公问陈，孔子不答；梁惠谋欲攻赵，孟子称太王去邠。二人之道不同，其意一也。卿不知此辟势利变诈之说，嚣嚣然以仁义为断，不知其能行我说乎？抑明知其说之必不能行，而故以此难之，使行彼也？此所谓"考其辞，时若不粹"，"大醇而小疵"者也。然当扰扰攘攘之会而独能本仁祖义，使先王用兵之道粗有所明于后，而势利变诈之说卒以少诎，如荀卿者，又岂可少也哉！

## 读《史记·卫霍传》

卫青、霍去病前后出塞击匈奴，所杀获甚众，武帝嘉其功，封将军，子皆列侯。自武帝立，兵穷戎夷，先后从征者不下数十人，未有若二人之功多而遇厚者也。然吾观青之为人，材能中庸，去病则剽荡之子也；非若李广之徒，其将兵俱有轶人事也。夫何功之能得？所谓事有天幸者欤？然而李广之徒俱一身之不能保，卒以无功不侯死，而二人竟日以亲贵。呜乎！此又岂可以常情测乎！自古奇材名将，智足以陷三军，勇足以摧万众，举天下皆无其敌者，及至提一旅之师，出与敌遇，事卒不及料，智无所施，勇无所用，为敌所乘，而不得与庸者争一撮之功者，茫茫皆是也。青与去病视李广，即幸有功，武帝之贵用何遽至此？二人之功，卫子夫与有力焉，彼李广者何得侯乎！

## 读《汉书·东方朔传》

东方朔非诞妄人也，而世之传之者多怪异事，此乌足以得朔哉？事武帝之主，侈心多欲，其智足以饰惑，其才足以拒谏，一时直言敢谏之臣，因言事坐法死，否则获罪抵刑者，盖大有人矣。而优游养望者，又或因上意所在而逢迎其旨，以偷安而固宠荣，而国事之得失与否，至漠不加意。其间立人主之朝不以匡正主德为事，乃一取所谓阿谀取容者，

欲以保安旦夕，其为人果何取也？东方朔遇事敢言，发武帝之覆，至切不讳，虽古之诤臣，何以加兹！而切至之论，乃以诙谐出之，言之而用，则为得之，不用，亦不之罪。所谓避浊世以全身者，非耶？后人不察，乃以逢占射覆，至取奇言怪语附著之朔，而朔之道若不可见焉！此则好事者之失也。

## 与赵冠生秀才书

某白某君足下：

见蔚堂，知人有短某于君者。曰："某自举孝廉后，颇自矜，卑夷人，倨不可近。"某何以至是，是必有故焉。否则，必其人之讹言是非者也。

某无才，屈于势。所遇多富豪，人挥金若掷，某二三锱铢出纳必吝；人纨绔肉食，某缕布蔬菜且不给；人道朋类友，所至皆是相与市名延誉，某形影相随，标榜一己。某，人所卑夷者也。即偶获一，第而寒不可以为衣，饥不可以为食，急不可以为用，日暮道远，身在荆棘，我何得以自矜？是盖有故焉！

吾乡之人多聪达才艺，朋侪相聚辄相与引妓作优，往往饮酒欢呼，否则弈，否则博。以我置其间，势如枘凿之不相入，欲勉而从之，力诚有所不及；欲不从焉，则举座为之不欢。以故屈抑闭户，竟岁不一出。人以为我不可近，不亦宜乎。

夫我之不合于时，久矣。哆口刻面，图身不赀，而欲以方轨于崎岖之途，亦安往而不穷哉？今之所谓闻人，己在利则趋，己在害则避；人有善则隐，人有恶则暴。先生长者行之于前，而二三才华之辈复起而道循其后，一举群动，牢不可破。吴前州作牧时，矜以反是者为教，八九年间，某以谓其化之矣。若犹未也。我岂复有置身之地哉！

始我识君谢倬峰先生门下，先生去规就矩，某以为行似古人。君试问先生，以为何如人乎？其以为非也，吾知改矣；若以为是，则虽聚今之所谓闻人千百，其口铄金销石，而必不能以易我志。

昔李贺举进士，韩退之为作《讳辨》，人言始息；韩退之见谗，宰相翰林作《释言》，逡不得行。某之贤不及退之，而罪之由有李贺。某释言于君，君之事在讳辨也。激于中必发于外，伏惟亮察。

## 序吴先生所著《尚书》

《尚书某某》若干卷，吴先生刺冀时所著，未尝出以示人，故吾党之从先生学者多未见其书。张雪香先生以公事数与先生见，间其往也携归，写以存之。戊子冬，先生病假去冀，而州之荐绅先生与吾党之诸尝从先生学者，乃为谋资刊其书。议既定矣，已而不果。

今岁春，余始从张雪香先生借读先生书。先生尝考安国孔氏《古文尚书》为二十八篇，而是书所注则一以司马氏为主。《史记》之没其文者，乃杂采诸家说坿益之。国朝治《尚书》自王光禄鸣盛撰《尚书后案》，谓郑师祖孔学，独得其真。后之尊汉学守家法者，遂执为定议，迄百余年无异辞。而先生独以为孔氏古文书之著于《史记》者说为可凭，谊为最确，而舍郑从司马。司马氏亲从安国问，故后之传安国学者，卫宏、贾逵、马融，四传乃至康成。夫亲见其人而传之与传之其人于数百年之后，其信否不待智者决矣。

余窃怪段大令玉裁、孙观察星衍，其经学极为精通，独其说《尚书》乃皆局于王西庄氏不能出，岂发之必待其人欤？抑诸公之见不及此也？序而归之张氏，俟其刊以质世之治是书者。光绪辛卯春三月，门人衡敬识。

## 书《霍光传》后

世言史文，班、马并称，其实班不逮马远甚。而是篇渊懿质古，浑重安详，似①更出司马氏右，班氏所为，当不至是，是必有所本焉。

张廉卿先生论班史，太初以前本史迁，《三统历》② 本刘歆，而

---

① "似"，原本作"侣"。
② "历"，原本作"秝"。

叙异斋集

《艺文志》多本刘向《别录》。然则是篇盖亦刘向之辞，而班取之者也。古之为达官名人传者，职之史氏。霍光事业被上被下，即其后竟以反诛，亦岂至黜不录耶？当宣、成时，刘向领校秘书，吾意秘府中必具有霍氏事实，而为向所论列者。惜乎其书莫考矣，然此可以意逆而知也。

曾文正公论文章之途有二：曰阳刚，曰阴柔。持此说以推测古人，心摩意揣，泮然而与古人溯合，虽一人之身而前后所造不同，即其文亦浅深异者，往往然矣。况乎两其人者两其身，中有物焉为之障，万万不能合并者，而顾可以相假乎哉？呜呼！文章之变极矣。或攘他人之文据为己有，或己不足传而附人以传。盗窃窜乱，几至不可测识。顾安得好学深思之士，立木测本，而一一为之辨其真耶！

## 祭王韵岚文

光绪十四，君以辟起。我时读冀，识君之始。君年倍我，让不我齿。弟我兄我，好我无似。我思于人，得此盖寡。口哆面刻，所如戹庈。自从君交，心口自语。得一知己，死且不腐。如何弃我，遽尔作古。四尺之封，七尺之石。我能为文，铭君窀穸。彼龃龉者，实与我撼。同趋异诣，有舌如剑。君子信谗，诗人所忧。君之于我，夏葛冬裘。岂伊一文，吝不君酬。有梗其中，我不受咎。谓实为此，愿言则丑。君骨有朽，君精不磨。君之知我，视我有加。吾乡多材，畴昂畴矬。有水一酌，有土一撮。琢辞驰哀，以告颠①末。死而有知，鉴此诚拙。

---

① "颠"，原本作"傎"。

# 卷　三

## 秦　论

秦起西垂，用夷狄①之俗，稍稍割剖六国，卒以并冠带之伦。论者咎六国不并力摈②秦而赂秦。夫赂秦，六国所不得已，而摈秦，则六国之覆辙，所以破亡者也。

秦自襄公始国，文、缪之后日益盛兴。而诸夏摈之，不与同中国会盟。孝公立，用积怒发愤于变法，务耕劝战，以至始皇，遂并天下。乡诸侯之谋，适足以激励劝勉，速就其鞭笞挞伐之威耳！安在夷狄不可与中国会盟？夷狄已业有中国矣！夫夷狄，中国之不同好丑贵下，吾盖亦习闻其说矣。大氐皆家人妇孺之谈，无闳识远虑者之为也。为六国之君臣谋国料事，曾是不出妇孺之识虑，其为秦所并吞也固宜。

盖秦之所以能并六国者甚伙，皆不容漫不省问，而一切抹杀，遂可坐而自大也。其开国晚，其草创经营治方务于蒸蒸益上，而六国积久衰敝，率已委败，不复可据。其地势便利，东向下兵于诸侯，若决隄水以注千丈之溪。其民猛悍少虑，怯私斗，勇公战。较此数者，六国无一敌焉。芒不参彼己强弱、事势可不可，徒以其夷狄也而鄙夷之，几幸之坐以中国自大，至力不能支，乃出于赂之一途，割地请服，纳货入朝，不耻以中国之贵好而为夷狄臣虏。何前后计谋行事如是悖戾之甚也？

且所谓夷狄，中国亦空名无定。在五家三代之时，中国地不过数千里，北不及种代，南不及荆吴，东不及淮莱，西不及巴蜀。至秦有天

---

① "狄"，原本作"翟"。
② "摈"，原本作"宾"。此篇后同。

下，具取而郡县之，而中国倍差。设由此而益开疆拓土，举邹衍所谓大九州者尽服从而招徕之，南北一纵，东西一横，择天下之中而立国，如周之营洛，均四方诸侯贡赋道里。秦视六国，盖犹近之，何所为中国不然，而使夷狄乘间制形胜之地，如汉之西都关中，负塞以为固，居高御下，秦与六国盖不足以当之，又何所谓中国。中国名号之尊，夫非以其由来最古，而为五家三代所遗留哉。承最古之遗留不能守，一旦弃之夷狄。六国之中国不足惜，所惜者其为五家三代之中国也。此六国之罪也。而论者复取以为说，啧啧曰"何不并力摈秦"，问其所恃，则曰地五倍也，众十倍也，而于六国之所以不敌秦者，懵未之知焉。夫人无论众寡，用力者强；地无论大小，生财者富。既富且强，何国不昌。昔者汤以七十里取桀之天下矣，武王以三千人取纣之亿万人矣。桀之地非不大也，纣之人非不众也。然而汤武能胜之者何也？夺其所恃，知彼知己，务实不矜名而已。

今秦以务耕而富，六国亦有农也，君臣咨儆，去农之不如秦者，就农之如秦者，且益谋农之所以胜秦者，岂秦之农智，六国之农独愚哉？亦在道之而已耳。秦以劝战而强，六国亦有兵也，君臣咨儆，去兵之不如秦者，就兵之如秦者，且益谋兵之所以胜秦者，岂秦之兵勇，六国之兵怯哉？亦在厉之而已耳。秦用六国之士，任以为相，任以为将，益知六国情势；六国亦任秦之士，与之若争若竞，日谋其新，月谋其异，岁谋其不同，以胜为务，如此则一梁、魏当秦足矣。地岂在大，人岂在众？

六国之已①事既悔不可追矣，而论者又以不知妄言之，故致使后之谋国是者惑黑白而误于所从，重蹈六国之覆辙。夫六国忽遇一不可制御之秦，事非前世所已经，亦仓卒而无可如何耳。至后世而彼此胜败之迹，悬乎若高山之与深溪，望而可决，而又昧没于论说者之口，更千数百年，智君贤相代出，上下竭虑尽谋，终不能得制胜之术。呜呼！此汉氏以来夷狄所以常为中国患，而中国不敌，甚者且为夷狄所有也。宋之

---

① "已"，原本作"巳"，误，应作"已"。

已①事其较然者也，此论者之罪也。（吴先生云：愤懑而发，郁怒不平之气蓬勃纸上，此曾太傅所谓喷薄之势也。吴北江云：气格声响皆卓然入古，湘帆第一篇文字。张献群评点：自"芒不参彼己强弱"至"为夷狄臣虏"圈，眉批曰："劲气直达类盛汉。""且所谓夷狄，中国亦容名无定"圈，眉批曰："提振横甚。""六国之中国不足惜，所惜者其为五家三代之中国也"圈，眉批曰："愤郁沉至。"自"夫六国忽遇"至文末，眉批曰："一篇归宿聚精会神，以为奇，观谋篇亦自《过秦》来。"）

## 书《古文辞类纂·赠序类》后

荀卿子曰："赠人以言，重于金石玉帛；观人以言，荣于锦绣文章；听人以言，乐于钟鼓琴瑟。"② 言固若是其可贵矣哉！盖自老子称富贵者送人以财，仁人者送人以言，后世效之，于是祖道赠处之说，不绝于有道能文之口，而词章日滋。然亦必共道一志，劝善责否，两视无所于逆，而后言之者为直谅，听之者受重赐也。骤而与富贵所有交易，仁人者固有所不屑，富贵者亦必大有所不愿欲也。

空立不根蒂之物，饥不可以果腹，寒不可以燠体，诚不如坐资厚实，前走熟软，媚耳目，奴庸嗔，笑叱诺，傲③然为所欲为之有以自适也。然而老子、荀卿子如是云云者，彼盖自负所有，诚不能无所缺望于世，因而佼佼自珍贵，是猩猩爱血，雉爱尾之类，亦可嗤也。孔子曰"予欲无言"，其知之矣。六经之道，日杲星㮣，加以诸子百家传记关解枝疏，较较著白，若数三五在畴人算竹，非如玉珠之深藏川山，必有人示以媚辉而始知之也。人苟有志于仁人所有者，归而帘阁，据几俯仰，见古人来面告之矣。举人所绝意之事而强聒聒不舍，且曰重于金石玉帛也，华于锦绣文章也，乐于钟鼓琴瑟也，人孰信之。又况不富贵而好语仁义，固亦君子所羞也。孔子其知之矣。（吴先生云：转接处用突用

---

① "已"原本作"巳"，误，应作"已"。
② 王念孙曰：案"观"本作"劝"。又王先谦《荀子集解》"荣于锦绣文章"作"美于黼黻"。古人作文多凭记忆，引用文字或有出入。
③ "傲"，原本用"敖"。

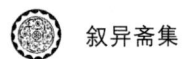

逆，得之韩公。贺先生云：愤嫉之意，诙诡瑰玮之词，兼庄、马、韩之长。）

## 送赵铁卿序

某客深之二年十一月某日，深泽赵君铁卿来过我，止宿。某与铁卿皆贫士也。取四方奔走自活，又归而养亲育妻子，两人者无一不同，故每相见辄喜相问，语刺刺不能自已。一米盐之出纳，若珍若吝，诚有味其言之也，使他人闻之必大笑，两人者亦自不乐为他人道也。明旦且行，送之言曰：

号物之数有万，形质情性亦万，而气则一。万物同游于一气之中，气与气有相感者，而物之化合固不必形质情性之一也，故转丸可以育矢，慈石可以引铁；气与气有不相感者，而物之类分亦不必形质情性之不一也，故荠不能以茹薰，渭不能以浊泾。人之气亦有相感有不相感，利达之人必其气有以化合利达，而与穷约之类分也；穷约之人必其气有以化合穷约，而与利达之类分也。类既分即不可复化合，是以利达、穷约二者不缔婚①姻，不结朋好，即或降心相取，出肺腑，沥肝胆相示，气不相感，终胡越耳。昔尝论韩退之上书宰相，柳子厚献文权贵，窃怪以彼其人，抑何不自喜若是；彼其于人，气类之不感，中有高山深溪，阻绝梗塞，欲以语言区区强合之，不可得也。

某来此，索居寡欢，窃自比之古人迁谪。读屈原《哀郢》《抽怨》，三复其辞而悲之，触物怆怀，尝为诗三章，时用自遣。然秘之未尝出以示人，即一二交游，知识但穷约不如吾者，亦未尝使见之也。非用是媛姝自好，气不相感，日走利达人之前，而聒聒不舍曰"余侘傺，余烦冤"，诚畏羞耳。君尝以为我天下之至穷，出而相质，庶几不失言乎？铁卿曰："唯唯，愿有闻也焉。"遂书之以备，宜走之唱而祖铁卿之行。

夫人固亦有旷世相慕，隔千里相思，而不可以穷约利达分者。此其气之所感，微眇难测，盖不可以言诠已。诗曰：

天固地闭，隆冬今朝。草枯木羸，四望萧条。岁命将卒，北风其

---

① "婚"，原本作"昏"。

号。霜露不戒，雨雪飘飘。甚寒迫人，骨栗悚毛。夏秋之交，溽暑淫雨。地热不藏，天漏不补。有鸟来巢，朝鹊暮①乌。中宵鸮叫，其声呱呱。朋党比周，维萤与蚊。番休更伺，皆有云云。长蛇蜿蜒，蔽彼丰草。举趾不谨，动奸蜇咬。跂跂百足，脉脉守宫。主簿翘尾，夫于却行。毒蜇不良，称在上志。奚为坌来，此焉溷厕。当春三月，杂花生树。桃梨白红，叶媲栱互。鸟语风暖，雄雌呴呴。时和景良，嗒焉已去。（吴先生云：幽峭奥衍，独创一境。诗亦有古意。）

# 文　说

凡物必为我所自有，而无待于天者，乃可谓之能。蝉生无口，终日鸣不哑；蛇生无足，终日行不蹶。人为万物之灵，岂可无一术焉。

怀天之刑，偃仰②悬解，谓我备耳目口体，而聋瞽疲癃者比迹；谓我备仁义忠信，而暴戾奸诈者接踵。所得于天者，宁可恃乎？天之性大抵反复不常，而又隐忍好吝。提转日月，排列星辰，激闪霆电，天有大文，皆用以自嬉，极不肯出以予人。然亦惟非天所予，人所自为而自有之者，天亦不得操纵而予夺之也。是以古之圣哲英豪非常之士，无上下，一是皆事业于文。

天地之开辟本浑沌也。自三皇五帝三王以文化成天下，破草昧而桄被，天无奈何；孔孟庄荀扬马韩欧程朱之生，天本以厄之也。与文俯仰③，朝嘻夕怡，名垂而言立，天无奈何。文上之能以变化裁成民物；下之能以取自适不没身后，文固若是其可乐而可贵也。今之学者未尝肆力，辄自画曰："我天质薄，不足与夫文。非若耳目口体、仁义忠信之为天所生也。我所自为而自有之也。"吾闻苍颉始造文字，天雨粟，鬼夜哭。以人情准之，盖亦如怀重宝而为他人所得，太息痛惜，不能自已也。顾人皆不知宝而贵之者，何哉？（吴先生云：穿天心，穴月肋，得此瑰

---

① "暮"，原本作"莫"。
② "仰"，原本作"卬"。
③ "仰"，原本作"卬"。

怪，光气熊熊。贺先生云：似韩柳弄怪之文。吴北江云：此文瑰怪，逼入诸子。）

## 王考府君事状

　　王考府君弃养之三十又一年，衡父召衡于庭而命之曰："汝祖之葬，未得文以志，淹忽遽至于今，陵谷变更，恐不可识，如以石著名载迹，揭之墓道其可。汝幸从吴先生游，吴先生有道而能文，欲图不没，莫如吴先生。汝试往请，宜如志。"衡受命，则谨从吾父问府君性行事迹，与衡素所闻知于王姒李太孺人及乡父老者，论次其语为状，而缀以里居族出。语曰：

　　府君幼孤废学，学治生，以资从人籴粜为贾，而已则把铃鏮钩铚斨斸以即事陌阡，手胼足胝，才足服食。府君有世父曰某君，自我曾祖王考在时已分财析箸，性纵侈，喜酒色博戏，不事生产。既已尽鬻其田宅以资玩好，不足，则取我田鬻之。府君不能禁，最后尽鬻我濒河之原十三亩。府君念无以为生，则入言于我曾祖王姒秦太孺人。太孺人闻之泣，府君亦泣，然终无可奈何。太孺人归而愬诸外家，外家为出钱赎还所谓十三亩者，而取执其契，迨某君卒，乃始以契归我。我之生计于是益蹙。然府君不忧己一身之寒馁，而忧养母之不备；不恨己治生无术，而恨废学之早。每过塾门听乡先生诵读咿喔，傍徨至不能去。或时坐人于旁，使之说书。既吾父长，乃委置之学，一不以事干其虑。吾父强学能记，当同治五六年间，已能挟策以从学使之试。府君则大喜欢慰，以谓饬行植身，非学不习；而传嬗承续，且有以恢廓吾门也。逮府君没后，吾父犹常述其言以教诰衡兄弟。且曰："汝之孩提，汝祖绝欢爱之，时时婴抱褓络，顾弄为乐。一日与汝易冠，相视而笑。顾见我立于侧，指曰：'此儿长必使读书'。"府君之没，衡生甫四岁，府君他事不能记忆，但忆家人传述一言，问衡曰："汝祖何在？"则诘诎曰朱柙，盖府君棺殓，衡固得在视之也。

　　府君长身兀貌，屹重不佻，然天怀坦白，与人不疑，乡里故爱重之。赛会公私钱物多储其手；乡人有构衅忿争，府君居间排解，使不至讼诉；或闻府君之至，迎以解散无事。其疾病，问者继于门；其没，哭皆失声；其葬，巷无留男子，皆送执绋。凡府君之性行事迹大略如此。

府君讳某，字某。以孙男衡候补教谕，貤赠修职郎。生于嘉庆二年某月日，没于同治七年七月二十七日，享年七十又一。即以某年某月日从葬纲眼沟祖茔之次，直家东北四里。其里居族出曰：我赵氏之先，当明永乐初有自洪洞迁居束鹿之温朗口者，死即葬焉。后传失其名，以班兄弟在四，称曰四老，旋迁今里，为冀州人。奉四老为始祖，而取我赵以名里。赵，嬴姓，以国氏，具载古史。兵燹之后，谱牒失，洪洞之别，不知其本所自起。自迁来，始祖以下至府君十一世。府君曾祖王考讳某，富甲一乡；王考讳某，兄弟四人，四分而家落；考讳某，兄弟二人，家又分。妣氏秦。府君有兄弟，讳某，与府君友爱，既娶而卒。配我王妣刁太孺人，生吾姑姊，适国学生石泰勇。继配丁太孺人，无出。李太孺人，有德而甚艺，相府君，是似是宜，生吾父；吾仲父，早卒；吾姑妹，适李曰俊。孙男四，衡为长，光绪戊子科举人，大挑二等，候补教谕；次彬，附学生；次二殇。曾孙男四，钟滢，十有一岁，能默诵《诗经》、《尔雅》、四子书；钟泽，七岁，初学识字；钟深、钟湜，皆三岁。（吴先生云：摹写真挚。贺先生云：意挚语质，而有俊爽之气，得于古者益深矣。）

## 送刘际唐序

具心与耳目手足则必有所用，用心与耳目手足则必有所业。乐师之徒，业耳者也；画师之徒，业目者也；农圃百工之徒，业手足者也。业心，则吾徒之为文者是也。业耳目手足或无当于文，而为文一不当耳目手足之用，则不可以谓竟心之能而为文之至。盖耳目手足以形用，心以神用。用神而不能实有所著，则虚无所薄，其归无有。是以古之善为文者，即亡寻有课默求音。必所为之文，耳得之而为声，目遇之而成色，手若可探而足若可蹈也，不若是，不足以信今而传后。宣曰以传语言，使人知其意而已；以纪事实，使人明其迹而已。则勤学之士类能为之，犹未尽斯文之能事也。

吾友刘际唐，绩学为文，广蓄博采，久而弥勤，盖有意乎文之至哉！夫文之至与不至，不必卜之于人也。出所为者而自忖度于耳目手足之间，决矣。某岁夏，将以某官之任某所，于其行也，书以祖之。（吴先生云：文有劲气内敛。）

## 与刘际唐书

辱赐书，知《吕览》读毕①，乃秘而不宣，不肯一举其书中旨要，远饷故人，义何薄也。弟索居于此，号召不如己者十七八辈，左右视坐而自圣，既违师训，又乏知友，学无所于质疑信，业无所于问可否，每荒郊散步，独居私念，意未尝不在钜鹿也。自七月杪治《吕览》，两月以来，与寝与馈，日夜思之，以心与其文相索，时有所欲言。四顾无可与语，谨排次其说，寄献左右，问途已经。非惟虑岐路之趋抑，亦恐北首而南其辕也。

《吕览》者，大抵秦议改制度之所为作也。汉兴起闾巷，叔孙制礼在天下大定之后。秦自襄公为诸侯，至于庄襄，天下已归其囊括，则谋之宜预也。当始皇之初，国事一决不韦，不韦知秦法之有善有不善也，又智不可专焉，乃辑智略之士，使人人著所闻而集而论之，备古今治乱兴亡之迹，推而究之，分而别之。明其何以胜、何以败、何以能久不能久。自封建赏罚、兵农礼乐、君人之道、治官之方，以及饮食衣服、宫室车马，诸生人所有事，无所不议，亦无所不折衷至当。其言博而辩，盖犹近七国纵横权变之习；其文约而达于治体，则非孟、荀、庄、韩以下苏、张诸子所能及。焯焯乎一代兴王之制作也。其后始皇忌不韦不用，嫪毐又时时谋为不规，逸人间之，不韦逆料其交之不能终也，其忧危之意，惧祸之思，亦往往见之于文。每论及君臣相与之际，上下之交，辄反复感喟，不能自已。太史公谓不韦迁蜀，世传《吕览》者，此类是也。后人不察，动疑史公所传为误，不知史公第②举其终事以为之辞，岂谓不韦迁蜀始为《吕览》哉。

---

① "毕"，原本作"斁"。
② "第"，原本作"弟"。

不韦既以迁死，始皇暴戾取天下，身没未几，土崩瓦解，不可收拾。胜之非难，持之其难，不韦早虑及之矣。始皇实好小察，不韦谓三亩之间心不能知，其卒也，赵高奸宄；始皇实多威劫民，不韦譬之若御者之刲马，其卒也，民不为用，陈、吴资之而起。不韦一贾人耳，其谋法料事皆如身亲目睹，烛照而箸筹之者，可不谓智术之士哉？今我商贾动负不学之訾，得此可以解其嘲矣。然今我之所谓学者，何学乎？律以不韦，转恐无以解吾人之嘲矣。书辞猥杂臆决，尤多瞽说，诸赐观览，不惮是政，幸甚！幸甚！（吴先生云：其说史公不韦迁蜀二语，最有得于古。）

## 《四十二篇文钞》叙

士敝于举子业，自数百篇制艺及五经四子书可以命题之外，一无所省录。与之语前古，往往后汉于唐；言天，不辨星之经纬，论地，莫知山川出没。余以家贫课徒，所至勉人以读书，无有应者。间得一二人，又或畏其迂难，浅尝辄止。余思所以引进而振起之，乃取古今文之有资于时文者，都四十二篇为籥说，俾读之使由此诵读有得，而有志于学问之途，亦先路之导也。吾友羡雅堂继儒方自课其群从子姓，即教以此本，固请余约略言其意例，因为叙列如左：

乡塾子弟知读《左传》、为《论语》文，于《春秋》时势可言其大抵，至《孟子》则茫然于其世，钞苏秦、张仪说六国文为十二篇。黄钟为万事根本，天下风俗彼此不同，自秦人燔书，汉氏以来学术益歧，钞班孟坚《律志》《地理志后叙》《艺文志》为三篇。天文之学，后来益精，求其易于记诵不忘者，须韵以引之，钞丹元子《步天歌》为一篇。唐虞以来讫赵宋，代非一姓，求其政治因革之利弊得失，可以救时作事，钞马贵与《文献通考叙》为二十四篇。州郡形势强弱，国家盛衰所关，钞顾景范《州郡形势叙》为一篇。近世学习分歧，约而言之，不外圣门四科，钞曾涤生《圣哲画像记》为一篇。（吴先生云：气体高简。贺先生云：体例详审，文亦简单。）

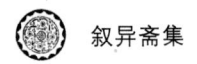叙异斋集

# 钱君墓表

君生有至性，事父母尽力，有弟有兄，食饮衣钱奉养之需，一自其躬，不以相假。终父母身在视，未尝一日去左右。疾病，侍食宿，口进汤药；没，亲含敛；葬，临穴亲封。春秋若干，以道光某年月日卒于家，即以其年某月日葬于某阡某原。葬之后若干年，孙男清魁于某阡某原，卜得新兆，谋改葬。以君生未尝去父母，死而远之，不忍，乃伐石书勒君之生卒年月日时，姓氏名字，瘗之新兆，为墓介。其子妇兄羡继儒为书，使人北抵深州，请为君子揭墓之文于冀州赵衡。衡曰：

呜呼美哉！养生葬死，不懈终始，即是谓孝。克尽子道，可传永久。盖孝之功莫大于保大种族不坠，而其道在不忘本。父子相承，祖孙更继，系系绳绳，皆一脉转递传衍，不以支体之分而或绝也。今人言孝多端，托名显亲，往往去数千里远游，更数年不归视父母若忘者，亦异乎吾所闻矣。

大海之中有珊瑚焉，子母连理，孳息不已，子子孙孙至千万亿兆，相依如一人之身。《诗》言孝曰"本支百世"，珊瑚之孙子至千万亿兆，本支相依，其见宝于人有由然哉！抑余论孝重有藉于珊瑚者，不在支体之不分，而在知识之未开。人当胚胎之时，已与父分体，至孩提则与母分体。耳目口体各具，必强而合之，亦不通之甚。然天下无不孝之赤子，忘亲远去，多在少壮以还。知识既开，耳目口体日与视听言动为缘，载以偕去，逐而益远，父子至不相见，祖孙益以旷绝，然犹美其名曰显亲，人心之坏，盖至斯极矣。

余考西国格物家言，其说万物动植之分以有无自动自觉之能，而动物之所以能自动自觉，以有脑气筋，脑筋之多寡，物之灵愚所由分也。最四类人为脊骨之一，脊骨之类有大脑海，灌输脑筋，为物最灵；圆节之类，则视脊骨者加衰少焉；柔体者又加衰少焉；至动植难分之类，则几无脑筋之可言矣。而物之灵愚即因之等下益降，又等下之，则为无动无觉之植物。其系珊瑚于动植难分之类，亦曰动觉之能少耳。唯其少也，专精固气，其神不纷，故子子孙孙至千万亿兆，族居类处，不忍相

去。非所谓愚不可及者哉！

人最灵矣，有巧智自将，为用不穷，亦自知子不承父，孙不续祖，忘本不可以言孝，乃扳援古人显亲之一说，自为文饰，而为之子为之孙者因习成厥性，用以跐前嬗后，相率而同出于忘。至父子祖孙漠然相遇，而种族于是坠矣。若君所为，可谓愚孝，人中之珊瑚也，宜有贤孙，最行迹美，用垂显刻，永锡族类。

君讳某，字某。父曰某，王父曰某，曾王父曰某。娶某氏子。男某。孙男清魁，不忍改葬君者也。曾孙男某，羡继儒之妹婿。读书为文，能状君行，谋载久远。（吴先生云：意极诙诡，文亦奇丽。贺先生云：近日多发明西学之文，其文皆不足观。吴先生《弓君墓表》殆若创①，为此文之渊奥，足以继之。）

## 吴先生六十寿序

文以立言，而事取其称，故经词质直，诗独以夸饰为工；《左氏传》说神物鬼怪，傀诞侈危，间以谶语，言各有当也。言当于事，事以时起，文乃日出日新而不穷。

自西人入中国，挟有声光气化电重之术，多吾书契所未有。近十数年，治其术益精，锤②幼凿冥，出入微芒，神能之至，旋天纽地，扑捉虚无。莘莘万汇，情见力输。每创一法，折方毁圆，凌厉独出，把柄内凿，细入无间；每制一器，错愕怪物，不知所原，奇奇诞诞，若神所为，若鬼所作。故记称勋华以前，吾国皆神灵宰世。异能异事，缙绅先生以为荒诞不经，多摈不载，时或散见于纬书外纪，傀诡党怪，骇人听闻。以今西人之艺术例之，未必皆亡其事。傀诡党怪，尚未若今耳目所构之至于斯极也。独恨其为说奥赜闳衍，未易通晓，而吾国之译言者又俭固不达，不足以推阐其术而发扬其义，于立言有愧焉。

衡观西人之书，其流入吾国者，大率分艺政二类。述政治之文词无

---
① "创"，原本作"刱"。
② "锤"，原本作"鎚"。

害于质直，夸张艺术则于诗体相宜。诗之后流而为赋，自孙况、宋玉肇端，至汉氏益张大之，视左氏之浮夸有加焉。设令西人之来当司马长卿、扬子云之时，召之庭，二子者究诘其傲诡党怪之术，发挥以沉博绝丽之词，词与事称，岂非一古今得未曾有之大文哉！

衡自视㝰鄙，不学问，不足与于斯事，间为书请之桐城吴先生，吴先生即今时之扬、马也。先生若为不知者，举韩退之不作子云四赋相消让。退之特未生今之时耳！生今时，见西人艺术之傲诡党怪为子云所未尝言，即不能尽弃其论议叙记之文弗为，决猖狂恣睢，肆意作赋无疑。今岁九月为先生六十诞辰，贺先生寿之以文，又以命衡，衡因书衡素所请于先生而不获于先生者敬以质之。（吴先生云：义闳美而辞彫琢，惜施之非其人耳。古人虽至亲爱不滥为揄扬，盖所以自重其言也。读此篇及松坡作，不佞滋愧，亦非诸君子之盛节已。贺先生云：傲诡党怪，猖狂恣睢，此才固可作赋。）

## 送璘章从日本某君游学序

某自视所学无用于世，顾无力不能资余弟璘章游学他所，苟且从某学者几二十年。璘章为人强力有气势，终不肯久埋首牖下，汶汶与世俱没。一旦自痛所学之非，见东西国相逼日深，慨然欲有以究其术，推而致之于世。顾不得善者而师之，虑终昧其要领而袭皮膜，如是迟迴审慎者又一二年。

某间为引而通之桐城吴先生，吴先生使从日本某君学。璘章以书来告某曰："日本，吾兄弟国，某君吾故也。"始余与某相见于莲池书院，接其人，听其言论，索观其所为文，其拳拳望我之振奋衰敝，彼此扶掖，同心一力，抵制异类，为意至殷且挚。迄今六七年，犹时往复于胸目，思之增人钦仰，而益恨我之自相残杀者为可痛也。我不能立而几幸于人，其为谋已不臧；人几幸我之立，而我乃自蹶自堕，则直谓之无谋而已。

近十年来，士大夫颇兢兢于保种之说。夫曰保种，固非区区保我之人民已也，固将合环我旁十数国者同联络而共保之。然所谓十数国者，今多半隶属于人，唯我以大尚存，日本以强自立，强与大合，或可几渐收保种之全功。甲午之战，岂唯我悔之哉。《诗》曰："兄弟阋于墙，外御其侮。"某故学于中国，亦尝持此言以提导其国否耶？璘章思欲用世，暇时以我之说质于某，其以我为何如人也。（贺先生云：意绝沉痛，而词气弥复纡徐。提转伸缩，已几自然。）

## 《深州风土记》叙（代）

是书为桐城吴先生旧时所论著。某来守深，求得其本，集州之荐绅父老谋剞劂之，而书成已久，事与时积，宜有增益。会吴先生方都讲莲池书院，乃集赀置局莲池，而延州人张廷桢溯周、武强贺嘉枻墨倚、安平弓汝恒子贞，先尝与于修志之役者，采取近年事迹诸未经先所论著者，辑缀比附，续请吴先生整齐削定，成一家之言，遂付手民，传之久远。系曰：邑乘，于目录家属史。作史以"表""志"为要，自司马子长创为其体，十表八书，科分条叙，后之史官尚有能为不能为焉。至一观诸要节授贯注，举一切典章法制之赜，有志以纪其本末始终，而废置沿革减益，复表著其由然时日，使后人得览，不至差互不明而误于所出。此自载籍以来，历数千百年之久，未尝一有也，今乃于是书创见之。独惜其传载一方，不获举天下之大，使之衡纵而下上，即是书稿本亦几埋没，淹滞零落，不克早出视世。此岂真如韩退之论史官，有所谓天人者若或厄之，物各有时，未至其时，力争不可；既至其时，有不期然而然者矣。

某与吴先生初不相知，奉调来深，以先生尝官斯土也，从之问政。到官延接州士，因得是书稿本，怂恿①付刻，而某案牍之暇，犹及见生平未见之书。然则，是书之遇有时，而某是来也，亦可谓不虚已。光绪二十六年仲春，某撰。（吴先生云：文自劲健。独奖饰溢量，非知言之士所宜。曾文正尝谓予云："称人之美，不宜过实。古人所以信今传后，全在此等。"因自诵其箴语有云："慎尔毁誉，神人共鉴。"以此为作文要旨。今读此篇，似与曾说微异，不仅下走跋踏不宁也。贺先生云：词简意足，格调老成。）

---

① "怂恿"，原本作"慫恖"。

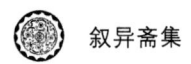

## 深州韩文公庙碑

当唐穆宗之初，公尝说下王庭凑，脱民于兵，获兹庙祀，其来已久。清兴二百五十有①六年，平江朱公璋达来守是②州，既葺公庙，且去，以文来请。

惟公以后起包云越况，上缵邹鲁斯文之绪，其明德宜祀百世，区区一口舌之功，在公犹小。故礼典祀公孔庙西庑，独有取于大者，然乃从祀，非特祀。凡特祀，始立必以报事，久则因以祈福。今海内辑谧，无复有唐方镇之患，惟纂述圣文，梡被方外，编入诗书，跻之五三③六经之列，与古为新，尚为无人。公之神无往不在，诚能迎享饮食，默获化佑，使著作之才飙起云蒸，蔚为风雅，与贞元、元和作者上下驰逐，则是邦之福已④。乃更为礼师祝辞俾歌以祀。公庙在州治北五里小曹庄，祀以二月吉日，即前解兵时也。辞曰：

廿八《尚书》三百《诗》，后千百载莫继之。物大不能支小材，神往圣伏吁久哉。公勇崛起唐以⑤来，力追姚姒庄骚随。到揭日月烛八垓，有容必照光漏宧。此邦夙为公所慈，魂无四方安斯祠，使邦人士有循持。（吴先生云：意高辞峻，神期旷邈，诗亦生新，而前序尤警绝。贺先生云：高古简峻。吴北江云：此文光气足垂不朽。）⑥

## 文瑞书院藏书楼记

太仓钱公溯耆，再为深三年，政简讼息，乃集州荐绅人士谋作室起

---

① "有"，雪王堪文作"又"。
② 雪王堪文无"是"字。
③ "五三"，雪王堪文作"三五"。
④ "已"，原本作"巳"。
⑤ "以"，雪王堪文作"已"。
⑥ 《四川公报增刊·娱闲录》1914年第7期，第56—57页刊载赵衡《深州韩文公庙碑》，雪王堪文《赵湘帆深州韩文公庙碑书后》，与《叙异斋文集》中所收此文校对，字词略有异同。

楼，上储书，下为师弟子讲肄之所。庀材兴工，载度载筑。会解组归吴，朱公璋达继守其任，一蹑前趾，踵为之，弗饰弗增，惟制惟萬。自光绪二十有五年四月经始，阅明年三月毕工。合前买书凡用钱若干，金若干[①]。州某某等实终始其役，相与请纪成绩。某则为之词曰：

惟此上宫，钱公作之。朱公克构，又斁恶之。惟此上宫，匪为燕适。廓其有容，实时书策。粤始文字，邱索典坟。七略四类，历代艺文。苟有传者，靡不收存。以讫今兹，海国异言。其文旁行，其辞蝉联。其谊一本，支叶万千。取著于录，今古相编。邦人嘉观，曰都曰於。来升上宫，寝诗馈书。其书维何，巴蜀文录。长卿佚荡，子云喷薄。王褒[②]秀发，严遵雪皭。伊何多才，后先焜耀。史固攸赞，文翁兴学。废书发叹，俞乎其然。惟天生才，作之者人。兹惟旧邦，虖池澜漫。宜有怪特，出乎其间。绝笔不纪，唐后千年。懿与二公，实始作枒。备集古今，饷此学子。学子甡甡，一邦之栋。饥食渴饮，沛然饱满。发为文章，视古无耻。拾紫取青，犹乃下选。琢词券后，操取美彦。（吴先生云：词多瑰玮，韩王遗韵。北江云：劲直之气，酷似汉碑，不易及也。此文与《祭王用仪文》《尉迟潭神碑记》《祭魏生允卿文》《唐孺人墓表》《故人招饮示诸生诗》《秦论》《书古文辞类纂赠叙类后》《送赵铁卿序》《送刘际唐序》《与刘际唐书》元俱有贺先生平议，今亡佚。弟彬谨识。）

## 驱鼠文

嗟汝鼠，汝弃太仓不居，食积粟，自处已乖。我与二三子，旅舍于此读书，禀圣人之训，昼不敢酣寝，夜寐，汝数出警觉之；不道策简散乱几上不收，汝盗食膏灯，往来上下，污秽不敬。有一罪于此当诛，汝重犯之。

今且告汝，言后宜敛迹便。不戢，我则选乌员食汝，机甚设剿汝，务尽汝类乃止。不宥不郝，令到孰复，勿贻后悔。（贺先生云：庄雅不佻，

---

① "干"，原本作"千"。
② "褒"，原本作"褎"。

古人游戏之文，无不如此。吴北江云：古朴可取。文云弃太仓不居，似讥牧钱溯耆也。）

## 《窥豹试帖》叙

颖君笔山，工为试帖。自少洎老，吟哦不绝，都二百首，谋付梓，问叙于衡。衡闻之师，叙题者，推论作者之意之所为作也。君意如何？笔出则为余言宅章位句、丽辞练字之法甚晰。

衡以教授客深，与笔山来往，窥观其为人持躬，斩斩衷襮，若与人交，不习为时世寒燠唯诺。有所喜，溢色与言；即怒，亦不能自掩也。衡焉心敬其直。今年几七十矣，起宗室举人，官不过州佐。丧其偶，不更娶，二子相从左右，昕夕侍食宿，斩视收听，委心吟哦，他不何问。昔韩退之称孟东野以诗鸣不平，然则笔山之于试帖，匪必有乐乎此，亡，其亦有所不平者在与！试帖亦古诗之流也。余读稿中《以闲为自在》《将寿补蹉跎》二首，造端撼怀，寓言写志，盖庶几乎古人书怀感遇之作。诗以言志，今古亡有异也。

今岁春，以族子为上官，例避他出，未定所向。东指则望泰岱之崇高，南踰则观河汉之奔流（自指出此二省），因以益资吟哦而鸣其不平，所得当益多于是，庶几远饷我乎，勿忘故人也。（吴先生云：化俗为雅，收尤有远韵。贺先生云：绵邈芳洁。）

## 贺巍堂先生八十寿序

衡始从武强贺松坡先生读书吾州信都书院，因识其族子嘉栩墨侪。时桐城吴先生方为吾州，每有事辄倚办墨侪，数数称其能。衡来深州，所与往还过从多贺氏姻党，因得尽访闻其风范行谊。然后知墨侪之材能伏众，皆其尊府巍堂先生有以孕育而陶成之也。

人述先生之家政曰：计所入以为出，都其输皆所赢。凡食饮服御一是日用之需，度计量准，审所宜，备器致用。察于一物，推之物物皆然；行于一日，验之日日如是。人有专业，材不寸弃，俯拾仰掇，出纳有纪。谷溢于廪，货积于肆。统所周乡里戚好困乏与兵旱水蝗振饥救灾，计不下数百万钱，皆一手所筹置。衡问其要，则称谚以蔽之曰："事事有数。"嗟乎！自天下广远，约至一家，自米盐琐细推大之至兵赋，事之败废，孰非败废于无数乎？即事之成立，孰非成立于有数乎？

今欧美人论政治进化，皆推功于计学，即我国古先哲人亦谓王者统业，先立算数，以命百事。数者，固制事物之大经，古昔作者之圣，所用以纪纲万汇者也。后之人漠然承袭，见事物不复见数。物有敝也，则模范而更为之，不易其故事；有坏也，则补苴而不掇拾之，不顾其安。此坐制于事物者也，尚何能制事物乎。夫至不能制事物而为事物所制，则勤而亡所，固不唯事物之败废可虑也，人且以劳而致疾。今先生持家政数十年，支纳踵创，一自其躬，不假手他人。以常情测之，鲜不至于惫者，而先生貌则常丰，神则常王，耳聪目明，常如壮时。是固其得之天者，视常人加厚，故质力能恒动不劳，精神能屡用不疲。然亦有道焉，仍不外前者人言所谓有数。盖数者，事物所自具之节奏条理也。按其条理，循其节奏，顺以应之，而我无成心，故忧勤惕厉、苦身劳形而内不挠，功成业集而已若无所事事。兹殆道家所谓神全者与其祉福寿考，盖自券之。惜乎其化止一家，不得推竟其道以应今世之急需也。

今岁某月日为先生八十诞辰，墨俦使来乞言。衡与先生始终未尝一面，闻人言先生之所以持家者，因推得其享大年之故。书以质之先生，傥以小子为知言，庶陶然为尽一觞乎。（贺先生云：于古今中外政治之学及道家之说皆抉其精奥，不朽之业也。吴北江云：整练明畅①，作者方盛时代也。）

## 曹母程太淑人七十寿序

今方外之人，每訾吾贵丈夫下女子，妇不染学，此盲论也。吾国经世之法所以蟠天际地，宰割万汇，使秩然就序不乱而操之为甚约者，夫非此人伦有以纪之哉。子思子有言，君子之道造端乎夫妇，及其至也，察乎天地。夫道至察上察下，圣神之功能也，而揆厥由来，实始门内之

---

① "畅"，原本作"鬯"。

治。今乃漫以不学相讥，曰此贵也，此下也，何其谬论者与。

大抵彼族之来吾内地，虑皆挟异术以蛊惑吾民，无有通材达识。而吾民之为所蛊惑者，又皆野氓下隶，于君子四者反求之道概乎未之有闻。夫妇居室，媟嬻而已，以所见量所不见，夫岂知吾先王定夫妇之制，固外内并重，无所左右于其间。而吾搢绅大夫之家其可为声教风范者，且所在多有也。姚姒子姬齐家之道，备载五三六经；嬴刘以还更生特传列女，至范氏修史遂取与令辟、哲相、瑰智、轶才并著不朽，是后史家多仍之。近方望溪氏自称未尝轻以文与人，而于妇女之节烈则喜为传载，详焉不厌。今生存为衡所见闻，姻党知交内行无愧于方氏所纪，而有待于传载者，屈指计尚不乏人。甿隶下侪未尝问学，何足知此，而彼族之来与接对者乃据以漫腾口说，轻施诟病，在彼不知妄言，固浅之不足与深辨，而吾国风教所系，则不宜自任消微而不思一张大之也。

深州君房县曹公东屏，少孤，其母程太淑人艰窘百端，扶赠公次聆先生之丧，自吴归楚，扫地立门户，成公于学，历官守令，有声燕赵之间。表其事，使天下著闻，有裨于母教不细。曾子曰"可以托六尺之孤"，此士君子所难也。太淑人顾克相与以有成，其难能可贵不又加一等哉！献岁仲春，寿登七十，凡客兹土公所礼者、吏兹土公所属者与公所部生兹土者之荐绅士夫，同谋献辞进祝，问言于衡。衡惟太淑人继室赠公，事先姑，抚前室女，其贤德懿行在他人皆可纪传，自太淑人视之犹小，故举其荦荦大者，见立孤之难。一死不足以塞责，以风化天下，且以解方外之嘲也。（贺先生云：此非旧说，乃新中求新也。其论至为精透，文势尤壮阔。张献群云：似吾师《贺立群先生墓表》。）

## 曹母程太淑人七十寿序

房县曹公东屏，初为深州，奉母程太淑人以来官所，未匝月，太淑人遽行南归。今年春，公再为深，且四阅月，太淑人始来就养。献岁仲春为太淑人七十诞辰，凡官兹土公所属者、客兹土公所礼者与公所部生长兹土之缙绅人士同问寿言于衡。衡为言公之政绩循良，皆本原于母教。既而辟于公司出纳，其乡通家冀遇瀛、哈舟复与凡公所辟友朋，亦谋称寿以文，又以属衡。

衡惟今年夏，疾疫盛行，其风气起自身毒诸邦，与山川东北流，循大江下，达上海，濒东海西壖，诘曲以至天津，顿而反扑，蔓延遍于畿甸，波溢及各行省。八口之家率病，八口死者二三。太淑人顾于是时独携一丈夫外孙，间关走数千里，自房来深，一车二骡，撼顿于日炙风燎之中，于时人所患一无沾染。若守水以防火之烧，若渭之不能法泾，若有深山大泽隔绝相望自为风气。斯殆《易》所称"自天祐之"者与！

庚子之乱，上自公卿百执事，下洎草野齐民，盖莫不炫于名实颠[①]倒可不可。太淑人独灼然不惑，曰："今兹大乱必作，当为官守。"乃独决计南归。其后公与其孥转徙流离，仅乃无害，太淑人则安枕乡里，阃门无警。又与《易》所称"知几其神"者有合。

吾国言长生之术祖老氏，老氏之学实深于《易》。《易》道兼备天人，人事莫急于智，天行莫酷于杀。天不可任，以人力争之，争有胜负，天又因以栽培倾覆。此吾《易》道之真，而海外天演之学所从出，用以规制万事者也。独惜吾国自辅嗣说行，此谊缺焉不讲者数千年。今观于太淑人之行，若冥然与之符合。其多福多寿，盖分所应得，固无待于祷祝。至其为妇为母，皆可法式，已[②]见衡初文，兹无取于赘言也。（贺先生云：奇古精奥，退之后无人能办此。前幅两义如大西洋、太平洋，风涛壮诡，各具奇观；后幅则开巴拿马运河以通之，使合为一，非神勇绝技，殆无所施其力。所造奇境皆世人所未尝见。张献群云：格局似吴先生《马太淑人寿序》而益恢奇。劲力如调生马。尧生注。）

## 贺巍堂先生八十有三寿序[③]

今上二十有九年，先生登寿八十有三，其嗣君墨侪称寿于堂，置酒觞宾。伏念金石至坚且韧[④]，有时而残，传载事业莫如文能，乃来征言。

---

① "颠"，原本作"傎"。
② "已"，原本作"巳"。
③ "序"，原本阙，据卷首目录补。
④ "韧"，原本作"靭"。

先生之功，画一子姓，寝馈书策。乃独领农，视畎兴作，即事千百。种①与土宜，上又得天，所收倍益。本事既勤，以余经商，亦不废末。源源滢流，舟行往来，其多如鲫。小范要之，南达邢洺，北贾勃碣。收其委输，斥羡赢余，日累月积。为商为贾，为耕为学，为学宦达。人有专业，勿论尸从，须眉巾帼。除疑明法，顺承有酬，逆则斥谪。一家外内，九族疏戚，凡百执役。宾祭贺吊，事各有经，莫不如画。先生之勤，先人而兴，后人而休。自始有知，几三万日，未尝一偷。先生之明，察于事物，洞见衷表。一是服食，日用之需，芬不可考。长短有度，轻重以权，量其多少。用物相制，大穷天地，细破微小。知远自近，知深自浅，颐约隐昭。人有驳良，较如烛照，莫敢弄巧。事之节奏，可不各具，诸治不扰。先生之德，自奉甚约，施人则侈。天灾流行，不雨旱干，气乖有蛰。方略捕治，饿殍载途，食尔邮尔。武强之川，命曰天平，自昔有此。岁久致堙，有恶不流，垫隘于水。规而复之，干资灌溉，溢利宣酾。邑有城郭，重门击柝，以待寇宄。庚子之乱，天惊地炭，古未有比。斥赀完筑，百里入保，众以有豸。母党妻党，女子之子，同姓昆弟。外及朋友，一再识面，不知谁氏。寒则以衣，饥则以食，若己身被。兵燹水旱，间灾所补，较尚无几。姻党某某，朋友之交，某咸来贺。相与议曰：寿文之作，知言之士，皆曰非古。考古冠礼，三加有祝，辞犹寿取。礼讵有是，父可以施之子，子不可以奉之父？况《诗》言麋寿，黄耇无疆，②典有可数。卓卓先生，并世之人，未见其伍。本原事业，祗诵功德，于谊无距。请书此文，著之于帛，永垂法矩。（贺先生云：吴先生四言诗奥衍质古，出入鬼神，皆自辟蹊径。作者极力摩仿，得其神似。先生既没，此文当孤行于天地之间。张献群：奇伟雄健，使人忘其为有韵之文。秦丞相风轨。尧生。）

## 吴贞吉墓表

光绪二十有七年三月，吴锡华状其先祖太学生讳际亨贞吉府君事

---

① "种"，原本作"穜"。
② "疆"，原本作"彊"。

迹，使来请揭墓之文于其友赵衡。衡为最其凡曰：

凡君之世其来居年所，谱失无考。自为冀州人，著在家牒，可征者至君凡九世，曾王父汝顺、王父家隆、父天保，妣氏于，生君昆弟三人。君次二，子男二。文炳，附学生；文彬。孙男二，锡华，附学生；锡岳，太学生。

凡君之行，持家政三十年，治室田生产，井井有条。遇僮仆有恩，泛爱若子姓。其约束严肃，坐立不踰尺寸，若师长。性伉直，不畏强御。尝与一势人争讼至大府，得直乃已。有懦弱，则屈身卑下之，唯恐不当其意。

凡君之丧，卒以光绪七年七月十六日，春秋六十有九，即以其年又七月，葬于村东北祖墓之次。配氏侯，卒以光绪二十有一年八月初一日，春秋八十有三，即其年九月初九日附君圹。愤时者每言今人不及古人。若君所为，与《诗》所谓"刚不吐，柔不茹"①者何异？

吴氏来为州人，累世有声庠序，至君益令子弟向意文学。锡华其孙也，读书有文。庶昌大乎不于其身必于其子孙！（贺先生云：简净。）

## 张辉堂墓表

君性嗜学而业贾，贾于保定，既大售，乃躬率子姓读书，而斥赀于其村增建孔子庙。孔子庙在乡里惟君村野床头有之，而浮屠、老子及他不法之寺观遍天下。

李唐以来，景教东渐，近不千年，其礼拜堂所置立已且彼此相望，日多一日，割于大地，既划然自为一国，必判然自为一教，乃有以整齐国民之耳目，而利导其心思。吾国自汉武帝表章六经，崇尊孔子，历代相承，郡县治所，例为立庙，国家之所以推奉之者，不可谓不专。然以海内之大，人民之众，而例立之庙仅疏疏落落如晨星之丽天，势不相属，非读书已补学官弟子者，均不得有事于庙，因以不知孔子为何时何如人。而所谓浮屠、老子及他不法之寺观若新教礼拜堂，居游与俱，保

---

① 《诗经·大雅·烝民》："人亦有言，柔则茹之，刚则吐之。"

说姆语，自幼已化，各随其习俗，所尚而分门别户，入主出奴，势成水火。呜乎！此远方之人所以谓我为无宗教之国，而教祸相沿，史不绝书。甚者乃至如庚子之乱，殃及君国，非细故也。

无虑天下之事，非其所习，情必不属，苟无隙焉，邪不自作。自学废为庙，识者已讥不古。庙又仅仅于郡县治所，而小民之视听有不及，此坐授异教以可乘之间，而翕而受其来也。君既于其村建孔子庙，至庚子，距君卒已若干年，拳匪响应遍畿甸园野，庄头邻比廿里内外乃无一人从乱。夫非以心思耳目有以利导整齐于先，拳所云云固为孔子所不语哉？

君讳某，字辉堂，冀州张氏。幼有孝行，侍母疾，求医药，日常奔走百里以外。曾祖某。祖某。父某，娶某氏，捻匪之乱，携子妇走避不及，发愤投井水，贼去遇救，得生子男三。某，武生；某，附生；某，袭君业。论者每谓君之子有声庠序，为君建孔庙之报。夫报应因果祸福，释氏说也，孔子之教，莫大于节孝。君既能以孝自饬，而其配又能相成以节，君亦尽君所当为耳，夫岂有所希望于其后哉？

君之族子有曰维业先生，衡外舅也，工书善画，君建孔子庙，多所谘助，既复取《论语》、史氏记孔子生平所为信而有征、教授弟子事迹图之壁。衡之始婚，从外舅往观，虽少也，然且心向往之，况昕夕遇从其间者乎？今者张氏子弟彬彬，多文学之士，有由来也。

初君于其村建孔子庙既成，会某公为州，增修城中孔子庙，一倚办君。工竣以劳奖叙几品衔。卒于某年月日，葬于某年月日。墓在其村某方某所。（贺先生云：高识远想，文之敛散处似仿荆公，而酣恣自适，则荆公集中所仅有。）

## 吴先生墓碑铭

清兴二百有余年，有大儒曰吴先生，讳某，字挚甫。其学于吾国四千年学术流迁既有以绾毂其成，因益推究之以及世变，而思所以制时更俗之方。西学东渐，其国已业以致富强，先生刺取其要，发踪指示，欲转而饷遗吾国。既噤不得见诸行事，乃一发之文，传诸其人，以竢来者兴起，而膺艰巨之任。盖文者天地之精，吾国古先帝王所以辟草昧、日进光明。自世运骛于战伐攻取，有天下者嬗伐，不由文德，于是政制之文一变而为空言，而空文之传，天意尤珍重爱惜之，不少宽假，或数百年而生一人，或数百年并不得一人。终元讫明，旷不赓续。至国朝且二百年，乃笃生一先生云。先生始有知，即颖异喜读书，稍长，笃嗜古文辞，毅然有志于古之作者。既成进士，官内阁中书，曾文正公奇其文，奏调外任，佐二公幕府，三历郡守，凡二十年。去官都讲书院讲席又十余年。光绪二十八年，朝廷惩于外侮之日亟，发愤变法谋新，仿西制，首建大学堂于京师，州县以次设立。时吏部尚书长沙张公百熙为管学大臣，为国求师，荐先生文学第一。有诏，以五品京堂，总教习大学堂。先生辞不获已，则东赴日本考察学制，居百日，辑所闻见，为《东游丛录》四卷。将归，呈之管学，度吾国所宜斟酌而施行之。既到国，未及受事，明年正月某日，遂以疾卒，年六十四。

始佐曾文正公于两江，曾公移督直隶，先生一随移佐曾；李文忠公代曾公总督直隶，先生又留佐李。李公入阁，复自两广移督直隶，先生或仕或止，一留直隶不去，与李公相终始。同光以来，曾、李二公最负天下重望，其所推毂，或起家至秉节钺。独先生交相倚重，有大疑大计，咨而后行，校二公荐牍，竟三十年绝迹无先生名姓。其在深州，收四村义学学田千四百余亩，没入书院；又为书院追偿二十年逋负五千金，置书迎师，恣生徒问学；创设乐舞佾生八十八人，春秋歌舞祀孔子庙，依征粮册均徭役。最所措注，胥非守令循分尽职者所有事。是时曾文正公方整顿直隶吏治，黜陟必行，先生于曾公，师弟子也，有连辟不举。在冀州八年，其时督直隶者为李文忠公，李公于先生，师友之间。穿渠四十里，泄积潦，变斥卤为膏腴且十万亩。于书院如在深州，在冀州久，故成材尤多。任满当迁，先生乞退，都讲莲池书院。李公隐忍不为叙。

古者著书垂空文以自见于来者，亡虑皆穷愁落魄不偶，先生知交师友，大者开府，疆土千里，次亦不失古方伯之任。宙合恢恢，竟无所容其同奏勋绩，斩势收声，缚身于学，已于世若两不相属。几老矣，乃得一张公之荐，师表天下。然先生不于张公感知己，自数生平知己，必曰

叙异斋集

曾公、李公。曾公待先生薄，李公尝言之矣。李公于曾公没后，孑身负荷艰虞，当外交之冲，开新造大，古所未有，万口丛责，几难自明。先生数为辨谤，至遭口语。李公再蹶再兴，宾僚与势来去，唯先生始终为不失。故最后李公奉命入敌军搆和，窘急万端，先生实左右之，衍利绝害，卒定大议。先生之于李公，可谓厚矣。李公所谓厚者何居？即曰：先生辞让，匪实有以见先生。自足以信今示后，不仗事业传者，而忍听其沦落以没，知不与立。昔者孔子有以讥文仲，若李公顾无有以窃位讥之者，何也？盖斯文之传，至是又变于古，孔子陋而不死，先生合而不遇，此天位置先生之奇。张公知有未及，必欲举没世不朽之业及身而试，则是于先生毕生所遭际未之达观也。

凡先生所为书，自校刊者曰：《写定尚书》《深州风土记》《东游丛录》都若干卷。子阆生校刊于先生没后者曰：《易说》《书说》《文集》《诗集》《尺牍》《日记》，都若干卷。阆生，先生侧室欧某人所生，有轶才，兼通新旧学，能缵父绪，勤勤致孝。欧某人，生一丈夫子阆生；一女子，许字姚氏，曰某，未嫁。配汪某人，生四女子子，适直隶候补知县薛翼运，举人汪应张，翰林院编修、湖南学政柯绍忞，直隶知县王光銮。昆弟四人，先生于次为仲。祖廷森，县学生。父元甲，以诸生举孝廉方正。妣氏马。自先生贵，两世封赠如其官。

先生之葬，以其卒之次年，实光绪三十年某月某日，葬某所。阆生以状来征铭，铭曰：

假如先生，终事胶簧，庶有所树。于戏艰哉，孔子以来，高文不遇。世运疾转，有去亡反，新者乘故。文始羲皇，汔周降唐，宰世成务。往例已故，来者方起，其中有数。唯施不丰，道积厥躬，匪遣乃祚。笃于一人，而世则磷，亦瞑弗顾。吁嗟先生，其生不赢，乃富名誉。厥闻四驰，弥戎弥夷，面内仰慕。出其卓卓，踔海来学，捆载以去。吾道既东，世莫予宗，远耀其庶。天心所存，果不丧文，是必有付。松柏凡凡，后有千年，先生之墓。（贺先生云：发明先生志业，非近时学者所能。后幅叙先生知遇，致慨甚深，而沈郁之思出以澹宕之笔，意境尤高。铭词更空前绝后矣。）

卷　三

# 吴先生墓志铭

　　光绪二十八年，京师始立大学堂，首以文学被诏为总教习者曰吴先生，讳汝纶，字挚甫。家世以笃学醇行，为桐城望族。王父廷森，县学生，赠某官。父元甲，县学生，举咸丰元年孝廉方正。曾文正称其学行，客而馆之，武昌张廉卿先生有文志墓，题曰吴征君者也。赠某官。妣氏马，其卒也，张先生又有马太夫人祔葬之文。是生先生，一兄二弟。先生诏为大学堂总教习，东赴日本考察学制。既归国，未及莅事，明年正月某日，年六十四，卒于家。又明年，为光绪三十年某月某日，葬某所。武强贺松坡先生为文表墓。

　　先生自幼挚育家学，卓卓有立。稍长，厌熟其乡先正方、姚诸先生之说，指度肘测，尺寸从心。既通籍，从曾文正公游学，益翔舞纵宕于闳大伟丽之境。镕异为同，涵揉蕴蓄，充实有辉，蔽不声章，卒大光于天下。先生之作不范不削，若生之成，阳生阴育，万有不震，旋圆折方，自我作圣。骇骇听睹，电闪霆迅，不有于往，来者取信。方其瑰放，春雷郁蛰，奋地惊出，僵起死生，昭苏万物。然而精粹要渺，与道大适；奇创之至，翻见平夷，如数米盐，妇竖能解。于戏至矣！先生于斯文，其可谓造于斯极者矣！

　　始先生以同治乙丑联捷进士，官内阁中书。曾文正公总督两江，奏调至金陵；移督直隶，又调之北来，补深州知州。丁征君忧，归，又丁太淑人忧。入李文忠公幕府，服阕，署天津府，补冀州。先后从宦二十年，吏绩多可记述。尤尽心造士兴学，身自督饬之，官民亲与为师弟子。及去官，都讲保定府莲池书院，益循循大畅师道。来学者乃有自日本航海西来受学，局局从诸生后，恐不竟卒业。先生至日本，举其国上下，奔走往来，填门争以得一见先生为幸。其与于学事之人，争以其三十年来已试之效或不效、向不与外人道者，独乐输之先生。故先生名在海外，亦来学者有以扬之于先也。先生居东百日，则要领斯得。于时为书，言救急治标之法，始代李文忠公条陈变法事宜，于学校条中曾略及之，兹又以详复之管学。先生每论一事，始终不渝，盖其素所蓄积然也。已复辑所闻见于日本者为《东游丛录》四卷，付其从使代呈管学大臣，而身自便道归里省墓。事既已，北上待发，遽遘疾以卒。吾国朝野向学识时变之士、及日本尝与通问者，闻声悼嗟，以为吾学堂前途之不幸，而京师大学堂亦自是竟不置总教习，以人为备。

先生之学，于吾国四千年学术之纷，皆收集其成，而凿空辟道。欧美新学，三十年前吾国人初不知有外事，先生则尝举西书以示人，称其体例有合吾《易》《春秋》。及其后输来日多，译言者舛鄙不文，不能传载其谊，先生则咨嗟叹惜，以为吾国文学之衰，而时时教人从事于文，于吾国往籍其是非纯驳，高下不同，悉以文辞等差之。嬴、刘以前，语有古今，亦从故训，然不为碎说枝辞，以文逆意，意得语顺，说无不安。沟通汉宋，冶铸华彝，终富且美。储其菁华，大发为文，辉辉煌煌，照耀来禩。凡先生所著书曰：《写定尚书》《书说》《易说》《诗集》《文集》《深州风土记》《东游丛录》《尺牍》《日记》，都若干卷。

配汪某人，生四女子，皆适官人。叔甥柯绍忞最贤，先生称其诗；季甥王光鸾，令直隶有声。侧室欧某人，生一丈夫子阆生，有轶才，能缵先绪，益明习当世之务，通外国语言文字。贺先生表墓之文所谓"新学旧学皆当付之斯人者"也。一女子，许字姚永葆。铭曰：

清兴二百又五十年，大江之南有一名世者，绍斯文之传，归形此土，其精神则亘地挂天。下胪响于后人，而上与夫古作者为蝉嫣。狐兔远辟，樵牧毋前。敢告日星，永昭护乎兹阡。（贺先生云：怪奇伟丽，直欲挥斥扬马，蹴踏韩柳。铭词如龙门之桐，高百尺而无枝。吴北江云：铭词光烛天地。）

## 《吴先生文集》叙

殽列于事物，为条次分理，书之竹帛，则为文书者，如也言竹帛之文适如条次分理之在事物，无二也。故吾国古昔当文学盛时，能文者无不能作事，开物成务。自刘汉制策，以词章取士，学者屏塞其心之百知，一致之文，吾国文学于是始衰。然去古未远，古人为学之遗业，流泽未沫，老师大儒，犹有存者。曹、马而还，变策论而诗赋而经义，每卑益降，上下余二千年，旷不觉属，舍明茅顺甫氏所录八家之外，克自植拔者，盖无几人。

八家首韩退之，其徒赵德叙论其文，谓与古之遗文不相上下。顾吾尝取其文读之，其荐道宪宗中兴功德及铭叙当时公卿大人士君子，诚有如李习之所谓包刘越嬴，并武同殷者。其设论纂言，论事论理，比诸晚周诸子且觉俭白寡蕴，其徒乃漫以拟六经之遗文，何阿其所好至如此！盖今人之事与古人同，因事遣词，今人或不难追并古人。而天地鬼神草木禽兽昆虫杂物奇怪，古人博物之功，今人本无此修业，一旦临文，不约略为形似之言，则取古人所言为剽贼，以退之之雄于文，藻绘三才，刻镂万汇，且逊古人之精能，又何问子厚以下也。

甚矣，吾国文学之衰也！学者甫从事于学，即以不亲事物为高，而大学格物致知、古人积累于小学入大学之始者，缺不复传。今远西海国以学术致盛强，分文科研究天下之事，分理科研究天下之物。以今例古，吾国当文学盛时，其格致之详，宜与今西国所谓理科不甚相远。溯自风羲开文，降姚迄姬，进浑浑而噩噩而灏灏而郁郁，更五家三代，明德代兴，增饰润泽，以文化成天下。下至野人妇竖，感物造端，以事托讽，雍容尔雅①，彬彬其文。今西人以文明赞郅治之隆，而难其时，为想象之词曰"乌托邦"。若吾国《诗》《书》所载五家三代，非其时乎？

自能文之士遗在布衣，所泽不能以及远。尸民上者，亡虑皆武健粗鄙，不复于文学加之意，唯藉策论诗赋经义以柔驯天下桀傲之气②。文学所以不至扫地无余者，赖退之诸人前后相望，独力肩任，远希古昔。即所诣有至有不至，其功亦可谓卓然者矣。出入廿有一代二千余载，八人者耳目仅属，衰极而穷，既塞复通，乃来于海。吾师桐城吴先生实资之以绍吾国二千年之绝学，而衍孔氏以来斯文不丧之绪。三十年前，吾学者初不知有外事，先生即尝举西书以教人，及其后译来益多，先生文益奥美闳隽，为嬴秦以来所未有。既不仕，退居教授，十有余年。光绪二十八年，诏为京师大学堂总教习，果竟其用。吾先王以文化成天下之

---

① "雅"，原本作"疋"。
② "傲"，原本作"敖"。

隆，庶几再兴于今。不及受事，遽以疾卒。盖吾国文学之衰久矣。衰不遽衰，昔者孔氏竟死不遭，兴于鲁作《春秋》，空言见之行事；兴不遽兴，今者先生实可见之行事，天不憖遗垂空言。此故世运所系，人无所容其躁急也。

先生之文在纸者凡若干首，先生之子辟疆既剞劂之，来问言于衡，衡则书衡素所窥见于先生者，以竢后圣君子。有知言者或不至如赵德之叙退之，贻讥于阿好也。（贺先生云：明为文之本旨及其能事，确如所论，而古今论文者皆未尝见及，读此乃如创获。吾意此文未出其理，为人心所未有。此论既出，则必能厌乎人心，以其得确义也。文亦操纵随心，有傲倪古今之慨。）

## 《古文四象》叙

右都文二百三十七首，类五卷，往时曾文正公所纂著，桐城吴先生录存其目。屡醵赀欲刊行之，会卒未就。衡游京师，偶与友朋论文及之，友朋多奇其说，怂恿付刊。而故城王君荫南且请以校勘自任，乃检付之，俾排印成书。

自新学勃兴①，时论以通知远西旁行文字为贤，而五三六经数千年以来家讲户说之书几无人过问。然以其国文不敢遽弃灭不用，在势者乃议别作一省笔字，如倭所谓和文者，以教以学，以缀言纪事。而荫南诸君独快意此书，且欲出以问世，时论得勿讥其顽固？

人之嗜好固不同，如食昌歜羊枣，苏子瞻所谓未易诘其所以然者。我不能易我所好以同时，时之所好又何必强同于我。且天下大矣，岩穴山林之内，安知更无人焉快意此书。即今无其人，后复有扬子云，百世俟之可也。人贵适己意已②耳，时论是非何足计哉！

## 杨用光先生墓表

杨生英续葬其兄，衡往观礼，见其哭甚哀，不求丰于物而情有余。

---

① "勃"，原本作"浡"。
② "已"，原本作"巳"。

后每相见，语及其兄，泪辄盈眶，如是者几三年。

衡亟称之，英续则退让不皇。曰：吾家法也。昔吾父与吾世父兄兄弟弟，其所以贻谷我后人而盖覆之者。英续不肖，何能仰承先德于万一。吾父读书，吾世父绝不以家私米盐搅其思心。吾世父一身百务，吾父虑其过劳，亲为视食饮。其事吾祖父，昕夕省视，怡怡翼翼。吾父窥暇会兴，引说往古圣哲贤豪，轶闻琐记。吾世父实以乡邻近事，甲是乙非，用博亲欢。吾祖父没，吾父以事吾祖父者事吾世父，出入关白，一行一事，不敢自专决。曰："吾兄以为何如？"吾家故富实，吾父生英续一人，吾世父生吾诸兄四人。伯兄早死，吾父乃抚有吾季兄，平均家产。

同治初年，捻匪扰直隶，吾父倡议筑寨，捍卫乡里，邻郙庇赖。事闻，加五级。十有一年，大婚，礼成，覃恩中外。吾父为吾祖父母请封诰，并请移封吾曾祖父母；已又以亲政覃恩，请贻封吾本生曾祖父母，复陈情，请贻封吾世父母。于是吾曾祖父、本生曾祖父、祖父及吾世父俱为奉直大夫，吾曾祖母、本生曾祖母、祖母及吾世母俱为宜人。

英续不肖，何能仰承先德于万一。唯文字可以载远传久，光绪纪元，吾仲兄英弼为吾父、世父、祖父伐石镌封诰，立之墓上，程迈甫先生殿魁各为文志其实于碑阴，而表墓之文盖阙。间者用形家言，移易墓向，既已，敢以吾父墓文为请。衡诺之。未及为而病作，迄今病愈，间五六年，意已表他文矣。英续则云："尚悬石以待。"

衡乃最次先生之性行科第、族世名字、卒葬年月日，而为文曰：今时学者有恒言曰：我四万万同胞，施之有本，亦吾儒性分内事。顾即衡耳目所接三五相知者，实而核①其内行，有同胞而途人者矣，其能如先生之兄弟友爱者，谁也？既脱捻匪之乱，庇宇下者咸谓先生才堪济变，其尝以文字就正者，则景仰其文学。乃先生所廑廑致力毕生如不及者，舍门内庸德之行，他若无所事事。《书》云："唯孝友于兄弟，施于有政"，有子谓"孝弟为为仁之本"，今学者忽近而骛远，不能齐家而竞言治国平天下，令先去而在，其将何以教之？

---

① "核"，原本作"覈"。

先生讳昭德，字用光，咸丰己未举人，同治辛未，大挑二等。某年选授乐亭县教谕。先生已于其年某月日先卒，卒若干日，葬某原先茔之次。祖父某，母氏李。本生祖父某，母氏张。父景孔，母氏谢。兄懋德，嫂氏李、氏韩。室谢宜人，继室张宜人，生一丈夫子，即英续。先生所抚子曰英某，即英续所葬之兄也。杨氏为州著姓，英续附学生，尝从余学。今年实光绪三十有四年。

## 欧太淑人墓铭

接于君子，乃数百千载不世出之大儒，有文柹被东西海。生子又贤，知言者谓新学旧学皆当付之斯人，其斯之谓备福。嗟淑人乎！天之遇我，既优且渥。人不我谷，些何足较。

## 《味蔗轩诗》叙

某县吴公子明喜为诗，历官直隶守令几二十年，案牍填委，不废吟哦。为吾冀时，裒辑所作为几卷都若干首，谋付梓，授某征叙之，且为七字句近体诗四首，手书扇为赠。礼先于某，不可不答。顾于时，某病方殷，又公家世文学，昆弟六人皆斯文钜子，譬持布鼓过雷门，赧与悚并。以此经涉岁祀，至公去吾冀，复相见于京师，某文未及措手，而公诗已石印于上海。迄今年病愈，姑克践宿诺。盖某不读书为文者已五六载于兹矣。

公诗自谓取径李义山，顾某尝受其诗读之，夷怪显幽，厌乎人人，可兴可怨，实有得于古诗风人之义，颇与白香山相似，五字句高者乃似陶渊明。所言不出日涉常事，而悲愤激昂，读之能发人忠义之气。盖诗以畅摅性情，学问既深，气质或因之变化，而性之一成不变，欲以学资益所短，或本无而固有所长，亦终不能蔽遏，时流露于不自觉也。

公之性坦白，不矫饰，交人始终持一节，不以人已贵下困达，有所厚薄亲疏远近。诗如其人。与某相见于京师，时公已贵，方以大臣奏调署吉林提法使。来京陛见，某观所指使，挹其风采，领所出辞气，与在吾冀时无异也，与之言，复相与商论文事，与在吾冀时无异也。某默自忖度，屈指数往时所与往来者，近或外仕至开府，内或跻至卿列，往时般般相若，转盼显晦悬殊。显者官高事冗，或无暇复忆及久故。某之性又执固不达，生平未尝识显者形势，设至其地，动止不能如式，或震慑失仪，贻笑仆隶，反为友朋羞颜。以故，即往时往来素稔者，今亦绝不往来，如初不相识。独于公往来仍如往时不疑。某岂漫无把持而轻为此？尝试公之诗，不以所学或掩其真，公为人岂以所遇或改其常。人如其诗，盖当公为吾冀时，某早有以规定之矣。

某与公始相见于深州，公受事于干戈仓卒之际，某主讲文瑞书院亦已有年，各主所入先言，例往例来，彼此固未之深知也。然某退而计目所见，已觉与耳闻者有舛。既公调补吾冀，吾冀荐绅多某之僚，直某家居，时相从与商论州政，意多合，复相与商论文事，尤相契，因各出所为文字相质。始者所入先言，盖至是不知已消归无有。然亦见人言之可畏也。时朝廷方开经济特科，收招英才，公与知深州某公合名上书大府荐某应诏。某至深州，某公语某，有德色，某力辞其不可，始知书为公所为。某在冀州，数与公语，未尝及之。人性之不同，盖如此。某叙公诗，因记吾二人相交之始终，且以告不知公为人读公诗者焉。

# 卷　　四

## 杨绳祖先生八十有三寿序

济阳道尹兼警察厅交涉署长杨公韶九，将以某月日为其尊府绳祖先生八十有三之寿称觞道署。凡所属吏与其宾客及前宾客属吏于津浦铁路者同谋晋祝，使来征文。其征文之辞乃王君某所为，称引《大戴礼》以人事亲之谊颭①没韶九。其说既美矣，而吾友王荫轩所为寿文则推寿所由致在善，而极善之所至，谓非年龄之寿所能限，且引释迦牟尼为征。夫征信必引释迦牟尼，此荫轩近日诡激言也。要其言寿之理，自精专不可破。

吾国长生之术向宗老氏，老氏，道家祖也；释迦牟尼，佛家祖也。吾与荫轩及先生父子共修孔氏之业，孔氏言寿归之仁者，释迦牟尼归之慈善，老氏则以柔弱为生之徒，说各不同，理无或二。至谓年龄之寿不能限善之所至，其理尤深美可尚。吾儒言之亦綦详矣。故《记》称不朽有三，太上立德，其次立功，其次立言。盖无一可以年龄计也。以年龄计者，即如古之大椿，以八千岁为春，八千岁为秋，其去朝菌之不知晦朔能与几何？空空而不可极者，其天耶；日旋转于大空之中而不坠者，其地耶。攘臂其间，巍然自结为质，累然自呈为形，无久暂未有不敝毁者。金石载于地，至坚也，有时而崩铄；日月星辰系于天，至高而不可攀也，有时而薄蚀陨宇。况人所负七尺之躯，乃血与肉积，尤软脆乎。故百年曰期颐，言颐养以此为期也。以孔氏之圣，寿止七十有三，释迦牟尼八十，唯老氏相传寿数百岁。然荒渺不尽可信，吾儒难言之。

---

① "颭"，原本作"颮"。

言，人声也；功则精神意气之为也。天地之大，四顾空阔，其实偪窄特甚，其道荡荡平平，千拗百折，不胜崎岖。形质所不能行者，声与精神意气能行之；形质所不能至者，声与精神意气能至之，则有累与无累之分也。至若德备于己，戴于人，视之无见，听之无闻，控之无有，而充实衍溢。凡有血气之伦，无不拜赐歌恩，尸祝社祭，子孳孙存，引长日月，载万世，薄九闼，弥厚土，决不昧没。《传》曰"与天地比寿"，唯此耳。不朽之功与言且较之等差，又况乎其为形质年龄之寿哉？

荫轩舍世法论出世法，比先生于释迦牟尼，可谓拟不于伦，然材知深美，理趣要眇，嘉时吉日，能助韶九以豫悦其亲之志，亦可见韶九之能以人事亲矣。衡远在数百里外，不获跻堂介寿，窃即荫轩文谊推而衍之，变佛家之说改归吾儒，更诡激之言一出和平。邮上先生，当亦先生所乐闻，而喜为尽一觞乎？

## 杨先生墓志铭（代）

先生讳光仪，字香吟，天津杨氏。父淳，县学生，文林郎。妣氏王孺人。祖毓楙，廪贡生，户部主事，封奉直大夫。曾祖世安，以子官赠朝议大夫，河间纪文达公集中有传。先世本浙义乌人，至先生之六世祖北迁静海，赠君以贾盐起富，始于天津作杨。再传至封君而中落，以授童子读糊口饔飧，朝夕屡空。

先生初受书，尝从其母氏绩火读，夜过半，饥甚，母于箧中出饼，画其半，啖而抚之曰："儿勿少是，而以是为粗粝也，吾知儿读苦，故蓄是啖儿，他儿且无是也。"先生感泣，读益力，遂尽通诸经百氏之书。间刺取其要，手自缮写成帙，用衡石量，皆历代兵争之机，兴衰治乱之由。后见胡文忠公《读史兵略》，曰"杰作也"，遂辍笔。补诸生，举咸丰壬子顺天乡试，已而十一试礼部不售。

时海上多事，外国人更往互来，先生所居横当其冲，耳目接构，月新日异，骇骇睹听。既不得所藉，终其身于教授，师弟子时时被酒浩歌，意所不快与前用世之志，一切以诗发之。其诗近自渔洋、船山取途径，远宗少陵，尤喜为五六七字句。近体揉化故实，迹古履今，生创独辟，辞与意适。至写孝烈大节，激励薄俗，气载声出，备极形容其人其事，闻见若亲。诗集已刊者曰《碧琅玕正续》八卷，未刊者曰《晚晴轩》八卷、《留有余斋》八卷。间亦为文，于古人嗜韩退之，近人则推刘海峰、曾涤生。顾不肯轻作，其零篇短言别为一集曰《氆学斋晬语》，虑皆心得，可训可戒。吾家沆青某称观察浙中时尝与《碧琅玕诗集》均付梓行，其未刊之诗又有载入《消寒集》者，乃其晚岁不任教授，结同乡诸旧故为九老会，后又招同学后生为消寒社赋诗，同人因编曰《消寒集》。其《津门诗续钞》乃仿梅树君所钞嘉道以还同乡诸先生之诗若干卷，亦未刊。

性嗜饮，喜谈论，坐上一日无客，辄愀然不乐。前后教授凡五十年，其弟子达者严范孙修、华瑞安某、陈石麟某、胡芰孙某、王仁安某，灼灼皆有名于时。吾家沆青某称受业最早且久，文事亦最优，号能传其学。杨、徐至今为通家。

先生之卒，实以光绪庚子八月某日，春秋七十有九。配梁宜人，继配高宜人，皆先卒。丈夫子二，葆元，廪贡生，候选训导；葆中，国学生。女子子一，适同邑编修华俊声之子景纶。孙三，鸿绶，光绪丙午科优贡生，以知县分发山西，调补农工商部主事，见供职财政部；鸿绪，国学生；鸿辑。曾孙四，诒华、诒谋、诒祥、诒谷。

庚子之乱，先生病卧危城中，家人请辟不可，枪弹雨注，炮破其庐，尚作小诗以自遣，其神志坚定如此。城破无恙，又雨月，乃卒。斯所谓吉人天相者矣。铭曰：

不窘于资，不吝于施，不偶于时，以昌其诗。

## 王锡爵先生墓表

中华民国二年一月，予以复选众议院议员至衡水，深州张鹏南持其母舅锡爵先生之状来请揭墓，且曰乃门人之志。予诺之。既而多有以表志及叙所为诗文要予者，予心恶之，而自悔其来。及见诸待选与选者，应求万端，辀张无所不至，往往为乡曲落魄无行者所不屑为，而相争相欺至亲父子、亲昆弟不顾。吾国礼义廉耻之维至是扫地尽矣。予颇咎鹏南之请非其时，而于先生则有不能已于言者。

今师道之亡历有年矣，自学教群然市道相交，以有易无，师乃与奴庸不异。原夫人与众万同殖于天地之间，父生之，母鞠之，无一不同，其所以能卓然为人而大异于众万者，师教之也。吾国立国迄今余四千年，师之教操之自上者半，操之自下者半。操之自上，虽天子必有师，故其治蒸蒸益上；操之自下，师之教不能以遍及，而气类所感，近者身炙，远者景附，声䗪势播，蔚为徒党。周之衰，孔子有弟子三千人。至明几社、复社，徒友万余，散布诸天下，用以甄陶善类，支撑颓俗于颇侧沸蟉之会。空口张礼义廉耻为之维，若权衡度量规矩准绳，万物所待以取裁；若鸿水泛滥，决江疏河以洒之，复为之隄，防其淫溢也。若不周之拄天，六鳌之载地，而日月代明于昼夜也。礼，学者入学释奠先师，而乡先生设①俎豆祭之于社。一著其教在一乡，一著不忘其学之所自。近世以来乃有媛姝于一先生之不可忘，为之伐石立碣，名之曰德教碑。相沿既久，习以为俗。今先生之门人乃为先生立碣于师道既亡之后，若公然犯世不韪，循往十数年前之故俗，而为吾国四千余年既亡之师道特衍一丝之传，其不因仍能各行所知，固可嘉尚，亦见先生之教泽在人，不容遽没也。

先生讳廷栋，字锡爵。曾祖某，祖某，父某，妣氏某，室氏某。生子男三，凤彬、凤章、凤岐。先生以孝闻乡里，自始受学至以所学教授，父母在，未尝远游，没则推所以孝父母之意致恭于嬬姊，致爱于亡姊之子。光绪己丑举于乡，开筵称贺，宾客在堂，忽失先生所在。家人踪迹至其宗祠，跪父母主前，泣不可仰。昔孔子称闵子骞之孝，以人无间于其父母昆弟之言。今状先生之行者，先生亡姊之子也，就来衡水待选，先生之乡人问之，鹏南之言然。然则先生之荣不及亲，而泣视今之亲父子、亲昆弟相争相欺不顾者，其于为人抑何远也。

先生之卒，以宣统二年某月日，去今甫二三年耳。士风遽抗敝抵此，其源原于师道之亡，而其流弊遂至礼义廉耻扫地以尽。予前后教授

---

① "设"，原本作"没"。

二十年，与先生同业。又是来也，亦以门人牵率至此，事有足以发予者。先生卒年五十九，于予为挚友，称先生亦门人志也。

# 张君墓表

君生九年而丧其父，从兄事母，依依膝下，出入轨物，未尝有子弟之过。崭然露头角，戚好称誉。稍长习骑射，能挽强命中，谢绝等夷。从子元亨经其指授，举顺天某科武乡试，君亦试补武生，声蜚势长，遐迩慕用。然君虽以武节有闻，而性实嗜书。于其家设校迎师，纵其群从子姓于学。姑之子、姊妹之子有来学者，凡先生薪膳书策纸墨膏火一是需用，一自其躬，不以何问他人。既以晚节，益以施予救济为事。于其乡有婚丧贫不能具礼者，欲助之赀；有争则居间，即不释，与为终始，诉讼不辟，得解乃已。

年六十有三，以前清光绪二十三年正月二十八日卒，即以其年某月日葬。某尝为题其木主。中华民国元年，君之子文楷复状君行来请揭墓。

某少不自揆，习为铭章，因得论次当世贤士大夫及吾乡乡先生行诣。每自怪所叙述于昔之人者若行己之德、若交人接物之道，不少概见于今人。其年辈接于吾者，今所见已少焉；其年辈先于吾者，今所见益少焉；逾先者逾益少焉。夫民国以道德为法制，若无行己之德而交人接物不以道，譬若纵百万虎狼于山，任其搏噬，弱肉强食，乃真所谓野蛮矣。顾今人无昔人之道德，昔人顾蜷伏于专制政治之下，曾不得少摅其抱悀，此则天时与人事乖牾，而见天之蕴乱方未艾也。若君之所行于母兄与所施于子姓姻党及乡人者，何一非当今所急需，而惜乎其已为昔之人矣。

计自君卒至今凡十有五年，某时年卅三，今年卅八，俯仰今昔，既有感于君行，其世系尤所宜详。曾祖勋臣，祖希圣。考瑾，妣氏魏，生君兄弟二人。兄某。君字朝桢，讳清彦，室氏谢。子文楷。孙瑞泉、廉泉。曾孙凤冈。张氏世为束鹿甲族。

## 吴君墓表

君讳文炳，字芳润。予前表太学生吴贞吉所谓读书有文，锡华之父，而太学君之子也。太学君性刚，不谐俗，其处乡里，接戚好无怨嫉者，盖得于君调剂之力为多。

君卒于前清同治十一年，先太学君卒若干年，有年四十有二。锡华甫十五岁。其配赵孺人卒于中华民国元年，有年八十有五，于时锡华已几十几岁。即以其年某月日奉孺人之柩与君合葬某所。

又一年，为民国二年一月，予以复选众议院议员至衡水，锡华持君之事状间请表墓，予诺之。既而多有以表志叙记要予者，予甚恶之。及见诸待选与推选者，要求万端，铺张无所不至，往往为曲巷无赖子弟所不屑，而相争相欺至亲父兄不顾，吾国礼义廉耻之维至是扫地矣。予颇怪锡华之请非其时，而自咎其去之不早。锡华则始终持一意不变，事不成不悔，盖其介节犹有太学君之风，而自守不轻出门，与人言唯恐伤之，则君之遗传性也。予既表太①学君，又不能辞锡华之请，为记之如右，其家世于法不再赘。

## 陈伯寅墓表

伯寅讳清震，姓陈氏，世籍南宫，南宫故冀支县也。当前清光绪之季及民国初建，最吾乡宦学京师数十人，以伯寅官为高，年又最少。其卒也，止三十二岁。

伯寅生七岁而孤，一女弟，少伯寅二岁。母氏某抚之成立，举光绪某科顺天乡试。留学日本速成师范，归国至天津，即为提学严范孙先生修所奇赏，留为图书课员。严先生入为学部侍郎，调补普通司主事，改实业司员外郎，归普通司，擢为郎中。学部改教育，荐任以佥事留部。学成而仕，凡若干年，一以教育为事。学部之设草创，能规其大，在教

---

① "太"，原本作"大"。

叙异斋集

育部一切员程多由起草。舍旧谋新，不惑人言，所用即所学，所学即所用。严先生又始终左右之，伯寅不可谓不偶合也。命不可知，一女弟既嫁先亡，伯寅又继逝，母氏在堂，无丈夫子主后，唯二弱女，此则天之不可以人事测者矣。

予衰退，自视无能用世，而官京师吾乡后进应不能不依依于无所依归。人才固难得，即严先生亦不能勿邑邑也。伯寅之卒，以民国四年三月十七日，某月日返葬南宫祖茔之次。冀人某为记其事行家世。曾祖某。祖某。父某。前妣氏张。室氏刘。

## 《李文清公日记》序

公所为《强斋日记》凡二十八册，首四册零落，存者二十四册。起道光十四年二月二十五日，至同治四年十月某日止。公文孙某绳甫将付阿罗版印行，天津徐某为最其右曰：

国家制定学术以作育人才，而人才之兴往往出于制定，与时所共趋。学术之外，自汉氏置六经博士，设利禄广厉学官，终汉之世，兴事业，立功名，博士耶？抑仍真而空耶？还以质之缄古。予以病蜇伏林下辄十年，今兹之来未三年，忽复倦游，将安所托而逃耶？

## 题徐幼梅先生《小蓬莱阁赏雪图》

事以人传，境随地异。幼梅先生自谓喜雪，于北京浩然亭、济南大明湖皆尝雅集作赏。在之罘又为此集，三者衡皆未得身与。今观此图所写，故非向之二者所得，一视齐观也。海水泱莽，远与天际，俯仰上下，寒空一色。而二子相从，依依膝下，又得良友十许人，相与把酒话故。凭阑远眺，一白万里，恍惚身若在玻璃世界。易一地，此境宁复可有。先生为图而传之，此集千古矣。

## 题徐幼梅先生《小蓬莱阁观海图》

泱泱乎大观也哉！汪洋苍莽，极望万里，远际天地，更无一物翳碍。韩子谓海为物最钜，孟子谓观于海者难为水。衡尝以事游倭，泛渤澥，往复十数日，与波上下，初不知所谓难且巨也。天下事大抵入其中，多不若旁观之智。之罘东陼大海，小蓬莱阁又在山上，高可眺远，观此图所缋，先生其知之矣。

## 题徐幼梅先生《双瑞图》

先生出此图属题，而自记其事始末，谓人以为瑞，余亦瑞之云尔。夫莲与芭蕉，人植也，非有心灵百知，能解人语，偿人愿也。而其间有莫测其何以然而然者，往复感应于不及见，而蕉于是华，莲于是千叶，施之者固属无心，报之者反为有意。先生写而图之。记曰：物以罕见珍，事以不多见为异。珍乎？瑞乎？先生盖有以知之。然所阅滋多矣。

## 中秋西园雅集记

相国退食燕休之所有西园者，叠石成山，区水为池，名华美木列植交荫，幽静靓密。柳子厚所谓游息高明之具，而贤人君子用以蝉蜕尘垢，娱怀怡性者也。

乙卯中秋，相国置酒于此，招饮观月，浮云霭空，有时三两点雨。新城王晋卿先生以故不至，至者为姜颖生筠、徐梧生坊、易实甫顺鼎、吴辟疆闿生、衡与王荫南在棠，合相国及相国记室朱铁麟宝仁凡八人。诹文谭艺，庄与谐杂，嬉笑不禁，纵论有节，秩秩忻忻如也。酒罢月出，僮隶欢呼，乃相将列坐于庭，翘首东南。团团银丸，左右上下，阴云不扫，四塞成晕，若故为吾人观美放此光明以相饷遗。

颖生先生既为之图，相国又命衡记其事。自古谓月至中秋，其明比他时加倍，生晚不及见古时之月，要古月与今月固一体而不能有二也。

叙异斋集

无浮云蔽之则明，有浮云蔽之则明不及他时，甚则蒙蒙曀曀，或至韬光匿彩，不复能照外。此古人悲秋所为仰浮云而增叹，而佳节令辰天下共望，尤不能不致怨于壅蔽。而此次特有以观美，吾人其情亦属可感不可没也。

乙卯实中华民国四年，相国生于乙卯十日十二，子相配六十年一复，相国于是年实六十有一，其生日在来月重阳节后四日。记往岁往为祝寿重阳日，相国亦曾招饮，皆阴云密布，有时微雨，颖生先生题所为图首愿佳节无风雨，盖更事多已试之言，而相国假日辄与数四久。故饮酒赋诗，声色不张，而措①天下国家于泰山之安已一年于兹矣。赵衡谨记。

## 谢君墓表

吾乡于地势最利行贾，而俗事稼田，至今日乃竞习于废著，其发踪指示凿空为吾乡倡者束鹿谢君。君行贾盖当前清嘉庆、道光之间，至宣统二年，君之玄孙铭勋深维姒续之不易，益思创置缔造之艰，乃追本君作谢事行为状，扶服来请揭墓之文于常与通书冀州赵衡。

衡维界深、冀、束鹿、宁晋之交，句圆不能五十里，四州县之人相与错处，地小人稠，东南濒滏，北贾天津，南连邢、滋、洺，舟楫往来，收其委输，吾乡之利行贾，匪唯地势，有人事焉。近十数年，商贩四出，服贾者益乐行远，远至海外，东贾日本，西贾欧米，而陆行逾兴安领，北至恰克图、西伯利亚。有好事者为权计其一月赢入乃抵往年稼田之岁计，而食指岁增，亦且十倍往年。设其先不有远识长计如君其人者，别启此谋生之途，隙货物于远方，调有余补不足，南亩所生，或可取给于往年，至今日即岁逢大有，十且饿殍六七。礼重报本，吾乡人所以得至有今日，老养幼长，芸芸然各遂其生，讵可不识所从来。然则最次君事行为文，揭之石，表示不朽，乃所以视吾乡人匪唯勖其孙子。

按状，君讳某，字某，世家束鹿之南鄙文朗口，与衡所居为异州县

---

① "措"，原本作"错"。

96

股肱村。其行贾设肆昌平州之羊坊，北去吾乡七百里有奇，往还皆以徒行，盖尝竟日不得再食。其后业日饶裕，觞客至一食万钱，而君始终一持以约，未尝有前后难易，丰杀敛侈，彼此异同。羊坊之商始苦居民侵扰，君约诸商为会，立条约，约相援助。商人既皆便利，云集辐凑，居民亦得仰其斥羡，丰衣足食，客主人均，颂君德至于今不置。其行谊于家以严教子，而诸子从宽于乡、于行贾，交人一持和节。

其家世自君五世祖以上，谱失不可次。高祖某。曾祖某。祖某。父某。君昆弟三人，伯廷忠，前妣氏林所生；叔廷举，与君同妣氏康。君少时家微矣，世传以农为业，沙田十亩，昆弟子姓一家十二口，索然无以为生，自君用贾起富，谢氏于是始大。子振兴以守御所千总，同治初死捻匪之难，赏云骑尉世职。孙永烈。曾孙进常。玄孙铭勋，以光绪己酉拔贡生，候选直隶州州判。文武赅备，连世有人，终富且贵。谢氏在吾乡其族乃所谓甲乙。其卒以道光二十九年某月日，得年六十有三。即以其年某月日葬祖兆之次，某年月日迁新兆。其墓在某所。

## 祭马琢章文

呜乎琢章，而已于此！命实为之，又谁怨是。有病不治，尝得中医。古人所言，原不我欺。昕缓夕和，左误右误。酖毒到口，一瞑弗顾。我财无多，使君为宰。择人逐时，业日以起。能任桀黠，古有齐刀。君得其力，后先名标。他皆等夷，力不能制。君既弥留，遗言早备。尸谏退瑕，史称鰌忠。我感君言，谊不营躬。君年少我，我有多子。以长以学，谓可托死。灾生药饵，不尽天年。炯炯眸子，如在目前。在目不见，长此终古。奠酒陈辞，泪下如雨。

## 祭贺先生文

呜呼，天不丧文，丝连襁绷。以迄于今，忽失先生。异学桀横，举国偏反。不有老成，谁与要删。更四千年，道礼霸素。一旦风靡，尽失我故。一再相传，生人代更。书马缺尾，目不识丁。五三六经，高文典册。有欲学者，转从海译。礼失求野，野犹同书。官失学夷，职守之粗。若古圣贤，微文雅故。传非其人，虽言不著。矧笔受舌，未易一二。又历往还，比至扫地。始厄于秦，火息复出。补苴掇拾，不作而述。戒扣华俗，汉东迄唐。大儒辨之，吾道以明。今兹之变，吾道岂非。有一先生，亦不愁遗。绵绵斯文，不绝若沥。有命世者，必年五百。时至无人，有或不偶。偶焉而合，往往不寿。岂天耄鼙，有厌斯文。抑后非人，不得与闻。意其因难，益以见巧。没世不遭，空言传道。譬羿诲射，与人彀率。句曲绳直，用牡解闭。先生之文，写定在纸。有来取法，师承在是。某①从治文，前后廿年。妄有窥测，蠡海管天。曰若稽古，羲皇开文。一画两画，乾坤以分。诗节书括，大易之变。三传爱书，春秋直断。降经而子，孟公熊熊。荀正庄诡，韩孤屈穷。卿跌云喷，藻采盛汉。渊渊更生，史愤而噱。唐宋能者，柳廉韩横。苏滑王拗，欧逸曾定。自元洎明，亭亭一归。与韩俱起，八代之衰。因时高下，纷不可理。白言所异，阴阳而已。贵下②奇偶，皮相已久。辨之于气，刚柔仁谊。创此论者，姚氏惜抱③。求阙曾公，益分少老④。其所自为，曾刚姚柔。先生有作，惜抱之俦。如海出日，如岁发春。金玉绵绣，立如美人。如慕如怨，如思如望。如入明堂，进退揖让。往年讲学，股肱深冀。受我还我，戏言用劢。有可怪者，师弟后先。俱由叱退，乃谶乃真。大海茫茫，狂澜既倒。砥柱中流，畴与力夐。大雅云亡，我安所归。内哭其私，外为世悲。相望百里，不得临穴。撰辞摅哀，以告永诀。

## 贺先生行状

曾祖讳云，举嘉庆己卯进士，官至江宁督粮同知，赠中宪大夫。妣氏李，赠恭人。

---

① "某"，民国刻本《贺先生文集》中此文作"衡"。
② "下"，民国刻本《贺先生文集》中此文作"不"。
③ "姚氏惜抱"，民国刻本《贺先生文集》中此文作"繄姚惜抱"。
④ "益分少老"，民国刻本《贺先生文集》中此文作"益分太少"。

祖讳世周，道光壬辰庚子副贡，选泸州州判①，赠朝议大夫。妣氏常、氏杨，赠恭人。

父名锡璜，同治甲子举人，以故城训导致仕，封中宪大夫。妣、继妣皆氏陈，赠恭人②。

先生讳涛，字松坡，姓贺氏，先世山西洪洞人。明永乐间迁直隶之武强，居段家庄，为武强人。隆庆间先生之③三世祖讳成家，隆庆间移居北代，至前清光绪之季，训导君久官故城，致仕，居郑家口。先生生于北代，卒于郑家口。中岁教学，宦游四方，归郑家口甫余二年，卒，即葬焉，为故城人。

贺氏望族，其藏书名甲畿南，高、曾以来，仍世有文，至先生益厉时独出，崒然跻宋明作者，而上凌驾汉唐，直与古之遗文接響欤。年十四，补博士弟子员，县院试皆第一。同治庚午举于乡。先生有弟曰芷村先生，讳沅，与先生同榜乡举，及光绪丙戌会试，又兄弟同榜成进士，学者传以为荣。先是，先生以考取国子监学正学录，补官大名教谕，未及殿试，学使按试至大名，先归。芷村先生选翰林院庶吉士，而先生以次科补试，签分刑部主事。

先生幼即颖异，在塾不喜与群儿弄，常独坐，默有所思。体素羸，气不能载其声，至废诵读。而所悟入皆古人为学次第及所由径途。其于文事，盖有天授。尝为《反离骚》，桐城吴先生为深州，一见奇之，登诸门墙，授以历代所传斯文之绪。及武昌张先生北来，都讲保定莲池书院，复为书通之张先生。张先生得之狂喜，复书以为至宝也。时吴先生方为吾州，请于上官，移先生官，自大名教谕改冀州学正，都讲信都书院。群天下之文汇而萃诸一方，远者乃在三百里内外，得此偶合，于古人盖寡。

先生益日以研稽文艺为事④，进则证所得于两先生，远者书问，近

---

① 民国刻本《贺先生文集》中此文"州判"后有"以亲老不赴任"句。
② 民国刻本《贺先生文集》中此文作"赠封皆恭人"。
③ 民国刻本《贺先生文集》中此文无"隆庆间先生之"六字。
④ 民国刻本《贺先生文集》中此文作"先生乃益以研稽文事为事"。

者面质。退则与诸生讲说，反复辨驳，孜孜不已，游①以笑谑，大畅厥旨。至张先生南归，吴先生接都莲池，每有所作，犹书寄先生，与为是正。尝一日燕集于莲池，吴先生诮让先生于吾文少所违反，乃不若范肯堂。范肯堂者，通州人，讳当世，尝客吴先生所，张先生第一能文之弟子也。先生从容徐答之曰："回也，非助我者也。于吾言无所不说。"衡尝序吴先生所著《深州风土记》，吴先生与先生书有所商定，先生报之曰："某未见先生之书，先见湘帆所为叙，湘帆为叙时，亦未见先生之书。宰我、子贡有若智，足以知圣人。吾二人之知先生，视三子何如？"先生语言妙天下如此。然雅趣不为滑稽滥说，闻者解颐而事理的破，昭晰无疑。尤妙于说书，善为形容。正言不喻而偏宕言之，间以譬况，俾古人之声音笑貌凌纸栩栩，汲引学者心目，由百世之下等百世之上，若亲与古人晤对唯诺在一室之中。乌乎！此吾国文所以高于各国，由历代有人，相传不失，绵绵绳绳，以致于今者也。

自东西海国文字风靡一世，吾国文不绝如线，而张、吴两先生先后，即世斯文之传唯先生独任其重。卅年前先生即尝举新学以诏学子矣，又爱西儒学说说理宏深，病吾译者蹇于辞，不能达其谊，思整齐要删成一家言。其时学者蔽所不见，不知先生所著者云何，群以其说为怪，及今新说大行，则又迂谬先生。即从先生久故如某者，亦以先生兢兢保守其文为不达。夫文非先生之文，乃四千年以来历代相传绵绵绳绳以至于今者也。律以优劣胜败之例，吾国文当推行于各国。今各国之习学者固不少矣，而我乃自弃置之，甚者且欲灭绝之，别制偏省字以代之。姑勿论偏省字之不可通行，而吾国四千年相传旧有之文字先自灭绝，易以东西各国文字，亡国之故事必其国之语言先亡。文字者，语言之载诸简册者也。文字亡，语言能独存乎？此有识者所同知，而先生平时所为深瞑私计不得所藉手而莫可如何者也。

最先生都讲信都书院凡十有八年，既去吾冀，乃漫游京师、保定，迭主长沙陈伯平中丞、天津徐鞠仁太保。今大总统项城袁公督直隶时，于保定立文学馆，延先生主其事。先是已有存古学堂之议，乡曲老儒额

---

① "游"，民国刻本《贺先生文集》中此文作"杂"。

手称庆，在势诸君子亦以为非是则中学将亡。先生独以谓中学以文章为主，学文与他学不同，或穷年佔毕不见其进，而一旦骤长；或执卷研索不得其解，而触物旁通。若拘于学堂定例，限之岁月而责以员程，则所谓古者名存而实先亡矣。至是袁公手书尽除去学堂科目，一任先生之所为。又致书毛实君方伯，代通殷勤。且曰："若贺君不至，则此馆无庸虚设。"先生既起任事，高悬具格，厚与之饩，人无定额，业有专攻，凡所招致皆一时知名之士。南皮张宗瑛献群、深州武锡珏合之首至，衡以不才，亦厕其间。且言冀县陈嘉谟献廷、深县侯继辰亚武，而枣强齐文焕蔚卿、武邑吴之沅雨农、王汝楫宗周络绎具来。有栗如桐钦齐者与雨农同乡，时方肄业保定高等学堂，既卒业，试第一，亦弃其所学来学。先生则大喜曰："吾道为不孤矣。"日取所谓四[①]千年相传不失吾国高于各国之文为诸生说之，不异前在吾冀时。[②]然先生既已目废，其说之之法乃不得不稍异于前。前时先生自诵自说，口吟目送，仰视俯画，诸生之目摄于先生眸子，不运而喻。后则诸生先为先生诵之，先生乃为诸生说之，彼此传递，相须为用。先生既见所不见，诸生益闻所未闻。前时先生所说悉文之节次与其志意所在，往往间数十言、数百言不说，使诸生目眩而退，而按之条理，秩如不紊。后则诸生诵至文之节次，先生说之曰"法志意所在"、曰"谊"，诸生先目在之前所不说之数十言、数百言，诵之反觉为隔。[③]要其能汲引学者心目如亲与古人晤对而悉其声音笑貌，则无前后一也。其后来学者益多，然亦有来学其名者。既不得来，乃嫉媚忌克，百计倾之。未几，袁公去直隶而先生亦辞馆归，自是倦游不复出矣。

先生于学无所不究，悉以文驭之，故所得独精，虽专门其学者，不能逮。尝为天文之学，驭以绕日新说，而月行星轨，道之胶葛悉除；又刺得割圆曲线之要，向所谓视蒙气差，测之悉准。尝为舆地之学，驭以今行省州县，依所画疆界，犬牙钩错，剪裁之分，为无数小图，而合之

---

[①] "四"，民国刻本《贺先生文集》作"五"。
[②] 民国刻本《贺先生文集》中此文作"不异前任冀时"。
[③] 民国刻本《贺先生文集》从"然先生既已目废"至"诵之反觉为隔"皆无。

为一，其界画纤细仅如牛毛。蝇头书某县，汉时曰某，唐时曰某，某时某县，割隶某州府，某州府某时割隶某行省。每与学者说某代某作者之文，辄取所为图布列几上，视数千百年以前战争割裂之壤地，抈枒钩棘，瞭如掌文。盖文为诸学之机缄，不能文而泛言考证，皆糟粕①也；不能文而侈谈事功，皆瓦砾也；不能文而高语性命，皆朽腐也。顾诸学以文为机缄，而为文要自有道。自孔子次《春秋》以制谊法，法即《易》之所谓言有叙，谊即《易》之所谓言有物也。古人只浑言其理，而于命意遣辞何以为有物，安章宅句何以为有叙，曰未之详也。

先生尝自言其于文事粗有所知，悉得力自评点。评点之学创自明归熙甫氏，至方望溪、刘海峰、姚姬传氏，下逮张、吴两先生，承用其说，为之益多，用以发古人不传之秘，而为后之学文者别启一途辙。譬若新学之有仪器标本，于无可指示之端能为之图形指示，俾学者一目了然，用至便，法至善也。衡侍杖履从先生，日有事于评点，丹墨斑驳，圆锐揉杂，无识者方目笑之，不知古人所谓盛事大业悉在于是也。先生尝曰："吾生平无过人之才，唯不敢学于无用。或思越所学，扰精神而费时日。"既病目废，又尝欲毁其支体，悬解自适，勿混所学。盖先生之学成于思，文事乃其专精。故吴先生任历代斯文之绪，每语及先生，辄逊谢以为专门之学也。

先生内行纯笃，于昆弟始终无违言，事父母尤能得其欢心。视世事漠无足介其意者，其所介意，世又不及知。既任历代斯文之重，异学桀横，噤不得施，有文二百篇，写定在纸，传之其人，以俟后世圣人君子。

配交河苏氏。子三人，长某，先卒；次葆真，世其家学；次某。享年六十有四。先生之没实惟中华民国元年五月一日。葆真来请记述，衡从先生问学几二十年，实有见于绵绵绳绳吾国四千年②相传不失之绪至重且大，系之先生。先生没，吾国老师大儒无在者矣。谨据葆真所述，参以闻见，稍加论次为状，待史馆采择垂编录。门人赵衡谨状。

---

① "粕"，原本作"魄"。
② "四"，民国刻本《贺先生文集》作"五"。

## 梁莲涧先生七十寿序

往者桐城吴先生尝谓近时上寿贤于古者冠子之礼。冠礼之不行于今久矣，上寿之事宋明而后乃日兴月盛。上自公卿大夫，下至士庶人之家，开筵招宾，陈希醽酒，笙歌喧阗，雍容进止。其尤者乃旁征艺文，扬德载行，谋贻久远。

习尚视时世为转移，今固不必不如古也。自彝风混华，后进小生苦吾礼教之桎梏，而喜其说之可假以自恣也，猖狂妄行，老侮成人，甚者至敢为异论，唱父子平等。附和万口，哄为声势，而习尚于是又变。其上寿之事犹有行者，草野细氓瞀不知，通邑大都已风回日昳。父母生日，文物不备，昆弟子姓绕膝匍匐，仆仆亟拜，薪之尽也火传，池之涸也泽下，而隤决江河，浸渍渗漏，必有伏孔为人所不及见。盖自冠礼不行，子之所待于父者已亏而不全，而上寿犹有古养老遗意。至父子平等之说出，则父不父，子不子，吾先王礼教之隆，几扫地尽矣。

昔先王纲纪人伦，其所以为斯人谋教养者至详备也。列圣相承，政教更嬗，安老怀少，皆取怀而予如分以受，固无所谓畸轻畸重也。人之情薄孝而厚慈，故礼之坊详子而约父。父与子相续以成世，慈与孝相揉以成俗，更数千百年浸淫灌溉，其泽已深渍在人心，牢固不可复刮去，岂其一经摧荡于邪说，而即灭绝无存乎。一阳之卵育子息，必当隆冬天固地闭之时，冰霜严凝，木羸草枯，其生机俞益郁勃。《易》曰："复其见天地之心。"吾观于草野细氓，绕膝匍匐，仆仆亟拜，而知吾国古昔礼教之泽深著于人心者固未尝尽泯也。顾敦庞之俗其流在下，而疏引而畅达之，则不能不有望于在上之贤豪。

今年三月十六日为新会梁莲涧先生七十寿辰，有子启超，天下所称为梁任公也，二十年前吾国人耳目闭塞，任公固尝以新学开示学子矣。今后进小生老侮成人，任公又自京邸为先生称觞上寿，开示国人以古者养老之礼。任公固以转移习尚为己任，惟先生夙昔所以教其子者全也。京师居风化之先，非唯国人用以移易观听，抑吾先王列圣之精神实式凭之。

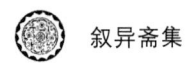 叙异斋集

## 题王荫南壁

荫南性循约而嗜酒，余不能酒，顾喜就荫南与语。每酒酣，荫南盱目张口，论议下上，证据古今，风发电激，不可制御。而循其所言，条理棩密，无一语义牙或刺事情见以为疏阔不适于用。盖自甲辰迄辛亥间七八年，余所得于荫南者如此。

又四年，复相聚于京师，国基改建，五族一体。余稍稍有事于酒，荫南则告余屏酒不御。天下大酺，风薰云漫，跂行喙息，蜎蜎蠕动之物，胥昂首翘尾，撑厉牙爪，争来享所谓共和幸福。我与子既謷然为人，方当招朋引类，沉醉无醒，而去之若将浼，已甚非所以同我太平之意也。

庄周有言，醉者坠车，虽疾不死。骨节与人同犯，害与人异。酒之为德于人岂有既乎？荫南何所见而拒之深也！酤酒且与子共饮尽醉，勿多言。

## 《贺先生文集》序

右贺先生文若干篇，都四卷。既刊成，某谨记其后曰：

绝大河而北，太行左转，极东薄海，乃自古燕赵之地，荀卿子所尝发迹也。至有明建都朔方，南面以控制天下，近代因之，四方冠盖辐凑，并会而至，风俗之所撕，揉化以山川之气，旁魄蕴积，其豪者发为近时之武功，而精专不可磨之英华，乃特发之为文，而先生生实当其地。自昌黎韩子创为古文，述往开后，统一斯文之体，后之作者，举不能外所为，而别启途径，更騖迭效，几经传衍，曲折终归之先生。盖北方于四时属冬，冬，终也，物不可终，一阳伏于五阴之下，卵育蛰息，蠢于春，假于夏，戮于秋，复终于冬。

我国家以文立国，三五之时，圣神当位，异言异行且有禁，至以匹夫接斯文之传，不得复藉手政刑，以整齐天下之心思耳目。曲学邪说乃蜂出，来与吾道为敌，而黜异扶正，维持先圣之微言大义，块然独守其

是，终不至为异端所淆乱，此其功固不在宰世成务下也。自荀卿子揭先王立人之道，标礼以传示后学，汉兴未百年，儒术遂统一天下，历魏晋六朝迄于唐，几且千年。斯文之体盖屡变益降，而是非无敢或缪于圣人者，荀卿子之功也。韩子承其后，自称其文曰扶树道教，有所明白，而人之称之者曰"文起八代之衰"。自韩子至先生又八代且千有余年矣。自古称名世之生，数以五百年。荀子之后百有余年广川有董仲舒，又二百有余年博陵有崔子玉，二子者，虽俱不足以当名世，然汉初儒术之统一，其议实自董子发之。昌黎于东汉文少许可，而崔子玉犹常常称道之，则所谓闻而知之与见而知之者，亦传斯文所不可少之人也。韩子之后，吾乡更无崔、董其人者出，而任见知闻知之绪为后有能绍名世之藉。往者李天生论文不取大河以南，隘矣。文者天下，之公物，自孔子已有道南之叹矣。汉唐之间时滋他族，实逼处此故家遗老转而他徙。至宋以北方边胡，禁挟书，立弓箭社以备敌，视司马晋五胡之乱，中夏之声明文物迫而僻处东南一隅者，其为害于文献殆又过之。此吾乡之一大厄也。

涵濡酝酿于郊甸之中五六百年，山川始焕然复发其光华，而所谓斯文之传衍，几经曲折以归之先生者，固可得而详也。荀子之后，韩子数汉朝人之文必曰司马迁、扬雄。迁生龙门，雄生成都，其先皆赵人也。韩子之后传斯文者，同时李习之衍于陇西，皇甫持正衍于淳安。宋则欧阳永叔衍于庐陵，曾子固衍于南丰，王介甫衍于临川，苏子瞻父子兄弟衍于眉州。明则归熙甫衍于昆山。有清二百五十六年，天下之文章在桐城，吴先生承其乡先正方、姚诸先生之传，益从曾文正公拓而大之，基宇崇隆，尽笼有古今中外美富，落其实而取其材，譬之于时，糵敛成熟之候也。客游来北，悉以付之先生。吴先生既没，先生最为海内老师。盖文之道正自荀子，文之体正自韩子，而先生集其大成。凡二千年吾乡斯文之传，有踪迹可言者略如此。

先生初家武强北代，东南带滏。后徙故城郑家口，面卫而居。宦游京师，教学于深、冀、保定、深泽，师友既高，又自幼浸灌以燕赵山川精气，故其为文帖如调矫龙生虎为牛马，辨如屈长江大河在堂坳，儵如

立身九天之上俯视下界穰穰聚蚊①。其道一本荀子，语若异，意则同其体；一效韩子，貌相万，神唯一。

## 李备六先生墓表

有清二三百年，吾冀以诗名家者一人，曰备六先生。其学以有宋五子为主，矩步绳趋，造次不踰尺寸。为文切实晓畅，远法西汉刘子政，迩之八家，于有宋曾子固为近。诗则始终一拟退之，硬语盘空，妥贴排奡，凡退之所自负倔强迥非他家所有者，规摹冥追，无一不与为妙肖。州故僻左俭学，自桐城吴挚②父先生为政，先后延致新城王晋卿先生、武强贺松坡先生都讲信都书院，以诗古文辞诏后进。他人多肆力于文，先生独专精于诗。贺先生尝携其所为入都，以示天下之名能诗者，归语衡曰："诗古文辞之古与否，匪徒以字句不类于时，如备六之作，其意量亦非今世所谓诗人胸臆间所有也。"

先生讳谐韡，姓李氏，备六字也。生而敦固，孝事父母、继母，友于弟。弟名谐简，字亢虞，亦能恭厥兄。兄弟俱有闻于时。亢虞辩才敏给，先生口吃呐呐，如不能道辞；亢虞善于接人，进见者退皆自得，意私厚我，先生以严见惮，介特一无所倚。两人之性行不同而和合终身，兄弟无一间言。吴先生盖尝称之朋侪，皆自以为不及也。

先生举光绪某科乡试，尝都讲吾州翘材书院，凡一州五支县才俊之士，亡虑皆从之游。其后以教习国文长保定优级师范，及门弟子益多。于先生之没也，群思所以不没其师之道，相率以揭墓来请。衡与先生同读书信都书院十余年，相好也，后又一再同有事于保定师范，知先生宜无过于衡。

衡窃自念出门与当世贤士大夫交，生平游好所在多有，求其志同道契，缓急无愧于古人，异地唯新建杨昀谷增犖，同乡唯先生二人。先生异日者尝同资使人于保定为贾，近与昀谷亦有买山之约。昀谷工诗，先

---

① "蚊"，原本作"蝠"。
② "挚"，原本作"至"。

生诗亦为先辈朋党①所推，可以传后。先生没，吾他日倦游，何所向以资归老，此情故亦不能自已也。

先生卒以甲寅七月某日，某月日葬，春秋五十九。诗文集若干卷，待刊。曾祖某。祖某。父茂枏，州学生。母氏某，继母氏某，皆封孺人。配氏郑。子三，长增锦，机智多略，先生门人有事皆就谋之。次某，娶而卒。次某，甫毕业天津法政学校。先生长衡八岁，衡事先生如兄，称先生门人，志也。

## 南皮张氏两烈女碑记

两烈女，南皮张氏，与相国文达公同族，别居偏坡营。祖治安，尝徙武清，为子绍庭纳妇金氏，生两烈女，后又生三子。绍庭以贸易来天津，久之折阅，所业尽失，则赁车为庸，自食其力。妻金率两烈女治针黹佐之，才可给口。

绍庭素迂呐易欺，一日挽车沽上，丧其车，主人索直急，力不能偿，夫妇相与对泣。有戴富有者，故无赖，布党羽四方，诱致良家子女，居奇牟利。侦知绍庭有女，遣尝与往来王宝山伪为慰问者，乘间与言曰："徒泣无益，有两女，得一聘，金可偿也。"因为媒，以次烈女许字戴富有之长子，书约，时宣统二年庚戌也。癸丑三月，绍庭卒，戴妻马来言"吾不忍膜视戚党②孤寡，茕茕无依"，邀往同居。金初以其意善也，携子女同往主之。戴既得女，欲去其母，遣马喻以再嫁。金久主戴，习知所为，又时时见马教二女度曲，窃不然之。及闻再嫁言，恚且恨，悔来。默计前此，事事皆在人绐，然尚不料其后遽有他也。函图别居，明年遂僦屋移居西门外千福寺旁。戴竟留长烈女不遣。金数数来迎其女，语交哄，马直前批其颊，叱众欧之。

戴自金移居，邻比时闻其家诟诼号咷，愤积日久，群为白之警察。事直长烈女从其母金归西门外家，戴遂以金悔婚讼地方审判厅。厅判次

---

① "党"，原本作"鄡"。
② "党"，原本作"鄡"。

烈女归戴次子，已与前约不合，戴遂毁前约，更造伪约二，一约长烈女字己长子，一约次烈女字己次子，有王宝山为证。上控高等厅，厅判两烈女俱归戴有，其谳辞所据曰："媒有证，婚有书。"金诉①戴所为不善曰："此一事，彼一事，不相涉也。"判既定，金无奈何。戴益肆无顾忌，遣王宝山来订婚期迎取，曰："不从无幸！"金谓两烈女曰："事急矣，届期吾拼一老命与争。"两烈女曰："父亡，诸弟幼，设母不幸，复谁抚视诸弟成立，是重女罪也。女等有以自处，愿母勿以为念。"相与出所剥取燐火药，伺母寝熟，吞之。翌午毒发，俱死，实维丙辰三月十七日。长烈女名立姑，死年十七；次烈女名春姑，死年十四。予编《畿辅先哲传》尝约取其事，载入贞烈门中，用传不朽。乡先生严范孙、华璧臣诸君为琢石，属予为文，模刻其上，立之通衢，有以激厉末俗而为风化之原，意至善也。予叙述视前传加详，又据两烈女同姓孙愿所为事略补前传闻之疏已，乃系其后曰：甚矣，人死之难也。当必死之时，又直不可不死之事，或乃隐忍求全，希图徼幸。卒至身败名裂，已亦不免于死，或卒与死会，一瞑无复顾虑。死一也，以视从容就义如两烈女者，岂可同日语哉！事略记次烈女毒发时，渴甚求水，长烈女呼谓之曰："妹，吾与汝求死，饮水则毒解不死。吾今正待汝偕行也。"长烈女既死，或以救药与次烈女，且谓之曰："良苦，汝幸听吾，有吾在，必不听汝入戴家。"次烈女曰："感德，死且不忘。然此志吾姊妹于前判定时已决，今纵生能免辱，安可负吾姊以独死。"观其语意哀婉，志早素定，设非母言激之，两烈固别有死所矣。既不委曲求生，又自知死所，审明守固，行其心之所安，合乎义之适可，求之学士大夫所不可必得也，两女子顾优为之，此吾先王阴教之美之不与末俗俱沫留贻以至于今者也。然使非遇人不淑，两女子顺受其正，亦不欲以烈见也。

昔尝怪吾国古时礼教修明，男正位乎外，女正位乎内，化行俗美，上下同风，而诗书所载节烈之事反不若后时之盛，今而知其盛乃愈以见后时俗薄不若古也。戴富有、王宝山所谓国蠹，人人得而诛之者也。姑置不论彼肆然民上，职司听直乃与为应和，受命如响，置是非曲直于不

---

① "诉"，原本作"愬"。

问，吾不知其诚何心也，且其所为著谳絜令是何言也。海外之法不敢知，吾国律例则古今未之有也。此盖非一朝一夕所能陷至是，所来渐矣。

范孙、璧臣欲维持风化，先表彰两烈女，诚有以窥吾先王风化之原也。《诗》言刑于寡妻、孟子讥道不行妻子、高祖之汉亡于母后、班马传外戚，皆有微辞，史公讥之尤甚，以为皆以倡进，非王侯有土之士女不可以配人主。盖夫妇之伦，人道之始也，欲终之正而不端其始，不可得也。桡万物者莫疾乎风，草上必偃，捷于影响，及若化成，必世后仁胜残去，杀善人为之，犹需百年，退化亦然，胥非一蹴所能几及，则渐之说也。顾余殃余庆，渐之说，圣人何独于《坤》言之，《坤》"无成而代有终"，此阴柔阳刚之美，所谓牝马之贞也。末俗愈益浇漓，士君子犹不免从与俱靡，而妇女之节烈乃激而愈出，知化之君子即因而赞美之，揭题而扩充之，用维持风化于不敝，不然而任不可以配人主，倡之所生，扣乱天下，曾不施援手，人类几何其不息，则余之说也。嬴刘以还，夫妇道苦，而以有所系而不至灭绝，胥是赖焉。

人之好善，谁不如我，闻而兴起，每进益上，渐至妇女，无自因再以节见，复反往古醇美之俗，竞相勉以庸行，此尤范孙、璧臣诸君子表彰两烈女之心也。抑予谓天之报施善人，亦视节烈特重。书策所记与目耳所及，士大夫家节母之子多名显，为师儒，为杰俊，下亦不失胝仕。指计算数，历历不爽。两烈女未有所归，此张氏之祥也。今其族枝叶扶疏，子姓中有愤发起家如文达公者乎？吾拭目望之矣。金氏后所生三子，两烈女所谓幼弟，一名某，一名某，一名某，皆在。并附著焉。
（吴北江云：叙事朴质古健，后论亦无大谬，而苦太繁。）

# 卷 五

## 《李氏族谱》序

李君延生以所为族谱视其女之舅氏某，曰："为我序之。"李某姓受氏最古，其别繁衍不可考校。明永乐间有自大宁卫小兴州迁直隶之冀，居西堤北者曰某，西堤北之李奉某为始祖，至于君凡若干世。君有子兄弟三人，君之父兄弟四人，次最长，君为宗子，同祖兄弟三人，同始祖兄弟凡若干人。君自其父时已析居，分为四户。西堤北之李凡分为若干户。君自其父用贾起富，至君益大赢，同祖兄弟之富甲于西堤北李氏之族。

自东西海国文明入主，我国五千余年所规随扫荡无遗，其仅有存者，唯此家族之制。而谋新者方议一切并破除之，而别以所谓党会易之。盈天地间，物之号万，无论其有知觉能运动与否，凡有生理之可言者，必具有感而辄应之机，否则并育并行，不相悖害。必有如是，则安然各遂其生；不如是，则不能安然各遂其生者。始可以日长月大，常存于天地之间，而不犯天演淘汰之例。今之党会曰口舌，曰要约，威恫利啗，无非漫以一无情谊之文字语言，攘人人之安以与己安，而欲其感而辄应。其在东西各国，吾不知其果何如。

予尝至衡水观吾国复选众议员，骍张为幻，往往为乡曲无俚所不屑，而其人意气昂昂，相争相攘，至父子兄弟不顾。窃怪以父子兄弟之亲，孝慈弟友，古圣先哲经纶五千年，一旦为其所破坏而有余，未数月，声收势卷，如雪沃汤，如露消晛，如天日当中，阴霾自驱于九幽之下。而我乡里之聚族而处者，自若也。植之有本，故行之可久，而亦放之皆准。

国也者，家族之积也。东西各国谋国是者，所见或未见及此，正当取法我国，而我乃自扫除之，弃坚金，聚散沙，抑何其漫于黑白无别也。我国家族之制，以收族为要，而其详莫备于宗法。今即宗法不行，故家遗俗，士大夫犹有存者，而乡里庶民之聚族而处，犹是古收族之遗也。为政之道，莫善于因今之列土而居，食味被色，而生者刚柔不齐，言语轻重不同，试溯其本，畴非黄帝之子孙也。散之为万族，合之仍为一家，著之谱牒，欲共和，欲统一，为所欲为耳。彼结党相争者，乌知此哉！若李君所为，得其本矣。

## 徐相国六十寿诗序

岁甲寅重阳节，相国招饮，集灵囿。前一日，长汀江叔海先生以礼制馆所为寿诗示衡，属为题其端[1]。盖节后四日为相国六十初度。夫十日十二子相配，六十年一复，而九九名美，日月并应，自古礼俗，谓宜长久。阏逢摄提格，又直人生之岁，人天交会，时与数称，永锡难老。在相国固可预为诵颂，抑馆中诸君登高能赋，亦庶几传。所谓感物造端，材智深美，可与图事者乎！衡不能诗，承江先生之命，都诸君之诗而序之。

## 题赵菁衫先生所遗诗文册子 (代)

某自少则闻吾乡丰润有赵菁衫先生者，能吏也，工诗有文章，顾未尝一识其人。予弟某，需次山东，归辀为某言先生政声在人，而廉介持节，概数为大吏所推重，益向往之。日移月易，倏忽便尔成世。闻先生墓已宿草。某年亦周甲。时论益新，某方自惭老。退观此册所载先生诗古文辞，与友朋往还书札，属草未定，点窜涂改，恍如三十年前，伏几同三四故人商榷文事，引绳施斤，嘲与颂杂[2]，为笑乐也。册首弁以先

---

[1] "端"，原本作"耑"。
[2] "杂"，原本作"襍"。

生小像，渔翁蓑笠，倏然蝉蜕尘埃之表，皭然泥而不滓，有以见盛衣冠、饰车马之不足以有为也。先生循良之名早播于遐迩上下，而其诗文，凌厉直造古始，复不自悦，而删乙之，累累所由来矣。

## 题赵菁衫先生所遗诗文册子（代）

册所载为丰润赵菁衫先生诗古文初稿，多所窜乙删改。其乡后学王金绶紫珊出所藏，装潢之为是册。新学日兴，时论方鄙吾国学为无用，诗文尤属空言。紫珊乃龂龂于此，可哂也。册后附以友人和诗或复书，而首弁以先生小像，渔翁蓑笠，倏然尘埃之表。所附诸友如武昌张廉卿、桐城吴挚①父两先生，皆吾国文学大家。然则先生所诣，固有未易一二与时人言者，紫珊葆袭之也亦宜。往予弟幼梅需次山左，归辄为某言先生政声在人而节廉，数为大吏所引重。惜乎，其人已不可见矣。

## 邓贞女墓志铭（代）

贞女讳书箴，号令范，大城邓氏。父某，工画；兄某，善篆刻；弟毓怡，有文章。贞女昕夕左右，久而尽通其术，尤精画事，所图推重一时。年十九，父没，母哭之丧明。贞女誓言不嫁，奉母终身。毕业乡里，自强北洋北京师范女校，兼充各校教习，克明所学，教饬规范。为学为教，莫不矜式。年若干，母氏寿终，哀毁呕血。又三年，自北京尚义师范女校病归，遂卒，年三十有八，时甲寅十月二十四日。

毓怡哭述其行曰："以死宿疾，可谓殉母；以教授劳悴，可谓殉所志。"予谓人生之事功名业，皆视所志以为程。贞女既志在奉母，凡所施为，胥奉母资藉。又以宿疾死，殉母而已。毓怡与予通，来请为铭。铭曰：

生人大欲，饮食男女。贞女之生，所欲唯母。母生与生，没则附母骨肉于土。有弟有弟，字曰和父。纂孝著节，庶其永贞女之名，而不朽

---

① "挚"，原本作"至"。

千古。我最其年，阏逢干①也支属虎。

# 郭春榆先生六十寿序

今海外之人动訾我为无法治之国，而我国学法学者，盲不察我国治果何若，亦哄曰无法治。无法治于是法治遂风靡一世，而我国五千余年之故治荡无复存。

夫国于天地必有与立，四维不张，国乃灭亡。我国国祚孰与法治各国短长？非自有所以宰制而经纬之者？法治各国各在数万里东西海外，自古与我不相通也。虽理乱相寻，隆汙各异，三五以来，代非一氏，而我姚姒子姬之孙子犹然守吾故土不失，而代有拓辟，其人众日以繁衍。量其数，几居大地人众之半。此固非漫无所持循而可徼幸图存者也。夫所谓不徼幸图存而有所持循者，何也？则人人各得其所，各安其分之道也。在外国名之曰法，在我国名之曰礼。其称名虽殊，其要于治一也。顾我国以礼治，遽欲以礼治外国法治之国；外国以法治，遽欲以法治我国礼治之国，匪唯治不可期，乱且旋至。盖外国之法，原于争，智力穷，不得不立法以制之，至今日为最详。我国之礼原于让，道德著，不得不为礼以达之，至周代已大备。其规模各具于立国之始，至其久而习成若生，乃若柄凿之不相入，水火之不相合。

我国人撕攫于礼治五千年矣。自霸强迭出，恶礼之害，已而去其籍。孔子时已称不具，而老师宿儒之所掇拾、所葆守、与散著于朝野上下之余均流风，犹是三五道德之遗也。今乃漫欲易以古绝不通海外各国之法，譬诸卉木，其本根既殊，其支叶华实固无一之或同。吾闻园丁场师有移接化合之术，桃实于柳，鞠华于蒿，然必其形体之相似，而生机乃可必其相通。法治之与礼治所习成之风俗人情，其不类若高山之与深溪，欲移接而化合之，不可得也。拔根绝本，不惜举我国五千年所习成之人情风俗，先自扫荡廓清之，更植以法治之本根。外国之法治历二千年至今日而始详，我国之礼治，历二千年至成周而始备。俟河之清，人

---

① "干"，原本作"幹"。

寿几何？礼既亡，法即能咄嗟立辨乎？而为法治之学者，尚有说曰："取彼所长，补我所短。"夫耳目心知百体，人人同具。我目无见，我耳无闻，当自思所以无闻见之故，而养明达聪。或遽欲假之他人，人明如离娄，聪如师旷，渠能为我效闻见之用，而使能之？耳目徒具，我不且为肉走尸行乎！说法治者何以异是？呜乎！此我国老成有识之人所为旁观太息，无可如何，不得已而抱遗订坠，守先以待后者也。

侯闽郭春榆先生，学有本原，筮仕二十年。自为郎，至长部曹，不离礼官。既退闲居，学子说法治成市，先生独惓惓于邦宪之沦亡，常欲有所纂辑。先生诚所谓今之有识老成人也。岁八月某日，为先生六十生日。先生有子曰沄啸麓，征文乞年。衡从啸麓有事于礼制馆，得闻先生劭德，久欲登堂问礼。兹值其揽揆之辰，书此以进，先生其以所言为有合乎不乎？

## 曾王父府君墓碣

府君讳某，曾王父讳某，王父讳某，父讳某。妣氏某。昆弟四人，府君于班在三。家故饶。昆弟皆从事农田，府君独读书，学制举业。为人颀而长身，形貌魁然，美发须。尝从有司求试，编发垂地。学使疑其有伪，解而披拂之，倏然乃无一毫屦杂其间。学使惭谢已，又命发人好为编之如故。年若干，卒，葬网眼沟西茔。高祖墓茔在其东。先是高祖之没，祖茔满，无以葬，府君数从宫宅地形家，与谋新壤。既葬高祖，府君昆弟宜以班附，有子姓窃言府君隐以吉穴自与，府君置不辨，别营西茔以葬，至今遂空其穴。东茔以高祖领葬，西茔以府君领葬，相望不能百步。府君二子长于某，为伯王父，讳某；次某，王父也。

## 王父府君墓碣

府君讳某，字子然。府君之没，先父尚少，先父之没，某亦未冠，未通人事。两世祖德莫得而述，即其生卒年月与寿享几何，亦不能详。某年又已七十，设一旦遽填沟壑，即两世一二轶事，亦无传矣。乃买石，树之墓上，略记所闻，不知盖阙。王妣氏秦，母家故饶于财。王父之没，先父尚未能事事持赵氏门户，不寒不饥，翳维其母家是赖。生先父，讳某；先姑妹，嫁李某。在孙，又唯某一人。曾孙二人，衡、彬。来孙七人，钟滏、钟泽、钟湜、钟汴、钟渤、钟池。

## 重修李镇桥记

滏水北抵天津，南达邢、磁、洺，舟楫往来下上，李镇横要其冲。又于村西置桥，以通西北深、赵、束鹿、宁晋陆路诸州县。鬻财者争于是云集辐凑。在吾冀称第一商埠焉。

桥所由来旧矣，岁久倾圮。村人或以舟代济，涉河者既苦不若前此桥焉之便，舟子又居奇牟利，谤议朋兴，腾播远迩。村耆李育生庐某谋鸠资重修桥，故有会储母钱息子，备日后修补之用。亦以岁久无著，于是李育生倡捐银币，以枚计者为数二百；营业商贾捐钱以缗计者，为数若干；往来下上舟楫若干；邻里从陆路来者若干。都以缗计者，为数若干。经始某月日，至某月日讫工。李育生来请记作者之岁月，并为述其缘起如此。

## 曾文正公圣哲画像记序

曾文正公所记圣哲画像，故为惠敏公所图。图久不传，丰润王君紫珊广为搜辑，无者阙之，后附以各史本传，各史传不及载者，乃旁征艺文。一是求其可据，不敢以臆[①]为说。某尝与为搜辑，既成书，紫珊属发其谊。

维文正公学问事功，为前清一代不数出之人，而其规模略具于此记。盖吾国学问之途博矣，苟能有一焉，深造自得，皆可以作事就功，而著绩效于天下。自文周以下，有得为，有不得为。兼之者，公也。去今才五六十年，其军谋吏政之详，无一不藉藉传播人口，照人耳目，赫

---

① "臆"，原本作"肊"。

赫若前日事。公又数数自为记述，历困苦艰虞，百厄千坎不顿折，言之若甚矜宠然者，则唯"拙诚"两言。"拙诚"果足以治天下事乎？吏政犹或近之，军谋则背驰之道也。吾国言兵，祖太公望吕尚，《六韬》所传，或不免后人羼造。阴谋倾商，其事多兵权奇计。太史公所记，当不甚远。兵不厌诈，以胜为归，其所由来久矣。城濮之役，晋文公以舅犯之谋，以诈胜楚。至于行赏，乃先雍季。曰："奈何以一时之利，灭万世之功。"为政之道，与用兵不同也。文公知之，故能一战而霸，终春秋之世，晋为强国。公乃一切处以拙诚。方洪杨之强，蹂躏几遍十八行省，以向忠武之勇，江忠烈之智，终不能稍挫其锋。而戡定大难，乃归之一二读书讲道文儒。将卒相与有师弟子之谊，用能转败为功，复措①天下于泰山之安。盖公始从军，即寄军谋于吏政，而一母之以学问。严缉匪从，以清盗贼之原；广厉习尚，以植人才之本。金陵甫下，开局刊书，以饷士林。取道若迂曲，不甚切于情势，卒其所以收成功，反径直且大而远。蒙业而安者，累世六七十年。使由其治而不变，清虽至今存可也。

自古祸变之亡人家国，恒由巧智而生。我利抵人之间隙，已先以间隙与人。隙与隙轧，后发者胜，结而不解，必至俱伤两败，无有一焉之可幸。始于秦，历魏晋南北廿二朝，后五代亡国乱君相随属，终其身，与祸变相循，曾不得一日治安。旋兴而旋灭，岂皆运会之适然哉？不学无术，班孟坚固不专为霍光言也。以巧智御祸变，祸变平而巧智转为引祸变之介。两汉、唐、宋、元、明、清，开创诸君，其始亦间用巧智，以诈取天下。及祸变已平，及能别白一时之利与万世之功若晋文公者，与天下从事于拙诚之道。诈取正守，其享国虽不及三代久长，多者二三百年，少亦百有余年。视旋得旋失者，所报不已丰哉！若文王、周公造周，卜年八百，非唯绝非后世所能及，亦且远过夏、商，盖当肇基之始，规模固不侔矣。

天下非古今有异也，人民之好治恶乱犹是也。秦始皇姗笑三代，梁太祖恶人谈儒术，自诩以不学成功。天下之人习于治日少而乱日多，亦

---

① "措"，原本作"厝"。

谓三代之治必不可复闻。人谈两汉、唐、宋、元、明、清诈取正守，究有治平之一日，便觉身在黄农虞夏。观公所成之事功，即军谋亦不肯用诈，唯以忠谊为倡，其规模与文、周造周复何异？惜不得大有为之藉，不能尽行其道，故事功遂止于是也。

所记三十二圣哲，自文周以下，大率不能行其道。葛、陆、范、马，小试之矣，而亦不得大有为之藉。余则徒托空言。生才不用，余二千年只有此数，吾于是而知天之不欲平治天下也。如欲平治天下，舍此更有何人？舍此数圣哲所由之道，更末由也？甲寅季秋，信都赵衡记。

## 陈蓉曙先生七十寿序

往者衡来试礼部，从武强贺松坡先生后，颇得识所与往来仕京朝积学诸先生。而诸暨陈先生蓉曙，贺先生与交尤深，情谊尤笃，累著文纪其先世藏书传家之不易。

衡以无他材能，不见收于世，贺先生独荐宠其文。人之嗜好固不同，苏子瞻所谓未易诘其所以然者也。诸先生过听，亦不鄙弃其文，谓曰"可教"，竞欲致之门下。贺先生推以相与，诸先生又不肯受，曰"少须吾自得之"，因屈指计礼部试期。盖诸先生皆耆儒硕学，有重名，每春秋两试，当轴者迭相委任，藉以甄拔真材，厌众望。诸先生故以是自负。先生尤佹操必得之术，戏谓己有癯行，冥冥中有以感召。顾自是每试礼部，先生与某，彼此踪迹相左，若有物焉为转移其间。竟科举之终，终不得偶合。其后，先生远宦他方，某伏处林下，久之不相闻问。

往岁夏，今相国天津徐先生招衡入礼制馆，徐先生与先生及贺先生同岁通籍，某前所识积学诸先生之一也。礼制馆有陈君季侃，名闿，与衡同事编纂，又往往遇之相国所。颇怪其温纯方雅，不与他仕宦人同。久与之语，始知其为先生之季。从问食饮起居，窃幸先生老而健在，吾国学有所系属，或者不至扫地。而季侃学有承受，相国又从而提挈之，其仕宦得意可不计。其能恢张家学，起前所称诸先生之后，掇拾吾国学已坠之绪，复还其故，固不唯先生一人望之也。

岁之中秋又一日，为先生七十诞辰，季侃征文祝嘏。衡父母今年亦登寿七十，衡始者亦拟请三五挚①友为诗古文辞，归而献之堂上，藉为娱亲之具，因以自勖，并勖后之子姓。继念吾父恒戒饬物盈致亏而阙，几成仅免饥寒，不宜夸张自侈。今观季侃所为，复杼柚于心，怦怦不能自已。先生之行谊政绩，季侃所为述略至翔实，衡概不之及。所欲言于先生者，季侃持归，奏之先生，傥尚能忆其人，知其未转沟壑，顽健如初，庶忻然为尽一觞乎！

## 《宋子钝诗集》序

诗以言志，而志与世易。往时所见为是，今日或见为非。故孟子谓诵诗读书，必论其世。诗之教，温柔敦厚，而温柔敦厚唯其意，不唯其辞。凡辞之涉隐怪险诐者，皆有所不足于中也。故韩子论为文在师其意。然则温柔敦厚仍系乎志之所存，而论世知人，是非最要，固未可遽以其辞定之也。

《诗》之世与《书》相际，虞夏商周，王者之迹，不外刑赏。《诗》亡然后《春秋》作，孔子以一字褒贬定百世之律，笔则笔，削则削，游、夏不能赞一辞。非其辞不能赞，要有以主其辞者。此周公以来，孔门相传之大谊微言也。

在诗为志，而一出于温柔敦厚。忌讳之辞，挹而损之；意与俱适，独摅所见；谬而悠之，世以勿怵。有剧皆美，无奇不平，唯其久于所业，而措焉胥化。人皆蹇产，我独绰如。信乎，宋子之深于诗也！

宋子名伯鲁，字子钝，与予同岁通籍。官京师，数与过从，相好也。今岁春，以所为已②印诗集见视③，属为发其意。诗至今日，盖难言矣。逞博吊诡，卮论日出。子钝则始终一以温柔敦厚为主。分时与地，集为十二，题曰《鼓箧》《成均》《柯亭》《皇华》《浴堂》《乌台》《南游》《浩然》《归田》《西往》《返辔》《遂初》，都若干卷。读

---

① "挚"，原本作"执"。
② "已"，原本作"巳"。
③ "视"，原本作"眂"。

焉者循所分而合观其志，非唯有以见其为人，抑实与治国闻有资焉。盖诗之教，赖以不坠者在此。

## 形意拳学序

　　武力诸技术，率皆托始达摩，而支分派别，真以伪杂。或利用不良于观；或上下进退善为容，用焉辄窒，因以致败。则传受其要也。拳法门内人言劲力最下，世俗所传绵掌、八极十二节，充其所能，不过一人一身之敌。其专事吐纳道引，若五禽、八锦，造次敌至，手足无措，又无以应变。求其内外赅备，息有养而为用不穷，唯形意一门。且年过可学，一介儒生，下至妇人女子，力无不可为者，而缓衣博带无择。

　　技之至者进乎道，通乎神明。痀偻丈人承蜩，累五丸，不坠犹掇；吕梁丈夫蹈水，与齐俱入，与汩偕出；庖丁十九年解牛数千，刀刃若新发于硎。庄子固多寓言，抑岂遂无其事，而故为此俶傥以自快其所托也。书中所称拳法大师郭云深，衡尝闻其力能催壁，又令五壮佼挂巨竿于腹，一鼓气，五人者皆倒①退至五六步外，扑地跌坐。顾终身未尝以所长加人，隐死茶肆。孙君既为其再传弟子，渊源所自，术业之精，不问可决也。

　　往岁，衡见有写本五公山人新城王余佑所著《刀法拳术》，心窃好之，而未暇录副以存。忽忽今二十年，《十三刀法》已梓行，不复能忆其拳术。亶忆其主要曰：意、气、力，而力不自力，他人之力皆其力，道在用藉。极其所至，可以撼山洒海，轩挂天地。凡意气之所至，皆力之所至。今孙君所传，是否与之同原？抑原一而异其支与流裔？孙君当能知其所以然。凡所与游，傥有录传其书者，尚望转以相告，勿秘藏也。

　　　　按：赵衡《形意拳学序》在《形意拳学》民国四年初版、十八年第四版均收入。因与文集所收此序字句出入较大，兹据民国十

---

① "倒"，原本作"到"。

八年第四版序录于下，以便参照。

　　武力诸技术，率皆托始达摩，而支分派别，真以伪杂。或利用不良于观；或上下进退善为容，用焉辄窒，因以致败。则传受其要也。拳法门内人言以太极为第一门，而世俗所传绵掌、八极十二节，充其量不过一匹夫之所能。其专事吐纳道引，若五禽、八段锦，造次敌至，手足无措，又无以应变。唯形意体本太极，扩而发之，不穷于用。且年过可学，一介儒生，下至妇人女子，力无不可为者，而缓衣博带无择。技之至者进乎道而通乎神。痀偻丈人承蜩，累五丸，不坠犹掇；吕梁丈夫蹈水，与齐俱入，与汩偕出；庖丁十九年解牛数千，刀刃若新发于硎。庄子固多寓言，抑岂遂无其事，而故为此傲倪以自快其所托也。书中所称拳法大师郭云深，某尝闻其力能摧壁，又令五壮佼拄巨竿于腹，一鼓气，五人者皆倒退至五六步外，扑地跌坐。顾终身未尝以所长加人，隐死茶肆。孙君既为其再传弟子，渊源所自，术业之精，不问可决也。往岁，某见有写本五公山人新城王余佑所著《刀法拳术》，心窃好之，而未暇录福以存。曶曶今二十年，《十三刀法》已梓行，不复能忆其拳术。亶忆其主要曰：意、气、力，而力不自力，他人之力皆其力，道在用藉。极其所至，可以撼山洒海，轩拄天地。凡意气之所至，皆力之所至与。今孙君所传，是否同出一原？抑原一而异其支与流裔？孙君当能知其所以然。凡所与游，傥有录传其书者，尚望转以相告，勿秘藏也。民国四年五月，湘帆赵衡序。

## 《嵩岳游记》序

　　嵩高传世无专书，成皋席君相圃都讲嵩阳书院，始据今所见，证所闻于古，谛审详考，为游记四卷。夫嵩高名在天下，四岳环拱，雄填当中，为有太少二室耳。即游嵩高者，亦以为不至二室之顶意不厌也。记乃若置二室，不遽及之。先立书院为准，起而前后左右，拓四面言之。自近而远，辨其方自下而上，计以里俾。后之人有所据，与陟降出入，不至迷于所往。征书而名其地，即远在他方，亦若身亲而得游观之益。

盖其书之为世所利赖如此！顾至今尚藏之箧笥，未出也。

新学既兴，所得不能卢末，辄思出而与先进争不朽之业。腾其口说，日曝诸五都之市，列肆喧晡以求其售。吾国四千年故国也，传存之书，唐宋视明清加衰少焉，秦汉视唐宋又加衰少焉，秦汉而前则存无几何，其数盖可指数。顾即此盖可指数之数，使更历世自秦汉至今所传明清之书，能不如其数不加衰少，不可知也。韩退之有言"其用功深者其收名也远"，售世之多少与传世之远近，当无或异，一是如量相加，不能丝毫假借。相圃之书，积五年而后成书，成至今且二十年，审慎不敢遽出，有以也。鸟破卵，觳觫数飞，然后可望冲天；百尺之台，级基层累而上。蜃嘘气成楼市在海中，姑妄传之耳，决无故实，乃实事以求。

新书之兴，近不过十许年，已抵我四千年故所传存书之半，而每日售出之数，且十百千万倍蓰于我。故大声不入里耳，歌下里巴人，国中属而和者数千人。吾国之故说则尝闻之矣。某又闻生其水土，犬马亦知人心。而近世生理学家，言凡物之形貌既殊，则其中之所由融结，与其出而程能于世，而为世所裁用，更无一之或同。新书之形貌，我故未有也。写欧米法装潢，册大宽纵不及尺咫，小仅半之，而厚辄以衡石程度；纸之正中，折合作背，翕其两端，面反正皆印绳头细书，每书不减十数万言，少亦数万言。一卷之成，古人叹以为难。今一输入海国文明，译著乃若是之易，知言者又所至皆是。予未尝至欧米，在彼或别有一风教，固未可以吾国故所谓著书之例测也。

## 亡室张氏葬志

亡室同郡张氏，其父承绪，兄镆楷，皆诸生也。十八岁来归，卒岁三十有九，事我二十一年，为我生子女七人。从未尝有一日敢正面视①予，偶与之言，则左右顾，颜忸怩若有所甚不堪然者。予亦待之虐，从未尝假以辞色，一不称意，则谯诃及之。其后所生子女已长，每闻予

---

① "视"，原本作"眠"。

归,辄代其母粪除室内,检点所需衣履食饮诸物事,早为具备,有所问,辄代其母为答,庶几免予诘责。迄于今,感念畴昔,悔恨何及!

氏母家故贫,所衣往往连数冬一絮不易;间市新者,则又以与诸儿;甚或诸儿亦一絮连数冬也。吾乡之俗,食设乾糇,有粥;粥率碾谷成米为之,糇间用秫,下乃杂以糠粃。今吾家概易以米矣。氏在时,犹间杂糠粃,秫时为多,非节岁令辰不得用米也。氏每食必权量糇与粥之多寡,以全供人,而自率儿女食其多者,至食已,无有余,无不足。吾母顾之喜,至今犹常述其事,为诸妇诸孙妇劝也。

氏故健,事尊章以勤力为能。尝冬夜会吾母前,共火攻女红,诸小姑缝纫坐床上,氏席地御纺车,夜过半归寝,自膝以下冰冷,往往暖不及浃,复起具晨炊,炊熟而晨光尚希微也。

卒前数年,遽衰弱如六七十岁人。背伛偻若驰弓,两鬓发苍苍,力疾操作,足委蛇趄不能前,未尝言病。卒前数日,指针线为予制袜,饔飧悉如家人,未尝异食。及卒,吾母哭之痛,出所备已百岁后衣衾敛之。其母来会哭,抚之悲且喜,谓己有不讳,不敢望吾女棺敛。

氏所生子女,长女适同郡羡钟甫;次女数月殇;次男钟滢,今在司法部,办理技士事务;次男生六日,未名殇;次女尚未字人;次男钟深;次女生数月矣,其母卒,敛者仓卒易女他所,无病遽殒。氏卒年实光绪二十六年庚子,卒四日,八月初六日,葬网眼沟祖茔之旁待祔,今十七年矣。

生不见可称,没而有系人,思不能置,又以志两儿之殇,并为追记其大略如此。丁巳又二月朔日,赵某记。

## 李刚己墓志铭

刚己,南宫李氏,生负异禀。髫龄秀发,弱冠业就。为文章肘尺指寸,屈信由心,动以序合,而精耀光焕,顾炫失视①。来挟山流,往回海立;一气旋荡,殖落万有;反侧下上,托焉不觉。年若干,举光绪甲

---

① "视",原本作"际"。

午进士，用知县，分发山西，补大同，历署代州、灵丘、繁峙、五台、静乐诸县。风其刚柔，亦母亦父，治与地易。

辛亥变起，大同令某，匿不敢出。疆吏数檄人往换，无应者，则饬刚己驰赴本任。至大同，兼署知府。戢彼鸱张，蛮蛮有豸。既数月乱平，刚己邃移病归。次盂县，倾囊出白金五十两，资被戕抚臣陆钟琦妻子归葬。陆钟琦莅任数日戕死，刚己初不与识，其囊有亦称贷藉归者也。

刚己生不言利，归无与存。清史馆馆长赵尔巽以协修聘之，不就。会其乡人长保定优级师范，有员程专课国文，刚己以人心波荡于异说，吾国古昔圣贤之微言大谊，将于是扫地也，慨然思为千钧一线之延。履事自春徂冬，未尽岁一月日，短至前后日，卒保定旅舍。

刚己始年十几，以童子升应州试。时桐城吴先生为州，先后招延通县范肯堂先生客署中，武强贺松坡先生都讲信都书院，三先生同在试院，得刚己文，愕起环诵，大奇之，曰："此天才，吾辈所畏也。"拔置第一。既补弟子员，因从三先生受学。三先生皆绝重刚己，撰语慰藉，方拟①古贤，侪夷瞠后。

刚己卒后，诗文多散失。十二月二十六日，子归葬其乡东北某阡。曾祖盛山；祖怀芳；父永敬，邑诸生。前妣氏梁，母氏王，室氏朱。一子葆光，吉林地方审判厅推事。书征刚己往时知友福录出所箧藏，都付剞劂，名今示后。

刚己生平固未尝轻为文，观班史所载司马相如与枚皋优绌，文唯其善，不贵多也。昔柳子厚悲独孤申叔之死未信于天下，藉志所信诸友。今刚己既得三先生师之，又经其论定，一习褒无异辞，后世胥于此焉取信。渠不唯今天下生附名彰，没施无已。铭曰：

刚己名，以字行。卒甲寅，壬申生。四②三岁，寿不至。留文章，照后世。畴与铭，友赵衡。勒此石，利永贞。

奚然而生，奚然而名。其文夙成，其年不赢，寿以兹铭。（吴北江先

---

① "拟"，原本作"儗"。
② "四"，原本作"卌"。

123

生云：此篇整敕可用。）

## 联文直公墓志铭

天以清末造德暨，罔或措注，克率乃先祖攸行。光绪庚子用内乱召外侮，邦几沦丧。肇祸自宫掖，权贵藉肆其凶，旬有四日，连陷，五耆俊大臣以直言遣死，公其一人也。

公讳联元，号仙蘅，姓崔佳氏，满洲镶红旗人。家居宝坻，世领畿东庄田。祖沐田，父阿保泰，貤封中宪大夫。祖妣氏李，妣氏李，皆封恭人。公生而朴毅渊塞，为学具有本末。既成进士，入翰林，授检讨，荐擢侍讲，大考左迁中允，再陟侍讲。旅事文书凡十年，介持不倚。简安庆府遗缺知府，补太平，调安庆，两荐卓异，再署安庐滁和道，擢广东惠潮嘉道。吏皖凡十四年，皖人乞留不得，最公治行为《舒州政成颂》，斫石勒立江上。既至粤，道治所属有汕头者，与各国通商一都会也，英领事以事要挟总署，纵吾奸民荼毒良善，公坚持不可。调安徽按察使，入觐留京，以三品京堂在总署大臣上行走，当外交，盖用素以粤事直公者信公志。又明年，擢内阁学士兼礼部侍郎衔，总署行走如故。

未几而拳匪祸作，于是帝、太后已不协。端王载漪用事，子溥俊已为大阿哥阴谋废立。戊戌之谋不行，又尝见诘于欧米各使，闻拳有神，喜欲倚以集事。召入京，戕德教士克林德，日本书记杉山彬，并攻各国使邸。各使邸编兵自保，胥于其国征兵来援。事且决裂，日益急。载漪一意主战，帝特置廷议取决。当是时，徐桐、崇绮、刚毅、王文韶、李秉衡俱以内外大臣负清望，震慑莫敢发言。公独与户部尚书立山、兵部尚书徐用仪、吏部侍郎许景澄、太常寺卿袁昶，先后力陈其不可。公且与崇绮争论帝前，谓民心可用，匪心不可用。拳本乌合，围攻使邸久不下，而外国兵入陷大沽，太后徇载漪意决战。公痛哭，谓一日本且不能胜，况八强国！傥战而败，如宗庙社稷何？载漪斥其言不祥，帝执景澄手而泣。载漪诬揽上衣，大不敬，公复辨之。太后怒形于色，公知事已不可为。景澄、昶复上书切谏，公曰："死矣，次当及我。"景澄、昶见杀后十四日，公果与用仪、立山并诬卖国，骈死西市。时庚子七月十七日也。又三日，京师不守，两宫西狩。

公为官三十年，在外务施实惠于民；内总机要，务持大体。能行所学，始终不渝。授命时年六十三，语其子椿寿曰："吾自读书入仕，死生荣辱久置度外。今谓吾死忠，吾固无憾，即谓吾死不忠，吾亦无憾。"呜呼！若公者，可谓任重有守君子矣。事平，开复原官，椿寿以主事用，予谥"文直"，宣付史馆立传。公之忠节于是大白已。顺天府尹奏请与立山合建祠宣武门外，直隶总督又请于宝坻城内建公专祠。报可。实宣统三年夏月，及秋冬革命，清社遂墟。甲午中东之役，公时在安庐滁和道任，发愤不得所藉，既以身殉。庚子之难及辛亥事起，公已不及见矣。铭曰：

所最难堪，上国之痛。不忍其先，以死与竞。贵戚之卿，畴者克并。诗是贞珉，下告无竟。

## 书隐先生墓志铭

先生安平弓氏，讳汝恒，字子贞，书隐，其自号也。少聪敏，好考据辞章之学。与武强贺松坡先生友，蹈厉腾倬，甚雄而劲。桐城吴先生为深州，著《风土记》，先生与具资材，发昧刺漫，穰穰栟栟。书成，手自缮袭，历卅奇载，坎坷十百，卒付梓行。炳照奕禩，一方生色。安平古曰博陵，汉魏晋氏以来诸崔之故里也。清初颜习斋、李恕谷两先生倡兴实学，揭孟子"必有事焉"一言为的，即学即行，一洗汉宋注疏章句之腐。于时，安平从游独多。弓氏抑且数人，不知于先生何祖也。家有传业，性与学化，弱生固植，长又得名师友弼旁挽前，著述之事，十而八九洞见原本。先生顾退焉不敢言文，间或从事考据，唯日黾没门内庸常，入孝出友，终生由欤。

始先生年未弱冠，丁吴孺人忧，母时妹弟，顾复育鞠繄唯兄，兼捻匪乱起，仲氏没贼不反，自是汔先生没世有奇年，四体蹷折，孑孑左右，寝不达旦，悲蹙无俚，抹杀一是。人世美好，庋我典册，自号书隐，以颜厥居，以藏以息。吴先生尝至其家，图书四壁，无童仆，盥洗上食，皆子弟任之。群从少长以次序立进退，彬彬忻然，叹为政行家庭。

衡与先生同出吴先生之门，吴先生门弟子至多，唯先生受业最早，年亦最长。吴先生门下多才俊不羁之士，唯先生德最纯，为学亦最专。《风土记》既梓行，先生所自为待梓专书曰《历代地理沿革表》六十四卷、《古碑文字考》二卷、《古今异音考》一卷、《说文古今异文考》四卷、文集二卷、诗存一卷。间所集录曰《前汉辑要》五卷、《所好集》九卷、《等闲闲录》六卷。

先生同治甲子副贡生，卒于甲寅十月十六日壬卯，十一月二十四日日子葬先茔次，春秋七十有三。曾祖候选州同允升；祖候选教谕省度；考摛华，以振邑灾奖五品衔，仍世贡生。妣王孺人，早卒；继妣吴孺人、赵孺人。昆弟四人，季者赵孺人出，先生与叔仲皆吴孺人出。配李孺人。子均，光绪甲午副贡生；堪，早卒。孙钤、镗、铼。曾孙潮。均来乞铭。往岁癸卯，哭铭吴先生；壬子，述贺先生行，哭之；今复为铭哭先生。异学日恣，不有硕宿，谁与支拄？未十四五年，连丧海内三大师。天下滔滔，伊于胡底？固不唯私之为恸也。铭曰：

虖池之阳，背沙滋唐，维先生乡。生于斯行，没于斯藏，铭告后生，曰永不忘①。

## 儿换直殇志

儿殇于乙卯七月二十二日，生十四岁矣。名换直，予弟璘章之次子，其前室钱氏所生也。

璘章再娶韩氏，生二女。前室钱则生有多子，育者曰钟泽，今为第十师司药长；钟泽有两兄，曰钟桂，以其生时适予与顺天乡试，故名；曰钟漳，皆二岁殇。两弟曰钟湜，五岁殇。钟湜殇而儿生，其母恚不欲举者久之，取俚语为名，曰不直，已又改今名。钟爱之有愈寻常。生未免乳，其母病癫，每作辄昏，不知人事，唯儿至，抚摩玩弄，则神识清醒，亲爱之犹如平时。尝为儿马绕床匍匐，用为笑乐。未几，其母病

---

① "忘"，原本作"忌"。

卒，儿方七岁；又七岁，殇。时璘章病已数年，儿殇，钟泽远隔在数千里外（时第十师驻吴淞），璘章膝下无他子矣。

予家田亩所收，每岁才足衣食。其宾祭吊死问生，一切日用所需，专仰给予兄弟挹注于外。往予卧病，犹恃外有璘章，璘章又以病归，予乃不得不力疾奔走四出。予一病十年，所赖唯室人温氏。璘章之病，以恶人嚣，既屏韩氏母女不见，唯儿以未成人十余龄之童子，日夜伏侍于旁，相依若命。予病愈，乃知室人以劳致疾。儿左右璘章之病，已亦数年。然则儿之殇，其亦有为璘章所不及觉知者乎？

殇前二日，从其从兄钟深至田中收黍，归家即病，病二日，不一言遂没。呜呼！伤已！丁巳又二月朔日，赵衡记。

## 儿钟池殇志

儿殇于乙卯十二月十七日，生六年矣。名钟池，予第①五子，继室温氏所生也。温氏凡生四子，儿次三，连前室张氏所生子育者为言，其班在五。

张氏凡生三子，育者二人，长钟溘，次钟深。温氏所生儿两，兄钟汴、钟渤，一弟未名殇。方其弟在母身时，儿未免乳，食不饱，日益削瘦。及其弟生不匝月殇，儿接食乳，乃焕发，頯首梧貌，足踏地冬冬有声。家人咸谓儿他年长成，其强壮当胜似诸兄，儿亦自谓己乃铁人。其兄姊辈尝于隆冬雪夜偶入自外，戏以儿背若膺熨其两手，儿坦然任之，不栗不禁。儿尝与予同时病痢，日夜奏厕，不记数。家人咸谓儿病剧似予病，予病至不能兴，儿间与其兄姊辈嬉笑佻达，洋洋如平时。殇前七月，予从其兄渤来京就医，常举此两事告人。又谓渤长于儿三岁，在家兄弟相搏，渤不能必以力胜，暗绊其足，仅乃伏之，以是知人生之免乳迟早，强弱所系重矣。

至其年十月，予以吊友人之丧归家，其母为言，妇孺手环有燔礬粉为之者，赤色大如莲子稍强，有孔，儿误吞其一。俗传豕脂和菘食之可

---

① "第"，原本作"弟"。

下，妾弟如言施治，淡漠置之，初不介意也。儿则颇自惴惴，每如厕必自检所遗矢，历十许日不见，则惧而泣。自是儿遽病悸，一二或三四日一作，作辄呓语若狂，间辄泣。予出门时，犹亲见儿卧枕其母之股，而涕泗交颐也。及岁杪复归，俉除夕二十七日至家，则儿死已十日，竟不获复一抱视①。噫！儿之死，渠果红丸为灾，抑有他故？家人皆讳言之，予亦不忍诘其详也。

从子换直殇，痛未弭；未尽岁，又殇吾儿。运耶？命耶？予与璘章弟自咎予兄弟之不德，无以庇赖后嗣，然事已无可奈何，则亦淡漠置之，不介意也。唯思留于其母者无穷，期久而愈挚，甚至于惑。今儿之殇一年又数月矣，一日，其母谓予曰："人无死而复生者乎？"又尝谓予："妾初不以儿为死也，暂去终当复来。"盖儿生六年，婴抱携持，未尝一日暂与其母相离。儿死，诸儿皆长大，不复常侍膝下，予又家居时少，终日惘惘若无所依。每飧后悁不自持，辄睡至鸡鸣，或才过夜半辄觉，展转反侧，达旦不能复寐。因思儿更思儿弟，并其在室有家一切生平失意之端，纷至沓来，倾刻万感，搅乱心曲，其实皆以儿殇之故。予思所以解其惑，而穷于术。

一日旅中独坐，猛忆两儿之殇若皆有物焉转移其间，非偶然也。先是六月，吾母伤风甚剧，予与璘章为文泣祷于神，愿减己算益母寿，母病果愈。未一月，换直儿殇，又五月，儿殇。儿殇时，吾母又病卧床褥，便溺不省。室人为制小裯十余，分为二事，每夜晚退时叠次，易其半之新者，夜过半则起而更以其半易之，以为常。儿殇之夜，至时，室人又起如前，吾母辞焉。室人曰："妇今翻觉爽利无累。儿初生时，每妇起，辄扳援不释。今始脱然，可一意供役母前也。"予归家度岁，初入门，吾父即举其事为言，且谓宜传示诸儿共知之，以彰其母之孝。人情宁不各爱其子，以急汝母，夺其殇子之痛，此最难能，后当载之金石，谋示后世子孙。然则谓儿殇乃以益母寿，或可解儿母思儿之惑乎？又况不减予算，固亦儿母所乐闻也。志殇，古人有例，六岁亦无可纪述。予所以罗缕不惮烦者，既悲死者不能复生，又惧生者困惑致死。初

---

① "视"，原本作"眎"。

不自觉其言之长也。丁巳又二月朔日，某记。

## 郑君天章墓表

君武强郑氏，讳禄昌，字卿珊，天章乃其后既于新闻纸中称钜子，徒友相与共撰以为号者也。

前清光绪三十三年，朝廷以变法之后科举既停，各学堂人才未尽出，出者又浮驳不适用，庶几野有遗贤，诏各行省督抚保送，举贡考职。盖合始者乡会试廷试取人之遗意，而径省其阶数，法至善也。既试两试，皆君第一。当是时，君名满天下，草野仰望，上藉甚，诸公卿耳目，皆折节愿交。方省试时，天津严范孙先生为提学司，主朋试。先生名修，故有声翰苑间，颇以文学著称。又尝游日，有所考察，于中外学术兼综共贯。及试，亲自检阅，得君卷，大奇之，拔置第一。已而廷试，又以第一人报闻。意得甚，颇自负赏鉴不讹。君既事，往谒，引坐与语，从容问曰："君安所受此算术？"曰："乡先生杜溯周名法孟，乃尝以其算术折服西士，海宁李壬叔先生著籍高弟弟子也。"又问曰："文事安所授之？"曰："冀州赵湘帆先生。"范孙先生愕然曰："皆名师也。"湘帆者，予字，浅陋固不足道。君于是时，新自日本毕业法政归来，其校长梅谦次郎乃法学大师，东西各海国皆闻其名。尔时问答，曾不之及，则于君所学，盖犹有未尽也。

君试既得意，以主事分度支部。在部凡四年，历充一等科员、颜料缎匹科科长、署核算科科长，兼贵胄学堂教习。职事举办，声輩誉腾，骎骎乎乡大用矣。遇辛亥之变，僚侪多逃，君亦暂居家。自是至君今年之卒，奔走南北讫四五年，一无偶合。郁厄无聊，不得已，仰哺新闻纸。久之，遂为其人所宗主。今都门刊发新闻者，亡虑数十家，大率皆君晚生后辈也。

君尝为唐宋八家之文矣，排奡有气，间或为诗，为今天津徐幼梅先生世光所赏。幼梅先生，故以诗名家者也。督办近畿河道，延君典其书牍，既以诗见赏，遂相倡和，主从自为师友。从事戎幕，尝为书记于长沙，已而又有江西督军之聘。最后绥东总司令王旅长某，将有所为，计所规画，有须上闻，并可以垂法后世者计，非君不能提最指要，而达其开新造大之见，撰书加币，使所亲不远千里具车马来迎。君亦忻然戒行，偕其夫人同往外家告别，搆疾遽卒。时正月二十二日也，年四十二。

王父鹏云，王妣氏董、氏韩、氏左。父溙，附贡生，赠中宪大夫。前母氏牛、母氏李，皆封恭人。君兄弟三人，兄福昌，牛恭人生；弟祺昌，与君皆李恭人生。娶某氏，又娶张氏，皆无子，一女，某氏生。君既卒，福昌止一子，承李大恭人命，以其次孙为主后，归葬君柩于武强祖茔之次。

君生而颖异，五岁能四声，十五岁补博士弟子员，二十二岁举丁酉科顺天乡试及丁未科连试，皆第一，名在天下，时年三十二耳。又十年，遂卒。世方须才，秀发不落其实，天之生之谓何矣？君所著书有《军人鉴》若干卷，文若干篇，诗若干首。生前多散弃不收，盖不能完，或已亡逸。昔王荆公志王回深甫，谓生既不遇，没后复反复致慨于书不能传，今所百思不能为君解者，古人已有之。谓天之独薄于君，故不可也。丁巳又二月清明日，冀州赵。

## 祭赵都督文（代）

呜呼！国畴与立，匪兵伊民。民奚适归，归我辑循。民国开幕，元勋济济。有虎负隅，阻兵觳觫。饥冻不恤，群盗满山。盗耶兵耶？雄雌为奸。畏首畏尾，身其余几。共和幸福，如斯而已。洪惟我公，卓越于人。扞城国家，覆盖生民。革命初起，九州鼎沸。辇毂九门，如喉中无。畴与尸之，市肆不警。苞桑巩固，大功以成。赣江之变，东南俶扰。狗瘈豕突，亡命京兆。前席画箸，决策千里。三辅芸芸，食不丧七。盖公起家，来自千南。闾阎疾苦，原所素谙。峨峨葱岭，吾国西藩。万里从军，大河之源。翻其归来，倅令畿辅。分别良暴，不吐不茹。民为邦本，本固邦宁。先民法言，试乃益明。尔镇郊畿，父老额手。吾侪安公，没齿不朽。不吊昊天，胡不慭遗。梁木其摧，大厦谁支。变乱之始，举国若狂。实是暗昧，邪说獗猖。一扫刮绝，神圣所遗。英英华胄，相胥为夷。公睨而唶，曰匪小故。不急持之，稍纵即遽。某以不才，谬承付托。挟策国门，过市为枸。行之期年，人心化更。公作其始，不睹其成。事有至难，优待胜朝。免彼遗老，《麦秀》兴谣。凡公所为，其谁不感。胡越之遥，亲如肝胆。公神往矣，公德在人。撰辞摅哀，涕泗沾巾。

## 祭赵都督文（代）

呜呼！岂天之不欲巩固我国基乎？室家未立，梁木先摧，遽夺我公以去，大厦复谁与拄支乎？当我国变革之始，天掀地岋，其危若千钧之悬一丝，唯公能不大声以色措①天下于泰岱之安。山河既改，钟簴不移，赣江再变，负隅阻饰。公始终不出国门一步，安植根柢，夫何难落振之而枝披之。大乱既平，海寓清夷，畿甸近在辇毂之下，又系渤碣门户，乃假公节钺镇之。盖公筮仕即在畿甸，其于地之习俗疾苦，无不周知。孰安勿危，孰治勿疵，孰倾孰欹，譬彼蔓草，勿使乱滋。靡以岁月，匪唯吾完好之畿甸可以永治久安，即靡烂汤沸，不堪聊赖者，皆来取法，而为先道之师。

命也！如何哲人其萎？噩耗惊传，举国悯。而公乃国之柱石，人之蔡蓍。蔡蓍亡，则人谁与咨；柱石倾，则国谁与持。神勿远驰，吾安所尸？昊天不吊，胡兹一老，而亦不憗遗也。

某以往年，辱承指麾箸画方略，目上指眉，曾几何时，言犹在耳，而公之音容色笑，则仅付之思维而已。敬奠酒兮陈辞，盖不独内哭其私，抑以外为世悲。

---

① "措"，原本作"厝"。

# 卷　六

## 徐相国弢园记

　　相国有邸第居城之东偏少北，最后为家人食息之室。前入门，折而西北，上有两院宇相比，东曰晚香别墅，西为接遇宾朋之所。某往尝为相国祝寿至此中，曰弢园。道前两院宇之间而入，直北，西划为圃，莳华蔬，畦大小若枰，植横纵成列。又西缘以土山立石，揭"弢园"其上，极东与弢斋相望。斋前带以长沼，水清澈见底，有叶浮出水面，似荷而小，强如当十大钱。

　　某问园丁水所从来，答言始亶汲井，今更以自来水注之。夫时之劳逸成败于人大矣。昔王崑绳先生记怡、秦二园，以京师地高，艰于取水，尝拟一气引水使上之法，铸大壶置井底，窐顶而高其喙，斜通原泉，喙所吸与顶所受，逼以出水。无论当时其法之行与否，言之已不胜烦劳。且惠而不遍，其小已甚。自来水者，世俗言其法亦传自西人，吾国古未有也。水无论远近，若河若江海或山涧瀑布，皆能取而用之。先行水至高地，为釜滤，去其泥沙砾与水中细菌，再为管引而下之入地，深至以尺计者五俾，地上不洁之水泽不能入。复为机吸而上之，随人所用之远近多少，早暮置闸，以司启闭，用至便也。其法行之，近不过十年，而王崑绳乃欲用之数十年之前，其亦拙于乘时者矣。

　　园之正中曰虚明阁，与弢斋皆满壁皮书，南北向，出其北门，叠复道北直达于食息之室。少东南有亭翼然，题曰"春秋多佳"，又南曰退耕堂，北向，其东绝沼曰看云楼，阶又在楼之东南向，转而登至其上。西山云物，呼吸与通。近复于退耕堂之西南拓地，至晚香别墅之东起楼，与看云角犄。凡弢园中之结构，大率如此。

累石以象山，置桥以通水，树之榆槐松柏，备他日栋梁之材，果实则桃李杏梨枣栗，华则樱桂。夫桂，南方产也，迁焉弗良，养之须优。苴有异卉，草满不除，布地若荇，荟然杂植。几若疑其漫无措注，乃一为谛审而营度于心。匪唯草木华卉，上下大小并殖不害，汀之以水领之，以山亭堂楼榭错焉益整，无一不章其位置之奇。

故记称宋富郑公为园，目营心匠，爽闿深密，曲有奥思。观相国所为，任所偶直，不假营匠，乃无一焉措之不得其所辟。若淮阴将兵，驱市人而战之，多多益办。人之器宇相越，岂不远哉！相国既命某氏为之图，又以命某为记，其约略如此。

## 《易经遵朱》序（代）

予尝为有清《畿辅先哲传》，并为《书征》，仿《四库全书提要》之例。纂言者钩系①，记事者挈领，轶无传书，别为存目，书系于人，人系于地。于《正定记》有《易经遵朱讲义》一书，尔时虽著于录，而书固未之见也。今先生之裔孙恒瓒录福来请弁言，予受而读之，的的乎朱子之嫡传也。

夫朱子集经学之大成，于六经皆有说。其说《易》，据辞求象，谓足以昭法戒而决吉凶，更不必究其所从与推其所用简明易直。元明以来，咸遵之无异辞。有清开国，士大夫耳目常故之日久矣。材智奋发，蒸为闳博，于是汉学兴，而宋儒之学不得不为之一掩抑。雍康之间，方闻大师著书，勿问说经，以其所托最尊也。名家皆思揭《易》，以其旁涉多通也。舍义而索象数，谶纬之说以兴，旁及导引、修炼、律历、星气、壬遁、风角之属，始不过援《易》以自重，久则并引之以注《易》，诞妄曼衍，《易》遂入于迂怪之术，而不可问。先生当其时，独卓然不为所惑，守朱子之说，专以穷理，而象数自在其中。驭奇有法，本近取远，先生其易学之硕果乎？惜乎余前传先哲之有未详也。于宋儒之学类分为三，程朱首刁文孝；陆王首孙夏峰；又有颜习斋、李恕谷，

---

① "系"，原本作"糸"。

于程朱陆王之外别启一区宇，而坚苦卓绝，亦不失为圣人之徒，其师弟亦且数百十人，《师儒》九卷，搜採亦略尽矣。顾以先生见遗为憾。

先生名元默，字幼和，康熙五十九年副榜，高隐不仕，日唯以教授为生。有门人宦归，见其穷而泣。先生曰："尔胡为然，我自觉其中乐地有余也。"呜呼！观此可知宋儒之所谓寻颜乐处，决非空言，而先生之得于《易》者深矣。

先生揭"朝乾夕惕"为学《易》之要，《书》之"日孜孜"，《诗》之"敬慎威仪"，与《大学》《中庸》之"慎独，恐惧戒慎，不闻不睹"，此先后圣相传之心法，即先后圣相传之治法。身心家国天下无二理也，先生特为表而示之。敬天之怒，无敢戏豫；敬天之渝，无敢驰驱。《易》道深远不易，知吾愿与世人诵《诗》也。

## 胡君子振墓志铭

子振既亡，予思书我所知于子振者，为文以攄余悲，会其子宗照以状来请为铭。予与子振始同读书信都书院十有余年；今来京师共事，又数四年；以友生而与同寝馈，合前后几近二十年。此兄弟之好也。

子振诸生，姓胡氏，讳庭麟。有弟庭鸿，初从子振学于书院且二年，予稔知之。其妣黄孺人，子振之继妣也；子振之妣曰殷孺人。父候选训导，岁贡生，字倬如，讳鋆；祖字接斗，讳文魁，家贫。父祖以来，世业教学，有田不能自耕，作橐笔走四方，傭文字易升米求活，与予家大略相同。故予二人意相得，每相见辄喜相深语。往岁己未之春，子振归从家腊，告予曰："我余夫也，今弟今与我分居，与先儿时与叔父所分田数相等，皆二十五亩。然先时多一院，多一牛，今颁白不免于负戴，远近皆须徒行。客至无亲疏，一接以寝室，奔走拮据三十年。予益窭不承权舆矣。"

子振呐口性迂，不甚通晓家人生产事，顾于文学若天生然。自其幼小，出语已惊其长老。慧敏多材艺，识鼎彝文，能书篆，刻摹印章，又能手自制造文事所有诸物器，皆精绝，为诸食技力之人所不及。为文章浓郁秀雅，尤工有均之文。尝用扬子云《州箴》均为《十二提督箴》，雄阔古朴，武强贺先生叹其非西汉以后人所能为也。

当是时，桐城吴先生方为冀，冀为直隶州，领五支县。书院初延新城王先生都讲席，予识子振自其以童子应书院月试，王先生亟赏之。及子振补弟子员，王先生已去，故子振在书院从贺先生学之日为多。贺先生后又使教其二子。书院定章，州选高材生六人，五支县各一人或二人入院肄业。又于州六人中选其学文行优长者，使监院，监诸学生出入及所业勤惰，皆三年一易人。予与李备六始充选，备六去，举子振自助。自是至书院没，不再易人。予去，子振自领之，诚难其人也。李备六名谐馘，予与同乡诸友人弟畜子振，而兄事备六。备六勖我以道义，子振感我以情，皆有不可忘者。备六之殁，予揭之，今又志子振。人老至不自知，视①侪夷衰病，淹留在人世者复几何也。

子振没以庚申十一月十六日，其来京师以从王先生襄事邑志。王先生久宦归来，予以其时不可失，从臾邑人资子振来此。设局乃志成，而子振遽殁，享年五十四。初娶氏靳，能配子振食贫，与予前室氏张同卒于光绪庚子。两人者生未尝识面，以吾与子振之好也，时时藉以通问，卒同岁死，岂所谓同气者也。再娶氏翟。一女。宗照，靳孺人所出也，以书名于时。自其祖倬如先生喜书，至宗照三世矣。子振五岁丧母，廿四岁丧父，一弟幼孤，其家庭母子兄弟之际，盖有难言者。生无以为养，死无以为礼，自古圣贤且有伤于贫。予知子振，予亦第著其贫之可伤而已。铭曰：

距邑治东南十五里许，有穷一儒，窆形此土。陵谷有时变迁，骨肉有时朽腐。我著此铭，长与终古。

## 胡君子振墓志铭

胡氏先，原密云。始冀州，为冀人。传十二，下至君。子振字，讳庭麟。终诸生，五四春。年不多，没无闻。祖文魁，曾振芳。父倬如，讳曰鋆。选训导，岁贡生。始读书，大门庭。妣氏殷，继妣黄。弟异

---

① "视"，原本作"眎"。

母，名庭鸿。前配靳，翟后嫒。子宗照，字峰荪。以书名，三世传。见孙二，长孝澜。次孝澳，茁蕙兰。

君之生，慧而艺。能篆书，八分隶。摹印章，自镌栔。刀笔属，若鞁鞴。凡文事，诸所资。手皆能，自作之。诸食力，技工师。其精绝，莫有几。

家故贫，业奔走。舍其田，禾胡取。负笈箧，易升斗。食四方，徒为口。三十年，成老丑。归去来，计所有。四壁立，一敝帚。盖治生，亦多术。较米盐，至纤悉。

君迂疏，阔事实。矧不能，遂十一。顾于文，天性然。孩出语，惊宿年。长及王，吴贺门。如滋兰，扬清芬。渐浸淫，蔚彬彬。尝为箴，学子云。告十二，提督臣。泱泱乎，职职焉。轶汉东，及于前。

我与君，世孔李。共寝馈，几廿载。始乡国，今人海。间相语，穷日夜。命不犹，足悲咤。早失恃，才五龄。廿四岁，孤又丁。弟一介，倾析居。宅美好，田膏腴。悉推与，瘠陋予。附有债，不如租。所得诡，惟诗书。有从子，为学初。行束修，仍我需。万一冀，兄友于。人皆有，我独无。司马尤，信有诸。子知己，其何如。

君事我，盖如兄。我先君，二岁生。君丁卯，我乙丑。未六十，皆衰朽。昨岁行，及庚申。再六岁，浃日辰。日短至，后三晨。溘而逝，为古人。我于时，未有知。讣忽至，泣涕洟。我知君，有至难。母与子，兄弟间。无以为，事生死。且伤贫，子路子。我知君，生无忝。门内行，惟黾勉。有文章，都为卷。载之行，暨久远。

宗照状，行义年。至翔实，来征文。籍系具，妻孥并。我为铭，利永贞。（吴北江云：三言铭于古尤罕，此篇极见精采。）

## 于泽远墓志铭

吾友泽远殁于京邸，予与诸同人既会哭，且送其丧反葬，孤子德辰持王君荫轩所状来丐[①]铭志墓，予诺之。为思屡属辄辍，置不忍开其缄

---

① "丐"，原本作"匄"。

也。其后铭李刚己、铭胡子振铭、张楚航先生、表李备六，今又以表他乡先生事，牵及君，检状读之，距君之殁，盖已五六年矣。

予始识君，在光绪戊子科乡试棘闱中号舍；君始知名，自桐城吴先生为冀，及君从武强贺先生读书信都书院。吴先生去官已久，都讲保定莲池书院，予亦去而主深文瑞书院讲席。吴先生为冀时，冀深皆为直隶州，领有支县凡八，两书院皆吴先生为州所规定，后又自长莲池。凡直隶及二州八县蜚声翘材，肄业三书院中，大抵气类相为流通。知名之始，君即伤逊，不得亲从吴先生受业，迟至十有数年，始得私淑身炙于贺先生。盖君一生之遇合，视①此矣。时光绪二十五年己亥也。

后予以病家居者十年，及再出，与君相遇于京师。国体既更，吴、贺两先生皆已前卒。前与君通气类蜚声之士，及后游学日本诸友，多在势要，为显人，而君已病在逆旅，足不良行。君故盛气，又见时事日非，每有所为，与会大廷广众，抗言远论，倾其座人，未尝或屈。至是亦少衰矣。未几，又遇帝制议兴。岁在丁巳，畿辅大水，冀属五县被灾尤重。君以倡办振捐积劳瘁，病日甚，殁于望后几日。子年五十几。

曾祖某，祖某，父某。母氏某君，殁时尚在堂。兄弟几人，君为长。配氏某。子几：德辰，毕业北洋法政大学；某，毕业天津工业专门学校。君讳邦华，泽远字也，枣强于氏。君于人自草茅齐民，至前清诸元老，及今所谓伟人，无不与交。事自其邑学校至通省赋税，及国家政治，及今所谓党会，亦罔非所经历。君之殁，王荫轩所状甚详备，故弗赘，但取大要其暨予所知于君者著之。王荫轩名宗祐，与君同邑。枣强，故冀支县之一也。铭曰：

张之者谁，胡又靳之。富以其资，而不能施。假以其时，而不得为。斯谓粗奇，理不可知。讯此铭诗，以待来兹。

## 《韩翰林集》序

往岁余用桐城吴先生群书点勘读公诗，至《香奁集》，尝题七字句

---

① "视"，原本作"际"。

近体诗于后，谓与李义山《无题》诸作，皆可当贾生之痛哭。盖公诗法初受之义山，最为深隐难读。及其后国亡家破，身世乱离所感，公乃别创一境。其忠孝大节形于文墨者，非唯义山不能与抗颜行，而调适上遂追及杜公轶尘，并殿全唐为后劲，则今所传《韩翰林诗集》是也。其初传者惟《香奁》，后鸠集复得百篇，而所谓歌诗千首，盖不能一二，观公自序其《香奁》可见也。

梁主被弑后，昭宗死才十年，此公所最快意而喜为摅写者也。其先昭宗，又早出之于外，辟地远方，心有所感，皆可昌言直斥。惟盗未入关之先，蕴蕴棼棼；大乱将作，诸在势要犹自薾然恣其威福，语多忌讳，此则公与义山所遇之时略同，默尔不可，语又不能，不得已而假物寓兴，主文谲谏，甚至下乃托于男女媟亵之事。贾生痛哭，盖犹不足以喻之。呜呼！士生不时，痛哭亦多途矣。醇酒美女，游仙佞佛，日卜星相，托一技以自混者勿论已。后汉气节、两晋风流、宋元至明之道学、清之考据，群焉争起，视①为博取富贵，弋获声名之具，而已窜身其中，自谋老死与痛哭夭生，所异唯迟早耳。五三去我日远矣。材识愈高，偶合愈难，不惟人事然也。

义山之诗至深隐，知之者尚多。公则生气凛凛，郁勃纸上，灼如观火，光与日月争明。自唐至今经千年，后生之与于斯文者，犹未绝于天下，人皆熟视②若无睹。而时俗所好香奁体，公所自谓传在人口者，则嫁名他人，甚且被以不肖之名也。呜乎！此公缉缀旧诗所为，悲无人会，而一吟一泣，而后人读之，亦可为痛哭。吴先生表章之，不容以已也。

## 钱母张太夫人八十寿序

近无贫富下上贤不肖，皆竞作生日，而古礼无之。衡谓十七篇礼之亡佚者多矣，固不唯一生日也。在国有养老之礼，则在家可知父于子有著代之礼，则子于父可知。然既谓之曰礼，固非仆仆亟拜，唯是朴诚将

---

① "视"，原本作"眎"。
② "视"，原本作"眎"。

事而已；亦非夸侈斗富，唯是粉饰外观而已。推以祝加乞言之例，则文辞其要矣。

岁之六月日，在乙巳，钱幹丞先生之母张太夫人八十寿辰，幹丞先生为书，最太夫人徽①音德行，征文祝嘏，肆筵醴宾，藉申孝忱，彬彬乎、秩秩乎，大雅之作制也。惜衡有服礼，不与吉，不得登堂拜贺。顾自维念衡与先生先后有知遇之感，又世通家。忆往昔，先少宰公提督顺天学政，衡时方孩，族子文钟补入博士弟子员，忽忽几六十年；先生同徐前大总统长礼制馆，招衡编纂军礼；先生长内务部，又以参事行走置之幕下。衡自稍有知识，伏处草茅，初闻少宰公即世，后闻先生入词垣，仕中外有声。庆吊虽云未通，休戚一不自禁，此所谓气类非同耶？后果于此获侍先生杖履者近一二年。衡生平庸文字事人，今幸直太夫人大庆，渠容默已？又况太夫人徽②音德行，例应颂祷，且推而布之，有补于女教不细也。

先生称太夫人俭以自持，慈以及物。夫慈俭固老子所称三宝之甲乙也。先生又称太夫人喜诵佛偈，吾国言长生之术，向以老子为宗主，佛氏晚来，其说尤为完美光彻，与老子殊途同归也。许月南氏谓老子有得于《易》卦之坤，衡则谓佛氏有得于《易》卦之乾。乾，天也；坤，地也。人生其间，欲与天地齐寿，必先与天地合撰。先生称太夫人，早及中年操作过劳，晚岁乃益康强，此非与《易》之天行健有合乎？而所谓慈俭，则又有合于地道之"无成代终"也。近世天演之学有言，适者生存，夫适，孰有适于合天德之撰者乎？

夫人之福③禄寿考，永永无极，不卜可知也。而先生又有以文之播之天下，即可据为生日之礼。惜乎，衡不得进退揖让于其间。懿与盛哉！

## 题固安贾氏世系图

往者，某尝与君玉从容燕语，以我所居之村名赵家庄也，思篡陆放

---

① "微"，原本作"徼"。
② "微"，原本作"徼"。
③ "福"，原本作"茀"。"茀"与"福"通，《诗·大雅·卷阿》："茀禄尔康矣。"

翁"斜阳古柳"之句为章，君玉笑谓："吾意此久矣。"始知君玉之村与某所居同，而窃自喜。君玉氏贾，不如我用之切。既而君玉出示所为世系图属题。断自固安，赵家庄贾氏，至君玉凡六世。其初居霸州香营，与明永乐初迁来固安王龙村之贾氏，别为表，附其后。吾赵家庄之赵，亦迁自永乐初，至某十三世。初居束鹿之温朗口，殁即葬焉。继居冀州西堤北，后于今村治农圃，子孙日益蕃衍。村中无他大姓，遂以我氏名之。视君玉之就居他氏村，有客主人之异焉。益自喜放翁之诗，言言与我名实相符，而君玉不得掠其美也。抑观君玉之为是图，何其慎也；别披本支，又何详也。

客腊家居，某亦尝从事征集村间所有各支谱，为整齐之。断自东来居温朗口者为始祖，其来今村与居西堤北，无年月世次可稽。今岁夏初，立石碣于始祖所葬之阡，西去温朗口二里强，东去西堤北三里弱，东南去今村十有余里。三村参立句拱，骈前曳后，若金蟾之足。他时岁时节令，族人故相率往祭扫，其后或惮其远，而以为弗便也。别于今村南百步书名埋幽，更为新兆，而故兆之在温朗口者，遂无人过问，而日就平夷。其为新兆亦不载年月，有碣，乾隆四十九年某月日立，下署吾二世祖兄弟名奉祀。有传闻谓其书仍故兆碣文故碣，迁来作墓前祭石。反转视之，良然，又不能考其世次。而新兆墓七，按谱，于吾始祖至三世之数适合，而四世以下计其墓之在今村他兆者，于谱差数甚多。意始者或犹反葬故兆，故兆故不能止有此数也。而为数几何几何，世何次何，向均尚疑不能明。视君玉之能详言其迁来香营墓数者，愧何如也。

温朗口与西堤北留居之子孙，传闻其亦有他兆，又绝无后，无所于考。吾父生时，尝偕同宗老再三至二村，左右踪迹，三五耇长庶几久故，闻见所及，幸相告语。而氓愚诈虞，相率隐忍，知不与言。今又十年，始得其地，为记其大抵，碣于界上，而书迄未能成，欲分谱与墓为二，信以传言，疑以传疑，又与前所谓名实相符，有戾甚矣。详慎之难也，此则我所不能与君玉争，而不得不让之独专其美也。

谱族体例，某谓宜略似许氏十四篇《说文解字》，原人族之生与文字之孳乳日多，故一理也。而书成，是非得失，可不可欲，出一言为决定，则须俟究极声音古乐之复。盖清浊刚柔，五方之风土不同，赐姓命氏，因生胙土。既非吹律，无以定之于前，自非吹律，无以辨之于后也。孔子之所以自知为殷后者，以是也。是且勿论后世所为氏族之书，其是非得失可不可也。自马牛晋东五胡入主，又自汉后赐姓养子，祝类日多，风及天下，吾国姓氏之乱久矣，非实有所据，若《颜氏家训》所谓使不得误，误即觉之者，则辩于何辩？夫古乐之亡，亡于其器，而所谓乐之由人心生者，固无时或息于人间也。优伶所演，樵牧之谣，何一不合于天籁，特所以节奏者日失其正，每下愈况，俚亵不堪听耳。今诚按图籍考度数，依法制器，用教学童，安在古乐之不可遽复？又况古之乐章，今诗三百五篇犹完也。音律旋宫，三分五分，损一上生下生，准今工尺，循章谱演，每上益追，由野入雅。以今学校唱歌例之，中可以外，今独不可以古乎？古乐复而姓氏始可辩矣。惜乎！帝系姓与所谓世本之不传也。

吾国人始族黄帝，黄帝之子得姓者十有四人。十四篇《说文解字》，许氏即未尝自言。吾疑其一出十四姓谱，皆取裁于《世本》《帝系姓》也。古者谓文为名以，以字为氏之例，推之名则其姓，文字者，姓氏之易名也。近河间苗氏依声读表许氏之书，分为七类，谓此吾上古声教之遗也。五声加二变，今即古乐未复与明，试其说固无可疑。某则谓声各有均，二七十四周之七均，第①亦就均单言之也。许氏之十四篇，部分五百四十，字缀九千三百五十三，始一终亥，据形系联，杂②而不越，概乎其为《世本》《帝系姓》之体例也。苗氏谓其六书专取谐声，楷拄于其间，宜接古之声教。许氏之书，既因形存声，有取于古姓氏之传，吾则循声辩形，可援其说文字之例，律吕今即不传，而声学渐明，即所谓无时或息于人间者。本其所生，因以自辩其姓氏清浊刚柔之异，十可八九。又况由前所言复古乐，特指顾间事，人不肯为，无如何耳！

某以谱族之久未有成也，日郁陶乎予心，思不能通，张皇幽渺。及吾人族之始，今日之相残杀者，其初皆一人之身也。念所以如手足之扞

---

① "第"，原本作"弟"。
② "杂"，原本作"襟"。

头目，不可得纵其空言。观君玉所为吾氏之别自永乐初者，且考之不清，殊自笑也。阙所不知，君子之义也。然古乐不复，则古之声教不传。汉氏以来，吾族之所以不振，而文字益衰退支绌不可收拾。近有丧心病狂之徒，且昌言易同文以方言，赽舌牛吻，暄哄盈耳，不相通晓，人与人失所以系联之谊，涣散然犹竞言结党合群，而倾轧相寻，驯至女子争权，各不安于其室分，萌争夺。① 兽蹄鸟迹之道，交于中国，人且相食，而种族之祸烈矣。吾四秭神明之胄，其终至于澌灭乎？语有之曰："血浓于水，语浓于血。"盖语言者，人声之精；文字其尤精也。古之圣人既取而比之于乐，乐亡而其散著在文字间者，不能亡也。卤音乱之于前，反语乱之于后，据今犹可以考上古之声教。乐复用以辩吾姓氏之所自出，独非声教所及乎？声氾布护于幽明上下，一物具足，感而遂通，故确然可据。

今之乐犹古之乐，孟子言之矣。往者，余每入学校，听学子弄琴，辄不胜其戎之惧。今而知其为吾族穷变之机也。盖人族之盛衰，视声教之明晦为转移，与文字一也。声教明，又岂惟辩姓氏已也。惜乎！其人之不可旦暮遇也。

## 祭王荫南文

呜呼荫南，吾道穷矣。卿珊之没，岁今未改。如何君又，舍我称驶。人之将亡，先见败征。几何存者，束发之朋。君在师门，勇似仲子。屏当恶言，不入于耳。师门既堕，以兄事我。奴视②一世，鲜所许可。富贵有名，愈益水火。不爱曲福，不畏直祸。锄铻不合，逃之醉乡。酒酣怪发，口哆目张。论说上下，怒骂如狂。我尝规君，何为其然。膏以明销，玉以坚剡。知希我贵，古人之言。谊各有当，君何取焉。君亦谓然，不能自克。背违面从，其权有艴。夏秋之交，邦畿水溢。阻我于乡，百有奇日。君益纵酒，以醉一切。昼夜呶号，勿复有

---

① "夺"，原本作"敓"。
② "视"，原本作"眎"。

节。弗眠弗食，月再盈缺。血肉之躯，渠比石铁①？一醉不觉，乃见永诀。父母老矣，妻子软小。远隔乡闾，洪水浩淼。孰视弥留，一二朋好。我来稍迟，不及面诀。抚棺一恸，欲语先噎。既为君悲，旋复自失。知己之交，又弱其一。孰我左右，先后奔走。吾道岂非，抑数不偶。死者已矣，生者伛偻。君戕②我先，我岂能久。初逾重九，日吉辰良。有肴不腆，有酒甚香。抒辞告哀，魂其来尝。

## 题陈可园先生遗像

颀颀其修，晳而清癯。身不满七尺，而目营八区。若弗仔肩，伛偻上疴，形象末也，斯谓通天地人之儒。世不售，卷怀而著之书。吾道渠非，翳我时徂。穷冬不生，作须日旰。有往必复，会适其初。在《易》象其名为《遁》，圣人奚所取义？而有感于时乎？我有所不为，人以为愚。我直道而行，人以为迂。人有两目，皎皎明胪。罔弗见前，后多不图。美荫蝉栖，螳螂觊觎。鹊利其从，不防弹狙。得马失马，祸福斯须。殃庆视所积善不善之余。大乱降止，悔可追与。在晦宜养，背之则痡。夜行不戒，遇鬼载车。有鹏入室，城鼠社狐。白日昭昭，奚所往何。不祥若是，而弗出为驱除。明入地中，文王于是焉囚，箕子于是焉奴。演《易》陈《范》，上媲典谟。天不丧文，生德于予。艰贞蒙难，今同古符。颜习斋先生有言："著书者，圣贤大不得已，所出之一途也。"写定为卷，三百其都。以藏其家，以传其徒。如有用者，人我何殊。举而措之裕如，予之而取诸其怀如。有孙绳绳，有子步趋。世其家学，永永不渝。寿登大耋，归于其居。石头山麓，有俨其瑜。留兹光照，永为世模。

闻先生之名旧矣。南北相望数千里，终不得因缘，会商所学。先生所为《寿藻堂遗集》，尝于友朋家见之。喜其《感事》，有句

---

① "铁"，原本作"鏔"。
② "戕"，原本作"壮"。

云："两年草创真儿戏，一梦模糊说太平"，常讽诵之不置口。陈君有稻孙，客岁来京师，止编书室，与予同事。已又同有事于四存学会，匆匆中一又相语不能深也。

今夏五月，稻孙奉先生遗像求题，并出视先生所自为墓铭，始悉稻孙固先生之长君，先生已于前年物故，而书墓铭，先生之弟逸园先生，与予同举光绪戊子科乡试，又通家也。稻孙有子同祖，时方教习四存学校，予季曰钟渶，适在校肄业。稻孙间尝从容语予其师弟子游处甚相得。

自古谓友朋应求，须同声气。予与先生忆自始出门，时闻其名，辄向往之。今虽不可终见，而见先生之子，见先生之孙，与先生之弟同举，此所谓声气，非耶？故先生与予生平动止大抵不约而同，为同声气之人。言不自觉其言之觍缕也。辛酉九九节后九日，赵衡敬记。

# 王荫南墓表

荫南，故城王氏，讳在棠。以诸生从武强贺松坡先生学为古文辞，具得古人所以不朽立言之意。及出，而见当世有闻于时之文与所闻背谬，然天下人称之，翕然无异辞。初为南皮张文达公子弟师，后又为今相国天津徐公教其从子。耳目厌饫，使人意满。及去而与他贵显人相接，徒见饰于仆从车马，皆窳无有，而其人且庞然自大，炫车马以吓仆从也。家贫无俚，思庸所学，挹注以养亲，以育妻子。所如不合。最廿年，每岁所入，无有余，常不足。即小己衣食，尚须知交资藉。又激于外至之是非，慨不快意焉，一委身命于酒。

予与荫南同出贺先生之门，初领北新译书局，悲其穷，尝引与共事，已又以财资之；既乃荐之天津相国，教其从子；相国网罗畿辅有清一代文献，开局编书，又荐充为检校员。夏初，予以母病归省，隔于水，不相闻问者数月。归来，则荫南卒已月余。父母妻子皆不在侧，衣衾棺敛概出相国之赐。荫南性谨饬，遇人循循，口若不能道辞。既以酒自放，每醉，议论怪骇，手戟目张，随所遇人，无一当其意者，必嬉笑之，甚则怒骂。予尝藉题壁规之。又与荫南从容燕语，谓君何不自喜。昔韩退之悲醉乡之徒不遇，不得圣人而师之，今子所学之文，固圣人所信，为天下之不丧者也。苟竟所学，竭毕生精力，诚有如退之所谓汲汲，每若不可及，不暇于其外者；且吾乡李刚主先生有言"吾人当与周孔较短长"，乃卑之侪论时辈也。荫南赧然，不作一语，取间予所题为壁，装池，悬之坐右。自是荫南不为酒困者三年。予怜其意，每与沽酒共酌，予竟取饮，荫南辄让予。予嘉其能受尽言。呜乎！孰谓今兹一别，荫南竟病酒以卒也。

吁可哀已！停柩城隅，待水潦降，归葬祖茔之次。曾祖考某，祖考某，父某。妣氏某，后母氏某。妻氏某。一子某，生甫五岁。荫南初年四十无子，又几年，某生爱怜之甚。以予之多子也，从俗，属予为义子，庶几其不夭札。适予六子、五子相继殇逝，荫南不意多一义子死一子之俗验也，颇踟蹰不能为情，事遂中止。荫南事予如兄，某果不夭札，吾未死，抚视从子，待其成立。以兹文遗之，揭诸墓上。

## 扶沟柳纯斋先生八十寿序

圣贤之学，要于功见言用，泽及民物。至若著作纂述，乃圣贤大不得已之事，非所尚也。扶沟柳纯斋先生，始以名进士补官山左，历二郡四邑，惟在惠民为最久。凡七年三任，实惠在民，至今未沫。入民国，买宅省治城西溪上，退而读书，撰著其中，已于世两不闻问。

夫先生抱大有为之具，又值今大有为之世。时论以能竞争为贤，谓物竞天择，悉出天演。往岁吾国之所以屡见绌于各外国，皆其效也。使先生本其昔之所为，进而与时贤相竞，推至今未沫在民之实惠，由一郡邑而一行省而全国至各外国，仰流溯沿，引颈向慕，喁喁私语，知有圣人终在中国。强者请藩，弱者入贺。屈膝稽首，贡更数译，无远弗届。举吾国古所谓大同，今远西所谓乌托邦，真正目见。吾辈文人和铅珥笔，粉饰平治，典尧谟陶，雅颂姬旦，铺张无前之大功，扬厉封天之盛德，凌峻耸上，编入书诗，并垂不让。何况今各外国安知往所见绌不更见优，先生独不欲睹其休乎？而乃卷怀而退，徒托空言。然则先生非惟有违乎古，亦且有负于今矣！先生其何以自处？

天津徐生绪通顷有书来曰："先生隐士也，而亦循吏也。今年八十，征诗文为寿，愿先生张之。"夫逃隐士，为文人，吾辈无能之所以藏身也。先生既能为循吏，吾辈之所望于先生者，则在拓循吏为名世。先生而亦为文人，吾复于谁望天下之平治也？我又不能为先生所尝为二州四邑之民。闻古之时，师尚父八十梦遇文王，先生今适八十，又有四邑二郡在民之实惠未沫。然则我尚不至绝望于天下，其所尤望者，惟先祝先生寿考维祺耳。

## 题胡子振照相

呜呼！君子振耶！神形依然，独默默不与我一言。始我二人，前后同处，几二十年，言亦有何不尽？今所怀万端，追欲一见，倾倒出之，而不能得之，为可恨也。呜呼！吾年未周甲，往时所与同学，今十无一存，然犹曰年长于我。子振小我一年，乃亦溘逝而先。我独未死耳！顷年死丧，骨肉相继，悲哀郁闷，无可为语。块然孑处，思前少年时，聚居读书之乐，知不可得。故为追想，演绎遣闷，偶至琐亵事，有可笑，不禁破颜。家人怪而问之，而不知我心于时之为最悲也。呜呼！子振其尚闻此言不耶？壬戌中秋后十一日丁巳，赵衡记。

## 梁燕孙振灾鼎铭

维民国九年，辰在庚申首。自京师南绝河至梁宋之郊，西逾大行，弥晋秦，东抵齐鲁薄海咸旱灾。束鹿县，畿甸腹心，被灾尤甚。民所以弗寒弗馁，弗致转沟壑，时有赖于公私各振[①]灾会。而三水梁燕孙先生华北救灾协会尤切实，于民赖用。计束鹿一县，振衣凡三千袭，粟凡五千石。新旧知事，若荐绅暨振民，谋所以报称其德者。爰乃吉金，朱提丹砂，铸作宝鼎，光丽典禼，熊熊奕奕，用答扬燕孙先生。使国人称

---

[①] "振"，同"赈"。

愿，父母不显，皇祖皇曾，王考鲁休，膺受多福麋寿，无有害于万斯年，世世子孙永宝用享。辛酉孟秋，赵衡撰。（吴北江云：以今题作古体文，古色古香，复然特出。）

## 序韩君所著书

贵阳韩汝甲精音均之学，予来天津，持所著书造门请序。凡十九种，曰《汉字音本解剖学》、曰《文字典》、曰《四子经》、曰《新均旧诗》、曰《平入易辨》、曰《入声标箭新谱》、曰《五音易辨》、曰《四呼易辨》、曰《字音清浊易辨》、曰《读字捷径》、曰《切音新表》、曰《汉字廿六音本读法详解》、曰《盲人书写法》、曰《哑人谈话法》、曰《速记实在易》、曰《正转四级调音新谱》、曰《白话读音》、曰《音注西字举隅》，总名之曰《反切简法》。其自序谓："童蒙月余能通年长识字者数，日日分数时，并可通东西各海国语言文字。"夫东西各海国语言文字，今吾学者所共骛也，然或专而不能兼，或纷而不能精。学焉所以致用，或在彼能与其人较短絜长，至问以我国之方名，与数十而不能一对。未收其效，弊且丛生，盖其难也。得是书而操本以往，不出闺闼能遍读五洲英、法、美、德、俄、日六七强大国之载籍，而周知其情事，一无隔阂，亦大快已。

抑某之取是书，不唯各国之语言文字由是书能通之，即是书而引端竟委，深有见于各国之语言文字，固不能与吾争高下也。往尝以谓他国文字多由声成，吾则形声具备，此吾文所以比各国特胜。至后日，书果同文，可决其必化于此也。盖文字所以代语言，语言，声也。至用以寄远，数百千里外如相对语；用以传久，神彩笑貌可见诸不可纪极之世之后。专以语言为文字，各国不能也。故吾国制字先象形，未有天地之先，与诸恒星天，他行星地之外不可知，既在此地上，此日天之下，高下已陈，两明分照，川流山峙，鸟飞鱼沉，草木华实，此万物相见以形之世也。适者生存，各国天演学家之言也。文字与国存亡，所系最重，胡乃轻于一试，漫焉以代语言曾不于适不适加之意也。今闻其国，人亦自知文字不足以传久寄远，实事求是，乃别制一留声器代之，已又为一

叙异斋集

照像器辅之。鬼慧神谋，巧夺造化。然二事不相入，一见形而不闻声，一闻声而不见形，其于不能代文字之用如故也。

吾国古时，神灵首出，开物成务，仰观俯察，远近有取，无不本其参赞化育之全能以注之，非苟而已也。制以前用，创为可继，故一带之余，一履之微，圆前方后，约中曳下，具有规模，况其为夬扬王庭号令治察之大端哉！《易》本文字，推始八卦，八卦始于一画，然则文字固不尽自语言出。一画者，数之始，形之始，而亦声之始也。八卦成列，象在其中。网罟耒耜，舟车弓矢，关市宫室，棺椁之利，纷然并兴，至书契作而文字之用于是大著。各国崛起海峤，奋愤图强，一是政治艺术，亡虑皆我后世，所谓救标治末补苴之法，事至而谋图其利，不顾其害，群起以争强，相合不必相安，以视我之大小内外，各相维系，曳一掣百，不可摇动，古圣所创制，盖有间矣。然极其智力所至，偕起竞进，亦自能以翕张万汇，凌轹宙合，天下称雄。

文字盛衰与国势远迩。今吾国人所以皇皇驰逐，竞以能通知东西各海国文字相夸，而自咎吾文字之不适用，有由然也。世变不可前知，天亦有时限入气数，听万物自为强食弱肉，曾莫之顾。然剥复消息，一阳多伏盛阴之下，而人事吉凶祸福相与倚伏，大小强弱，家国之兴衰，固不能执一日以定百年也。适者生存，天地既与万物以形相见，其所为栽培而倾覆之者，概可决矣。二千年来，吾国家所以日即衰弱，以至于今，不能与后起各国争胜，非文字之咎，乃吾学者之骛于其上，而不知形上之待形下而著也。往者颜习斋、李恕谷两先生显揭礼乐射御书数孔孟所传六艺为学，身体力行，不尚空言。空言，汉后学者之通弊也。学术不适，害且及政，长安久治之道，所以不能再见于近世，盖不能不追咎于秦火也。今又劫于各国之风，从与俱靡，而吾国历五家三代圣作明述所与留贻纪纲法制，一切俱扫地以尽，唯文字幸存，以其制造之始，有声有形，固植不拔，固较各国为独适也。学者亶能即其所存，详审而明辨之，而先圣之制作与后贤之因革，皆燦如目前，若与之端拜而议。彼专以语言为文字，各国能乎？夫以语言为文字，是以有形著无形，而予人以可见也。天地之生，尚须验之草木枯荣，而圣人制礼祭天，柴而望之，祭地，瘗而霾之，皆予人以可见。至阴吕阳律，声之事也，圣人截竹为筒，十二吹而分应，而统业百事，胥由此起。盖声非形，无所自而发，亦声非形，无以居之，安久？将浮游涣散，杳不知其何往而泯焉以没。固不唯语言文字然也，各国之所以不能与吾国争胜者，此也。

是非以久而论定，今各国之以文事相推者，有人矣。千百年后，必有人能别白而折衷一是，复文化大同之盛。吾老矣，惜不及身亲见之耳。前此有文字入吾国者，已非一族，回纥、身毒亦其例也。韩君又尝告余，吾《易》通于各国算数之理，近为之注。夫《易》为吾国圣人以人事测天行之书，各国天演学所不能外，非通于幽明之故，不能知其深。就可见者言之，爻象而已，爻象，形也。一画，非唯文字之始，固亦数之始也。

## 《陶庐文续集》叙

某知从事于学问之途自先生启之。从学为诗，其时年未及冠，本原师说，敷均宅字，为诗固不知诗也。后学文于桐城吴先生、武强贺先生，因暂去诗不为，前后几二十年，颇觉有窥斯事崖岸。循途守辙，兢兢焉尺寸不敢逾越。

近四三年，复从先生编传有清一代畿辅先哲，一笔一削，昕夕与亲。浩乎沆瀁，若纵巨舰泛大海，水与天际溔无津畔，而浅沙深礁，风涛汹涌，柂篙不施，夷然直达彼岸。从枕席上行舟，何其神也。回忆前从学诗之时，遽已三十余年。而某自往岁冬又复为诗，尝与友朋会饮，日晚席终，众欲待至月出始归，直过夜半。及归至家，检时所谓阴历则十一月晦日也。因效古人问答之体为《晦日望月诗》，质诸先生，先生评以退之改玉川子《月蚀诗》，法度谨严，而玉川子光怪之气尽失。予非退之，不敢妄与删削。然则，某之于诗，法度盖犹有所未合也。

犹记先生前都讲吾冀时，一日拔某稠人之中，资以膏火，肄业书院。某之知事学问，遂于是始。其后，先生出仕，门人祖送，洒泪为别，归期约以十年。日月不留，倏忽阅世，违侍杖履，为日已久。方惧廿年所学，无以进质，先生顾奖饰之逾量。夫先生固始以学问启衡者也。自吴先生、贺先生没，漠无所向，日夕途穷。适直先生自数千里外归来，复得从事于此，有始有终，某于斯事庶其不踬于半途乎！唯相视须发两皤，处车马喧阗之地，不能自振拔，舍售文无以为活。某不暇自悲，代为先生悲矣。

先生之文，前集凡若干首，某一一即某所及知者为之注，非阿好也，已同刻入集中，知者当能辨之。今续集刻又将成，叔雄谓某"子宜有序"。先生之文若古人所谓摹天绘海不可能也。谨记某事先生始末三十年以来离合聚散之感，庶读之者不以为溢美也。

## 诰封奉政大夫候选训导孙君墓表（代）

故候选训导孙君，讳志峻，字景松，河南洛阳人也。光绪二十一年二月二十一日客死长安旅寓，友人扶风知县倪度宽甫实资助之棺敛归葬。越五年庚子，予扈从至秦，君子光瑞请予为文铭幽。及今年夏，予来京师闲居，光瑞则方供职国务院秘书厅佥事，复请为君表墓之文，因出示前铭，盖距今已历十有八年，君之卒则二十有三年矣。

往予志君，悲其才高不偶，因历叙予始识君，及后与宽甫同从事于洛阳县署路公渔宾之幕，三人者，时年皆甚少，气盛无度量，相得极欢。久之，予入翰林，宽甫以拔贡出为县令，君独困顿抑塞，屡试不获一第，年且五十西游，羁穷以死。故予为之铭曰："其学则勤，其遇则厄，而终以绵世泽，望其子孙。"今光瑞内擢外推，文武俱效，而诸孙振振，兰茁玉缜，鼎力秀发，传家有人，绳武缵志，君之死，其可无恨。

余幸未死，衰病相仍。窃计生平游好，渔宾先生最先死，在君死之先，汔今四十余年。宽甫后君死，今亦七八年矣。过今以后，未敢预度。由今上溯前四十年，天时与人事之相推相夺，倏忽变幻，何一不足发人感喟。其死生兴衰，见于一家一人，犹其小焉者也。欧阳公有言"唯为善者能有后，而托于文字者，可以无穷"。今光瑞既惓惓先德，且一再谋所以不朽于予君，其可谓有后。予前铭君，悲君屈于生前，没后之能伸与不，不敢自必，其言之信也。今为此表，既自多前言之中，且不禁为君转悲喜矣。富贵功名，有命存焉，君子唯观于所得为者而已。

君性行家世皆详前，走不再赘。卒年四十七，后以光瑞官陆军部笔帖式，于宣统元年封奉政大夫。光瑞故附学生，今守金事。有子三人，步武、步瀛、步蟾；孙三人，绍贤，绍忠，绍信孪生。

## 《求放心斋文集》序（代）

间者某既校刊《贺松坡文集》行世，拟即赓续取刘镐仲文刊之。镐仲名孚京，南丰人；松坡名涛，武强人。皆予丙戌会试同年，文字道谊至好也。检箧中录存无几何，因发书从其家访问搜集。会镐仲之子超远来征予言为序，则已用铅字印成其文为四册五卷，颇完备无缺漏，且有予向所不及见者，然有讹夺，句窜字戾至不可读。《松坡文集》无是也。因出一部为赠，超则大喜，拟程为式，重付刊行。予既嘉松坡、镐仲之有传人且有传书，具可不没于后世也。

因忆往岁所过从往还同年诸子颇多，以诗古文辞著闻者，松坡、镐仲尤业之专，无他嗜好间其心，为之勤且久，不以贫困易其志。昌黎有言"其用功深者，其收名也远"。倏忽卅年，纷纷者寂无声音，二子则具有以成名乎身后，而立传不朽。此中离合深浅之数，在当局或不暇自为计。予与二子交，甘苦实共尝之，固知其无有一焉之可幸获也。

顾二子之文，取径各不同，持论亦异。松坡之说古文者自昌黎，振魏晋八代之衰，反之乎三代、两汉而名焉者也。宜先以八家立门户，而上窥秦汉。镐仲论文不取李唐以下，晚周诸子、两司马、扬、刘、昌黎文所自出也。宜先以秦汉为基址，而下览八家。其说相水火如此！且二子初不相识，松坡都讲冀州书院，以官为寄，不常居京师。镐仲鲍系一官，亦非其好也。杜门著书，非其人绝不与通。两人者观政刑部互数年，若有物焉梗其间，期期不得偶合。予以二子之官同也，所性同，所业同，其为文取径各不同者，特所从入之道异耳。譬适燕京者或道秦晋，或道齐鲁，所道殊，及其既至，一也。予乃为介而通之，两人一见，倾倒筐箧，相与讨论修饬，益纵论古今文章得失短长，倡言赓说，庄谐杂出，连日夜不厌。两人持论之不同，既融如水乳，两人之交，亦一结不可复解，如胶如漆。事后追维，并吾世乃有斯文二钜子，由我一人作合。友朋燕语，或独居私念，未尝不以此自多也。

今其事灼灼犹如目前，读二子之文，文具在，皆可以传久行远，独予老钝无成，向所欲出而就试于事会功名之地者，概以权不我属，或时未至，不得有所表见。间或为诗，诗小道，所入又浅，无由发摅我生平志气。身虽未死，盖不能不念二子而生愧也。惠子没，庄子叹无以为质，予欲为二子之质久矣。夫幪人亡而匠石辍斤，今诗论日乖，大雅不作，所亡者乃匠石也。垩不斫则滋蔓难图，斫焉而伤，为害益甚鼻端之垩，皆是也。世安得复有成风之斤，此予所为抚松坡、镐仲之文，既追念昔者同学之乐，益怆然有感于身世，而不得不为来暨虑也。

## 《元和篇》序

予喜与学道者往还，顾所遇多浅，无足与深言。往尝以语某某，为予分别言之曰："此我所更试更验，历历不爽者也。"予听之忘倦，往往烛见跋不休。某，儒者也，所著书曰某，若干卷，曰某，若干卷，俱已剞劂行世。今某没久矣，予间从其家求书，检得此册，取而阅之，养生术也。往日所语，亡虑皆在而中。多误脱，予既倩人补正，拟付梓，为题其颠曰：

生天地之间，别于万物，而独名为人。以李桃黍稷五谷之人例之，人者天地之心，固其所以生也。顾黍稷五谷之生一年，其人所生亦一年。李桃之生十年，其人所生亦十年。人为天地之人，天长地久，人生乃多不能百年，岂天地之生之犹有所靳而不肯全以付与。头圆象天，趾方象地，天地之形全也。立天之道曰阴与阳，立地之道曰柔与刚，立人之道曰仁与义①，则天地之性亦全。尽性以践形，必其生与天地齐寿，始可云尽人之能事。历古所传如老子、庚桑楚、王倪、藐姑仙人，长生若此而不死者，不乏人矣。人能之，而我以不能自谢，比其咎，天地不

---

① "义"，原本作"谊"。

任责也。嗜欲益兴，内焉争夺，欲恶攻取，其始靡曼甘肥，珍琦淫巧，复有以消铄；其外日劘刃于狙诈骄愤渐毒之中，虽金石犹将镕解而不能支，况其为血肉之躯乎？此书出，使世人读之，皆知自爱其生，虽不能遽期久视，而民无夭札，亦未始非天地好生之德也。

抑予更深有取于此书者，昔马迁作史，断始黄帝，古之仁贤圣人，其不传者多矣，而于河上丈人、安期生、赵之乐瑕公、乐臣公、齐之盖公，必牵连书之；曹参相业，他不具著，独取其清静，极言合道。论者讥其绌六艺而伸黄老，予意不然。汉承战国、暴秦、霸楚大乱之后，不与休息，则天地之生机将绝，治各有当，与时下上，然则此书又当今凡有治人之责者所宜各手一编也。（吴北江云：此篇有意义，足以树立。）

## 《颜李语要》《师承记》后序（代）

右习斋、恕谷两先生《语要》各二卷，略仿《论语》及宋元以来语录，记两先生善言；《师承记》九卷，记所与往还师友弟子，则仿《孔子世家》仲尼弟子列传而为之也。吾国远识之士又倡为四存学会学堂，以推广两先生学术，两先生学术之兴，可记日而卜也。

夫两先生之学，五家三代之学也。嬴氏而还，失其传者二千余年，两先生生当清初，承明季心学之弊，放恣诡乖，其曲谨小廉，又迂远阔于情事，总之胥归无用。下至八比诗赋，更卑之不足论也。两先生出而力矫其非，高揭六艺，变读著空疏无具之学，学即学其所用，用即用其所学。其时远西各国初萌芽。今二百余年，萃吾国人之才力智慧，以修明政教，声闻四汔，吾知航海梯山，遣子入监，其故事早又见之远西各国矣。今乃纷纷负笈西游，或取其法立学吾国。夫礼失求野，原为明世所不讳。远西在穷海数万里外，自古不与吾国相通，其所恃以创继立国者，非我国所失，晰也。所可异者，为学科目胥与吾五家三代不甚相远。今吾国学者，不知反而求吾五三成规，徒以相形见绌，舍己从人，而恨吾变法之不早。

夫吾学之当变久矣！昔明太祖尝痛制举之非，卓然以六艺教士。宣宗亦言教养有道，人才自出。徒循三载考绩之文，不行三物教民之典，虽尧舜不能成允厘之治。至哉言乎！皆非三代以下贤君所能及也。只以辅弼非人，无以襄成其美。因沿二百余年，两先生为科而条之，部而居之，至纤至悉，似五家三代教学成法，俨在当前。如有用者，举而措之耳。又以权不我属，易以考据之学，训一字而旁征者千百言，辨一义而聚讼者数十家，繁称博引，后息者胜，其为无用如故也。因沿又二百余年，汔于今，乃以迫而出此。夫远西之兴，今犹不满百年。彼即多才，孟晋不已，数十年之间，其所为学科科目不能尽善尽美，决也。两先生所录则自伏羲至于孔、孟，以数十年数者可三十数十年。历无数圣后哲相与贤师弟子，修饰化裁，絜此达彼。数往知来，斯诚万世推行无弊之良法也。一经火坑，口传心授之学中绝。又更前后五代之乱，戎胡混华，一是小大之识，所谓三千三百俱扫地以尽。苟无道学诸君子出而矜式其间，人之不为禽兽也几希。两先生与程朱易地皆然。

恕谷有言"学不可偏"。偏于立体，则流清静空虚，先儒已尝其弊矣；偏于致用，则流杂霸忮克，今日宜戒其祸焉。吾国人绌于相形，自悔昔学之无用，一变而勃勃轩举，立欲驰驱寓内。善矣，恕谷所戒亦不可不深长思也。学之全功，须内外交修，德艺并进。两先生之书具在，吾愿与国人共读之。

## 继室温氏葬志

秋冬之交，吾乡大疫，十室而九，一病则染及全家，然死者绝少，氏独一病不起。予志前室张氏之葬，自悔生平遇之虐。及氏来归，颇用自戒，有不及检，氏亦柔顺，颇能忍予。且非唯忍予，凡家人上自尊章，下至婢仆，一切不然拂意之端，皆能以理遣情，恕置不与校。尝与吾父言"横逆之来，顺受之，则所见皆平。非唯息事，亦可养生"。吾父每述之于人，以为贤达。孰谓其没，与予一言不合，竟惋抑以死，此何说也。

氏事我十有八年，凡为我生丈夫子四，育者二人，钟汴、钟渤，钟池六岁殇，一未名殇。女子子一。其来归时，年二十九，方壮，卒年四十七，未渠衰也。翁姑在堂，其母家父母亦均未尽百年，而前室两丈夫子有室，两女子子一已嫁，一待字；已所生子女亦均至议婚之时。氏于此竟一瞑不顾。氏勿怨我之虐，我且咎氏之憨矣。

氏宁晋温氏，其父汉章先生有孝子之目。母刘孺人，亦孝事舅姑。氏之卒，吾母哭之恸，愿代死。吾父以杖击其棺，曰："使为善者惧。"盖吾父生平尝谓氏孝，决其必寿。至是而其言不验，因致恨于理之不可凭也。而所使女仆思慕之不置，时时饮泣于私室。呜乎！此可以见氏矣。

## 题杨昀谷先生《紫阳峰图》

昀谷数数约予读书紫阳峰，俗冗不遂，辄用自愧，而昀谷亦未能遽践其约。比四三年，与予同客京师，庸笔砚于人求活，甚矣，境遇之穷通，有以操纵人也。间者出此图属题，且为文自记其买山始末，及寤寐不忘归隐之意，乃属友人具为图之如此。予与昀谷交近二十年，世俗迫厄，丧乱迭更，奄奄遽已为五六十岁人，唯幸未死耳。目所接愈①益奇诡，譬若泛舟大海之中，鼋鼍蛟鳄，万怪皇惑，而风盛浪掀，具若为之生其势而助其焰，诚不测下椗之何所矣。昀谷果赋归来，固将秣马膏车相从，他尚何所顾惜。

## 清例赠修职郎太学生李府君墓表

府君讳永久，字迈千，冀州李氏。祖某，父某，仍世列肆坐贩，至府君遂以起富。所居村曰李庄，阴要滏冲，北贾天津，南邢、磁、洺，舟楫下上，收其委输。又桥村西门以通西北陆路深、赵、束鹿、宁晋四州县，人民贸易有无，隙货物之往来，车马驮载，负贩襆担，颇行及远。远至元氏、获鹿山中，又逾山西至太原，水陆辐凑，四至并会，号为码头李镇。码头者，今海外诸国所云商埠，吾国古时都会之或名也。府君所居既得其地，又袭父祖业，益修而息之。安坐里门，四方鬻财废

---

① "愈"，原本作"瘉"。

著之客，不远千里争来主之。衷其斥羡，积少为多，不二十年致资大万，富甲一乡。

府君性纯笃，谨于内行，事继母王，循循致孝，能得其欢。伯兄早卒，从子二，从女一，皆抚之成立。一从弟不事家人生产，析居时别分财以赡其私。与乡党①接，喜推解，周人之急；有大徭役，就以取决。咸丰初年，滏暴溢，坏桥防，鼍舞鳖鸣，众凶惧，莫知所措。府君督徒堵御，日夜泥淖，人幸不鱼。捻酋张锡珠之扰，土匪潜应，府君团练丁壮，增修寨围，为战守备。贼狼顾鼠窜，人获安堵。某姓有谋出其妇者，府君为晓譬百端，事遂中止。其为乡人所信仰如此！而家业日益饶给，力亦足以赴其所欲为。

年五十六，于光绪十一年正月十六日卒，即以其年某月日葬祖茔次。妣氏某，继母氏王。昆弟二人，皆某氏出。娶氏郝，再娶氏方。生子二，长某生，次育生。从子二，长喆生，次某生。从昆弟四人，予皆与之通。育生最后卒，尝使其从子庆蕙为府君事状来请文表墓，予诺之，未及为，今育生没又二年所矣。庆蕙，某生长子，次庆某，次庆某。育生一子，庆和。府君凡四孙，皆以父执事予，岂所谓富而好礼者耶？乃为次其行义年，以终育生之请。

## 《辛壬春秋》序

行唐尚节之纪民国始事为《辛壬春秋》四十六篇。夫共和行政局创五千年所未有事，为五千年所未闻，此固非五千年不数见之才，不能以运天下于掌上，亦非五千年不数见之文，不足以传载久远。外薄四海，下既万祀，不泯灭也。

共和之名，初见姬史，厉虽见流，诸侯为政，去王一间耳。今则满清作客，而为之主办者，真皆编户之民矣。然先之共和，历二三千年之久，又经秦火，纪载有缺，论古者犹不肯憖置，旁搜切究，近有人于诗三百篇十考得其一二，今民事方始，手造共和之人仅在也。有人焉操笔

---

① "党"，原本作"鄨"。

和铅，写从其后，岂不胜他年摹拟想像之劳，而乃荡荡无能名也。

今十三年矣，政府数易，国会未改，极之多言而躁治国闻者，而亦吞炭若哑，有箝在口也。岂吾国人之耳目艺塞，其心皆死乎。举如是之奇功伟行，焯焯铄今古，格上下胜迹，一任小说家言为之备极形容，而义涉暧昧，语多秽芜，启口且羞，侧耳者谁？此不可以信今传后也。吾甚惜节之所纪之止于辛壬也。然而开国规模，已约略具见于此矣。

## 束鹿焦府君墓表

府君讳文田，字耕云，束鹿焦氏。年七十三，卒于民国三年，岁次甲寅十月丁未朔又四日辛亥。越若来十一月丁丑朔，合葬初娶两王太夫人、高太夫人之墓。郭太夫人于府君卒后五年，己未四月壬子朔又四日乙卯卒，越若来五月甲戌晦，穿府君圹附葬，年七十二。府君有子曰焕桐，郭太夫人出也。郭太夫人之姪曰增禄，与焕桐同举光绪壬寅补行庚子、辛丑乡试，两人者皆尝从予于文瑞书院，故予稔知其内外宗家法及妇女子懿行。增禄终其身教读，至今未尝出仕。焕桐则已历肃宁、安次、陈留三县知事，所至有声绩可纪。为肃宁时，郭太夫人皆在堂。

府君自幼绩学缀文，亟应童子试不售；纳资为国学生，应秋试，又不售。及见时俗日坏，恨斧柯不在己手，不得大有为于世，乃囊括所有，转而嬗诸子姓。小自一室米盐，推而至刑政之大，一一为条理贯通之。用彼例此，由近规远，运四海若指一掌，曰"必如是，方足尽为士之责"。焕桐既本所学，藉有所试，孙增铭、增钰均八九岁通七经，肄业北京五城中学，试辄冠其曹偶。年始十三，东游日本，吾国留学学生无不知焦氏二子名者，皆府君之教也。

郭太夫人尝以观政来肃宁任所，至则问俸钱几何。曰："此官所应得也，所不应得者，若行费、平余、堂规概蠲除之；所不能除者，贮之别所，储以待公家不时之用。"曰："勿混此玷我家清白之素也。"每焕桐听讼还所，鞫即是，太夫人喜，为好语曰："是宜若是"；所鞫即不是，太夫人怒斥之曰："是岂有是，速与提讯。"必得其情，然后言笑熙如平时。再来安次，萌隶逆谒，转相告语，是蠲除肃宁陋规之贤明郭

叙异斋集

太夫人也。会邑大水至属，焕桐出白金四百两助赈。既事，大总统颁焕桐以银质仁慈奖章，时民国六年丁巳也。翌岁，归家遇盗，仆从皆走匿不出，太夫人手十数银币，提之曰："吾行至家，若需索止此，他无有也。"贼错愕出不意，去，劫后车，后车之人有死者，物尽失。太夫人从容行去，得至家无恙。于是人又知太夫人之才能应变也。

自太夫人之没，焕桐即累然来请揭墓，今四年矣。间①为志吾父母，思有父母为人子之幸不可常也，而有子不可不尽为人父之责。资屡来学，老我京邸。又思往吾乡俗家自为教，且耕且读，父子祖孙转相衍续，遇有秀异，因遂起家，否再易世，业守弗失，传之愈远，累德益厚。及吾少时犹可指数。若吾父母及府君与太夫人，先后曾几何，底遂陈上成古今矣。

府君凡四子，皆出自郭太夫人。长即焕桐；次焕斗、焕桢，武学生；焕来早亡。八孙，增铭、增钰，毕业日本高等工业学校；增铥，毕业天津高等工业学校；增镐、增镳、增钊、增铨、增钺兄弟五人。府君之班在四，兄文元、文彬、文长，弟文进。前娶三太夫人，惟高太夫人生一女。郭太夫人又生二女，皆适士族。增禄，今深县人。文瑞书院，故深州书院也，今其地改为中学，在县治西关外里许，颇雅敞，宜问学。相传故唐张鷟小时读于此，故前书院取名文瑞。

---

① "间"，原本作"问"，不通，似应为"间"。据赵衡《赵府君墓志》，其父卒于民国九年（1919），母卒于民国十年（1920），而《束鹿焦府君墓表》作于民国十二年（1922）年后，故曰"间为志吾父母"。

158

# 卷　七

## 楚航先生墓志铭

冀之野，距县治西三十里又西北可十五里，濒滏有墓曰楚航先生者，其生平佐官为政，而遗德在人，人相与语，尊不言名氏而字，以著其亨利，为有德之称，曰楚航先生，从民志也。

先生时，县为直隶州，所有善政可指名者，备粜保甲，且无一二，若兴学、若开渠，先生所为遗德，民所谓已享其利者，一是胥前州桐城吴挚①甫先生业之。屈彼名世，百里作宰，儒术饰治，藉行所学。先生受成事，推而布之，初亦龃龉招怨，丛谤于后。功成，立渠自州城西北八里尉迟潭以东，北下六十里至衡水县治，增田十余万亩。斥卤泽洒悉变膏沃，五种又连五六岁大熟，公私赢余，北贩津沽，舟楫往来，上下首尾衔接不断。鳞鳞翼翼，侁侁有徒，学焉亦集，诗美形容，文纪事实。翰墨余闲，宾若主人，问答辨难，论道讲德，业则千秋，利则百年，民皆悦喜。吴先生既引疾去，先生独力持循又二十年。官长数更，事变多故，与时为权，取法后吏。曰此已试，君当如此，不当如彼，官听其言，民被其泽。其尤难能，岁在庚子。彼势方张，曲又在我。主人讷口，摈一坪遗。孤掌难鸣，要挟万端。皤皤一老，稷不皇食。日与争议，偿邮条件。可许不可许，大吏闻声，时事艰难。遗书共济，事幸底成。形神交瘁，身所仔肩。溘然一逝，乃具扫地，赤立无遗。异日兴学，犹记书册，多某与置。后闻放失，无俚之甚，用拭不洁，某为捣心疾首累月。先生若在，痛更何如。人存政举，人亡政息，其信然与！所

---

① "挚"，原本作"至"。

可怪叹，扶杖观成，老病未死，及见兴废，其何能已。往者怨谤，翻今为思，有触皆伤。渠淤学变，由后追前，没世益著先生之德。

先生卒以宣统元年某月日，春秋七十一。明年某月日葬祖兆次。祖运达，考有忠，妣氏马室、张氏。一子某，卒后，先生乃纳侧室李氏，生子庆开，今若干岁，毕业京师分科大学。先生性沉毅善谋，名能任大重，急人之事甚于己私。家故少有，强半为办州政耗去。晚岁敝车羸马，仅能不徒行；一子，同人资之，仅能不废学。吴先生初来为州，从前州求州人可与共事者，得二人，一李馥堂先生，某一先生。馥堂先生年七八十，吴先生礼貌之，不复烦以事。事无大小，一倚办先生，先生亦为之尽。自是至吴先生去，终先生身后，任为守久暂不同，又愿奸粗细、通塞新故、贤不贤各异，一以州政为己任。初无亲疏远近厚薄，有所观，顾趋辟迎拒也。有双奎者，庚子任未三月，以私妄用公钱五六十万，上诉，得直勒还。

先生姓张氏，讳廷湘，州学岁贡生。尝读书著文有闻矣，已而以办州政弃去，后辄悔之。初为举业，喜方朴山文字，后见吴先生教人亦用方朴山文字。又见吴先生教人为诗古文辞，间语衡曰："我恨生早吴先生，专埤益我事，不及操几杖帖帖坐诸君下也。"庆开来状征铭，盖先生没又十许年矣。计昔所共事，今无他人在者，非衡谁为铭。铭曰：

出所有，施为恩，实见诸事胜空言。要其归，置于理，介人致之犹在已。天乎命乎，弗可推得。所藉手，有以为，不然文如韩退之。不可时施只自嬉，无救妻儿寒与饥[①]。先生穷老亦可哀，一家之瘠乡国肥。浃入心脾沦肌髓，蒸为大和焉置斯。一子劬学初荄挚，我券世兴此铭诗。

## 深县李府君墓表

维李氏远有代序，有讳某者，明永乐间迁自洪洞，来籍于深，凡若干世，至太学君讳春元，是为府君之父。曾大父讳之耀，大父讳克宽，

---

① "饥"，原本作"肌"，据文意改。

卷　七

家世稽田农，力生产。太学君享有厚业，绍启门户，实始读书著文，觅举其身，不赢，挈属厥嗣。

府君讳棠荫，字化南，未龀一年，食息依于儒。先与保姆绝不接七年，补郡文学。及食饩有廪，名字著白，交游附和，乡国多士同学与不攻举子业，咸自以为艺不能及，低头下拜。府君亦揭揭睥睨，窥见名绩有可指取，得其门径，操券责至。已而八试顺天，不得举。体素羸，少劬于学，太学君督望奢造次，欲举己生平所慕想、设拟满志踌躇、四顾拮据、终身不得亲见之者，迫而致之府君，用慰饥渴。有愿不遂，无以承欢，遂至咯血。至光绪二十八年壬寅，补行庚子、辛丑恩正两科乡试，府君之子维第中试，又二年甲辰成进士。府君之心于是始慰，太学君则不及见矣。

初维第往应秋试，府君以疾不与试久矣。怜维第幼不更事，又时大疫，借闱河南，往反颠顿几二千里，失食饮节，携之同行。至，又携同入场。既报罢，维第得举，亲党毕贺，肆筵酬宾。府君行酒，或谓"何如君自得之？"府君徐曰："殆弗如也。"坐皆大笑。及维第再捷春试，贺客再至，而后府君之喜可知也。曰："惜不及吾先君时。予所以教诲保护以有今日者，正为先君之欢不能承之于子而承之于孙，不能承之膝前而承之身后。得吾先君含笑于地下足矣。"

府君生无兄弟、女兄弟。太学君在时，终年游学四方，惟归从家腊，岁以为常。及太学君没，念缺奉养，一痛几绝。又念母在灭生，非孝。孝子不匮，永锡尔类。一事教子奉母家居以终，春秋六十有二。光绪三十有二年某月日卒，某年月日葬祖兆次。配马氏，一子维第，二女适束鹿举人焦焕桐、同县武生高维藩。孙四，寿唐，早卒；寿恨、寿茂，大学校毕业；寿延，幼读。曾孙四，书田、书箱、书笥、书杰。

维第初从予学于文瑞书院，在县治西关外三里，四无居人，临大野，果树草卉蔚然。相传以为唐张鷟读书之所，因其生时母梦鷟鸟有文瑞，故名。予长书院八年，从学大率多举乙科，而举甲科者惟武强郑禄昌与维第二人。维第历官知县河南桐柏、淅川，直隶枣强。在所能办，能用科名起家，缵事太学君，具如府君志。又树外碑，能不没先德，可谓达孝。

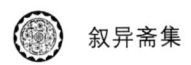 叙异斋集

# 冯副总统六十寿序

　　大瀛所寰，天地之际。中有三神山者，瀛州、蓬莱、方丈，浮空上下，曾无所根系。帝命禺疆驱走以鞭徙，而珍藏两河之间。淑灵焉钟，神仙遗胤。外大九州，胥于此娠。郁而磅礴，竺生我公。愤发其所，为天下雄。

　　系毕公高，实文王子。食采于冯，后缵为氏。在春秋世，简子能断。发迹自郑，子孙分散。秦赵与韩，史策维见。上党之别，皆出自亭。居河间者，师古显名。枝叶扶疏，其本则一。家世相传，将率之节。伊始封侯，秦有毋择。勒名琅琊，武信赫赫。去疾作相，劫也将军。犯不受辱，忠节一门。唐论将率，有味哉，有味哉！汉初功臣，饮食而已。孰其知之，奉世野王。接踵而兴，守其家法，作国扞城。至汉之东，廿八名将。瞻彼大树，惟异有让。南北分时，跋弘作燕。不成运非，人何尤焉。王侯世家，史氏例具。非天下才，阙焉不著。唐下至今，抑又千年。宿学京政，瓜瓞绵绵。明德百世，后必有达。委祥衍废，我公爰发。

　　划地立国，荷戈而守。正域四方，有截我有。我屏我藩，日折而撤。确则不敌，如汤沃雪。吾有先觉，曰李文忠。迎师设校，教我学童。盖兵者机，倏忽变幻。有可窥寻，草蛇灰线。器或不精，精或未练。如空手同，一不教战。事无易难，唯学能术。通灵鬼神，不可方物。公业津校，翾翾诸生。一志并事，枕戈横经。置身戎幕，或裨或专。平生勋业，于此基焉。往役龟山，专征之始。一鼓削平，血流滑趾。会师金陵，癸丑之夏。日炙雨淋，五旬而下。最此二功，孰能与伍。余事禅从，勿烦觊觎。至其居守，坐镇从容。所谓不战，而屈人兵。壬子之春，京师哗变。砥柱中流，匈匈益办。继长郊畿，旋镇南服。有翘蜂虿，虿其尾毒。曷岁泉竭，变生自中。面启疏奏，终莫能听。烽火西南，仓卒开战。举足左右，祸福立见。祸且不测，乱结兵连。邅嬗而罢，还我平安。畴与斡维，旋坤转乾。公功无朋，公年寿考。在诗有言，君子难老。方事之殷，中外交讧。此谋沙蛾，彼事芉

162

蜂。公志不回，诚格天地。大乱既平，遂跻斯位。

宝藏吝惜，天之生材。我国无人，吁其久哉。同室操戈，又受外侮。几如是国，而不禾黍。处得胜地，家法有延。又资之学，海国所传。揉三为一，是曰命世。天生我公，其必有意。公事未竟，公寿方长。腹蛊或已，蚕食于罝。罝食不尽，腹蛊多端。蛇蚖狼狼①，防患未然。吉日良辰，我公受祉。跻堂生觥，宾朋校士。诗赓《采芑》，邠公钟铭。歌以侑斗，亦券其成。

## 貤封奉政大夫羡府君墓表

府君姓羡氏，讳荣桂，字林一。其先迁自山西洪洞，居冀县若干世。趾踏父祖以来，忠厚遗荫，作治去就，施身来人，最所赢得，倍葆覆藉，锡类式谷，家用饶裕，遂以不訾。府君幼尝读书，已而学骑射，应武试，补佾生。会适岁科并行，以佾生名应岁试，而别注名童子册应科试。榜发并隽，凡与试不售者大譁，谋以有干试律上学使。府君则径归，并所补之佾生弃去，不再与试，绝意仕进。为政于家，家因以起。积庆余善，惟后之昌。

光绪二年，畿辅旱饥，就近于村倡设质肆，听民出所有诸不能食之物，用贷钱易米，减其子息，宽予赎限，期以岁有，先予平粜。人有称贷，不责其偿。颂说到今，日泽未沫。卒于光绪十一年十一月十八日，即以其年某月日葬祖兆之次，有年七十四。子二人，继有，字谦吉；继品，字希三，岁贡生，候选训导。光绪变法，倡出巨金，于其村设立小学，奖五品花翎，赠二代，府君封奉政大夫，配傅、林、张，皆封宜人。孙七人，钟秀已卒；钟文；钟敏；钟岳，增广生，毕业日本警察速成学校，充县警局董，已卒；钟斌；钟湘，毕业日本法政大学，廷试举人，充县统计局长；钟泗，已卒。曾孙十四人，树楠；树恩，卒；树桐；树铭；书绅，毕业某校医科，充某军几等医官；书凤，毕业北京大学某科，充井陉煤矿工师；树科，毕业北京大学某科，充某税务局科

---

① "狼"，原本作"很"。

叙异斋集

员；树杭，卒；书箴；书田；书城；书奇；书锦。父讳丰元，字庆春。妣某氏。兄弟四人，府君班长，有于诸弟一无所忤，偶有逆来，顺受不让，及其既释，与之不咎往也。

某于府君兄弟，未尝一望见府君颜色。既来舍馆，则叔氏丹某讳某桂者，亦已物故。府君之孙钟岳从某问学，后丹某君之孙钟甫娶某之女。钟甫之父，府君之从子也，名曰继儒，尝与某同学；而钟岳之父继品，则先与某父同学。世世相通，申以婚姻，论其连，府君某之父行，通则大父行也。钟湘来请表墓，某其能辞？且又感其为忠厚之所留遗也。

某来京师，由共和二年，所阅为人子姓，用淫虐自绝者多矣。今而知其兴灭绝续之于其先德大也。书凤，府君之曾孙也，奉其叔父之命来速其文。生生进进于窟地，不见天日之中且四三年，不我告劳，吾有以见羡氏之贻谋者远也。

## 太学生羡府君墓表

府君讳折桂，字会枝，奉政之仲弟也。某于奉政，既表其世系矣。某之馆于羡氏，实府君是主。

府君兄弟四人，人各二子，惟府君之子继曾、继涵最晚生，年后诸兄，与诸从子相若。继涵之从某学，甫十四岁，府君则已衰老，杖而后行，与某为客主人，造次必依于礼。会某父来某馆所，府君闻之，扶杖槃散而至，某父迎谓之曰："君休矣，独不为颠蹶虑乎？"府君笑答："此则所谓贾勇，稍涉顾忌，困惫尚何生人之趣也。"其生平能自强类如此。佐奉政治家，浑厚之中济以综覈。列贩赢余，佃雇奇羡，都所手营，溢于身籍什佰倍徒。

顾府君不以善治生自多，而悔不学。尝戒二子曰："惟书发闻馨香，他非所望于汝也。"二子亦善承其志，继涵尤振奇机警，有远略，置书近万卷，浏览泛涉，强记方闻，横纵贯串，无或与难。出入于释老二氏之说，喜为偈语，若可解若不可解，人不能测其所至。其所驱使，浑沌有辨，岂竟能供棨戟之见，披肝沥胆，倾其肺腑。继曾亦一听之，不何问生计，由此益饶于府君时。

府君号能任力，欢如家人。有石某者，字端某，事府君久，约为父子。其卒也，免而赍衰，累累子姓，卒无以别。德之感人，固非胶漆缠索所能同也。

继涵后府君十六年卒，继曾后府君二十年卒。孙七人，钟洲，肄业法国某校；钟泽，肄业某法政某校；钟漳，小学毕业；钟汾，肄业某中学；钟洙，某中学毕业；钟浑，肄业高等小学；钟涌。府君之卒在光绪二十七年十一月二十二日，葬即以其年某月日，寿八十有四。太学生。娶钱孺人；郭孺人，一女适李某；继曾、继涵皆康孺人出。

客岁之春，继曾与某偶相遇于堤北桥外戚家坐上，欢相劳问，密勿努力强饭自爱。其时继涵殁已四年。无几，入冬，渠又先去。未三十年，府君已进于中寿，二子乃不承乎权舆。今其诸兄或犹健在，诸子多壮强，某欲勿伤思客主人若师弟子之谊，何能无慨然！继涵娶吾石氏姑姊之外孙女，继曾所娶则吾前所表李节妇之孙女也。有家能闲，尚其教督诸子，不坠世守乎？此尤纳交府君父子三人之所刮目也。

## 羡香远府君墓表

府君自少卵翼于父兄煦妪孵育之下，胤子娱老，上盖下荐，天性福禄寿考。维祺府君亦善自消纳。尝朋来多人，观演故事，食时贷出资钱，日昔归来，习以为常。生平忧喜一寓诸剧，嘻其悲乎？嬉其嗤乎？疵乎？熙乎？奚是非乎？用以解结释鞿，内外谐适。府君可谓能乐其乐者矣。而终日孜孜，夕勿皇怀，少之见存，俄而夥颐，敬承又贤，问家有无，终与奉政、太学伯仲之间。

府君讳廷桂，香远其字也。间从市肆往学，废著，既而弃去，为政于家。娶杨氏、林氏。子二，继茂，字养德；继伦，字秉彝。皆杨氏出。孙四：钟航，钟华，继茂生；钟杰，钟鉴，某中学毕业，继伦生。曾孙四：绍康，高等小学毕业，绍筠，早卒，钟毓生；绍龄、绍先，高等小学毕业，钟华生。府君之卒在光绪二十七年四月初五日，六月初一日葬。先一日某某来，为题栗主。时大乱初平，土匪伏莽，道途多梗。戚友问遗庆吊，出门过五六里，结队杖械，然后敢行。钟毓从某游学，某之长女又府君之从孙妇也，自其先时，往来相通。丧期未发，迟客不来，谣言哗众，适会中路有人被劫，传言音讹，张误为赵，某亦心动。宾主苍皇久之乃定，庶几成礼。

府君既葬，未六匝月，太学卒，未一周岁，府君之子继茂，孙钟毓接连又卒。天降丧乱，一之为甚，至于再，至于三。九京可作，府君其亦念我罪，伊何而怨昊天之不吊；抑所谓祓禄者，只有此数生前之乐极斯身后之悲来。呜呼！府君其知之矣。

## 《颜李丛书》序

颜李之学，暗于当时，大明于近日。学者趋而鹜之，如有大利在其前，往来为之熙熙攘攘者不绝也。史迁有言"比如顺风而呼，声非加疾，其势激也"。盖自经前大总统徐公一为提倡，两先生之学，昭昭乎如揭日月而行，而吾国圣学余二千年翳蔽尘霾，两先生既已摧陷廓清之，如拨云雾复旦光华，瞻之在前，学者皆知所从事矣。

四存学会者，其发端自公府顾问张凤台，京兆尹王达号召百数十人倡立学会，取习斋先生存人、存性、存学、存治以名之，则闻公所为两先生书将成，而感召兴起者也。两先生之书亦日出，往往有先时所未及刊刻，好事者皆为搜至，进呈陆军部参事齐振林。于是有汇刻《颜李丛书》之议。公捐银币三千圆助其役。学会成立，议从学会设立一四存中学，公推张凤台为会长，衡副之，而京兆尹署科员齐树楷为中学校长。相与置书商学，声招气引，颇有老师宿儒不召自至。未几，兵事起，张凤台去而长豫，衡亦以丁母艰家居不出。后学会推王达与公府顾问王树枏为名誉会长，王达未及任事，王树枏任事无几日，又推农学会长李见荃为名誉会长，学校遂离学会自立已。又以齐振林副李见荃。甚矣，立事平固之难也。未三年，学会之变置已如此，而丛书刻于夏季，讫工，主其事者使人来告曰："尚未有序文，子其无让。"衡年始十四五，受两先生之学于清苑金正春。长走四方，所阅学人何止千百，未见知音。晚乃遇公，侍坐，从容通论秦火而后学术，印证往昔所学。公所见益出两先生之外，故能见两先生之全。朱陆之辨已不胜其纷，两先生更别出一途，然殊途同归，用以导入周、孔圣学。两先生之说，固尤为切实可行，不待证以东西海心理之同也。

夫一学有一学之奥窔，不入其室，立门墙之外，徒望而为揣测之辞，盖少有合而不碍者，况其为圣学之正传也。不过不至，如以方事人者，有不合，立予人以生死，不掩耳。然今之不合不掩者，比比而以方扁，门自若也，其又可胜诘耶！丛书刻成，两先生为学之书具在，由两先生而上窥周孔门户阶级，历历可考也。公所为发踪指示之书，今即不可得见，然即其学会扁言，与所跋推之两先生之学门户阶级，亦约略可得其大抵矣。衡从检校，备闻绪论两先生之学，又尝创始学会，知其本末，故俱载之。不然，几何不亦试竽而逃也。

## 黄母冷太淑人七十寿序

民国十有一年，岁在壬戌余月壬辰，县长曲阜黄公深父之母冷太淑人寿登七秩，于是公守吾冀一岁有半矣。威喻恩究，政教大浃。先是客腊，太淑人在津邸违和，公忧煎，不能遽离职守侍汤药。或言邑有某氏巫，能隔数百千里视人疾病。巫见公，为言太淑人面貌衣衾，及所居室间榻置何所，历历悉如目见。公诘以所病，巫曰："愈矣。"未几书至，果愈。公则大喜，见人辄为述之。荐绅因请祝嘏，肆筵侑宾。公曰："美意不辞，然必得湘帆为文乃可。"于是相率来请，又自为事略，命某发其意，弁诸首，为征文启。

某不知所以见知于我公者何在。公尝从容语某曰："子之文得力在《公羊》，某自视于元明以来作者，尚未窥见十一。《公羊》乃经世大法，辞约而旨博，文岂一端而已。"公喜为诗，某则自廿五岁即不作。前三四年，今大总统间居京邸，强与倡和。初见公时，公赠以诗，辄依均酬之。既应诸荐绅寿文之请，公又命为征文启，某自虑才俭意复，勉为骈俪应命。骈俪与诗皆非某之所素习也。公所见知者何在？盖自桐城、武强两先生没，非公某亦无从索知己已。

公来守冀，始自庚申之冬。直岁大饥，人情匈匈，下车则先编制保

叙异斋集

安队,分屯四乡。翌岁二月,山东老匪突窜至县治之西刘庄,公率保安队击退,队长刘世勋死之。及秋,又窜至县治之西南郭村庙,公又率保安队击退。至于今,百姓安堵,盗匪不得北逞。允武允文,此求之古人所不能数数者也,而以屈宰百里,古谓位不称德者有后。今观公所为事略,乃一推本于母教,其见诸施行者,不过一之于十。然则,大淑人身备五福,其康强寿考,自有神相之。偶尔违和,如日月之有食时,转瞬即更,彼巫何能为力。史策所载多此类,或者其先知之耳。

## 壬戌冬月照相自赞

尔生遽已五十有八年,雪满其颠,额似波皱。连丧椿萱,今初起艰,此生永无父母之亲矣。有弟一身,而不能博其欢心,何以为昆。尝三婚,今无一存,有一妾侍栉巾,而浑浑沌沌,何以娱尔晨昏。有子有孙,孙幼未能负薪。子之长者,尔资之十有一年,自日本学还,补入官联,今一病相牵,不能分尔仔肩。次者拙守家园,再次又次者不勤,尔又恣之伦间而后不鞭,终何以承尔之传。朋友直谅多闻,向也犹犹,今则可施雀罗于门。人有五伦,尔向自言,四伦完全,惟缺君臣。骨相生寒,不宜为官。今已无君,为官为民,平等一班,由尔自便。斯诚天假之缘矣。惟前所云,四伦之间,今无一能惇。向一未完,今四多悭。犹未盖棺,何以为人,侈口谈系。面目靦然,愧尔衣冠。

## 又

生平骨相,不宜为官。勿靦面目,从人乞怜。敢曰知免,今犹未盖棺。一息存尚,告尔子孙。莫贵惟民,治之者君;夫妇朋友,合君臣谊;三者人属,天属主恩;父子兄弟,是曰五伦。信能如此,人乃为仁。视治天下,掌上观纹。扫日入地,长彗经天。弧不射狼,狗吠猜猜。遵养时晦,前人徽言。势会所趋,天亦无权。谓陷气质,则大不然。无往不复,无讻不信。自今以往,不能五年。卅年一世,半之决分。小子识之,天道如圜。治乱所生,须定一尊。皋陶所陈,天勅五悙。支柱乾坤，永不沉沦。征前周殷，夏虞遗文。孰百姓亲，而是不驯。孰是泯棼，而国能安。无奈彼民，犹鼓其唇。一甚拔本，茹其可连。谁无家室，荡不守其闲。舍尔好合，中风狂奔。靡然一世，生逢其辰。惜予无藉，不得平反。今又耄及，朝不谋昏。先圣有戒，明哲保身。谨奉此遗，受全归全。

## 祭征蒙死事诸士卒

奋勇武兮往反，不离家兮日远。委身兮山阪，风霾兮昼昏。寒嶷嶷兮白无垠，莽堮比兮与谁亲？具绵络兮以箸缕，招尔魂兮山之武。工祝先兮背伛偻，频啸呼兮歌且舞。灵倏①忽兮翩来降，乘②回风兮载云幢。左长剑兮右挟弹，锋凛凛兮不可玩。生为英兮死为雄，扞城国家兮抗威棱。海波兮方扬，鼍舞兮鲸张。鱼腾龙兮随披猖，陆有枭兮山豺虎。虎磨牙兮枭厉距，灵诚毅兮精魄强。夺彼所挟兮我武扬，中无吠兮四宇无烽，民乐业兮勤其功。若果此兮灵有喜，报事兮请自今始，后千万岁兮无止。

## 秦夏声传

秦夏声，字宏西，庆云人。弱冠补诸生，从马某学。某，今东边镇守使马龙潭之父也，字某，某功名。绩学种行，凡邑中才俊厉节有文之士皆从之游，称云岚先生。

夏声自幼以孝闻乡里，接人和易，乐恺而廉信，自持不可干以私，亦未尝有忤于物。未几，马某死捻匪之难。捻匪扰直隶，庆云实当贼出入孔道，乡人结团备守御，以故男女守义死事者尤多。夏声之母氏陈，既以节殉，夏声奉其父展转移辟，遇难能脱，藉课徒为养。父年八十四，鳏居，能得其欢心，以天年终，至上寿。父没，三子比丧其二。结

---

① "倏"，原本作"儵"。
② "乘"，原本作"椉"。

叙异斋集

发之妻既老而逝,能以理自遣,顺受不怨。诸孙多孤,抚之成立,能纳之学,不失旧物。尝曰:"天下事唯读书行义不可后人。"与人交,辞受取与,一介不可苟。今年七月二十七日卒,寿八十。

庆云地僻鄙,在畿辅极东,与山左毗连,少北滨海,俗厚重,重远徙,民以农为本业。有清二百四十年间,仕宦多不甚显。其问学之士喜韬晦,寡交游,著述亦不能襮布天下。然设取与,立然诺,遇争能任,果于程功,至死不辟。不遇则行其所学于家,父父子子,兄兄弟弟,夫夫妇妇,秩如也。盖自道咸至同光之季,前推马某,后推秦夏声,两先生尤为重望所孚,人士多归之。夏声既传马某之学,马某没,龙潭又从夏声受业,夏声之没,龙潭集同门醵资为立石纪德。两家以学行转相授受,大略具如此。

龙潭以镇守官东边,马某有后矣。夏声之孙承烈,今肄业陆军大学;承绪、承诰今肄业奉天随营学校。秦氏之兴庶其在此。

## 祭赵崛兴先生

呜呼先生,又至于斯!国无人矣,害及荄滋。不憗遗一老,天胡忍思!岁十五百,有与立者。朝焉可私,其植在野。有正弗养,载胥及颠。其象大过,刚柔决焉。既姤而夬,书契乃传。不朽先生,有弟立言。惟痛六合,莫继其汇。往求童蒙,中实先匮。颐不百年,畴锡尔类。自本所出,况我分形。仲可怀也,同人于京。十载契阔,隔数千里。赴我告哀,惊怛不已。死丧之威,信其威哉。七罹戎毒,戊午以来。今岁方夏,鞠子又萎。我弟我兄,死长已矣。以生易死,死者不义。于邑西望,俛而涟洏。未堪家多,难翳吾宗衰。善之不福,久矣若斯。上为天下痛,下哭其私。东坡之言,今吾取之。缄辞千里,以寓一哀。

## 记徐生绪通授室

强圉大荒落上巳后五日日吉辰,良为徐生绪通授室之期。所取郑氏，东父先生之女郎也。东父先生，经术文章，没世有称。无子，一女，名能传其家学。既凭媒妁胖合于生，议初定，生世父鞠仁相国属衡发示各学问途径，俾生有所省视，勿至昏后或为妇绁，诚重之也。生固敏学，一日千里，于今三年。名媛来归，闺门之中，夫妇师友，宜室宜家，琴瑟静好。相国当亦顾之而色然喜矣。

往东父先生居京师时，衡一日往请，先生治经尤深《春秋》，而论文一本诗教。《诗》祝妇人谓"宜孙子"，左氏传《春秋》有"有妫育姜"之文。徐出栢翳，以国氏；郑，姬姓也。先生以明德之后，纯固多通，能亢其宗，渠至不延其裔。姬来耦嬴，以蕃尔生。谓妇谓甥，舅则一名，所生又同，同孙而翁，外之不公。此衰彼昌，先生庶亦有耀。自他而远其光乎，又况外孙主后，古故有之。衡唯祝生夫妇多子而已。

# 赠陆军上将勋一位克威将军浙江督军杨公墓志铭

维民国八年，岁次己未孟秋望后二日某辰，浙江督军杨公薨于位。越若来，十二年癸亥仲冬六日丙子，卜葬于怀宁北扁担山麓。元配刘太夫人祔。孤庆澄来谒铭，树楠为其凡曰：

凡公世系，杨氏为新宁望族。公讳善德，字某。父某，母某，氏某。考妣以上三世，皆以公官总兵时赠建威将军、一品夫人。刘太夫人生二子，庆澄、庆某。凡公所历官，弱冠从戎于武毅军，会北洋设武备学堂，三年毕业，又赴旅顺习炮学，隶庆军武卫右军。七年，以功擢都司，至副将，旋充北洋常备军二镇标统，晋浙江陆混成军协统领。后增兵成镇，任协统如故。宣统三年，升云南普洱镇总兵。民国肇建，授四镇统制。未几，改镇曰师，遂为四师师长，加陆军上将衔，任淞江镇守使兼上海镇守使。四年，罢两镇守使设护军使，上海并护淞沪，自公为始。以劳授勋一位并克威将军，旋擢浙江督军，给二等大绶宝光嘉禾章。及至公薨，国家酬庸饰终，赠上将，赙万圆治丧，旋付史馆立传。

凡公勋绩，起家始出，即有将才之目；及历二镇，所履行戎精整，票姚冠诸军，于是遂以知兵名天下。入民国，平江宁之乱，四师功为

叙异斋集

多。护上海时，兵骄将悍，横厉恣睢，哗市取货，莫敢谁何，外侮日至。公至则伸约束，别党从，术驭势禁。桀黠敛迹，修好远人，中外颂德，政府称能。于是有勋位将军之授。督军于浙，前后不满四年，凡前政所有弗便民及辩言乱政之人，由是铲除净绝。甬东之乱，五日勘定，若运诸掌。处四方靡乱之中，浙独帖帖如隄防，水涓滴不得渗漏。至今浙人思之不置。

凡公行谊，天性孝友。兄弟四人，伯叔宦江西，仲叔早公于肄业。赠公来津，艰苦之中，旨甘无缺。刘太夫人亦焯有令誉，事亲相夫，肄肄不违。尝割股疗公疾，疾良已。甲午中日之役，公远防辽沈，音问隔绝，太夫人祷于石佛，往访，若有神助，竟遇于大涟河。铭曰：

有赫杨公，终文且武。与阃提符，迈迹卒伍。外攘内弭，积功如山。位不偿劳，又靳其年。大江西来，东流入海。浙旁椅之，若河北载。三岁有成，恩浃萌髓。公今往矣，继之者谁？阻兵自焚，古有明譬。况拥枭狼，桀顽不制。寝薪厝火，未及曰安。刻此讥后，言观其然。

## 记温孺人事

孺人，宁晋人，予继室温氏之妹也。年三十有一，嫁同邑谷某为继室。谷家故多财，某又豪纵不可绳以礼法，孺人习知其所为，心弗善也。然为持内政四年，生一子，抚前室子有恩，相夫子无失礼。丙辰七月某日，谷某卒，既葬，十二月初六日，孺人卒于母家。

贤妇始未嫁在室，予尝以病就医于温，温为除别院居之。病有间，为儿女曹说书，孺人偶从旁窃听，辄记意，能言其谊。间伏几学作小楷，颇工整，无率笔。予常语其姊姨氏，才可使学，待佳偶。孺人之父云倬，性愿谨退让，不与人校是非，远近称温孝子；母氏刘，事威姑五十年，敬戒不渝终始。孺人生长模范之中，习与性成，又略闻古贤母妇孝女美言懿行，颇佼佼不肯自豢于富厚以没其身。幼娴女工，父母党耳目所及女妇，无能出其右。生非其辰，过时不嫁，既嫁而所适非人，倏又孀居。一子生未离乳，发愤一瞑不顾，此诚天下之至痛也。

172

往其姊初继室于予，前室儿女四人，幼者始七岁、四岁，已而己又生儿女各一，鳞次栉比，字育需人。间从其母归宁至外家，孺人辄代为抚视，饥食渴饮，无一失时。吾乡习俗相沿，姑在妇有，儿女一切衣履诸物事供自母家；母有姑在，则手自制纫，概不得傭诸婢媪。孺人出十指，佐其姊载裁载缝，俾儿女寒絮暑单，冬不冻瘃，夏不喘喝。

孺人姊妹五人，其班在四。予取其仲氏，长及季者未嫁卒，叔既嫁卒。以故，孺人之卒，其姊妹之存者唯予继室一人，痛之尤深。而前为孺人所抚视儿女曹，其姊所生幼，尚未省人事，向所谓始四岁、七岁前室所遗，闻之则哭，皆失声，过时犹忽忽若不能自胜也。与其母咸谓予宜有述。孺人卒年三十五，卒后七日，归坿谷氏之墓。所生子殇于今年某月，距孺人之卒仅几月。天于其母子，生之之谓何矣。

## 枣强辛太夫人墓表

太夫人，枣强李氏。父某，年若干，室同邑辛氏。夫某，生二女子，无丈夫子。年七十四，卒于京师客舍。前署财政部总长衡水张公月笙，使其僚婿冀县杨君颉云持所为行述，来请揭墓之文于其同乡赵衡。曰：

太夫人，吾外姑也。舅氏之没，太夫人年尚少，其累岁资蓄餂之者多，太夫人外与支拄，内视两婴，蒺兹茕茕。乌乎！其何所藉赖以至有今日也。所居萧张耶苏教堂，时有瑞牧师者，英吉利人也，闻其贤，招入教会，充宣讲师，稍稍克活。罔有数年，又直拳乱，太夫人携两女仓皇自隆平教会出避，宵行昼藏，往往窜迹墟墓榛莽。幸而得达，其艰虞盖亦不堪言状已。今长女既归英华，历有年，所生四丈夫子，二女子；次女归锦涛，同以供职置邸都门。方冀迎太夫人来京，含饴弄孙，娱乐晚年，少偿其前半生荼毒之苦。溘然长逝，葬有日矣。无已，敢谋所以不朽于身后者于子。

衡惟耶苏教在吾国今已敷行，其踪迹始著于明中叶，唐初已业萌芽，景教碑可见也。吾儒学之不能独治天下也久矣。五家三代之时，佐治以道，汉用黄老，其遗法也。佛自明帝时入中国，由魏晋六朝历唐宋

叙异斋集

元明以至于清，佐治以释。人心所存因果祸福之说，其遗泽也。释微而耶苏盛，耳目所际，显民耆成，人出窽集荫者纷纷矣。吾儒学庶其有所资而兴乎？今月笙嚇嚇，为时闻人；颉云又浸浸向用。亚昆弟本其朝夕所浸渐于太夫人者，出而身教天下，今日之泯泯棼棼，尚有疗乎？此固吾望治之苦心所急欲阐扬者也。癸亥重阳前六日戊午朏表。

## 《止园诗集》序

先辈论诗，多谓宜取径韩、黄，以其锤字炼句无一掉以轻心，不至陷入滑易。有人以为不然，谓诗以言志，直摅胸臆而已。白香山自是有唐一代大家，苏东坡学之，更加恢奇纵宕，飘飘有凌云之意，宋之诗人未有能及者也。是二说者，互有短长，请循其本。

孔子删《诗》，先《风》次《雅》《颂》，《雅》《颂》作于卿士大夫，而《风》则闾巷小民妇人女子之所为也。妇人女子之所为，其不及卿士大夫之文决也。然而孔子先之，非以其劝善惩恶尤易于感人乎哉？夫诗，亦以能感人善恶之心为止耳，固无取乎深文曲说也。深文曲说，则如扬子云所谓司马相如之赋，其意主于风，而实成于劝也。顾司马相如、扬子云，皆汉氏之名能文者，其所作皆足以行远传后为法，然以《谏猎疏》《谏不受单于朝书》与赵充国《陈兵利害》及《屯田三奏》较之，其优绌判然明著，是固不可以皮相也。诸葛公扰攘半生，而出师一表，说者谓有国侨、叔向之风，自秦汉以来未之有也。《诗》曰"唯其有之，是以似之"，固非章模句方，专以学文为事者所能知也。诗亦宜然。唐朝人盖无不能为诗，张巡气节事功焯赫今古，雅不欲以诗见也，而《守睢阳》一章脍炙人口，赫赫至今，人贵实有诸中耳。中不足而致饰于外，其似者亡虑皆土木偶人等比。不则，俳优言关动作甚似而几矣，然以无俚贱；丈夫而演古圣哲贤豪义侠行事，且不必问其中之所有，即致饰于外之言笑动作，固无一之有似也，则以其伪也。此又不独诗为然也。

止园初事戎行，立功西藏，予初不知其能为诗也。为今兹相见，则已积至数百首，编成三册，来请为发其意。予书生平所闻先正之言，参以己意为序还之。止园所以自表见者，固不专专于诗，既以诗名，吾古人之诗以传世者，固亦不止一途也。

## 诰封光禄大夫咸丰乙卯举人新城王公神道碑铭

公卒，既葬之五十有几年，其德配李太夫人始以考终里第内寝。吾师晋卿先生穆卜诹吉，将以某月日奉太夫人之柩，启公墓附葬。顾念外碑未刻，始缓有待，今以命衡。衡谨撰曰：

公讳铨，字子衡，号松舫，新城王氏。与考皆以吾师贵后赠光禄大夫，祖赠奉政大夫。奉政公讳懋，字景堂，承家书田，肇造种德。光禄公讳振纲，字重三，发迹道光戊戌第一名进士。告养归隐，教授弟子，著录至数千人。邑有名孝廉新之先生李某，与光禄公以文字道德相友善，有所爱弟女，爱其端淑贞慧，计所宜归而难其选，卒以与公，是为李太夫人。实备福德，受天百禄，保艾尔后。公一兄四弟，性孝劬学。尝治《诗》，论《南》与《颂》皆舞诗，《南》以弓矢为舞容；别《南》与《风》，《风》与《雅》皆歌诗，《风》声不皆雅正，譬若《方言》与《尔雅》。其辞甚辨，而说有据。举咸丰乙卯顺天乡试，尝一试礼部，以体弱究心经方，著有《医谣》六卷。卒年四十七。

李太夫人卒年九十几。始年十七来归时，祖舅姑均尚在堂；姑氏田夫人持家严，不御婢仆，娣姒五人赋予工作，昼有定数，责之太夫人，一不假藉。太夫人从君姑氏，进则供役堂上，退操家事，率自鸡鸣至斗转。日有常程，酷暑严寒未尝少息，历数十年有如一日。五十以后时患怔忡，损寐；右手食拇针指之久，弯曲不伸；左臂疼痛，上举不能至首。间语师兄弟："汝祖母造家不易，予从汝祖母以久，而习如左右手，刻不可离，故事事责备于予，非有爱憎之私也。"又语吾师："吾家积累四世，于今汝父又以孝早世，吾后子孙达，其可待已。"而吾师果以光绪戊戌成进士，官至新疆布政使。既还京则不仕，而备大总统顾问。吾师亦一兄四弟，又两妹，皆太夫人出。兄树枌，县学生；弟树梓，县学生；树椿；树桂，优贡生，陕西候补知县。妹，一适某，一适

叙异斋集

某。太夫人之卒也，惟吾师在，实能名太夫人与公之贤，光于时法于后，不与有生俱尽而传之无穷。铭曰：

文于两间，物莫与大。先天地生，下既无艺。有友能文，犹思藉传。况其父母，又皆能贤。亹亹我公，不幸早世。惟太夫人，实维家瑞。妇负母姆，娣弟姒似。妇事重亲，母有多子。子孝而达，母贤远矣。富贵寿考，福禄之常。叔季时薄，人犹未亡。事奇有微，欧公表母。天驱六丁，雷电往取。至诚感神，独擅千古。师泣启哀，合成嘉偶。声殚地天，一气中窥。絜携陬维，不胜觊缕。阉茂之岁，摄提贞如。归从家腊，讣先予居。开缄曰悲，哭至无泪。连丧双亲，未有文字。善不能传，不孝莫大。所尤可痛，窀穸未安。短丧之时，见关窝窝。不图于今，睹此至文。气劂金石，感泣鬼神。比《泷冈表》，何多让焉。揭之墓道，览示行路。生岂非时，诚能动物。孰非人子，宁他莫顾。反所曰生，来取矩镬。恸人衣冠，见素其庶。师命无违，小子何人。懿德不能写，聊记日年。只乏劳饿，动忍于前。受福既多，又多子孙。安然而逝，亦已卒业盖棺。干戈满地，式鉴犹天。

## 《颜李遗书》序（代）

王文泉乡先辈刊《畿辅丛书》，于颜、李两先生遗著搜辑略备。往岁，予编纂畿辅有清一代先哲，颇得所据，以成两先生列传。今两先生既已跻入孔子庙廷，并颁与其后裔孙银币两千圆重修道传祠。夫颜、李两先生之道，乃尧舜禹汤文周孔孟数大圣所传之正道也。孟子之死，不得其传，颜、李两先生乃从两千年后直起接之。今两先生之没又二百余年，而其道始见有可行之机，人人知所学之有裨实用。予既摘取两先生所言与应答弟子时人，仿宋元以来语录为两先生语要已，又汇集其行事，并著其师友弟子为两先生师承记；使人复从其家求书，于已刊入《畿辅丛书》及他所刊行向未见有刊本其为颜先生所著者，有《习斋偶笔》《习斋偶兴》《漳南书院教条》《四书正误》《丧礼辨讹》《丧礼或闻》《规劝条约》《秀才样子》《车阵图》；其为李先生所著者有《天道偶测》。然多小品，其皇皇大著，则《畿辅丛书》约略已具。间者，书贾边益园商诸丛书主人，抽印《颜李遗书》若干部。以予之喜为表章也，介吾友严范孙书来，乞为一言弁诸册端，冀广销售。古语有之"上贾争时"，若边君可谓知所争矣。

予维时之为义大矣哉！岂唯贾事，为学亦然。秦火而后，学术日趋空窳，至元明而其弊已极，极则必反，天道也。颜、李于其时应运而兴，不可谓非，其间之名世，乃迟之又数百年。至于今，西学东渐，一切政治艺术皆出于学，皆实既之用。我国家既已相形见绌，不惜尽弃我所固有，而胥变于夷，而不知数百年前，固早有人见及此。其所为为学之次第科目，固至详备，使早得用于世，今二百余年生聚教训，涵濡日久，即驯至西人所谓乌托邦不难，而惜乎其时之未至尔。时亶稍露其端，而推行之无人也。此今吾国人之责也。

## 《寅寮睡谱》题词

日之夕矣，乡晦而息。勿曰有烛，错置风侧。众鬼偕出，往来憧憧。号党啸类，载尸载从。毒蛇当前，后有猛虎。大地九万，侧足无处。仰视①天上，星月不光。白日安往，畴与韬藏。物各有时，适当其可。彼昏不知，乃继以火。达哉寅寮，有以自得。鸿宝不传，尚寐无觉。

## 崔氏女葬志

归崔氏仲女名贞勤，前室张氏出也。予终年于外，继室温氏之没，所以上事吾父母，下抚诸儿女，惟女是赖。及吾父母先后并卒，诸儿女皆幼，少不知事，其所以约饬而调护之者，盖尤难。再继室王氏从予卧病京师，女乘间数与予言来事其母，未之许也。翌岁，仓皇从予避寇来此，其王氏母时已卒，柩浮厝在城外古寺。女至，既往哭奠其母，复来邸舍，有触胥悲，欲谋归去，不时掩泣。予亦怆然。念中馈之不可无

---

① "仰视"，原本作"卬眂"。

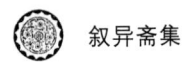

主，顾予年近六十，诸子多有室，或抱子，更娶外来，使入内为之主，微有服，予其自扰之乎？然女自是终为无母之人矣。时辛酉之春三月也。

其年六月望日归于崔氏，年二十有八。归甫匝年，生一女，又一日遽卒。予时在京，远未之闻知也。春初来此，归羡氏女之婿先卒；至仲夏，归王氏之妹又卒；又一月一日，女卒。家人相戒举不我告。予知其病，亦怪其久之无音耗也。顾不敢发书往问，会腨跗为患，已差矣，偶外戚潘氏之子漏言及女，予闻之泣，三子更生虑及其姑妹若姊夫。予后闻之泣无已也，并发告我。噩噩而嗄，车咸辅颊，臃①肿至罔自识，百有余日，不良言食。窃自思念，诚不解女之何遽至是也。四五年来，七罹死丧，亦只付之无可奈何，独吾父与女付无可付，若终身亦不能释然。今又益以吾弟之哀，生前或不能无争是非，及没而弗可弥忘。又况女生平固未尝有一事刺余心也。

女性仁慈，有母之德。其卒也，前生子女哭皆尽哀。前事吾父，间从之学，识人伦大义，吾父尤钟爱之，胜于诸孙。遗言："厚其归资，别贮，以酬事我之劳。"张氏之卒，女生始七岁，其同出姊一、兄一、弟一，温氏所出弟二、妹一，王氏无出。前生子三，健、爽、周，女三，二已归人。夫名墨林，字蔚卿。

## 清故弼德院秘书长田先生神道碑铭

衡尝怪有清养士二三百年，辛壬之间，杖义死节，阒其无闻。及至甲寅，隆裕奉安，乃有一梁鼎芬节庵，抚膺大痛，号咷叫天。衡又怪明之丧师，征其节义，下至仆隶舆台，更无论读书识道理之人，若民仪矣。今吾犹是先民之遗，何一非夏土中和之气所生，何一非五三六经所教诲式似之者也。穰穰熙熙，蕃庶至稀以四巡数，岂独一梁节庵，遂足表吾中华之美哉。异日有讣中宪大夫崛兴赵府君曰："国变十二年，得不丧耻以趋时者衣食，于兄然也。"其弟则赵尧生熙，故京官也。吾又

---

① "臃"，原本作"拥"。

以叹天下之未尝无人也。

贤士大夫，有功行可称，每具事状，匄衡为铭。近于齐鲁圣人之乡，又得一人焉曰介臣先生。先生讳智枚，潍县田氏，介臣其字也。王父讳某，字某，王妣氏某。父讳某，字仲民，妣氏某。两世封赠，皆如先生官。兄弟四人，季早卒，先生仲子也。生有异征，王父母最钟爱之。先生亦孝友，与伯叔就学时，衣食偶异寻常，辄推让于兄弟不御。七岁，侍王母氏疾，彻夜不寐。十二岁，从王父于青城学署，挈持琐碎，有若成人。及光绪壬辰成进士，选庶吉士，散馆授编修。王父母与父，皆已前卒。始先生以乙酉拔贡，朝考用京官吏部供职。王父卒于涿源书院，不及含敛。及父卒，又以己丑应顺天乡试，含敛不及，终身引为大恨。每一言及，未尝不流涕也。方送王父之死，室人忽没。方送父死，报捷人至。先生未尝一动于心，先分其忧，后为之喜也。庚子，赴贵州副主考任，中途闻变，奔赴行在。督云南学政，所得皆知名士。试未毕，丁母艰。服阕，授翰林院秘书郎，擢撰文兼国史馆纂修、总纂，旋特简至弼德院。时朝政日非，谏书累上，不从。先生竟引归，不再出，时甲子某月日也。辛酉五月二十二日，遂卒。十数年间，中更变革，已与世两不闻问，若无复斯人者然。呜呼！人如斯，可谓完矣。

人之论定，须俟盖棺。赵尧生，吾故人也。衡居都门，前后几廿年，见夫人之去而复转者比比，甚且与生为时来者竟后先，斯真汉原涉家人寡妇之戏言矣。友朋之交讵有不知，邃以完人许尧生，人且谓我私也。盗贼如麻，不幸一为所污，淫泆不能自还，复谁记其始自约饬意，乃慕伯姬、陈孝妇时者。今既自谓得不丧耻，发如此其种种，后当不至肥己又食之也。三人成众，得先生与节庵、尧生，于清有光矣。甲寅大水，先生家居，倡设粥厂，活人无数。伯叔连殂，养孀教孤，德惠曲喻。初娶高夫人，继娶陈夫人。子一，大理院推事文宽。以先生卒之年某月日，启高夫人圹，合葬于邑治西陈家庄东阡祖茔之次，春秋六十二。女一，适补用通判同邑陈锡瑜，一适二品荫生掖县吕学泌。

门人印铸局参事饶阳郭承绪，与同人谋所以不朽先生者，来请为刻墓之文。先生他行能可称者甚多，不著，著其荦荦大节。仕光显矣，犹

叙异斋集

称先生,徇①门人志也。铭曰:

　　柏心竹筠,如节于人。式多式坚,撘拄地天。水泽兼山,背不获身。几希之悬,一发千钧。遵彼潍濒,毛角凤麟。此其代陈,有硕其坟。松楸芃芃,禁是采薪。

---

①　"徇",原本作"狥"。

# 卷 八

## 书《齐世家》后

某读史至齐桓公使田敬仲完为卿，曰：嗟乎，兴亡盛哀倚伏之几，固若是之可畏而不爽也哉！夫齐当桓公极盛之时也，而其代齐有国者，亦即于极盛之时肇其基。且若桓公亲招来而手植之。是兴齐者桓公，而亡齐者亦桓公也。简氿于康所以比遭放弑，坐制于人，转足摇首不得，非必其才德下也，盖已习不为怪焉。景公之后，田氏之代齐，已成不可变之势，故晏子知之，不能使景公去之。

当桓公时，田氏一逋臣耳。完之初生，周大史卦至十世之后。及来奔齐，懿仲卜之亦云。岂桓公独未之闻者，而乃引贼入室，养虎自贻患？五伯之君不及其臣竖貂。易牙开方三子之乱，不至于易国。管子至死犹不忘规，至事关宗祀，顾不早思为区处，袖手不言。是佐桓公兴齐者管子，而佐桓公亡齐者亦管子也。然而管子不任咎也。桓公实怒少姬南袭蔡，管子固责楚贡苞茅不入。桓公实北伐山戎，管子因令燕修召公之政。柯之会，桓公欲倍曹沫之约，管子因而信之，诸侯归齐。区区之齐，宾在东海，桓公又中主，所以能九合诸侯，一匡天下者，以管子善因祸为福，转败为功也。顾在外之祸败举，不难次第戡定，若祸自中作，人君之所狃，其情欲有以取之，喜怒哀乐之发，在在与祸败为缴。相感相召，固结而不可解。人臣即善为弥缝，而顾此失彼，力不暇给。自史策[①]所纪英辟才相，勇足以摧三军，智足以伏万众。鼓方张之势，其气概勃勃乎不可一世，而衰几败征之伏于不自觉者，不中所于忽，而

---

[①] "策"，原本作"筞"。

著于所恃。君若相志得意满，熟视无睹，方且谓天下已治已安矣。有识微见远之士，冒昧上陈①，必怒其妄而指为不详。即不以为罪，纳其言而加意防之，而防之于远，祸发于迩；防之于卒，祸发于渐。不能拔本塞源，早正其身于无过之地，使祸败无隙之可乘，至祸败已形，而始事防之，固无论防不胜防，且防之未有不左误右误者也。

亡秦者胡，秦始皇以防匈奴而不知乃其所爱。点检作天子，周世宗以防张永德，而不知即其所易。太史公推论田氏之代齐，以谓易之为术，幽明远矣，非通人达才曷克注意。虞之亡也，宫之奇谏，百里奚不谏；田氏之代齐，晏子忧之于景公文时，当桓公之时，管子顾无一言。岂管子、百里奚之贤不及晏子、宫之奇？百里奚知虞公之不可谏，管子亦知桓公之不可以口舌争也。二人傥所谓通人达才，非也？

某尝读《易》，至《复》阴至矣，息而生阳；至《姤》阳至矣，消而生阴，阴阳消息，如循环无端，周而复始。窃有见于人在亨通不必喜，人方困顿不必厄也。日不中不昃，月不死不生。少康在逃，禹绩再复；六国既灭，嬴嗣亦斩。贾子有言"祸福所倚，祸福所伏，忧喜聚门，吉凶同域"。若六国者，其为凶祸可忧，不待言矣。秦方统一天下，而伯益之绪先绝，吉耶凶耶？喜福耶？抑忧祸耶？少康则方祸方福，方忧方喜，方凶方吉。数一成不能或易，事百变不离其宗。然则田氏之代齐，盖有天命，非唯管子坐视兴亡盛衰之运，未可如何。即桓公亦颠倒错乱于其中而不自觉。且太公始封，周公即为断言曰"后世必有篡弑之臣"。桓公会逢其适，假之手遂俾易种于兹邑，必谓其引贼入室，养虎自贻患，即桓公亦不任咎。桓公之咎，在不能于兴虑亡，在盛思衰。故葵兵之会，一念骄矜而叛者九国。即其与田完饮酒，乐继以火，皆其不能保泰持盈之骄心所迫迸而出焉者也。

古之圣主，其际遇非固优于后人，其祸败常较少于后人者，忧盛危明，兢兢翼翼，无一息敢自遐逸。故汤武至尊严，不失肃祇；舜在假典，顾省阙遗。历三五帝王之世，所以能内外无患，长治久安者，岂有他术哉！制治于未乱，保安于未危。危乱之数不可逃，先不敢自安于治

---

① "陈"，原本为"陬"，同"陈"。

安，则危乱之来有间矣。管子佐桓公创伯，民受赐到今，独其器小，不能正其君于无过之地。身死国乱，五公子争立，齐国不宁者数世，此则伯术之所以降于王也。

## 貤封奉政大夫庆春羡府君墓铭

羡君雅堂既丐①文历表其父诸父已，又以其王父貤封奉政大夫庆春府君墓文相属，非敢后也。府君故有文表墓，雅堂为状其行谊，为前所遗而未著，与所已著，不能不更著之世系及卒葬年月，来相属者乃其父、诸父、所从葬王父之墓前俱未暇立石也。某则按状为分而条之，有省有费，而系以铭。

其卒葬年月曰：府君卒于清咸丰九年正月二十二日，寿六十有四。即以其年九月初十日葬所居村南祖兆之次。同治七年又于村西卜得新兆，子孙昭穆至今累累。府君独以明堂领葬。明堂者，吾乡方言，亦曰空堂，皆不知其何据，明之言文其古，明器之遗。与新兆之卜，距前葬时若干年，汔今若干年，都凡若干年。已更两代易姓。

其行谊曰：府君生无兄弟，有从弟四人，友于诸弟，亦兄事之，两家欢若一室。天性忍让。宗人某纵横乡里，一夜府君家火，邻比救②之幸熄，翌日置酒谢其邻人。某当上行，向众大言曰："昨夜某之所为耳。"众相顾愕眙，府君则为好语醖藉之，曰："君得勿酒后失言。某幸与君同宗，平生又无纤芥睚眦，何至此。"某厉声曰："汝取汝求，莫之予遂，昨夜所耗视取求于汝者孰多少，得失偿不，此固所以报也。"府君有一从弟文学君信孚，时在坐，起立，笑拄之曰："是真男子所为，亶勿到公堂，无俚反口，则巾帼之不如矣。"为讼，官置之于理。狱即定，府君从容与文学君言："吾宗也。与其死之，使其家结怨于我，勿宁生之，使渠知畏而衔德于我。出之何如？"其后文学君自以诖误陷罪，府君为出资奔走营救，得免。

---

① "丐"，原本作"匄"。
② "救"，原本作"捄"。

其世系曰：府君讳丰元，字庆春，冀州羑氏。明永乐二年自山西洪洞迁居州之野庄头，万历二年迁今村，至府君凡十二世。曾王父国栋，字桢臣，配王氏；王父福兴，字旺德，配王氏、孙氏；父玉堂，字孝先，配苏氏。府君配程氏，以孙贵封赠两代奉政大夫。宜人子四人，荣桂，字林一；折桂，字会枝；欣桂，字丹林；廷桂，字香远。女二人，长适衡上营崔某；次适某某。孙八人，今惟三子之子继儒在，即雅堂也。曾孙二十三人，元孙二十三人，具著四子之墓，不再赘。

桄桄振振，四裔之学，与吾中杂袭取材，能备一家，羑氏其起而大乎？中学之大法在反始追远，雅堂老矣，及其未尽百年，馕后以不昧其初，祖考来格，与通幽明，使相胖蚼，此吾中国神圣，位上下滋，万汇不可磨灭之学。俗学老死所不能喻，亦未易一二与言者也。根之固者枝叶茂，渊泉深者流溥远。毗绵藟庇，百世衍祥。子子孙孙，富寿吉昌。府君遂陈在上之灵，爽有与感召，实式凭之。铭曰：

他日继涵，尝为予言。曰本所出，氏自羑门。高也与聃，仙真所宗。一谥系元，一报素封。贵往率土，不载五福。大法九首，既富方榖。世传王阳，能作黄金。人自不为耳，讵能不失赤子之心。九赤生白，吉祥来寻。富固多术，意亦其理。勒石此铭，下讯无止。

## 育英女校

束鹿李生某于其乡设育英女校，而自教之有年矣。予尝为之记，今再晤语，始知文成盖未交付生手，归而遍搜其草不得，予亦不复自忆，而重有所感于心焉。往时记有所谓女士沈佩贞争求女子参政，不可得，今则男女合校，由京师大学始，其流自上，前后不能十年，即斯可以见世化升降进退之数矣。

是来也，为一莠民设诈间予，干没资人为贾之财而嚇之，噤不敢语人，予展转问得实，送官究治，经生之兄叙唐居间，偿予如所干没之资，而宥其身家所应得之罪，曰此养德事也，今来董成。夫市道与学问之事，原不可同日语也。然朋友之交，无论道德势力，与夫妇在五达道之中，皆所谓以义合者也。至合而不义，唯是狙诈渐毒，与不义之合，唯是各便其私。出门之交，穷变而操同室之戈，此势之所不期然而然者也。

生为教于识字缀文，亦间用新学，而其要归，一本先儒，不敢稍有出入，予闻而是之。夫天下大矣，后世远矣，予所是非安敢谓人之必同乎我，我亦自奋一室之说耳。即生亦不必强同，即予前所为已失之文，其所是非盖亦不强同也。癸亥中秋前五日，赵某记。

## 朱母张太淑人墓志铭

今九江地方检察厅检察长南汇朱孔文，将于今年十二月十六日附葬其母张太淑人于中宪公墓之右。先期以太淑人行谊、年寿、内外族出、卒年月日见于学恭，所为哀启与启所未备，孔文又补述之，为书介吾儿钟滏，南自九江附邮北寄至京师，来请为太淑人刻内碑之文于冀县赵衡。

按状，太淑人于中宪公为继室，中宪公讳某，字岭梅，博学知方，习律，弟子从游者四方辐凑。学恭，中宪公之家孙，其父讳某，前室孙太淑人所出，先太淑人卒。孔文，于太淑人所出，诸子中年最幼，法政科举人，宣统元年官邮传部主事。覃恩诰赠父中宪大夫，母皆太淑人。太淑人父讳某，字文彩，善田畜，积地至数百亩。道光二十九年，江苏大水灾，民饥，转为盗。有暴豪刘某赍①家资他徙，被劫挈，控文彩兄弟，计便取偿。有司不察其诬，狱几成，中宪之兄点梅公与文彩通属中宪出营救之，奔走数阅月，事卒得白。文彩公德之，且知其才之可倚也，以女妻之，是为张太淑人。太淑人时年十八，中宪公几四十矣。孙太淑人之没，遗有一子一女，择配颇艰，久之不得其人，及太淑人来归，抚摩噢咻，恩愈所生。后遭叶某之祸，中宪避居青浦，太淑人以一年少妇人支柱门户，昼营男科，夜勤女红，龟手皴面，久历三载，不懈益力。中宪晚年，时时为诸子述之，辄不禁潸焉出涕，属诸子勿忘汝母德也。叶某者，善化人，尝虐于南汇，经中宪与邑人讼，得严谴，衔之

---

① "赍"，原本作"齎"。

叙异斋集

刺骨，调任上海，思寻前衅，屡资人踪迹中宪于其所往。有族某，幼育于公，阴为之耳目，谋下石焉。公闻之震怒，太淑人婉言劝止。中宪公豪宕喜交游，每宾客至，皆太淑人手治供具，未尝一假婵妪。太淑人出有六子一女，皆躬自哺之，未尝一雇乳媪。有劝之者，则婉谢曰："恩勤顾复，母之天职。委诸他人，心胡能安。"中宪公卒，既除服，太淑人缟素如故，未尝一御华饰。及后诸子相继游庠，博科第，乃始以命服将事出而受贺。

六子，孔达传父业；孔慈国学生；孔长附贡生；孔利有膂力，喜读古文辞，与孔达皆前卒；孔文，今长检察厅，来乞铭者也；孔赞，三岁殇。女芳，通书史，工刺绣、烹饪，适潘某。太淑人寿八十几，卒于今年六月某日。先卒之十一日，孔文自九江归侍，既见病不可为，有感于子路之伤贫，终岁衣食奔走，自愧不如乡曲细民，父子昆季终身不偶离者。呜乎，可尚也！中宪公之墓在县治二十四保二十二图某字圩，其左附孙太淑人。今年民国十有一年，太岁在戌，钟溁时以监造模范监狱在九江，与孔文游，相好也。为之铭曰：

葆德为居，才托而施。懿太淑人，翳家之闲。有子维克，益著母德。母地父天，生成各事。古圣人必所已试，耳目有际，知及亲朋。母先父卒，室内交讧。父亡母在，家道聿兴。事出有万，其归一致。某亟不让，屡有所志。今为此铭，理又有征。书以告太淑人之子，纳石幽宫。

## 冀县学生同乡录序

予客京师，闻吾乡后进来学于此者颇多。自小学以达大学，盖有百数十人焉。顷由张生庆开集约，共摄一小景，并其人何姓名、里居、客居何所、何学校、年几何，籍为同乡录，来请予宣其谊。

维冀州地故僻左，士子读书能以学问发名于时，数百年来不数数觏也。自桐城吴先生来为州，不鄙夷吾人，光学造士，为广置书册，先后延新城王晋卿先生、武强贺松坡先生都书院讲席，恣使问学。又亲与为师弟子，口传身授，诲我循循，不数年风俗丕变。上焉者于问学之途具

186

得门径，其次亦能猎取科名。番禺李侍郎提督顺天学政，试已归京，语人"畿辅文风，冀州第一，天津次之，大兴、宛平不足数也"。变法后，天津严范孙侍郎为直隶提学司，每与吾州人燕语，辄谓畿辅学务当以冀州为中心点。中心点者，日本人名机要之言。侍郎尝游日本，故称引及之。

当是时，庆开尊甫楚航先生为荐绅，吴先生倚辨如左右手，先生亦引为己任，一不以委人。迨吴先生去，先生守其法，历艰虞不变，垂二十年，人才辈出，文章丕焕，迥非他州县所能跂及。今吴先生之学稍稍衰歇，往书院所收书册亦多散失，然人尚知学，所学亦具有本末，与他州县有所劫于外而中无主者亦自不同。而所在成市，最此间学者之数，即有百数十人之多，不可谓非盛也。此吴先生之余烈也。

## 束鹿赵君墓表

君束鹿赵氏，其讳锡朋，其字纯嘏。其卒在光绪某年，有年七十二。其行谊，乡党称孝，岁饥，百方得膏粱奉母，自食蔬淡。族某穷困，不能自治，分田使之耕，而自食其力，终身未尝一与取直。其业农商，暇则读书。

其族明永乐二年自山西洪洞县来迁，至君凡若干世。其曾王父某，王父某，父某，妣氏某。其室氏贾，后君若干年卒，年若干，附君葬祖茔之次。其子永福，某年乡饮耆宾；永禄。其孙凌文，六品军功；凌武；凌全，皆永禄出。其孙女嫁同县高等法政毕业前阜平县陪审王之森。其曾孙仲襄、仲宣，毕业测绘法政学堂；仲抃；仲义；仲简。

予与之森通，因识凌文。凌文商于京师，数与往还。予少时尝闻宗老言，吾宗来迁之祖，其班次在四。其同来迁兄弟四人，其三兄一占籍深州，一占籍束鹿，一失所籍。予尝过凌文，从容问君之祖，是否与我同宗，其班次在几？凌文不能明也。仲抃方肄业都中国民大学，时来从予问字，颇聪颖可造。

吾国之法为人莫先乎孝，孝莫大乎尊祖敬宗。狐死首丘，叶落归本，一植一动，万物莫不有然。君既以孝兴其家、收其族，不漠视若途之人。凌文来请揭墓，又知以金石传述祖德，赵氏之兴，尚未有艾。仲抃读书识道理，固于是在。予所望于仲抃则在先能自谱其世，乃所谓大孝也。

## 书高孝悫先生传后

无锡高文彬、文海，遍以书走海内贤士大夫之有文名者，无论知与不知，为其父孝悫先生征身后之文，载而以告襮世。孝悫先生为不没矣。抑文彬兄弟之孝思，岂今之人所有也。

书始到，衡方以忧家居。吾父见背，在己未仲夏，来年季夏又失吾母，先后再丧室人，并亡长妇。计自戊午季秋至庚申季秋两岁尚余十有七日未周，两遭三年之丧，大功期三。衡不肖，不能自克，丧魂失魄，几至不起。直至今岁夏秋之交，胸臆间始觉荞荞有生气。

方病日臻，家人相戒以有事不我关白。顷来京师，因铭友人子振，姓胡氏，名庭鳞，冀人，检其事略，得文彬兄弟来书，及附来诗歌志传。惊起立读之，何意今时今世而犹有是人是事也，是可传也。而衡大事至今犹未克举。春时盗弄潢池，一夕讹动，仓皇浮厝，每一念及，辄如有芒刺在心。对此真觍然面目，不自知其颡之泚也。

## 羡希三先生神道碑铭

维共和行政十三年，希三羡先生之没十二年矣。岁在甲子摄提贞于叔且物成有体。先生从弟继儒雅堂为之丐①文表墓，将卒事，吾乡乡父老俨然来造，开口言曰："庚子之乱，外兵内犯，京师不守，畿甸千里，盗贼并发，白昼劫略，取人财物，若已所有，官不谁何，比户牡飞。吾乡为四州县凑，捕逐左右，迹射不得，尤豪猾所囊橐。蛰蛰吾萌，所以不至尽驱为盗，室家子孙生生以有今日者，皆先生主办保甲之力也。其余威延及辛亥、壬子。国体骤更，众心未固，溃兵四散，根著

---

① "丐"，原本作"匄"。

之莠，与为牝牡，发纵指示，鱼肉分羹。独至吾乡，来则假道，往即出境，桀黠盱盱，虎眈狼顾，不敢比匪。尨吠无警，闾阎安堵，于时先生起居无它，猛兽藜藿盖未足喻。今者其家为之表墓，蒙与之谋神道所树，愿述乡人之志。"已而又言："学校之设，中产以下无力复学，先生谋诸宗人，出白金以两计者为数三千五百，著母息子，倡建两等学校一区，有来学者不取一钱。虽其后作制缔造一倚办雅堂，而启其端者先生也，是亦不可没也。"某曰："然，微诸君，某亦愿有谒也。"

夫学校，百年之计也。事有长短，用有缓急，今乱机四伏，蓄而待发，一旦衅起，若火之燎原。夫岂庚子、辛壬所能比并也。方保甲初成，剿贼邵村，乡勇先至者十余村，莫敢纵。先生袒而椎结，挟马铳腰弹，邪上至肩下披腹背，左右从数骑，徒数十人突前，至贼门首，发数弹，众跃入，空四壁立。因与某马上论战，勇气兵机之说甚辨。还至王海庄，遇娄大顺，擒之。大顺者，主所剿韩某匪首之一也。邵村故多盐枭，居为盗主，出则客剽他郡邑。大顺尤雄桀，时亦有闻保甲之谋生，自王海庄张明述骑往巡詧，遂见捉，韩某竟逸去不获。民为贼弱久矣。异日日未旁午，贼劫张家庄。某易服杂乡人中往观，贼五六十人，各倚械一傍，解马荐，荫茂树卧食所谓鸦片，环而观者如堵，漠若一无所闻。见某，顾谓所亲，彼可劫而取也。时人家居，方思倚贼持门户，出则纵之卫道路，不然，夫孰肯与之为难。又况肯并心一力，谋所以驱除之哉。会某雅与贼欢，其子偶为所辱，不得直，发愤往先生家说团结之策。先生既藉以号召各村苍头，特起而功以成。大顺既擒，为坎，生埋①之。明日剿张家庄，擒娄会来，埋②之。又擒谢兰茂、王福贵、牛庆麟及其他酋目十数人，贼遂解体逃散，民获乂安。余威延及于辛壬，是皆然矣。今则先生之没已久，向日吾乡习为匪所出没，今何以灭影绝踪，鸡犬无惊，截然乐土。既非往时所能梦见，亦非他所所得与同，岂无故哉？

辛壬而还，句圜畿甸四周具已米沸鱼烂，庚辛至壬，直与皖、奉之

---

① "埋"，原本作"霾"。
② "埋"，原本作"霾"。

战连年，比乱兵后，荆棘所以不生吾地者，犹有可诿曰：远畿南百里，朝发夕至，盗弄黄池有年月矣。况绝滏而北，什一阡陌，富溢之名，垂涎日久。间谍踪迹，先后踵接。辛酉之春，突窜至十数里南某村，保安队队长刘世勋死之。贼夜遁去，前后或窜至州治郭村、东南某村，远者才相五六十里。警兵拒之，俱不得前。其忽来忽去，且前且却，中若有所甚怯而不敢轻于一试者，夫岂刘世勋保安队警察之所能为力哉？则亦先生声名在人，有以夺之于先也。今有绍先生之志而兴起者乎？亦规亦随，业之接之，得人则举，有迹易循。金石可勒①，业治不磨。当务之急尤先，马走所切望于诸君子者也。

先生讳继品，字希三，州学廪贡生，候选训导，以捐建学校赏给五品花翎。其他行义年已具吴闿生所为墓文，不再赘。铭曰：

滏水南来，迤而东北。入横漳故渎，有田其阳。西北走深、宁晋、束鹿，绝滏东行四五十里，悬而冀属。幸际时平，按行修阻。官且不数，乱则豺狼呼朋招类，于此啸聚。是宜自治，相助谋生。若今新局，惟难其人。众故等夷，心悦诚服。先生其杓，为社而祭，为尸而祝。

（吴北江云：铭善。）

## 《周易实践止心篇》序

止园出狱，以所著《周易实践止心篇》见视②，属为之序。予维吾今存书之最古者莫先五三六经，而《易》为之原，遭秦用卜筮得全，逮汉以象数传授。其后佛氏来自西土，学士大夫习问其说，谓可与易道相发明也，乃一洗象数之蔽，专以明理宣谊立言。或窃非之，谓失吾《易》之真。予谓此亶问其是与不是耳。道乃天下之公器，父不能私之子，兄不能私之弟，弟子不必不如师，师不必贤于弟子。况所出不与我同，而可一是抹杀，以有所挟自大也。先民有言，询于刍荛，礼失而求诸野。佛氏既自为一学术，有可以藉证古道者，夫岂野刍荛之等比乎。

---

① "勒"，原本作"泐"。
② "视"，原本作"眡"。

顾《易》为致治之书，非弟以传道已也。自始画未有文字以前，至中古制作大备，其间出杳爽而光明，革朴陋以美善，又乎蒸蒸变而益上，何其进化之猛也。由秦汉讫今则每下愈退，且不知伊于胡底。学术与政治相表里，政治衰退，皆学术之不进有致之也。盖《易》有体用，即以佛学言之，其所谓世法、出世法皆有以区处而条理之，固不能概之于空也。孔子传《易》商瞿，商瞿之事业不传。子思子作《中庸》，昭明圣祖之德，极其至，谓可以参赞天地化育。子思受业曾子，曾子著明亲之学，皆有所谓至善之道。浚其原于知，推其功于得，本末兼赅，不支不宂，可屈可信，皆《易》道也。秦汉以来，推象数者既已用之不当，言理谊者又复体之于虚，忽忽二千数百年，以三古圣人所以崇德广业之具，唯是居蔡蓄蓍，备卜筮之间。《易》始以卜筮得全，后转以卜筮受创，亦斯世斯民之不幸也。

今观《实践》参互错综，用之不穷；《止心篇》又有取于《艮》之时谊，则其体也一以驭万，因物适变，放之旁魄四塞，弥上际下，反之仍一是宅。止园于《易》，可谓有以贯之而会观其通矣。《传》曰："作《易》者其有忧患乎？"然则，缧绁，止园之华衮，而益信忧患安乐之生死于人切也。吾又以望吾国家，其自此变动而光明，而止园有以行其所学也。

## 记《送赵尧生叙》后

往年某为此文，尧生归，将出而相质，复视，辄用自阻。要其谊则为交友者所不能易，不可不知也。

同声相应，同气相求，异日者某为《送赵铁卿叙》，于气之相感不相感，征之于人，证之于物，往复推论，辄数百言，而于同声之感应则未之及。自尧生来言知某以某所为《深州韩文公庙碑》，因复有感于声应之说，证之于物，鼓宫宫动，鼓角角动。其为物之有知觉者，雉鸣求其牡，雍雍然牝牡相和也；燕鸣哺其子，呴呴然母子相乐也。征之于人，宋郅泽闻鲁君之呼，谓似其君；周申喜悲乞母之歌，因得其母。夫乞母固未尝自言其为申喜之母，即鲁君更不能自言其为郅泽之君，而一

叙异斋集

呼一歌，有使人感应于不自觉者，则唯其声之同也。

韩公有言"人声之精者，为言；文辞之于言，尤其精也"。文笔之书以告异时异地之人，言宣诸口，非同时同地之人不可得而闻也。言即可得而闻，声不可得而同也。有不同者，史策所载，或上与下言，家说户晓而不喻；或下与上言，面奏书疏而不悟；或同侪相与言，忠告而以为讦，巽语而以为讽。声不相应，中有深山钜泽隔绝，欲以语言区区强同之，不可得也。其同者如水之融乳，如胶之附漆，乃至不言而有如响之应。齐桓公与管仲谋伐莒，呿而唫；东郭牙执蹠痞上视，善意得之。故胜书有不言之谋，姬旦有不言之听。其以文辞相感应者，太史公读屈平《离骚》《天问》《哀郢》，想见其为人；蒯通、主父偃读《乐毅报惠王书》，未尝不流涕；而孔子于学琴见文，闻《韶》遇舜。今某与尧生，生即同时，而所居相去若此之远，半生胡越。一丈作合，举往昔所学所志，均不谋而同，冥冥中岂真有物焉以相之。雷声能闻百里，过百里乃至数十百里则非雷之能矣，即或能之，犹曰同时。若舜、文之于孔子，乐毅之于主父偃、蒯通，屈平之于太史公，或数百年、或数十百年，如亲承謦欬，同唯诺，问对于一堂，此有一无二之能事，似神非神，舍斯文其谁属也。

自西人入中国，其艺术有所谓声学者，能制器留声，或持以寄远，或持以告后，吾人诧为新奇，以谓吾国所未有。岂知自四千年前，羲皇开文，苍颉造字，吾国已早制有所谓留声之器。凡五三六经之传，何一不举古人之声音笑貌悉以告后人。非唯留其声，且并留其形也，特未易一二与不学者道耳。即西人所谓声学，亦岂能强其通国而通能之也。此庄生所以谓天下不可与庄语，而太史公谓告非其人，虽言不著也。然则某所谓交友不可不知者，舍尧生，仍四顾无可与语耳。

## 送杨昀谷叙

史记中国山川东北流，尾没于渤碣，维首在陇蜀，其地高势峻，雄杰和清之气孕育蕴蓄，更数千百年不得所附著，以洩其奇，必益磅薄而迤演，不则骨突以勃忽。

自风皇肇文，弥姞历姬，凡三五圣神所发迹，亡虑胥在腹地。皇降而帝而王而伯，宰世成务之例，既穷斯文，遗在布衣，腹地之菁华亦竭。于是，孔子勃兴于鲁，杨氏勃兴于蜀。奠山川者，须先疏后道，故山川之发祥亦先尾后首。孔子业之，杨氏接之，以匹夫擅制作之权，而天下不以为僭。东西十千里，上下五百年，两命世者，譬如日月之经天代明，更无所容爝火之施。然鲁于孔子之后百有余年，复生孟子，得孟子而孔子之道益尊。蜀自杨氏之没二千年于今矣，更无孟子其人者推尊杨氏。眉州苏氏父子兄弟，蔚然鼎兴于赵宋之代，其力足以推尊杨氏而不知所推尊。世愈衰，则谈道理愈精；人益晚，则定是非益难。意者必如侯芭所谓必待后世复有杨子云乎？然杨子云初不能遽生也。溯自文翁兴学，司马相如首以文章显世，后进慕循，辞令雍容，学者至比迹齐鲁。王褒、严遵继之，西蜀文章常高天下。杨子云乃应时而生，上接斯文之传于孔孟，盖其生愈后，其出愈奇，其材愈伟，其成愈难。然则后世之扬子云，非有人倡其教于先，亦未易朝夕觏也。

吾友杨君昀谷汲学致用，郎于法部有年。一旦以郡守改官入蜀，其于为治宜知所先后。吾观文翁治蜀，他无所能，唯教民兴学，终汉之世，文章以蜀为冠。班史传循吏以文翁为首，昀谷行矣，某不为蜀民贺得循吏，唯蜀复有杨子云可贺也。

## 安厚齐属题其宝华楼所出物品

赋之能事，藻缋三才，雕镂万汇，溯其流，于古诗比并兴。兴比须会其神，赋则巧为形似，而不嫌于直致。感物造端，有材有智，斯皆为文所必经。而吾生平性命所寄，与为寝馈余五十岁。鸟兽草木之名诚多学而识之矣，而迹象未融，物我终介，反不如执技事人者之有欲从心，心至手至，提刀四顾，踌躇满志。

孰为道，孰为器，上下徒执形为言，究其体用，皆不能离吾向材智之谓也。材智犹孟子巧力之譬也，苟有以寓巧智于物，使机应心，不动其内，则所驱遣仍一视材力之小大。或驾涛乘云，移山倒海，吞八九云梦于其胸，曾不芥蒂；或一鸿毛莫载。故孟子养气贵先集义，而庄子养生有取庖丁解牛，音中经首之会。此可证器与道通为一艺，抑以见力与巧不可偏废也。兼之能达，畸则有碍。

吾与公类也，何妨把臂。孙吴行师，伊周图治，轮扁为轮，计然作计，射之于羿，医之于意，过卦詹筮，牙味良筈，羲字维画，所操不同，其归无异。由其有始，不能出此两大之外，所陶铸者一气。

## 同渤儿照像

诗书绵绵，灯火团团。深夜不眠，传家青毡。初起双艰，予季膝前。图坎次乾，姬文微言。立冬九天，摄提贞系阉茂之年记。予五十八岁，予季再四岁加冠。

## 李君墓表

咸同之间，捻匪扰直隶。吾乡乡先生用乡兵击贼，死事者多矣。而束鹿李君尤为可痛悼者也。

君字尊师，讳书绅，年二十有八，举同治壬戌科顺天武乡试。归家甫六日，即与其兄同死事于冀州之傅水店。傅水店者，在州治西卅里，去滏东南十余里。捻酋张锡珠纠贼近万，谋渡滏北窜，君与其兄从县令某公率诸乡兵阻滏为守，列堤上约三四千人，而聚观者数万，堤数里皆满。贼慑其众，退，谋自他所渡。先是土匪娄占魁、祁根竹、洛小生聚众剽劫，势甚猖獗，君与其兄约诸乡兵共捣其巢。会匪自晋州败归，白手卧家，遂并擒三人者，磔之。诸乡兵狃于故事，欲下堤蹑之。君与其兄与老年者计曰："吾等守此，与贼相持，毋得贼过不为害，斯已耳，灭贼非吾事也。"诸少壮笑以为怯。时某邑令已不谋逸去，诸乡兵不相统，又轻敌，君与其兄不能禁，哄而下至傅水店。贼伏发衷乡兵，乡兵不知所为，大奔。君且战且走，已免，不见其兄，反入贼，凡四出入，独所击杀数十人。最后入一民家楼上，贼围之数百匝，聚薪其下，哗言燔楼。君自后逾，伤而蹶，遂遇害。时同治元年十一月二十日也。

君自少武爽不俦，同母昆弟四人，班次在季。伯，书城，县学增生，机警有知，所居界深、冀、束鹿、宁晋之交，盗贼出没，伯氏谋之君，从而缉之，常所捕获甚众。昆弟间自为将帅，既与君同日死事，后与君同赏云骑尉世职。仲，书振，武生。叔，书田，军功五品衔。后母弟书怀，举咸丰辛酉顺天武乡试。曾祖谦，太学生；祖邦俊，武生；考梦周，妣氏刘、氏魏。室氏赵，生丈夫子一，士纯；女子子一，适同县邹某。后君死事若干年，御史裴德俊疏其事上闻，既赏世职如例。又若干年袭封士纯，始状君事，使以表墓之文来请。

傅水店之役，吾宗多与于难。有伤重伴死后得脱归者，某少时数从之问，故知此事为详。士纯所为状既可信，乃不辞而文之，归李氏，俾揭之于其阡。

## 题周养安先生《篝灯纺读图》

周养安先生以所为《篝灯纺读图》视某。霜风凛冽黯然，木石寡色，而先生与其母陈太夫人一火荧然，方绩且诵读于其中。读是图者，莫不叹为荼苦，某则以谓人生之至乐，莫有乐于此者矣。人孰不有此乐，时过境迁，弭忘者何比比也。

犹忆某儿时，一日天寒，自塾归，母氏耿太孺人轸其衣薄，属早睡，为拆旧衣，襞裰增絮，浣而待纫，向火烘曝。某拥被诵所读书，惧受翊日扑责。倦卧，不知何时，晨起，则新衣盖覆身上。忽忽今四十年，衣食幸不竭，蹶求如曩时之艰难相依，邈不可得。览是图，未尝不爽然自失也。

骨肉聚处，境虽苦，乐也；肝胆暌隔，境虽乐，苦也。今先生既眷眷不忘所自，又为之图以志不朽，此经所谓"行成而名立后世"，孝之终也。特未易一二与游宦得意而不知反者言也。丙辰孟秋，信都赵某记。

## 高阳张府君墓表

府君讳淮，字同若。先世有讳某者，明永乐二年自山西洪洞迁居直隶之高阳，为高阳人。至府君，凡若干世。曾王父某，王妣氏某；王父某，王妣氏某；父某，妣氏某。某前所表高阳张封君，府君之宗孙也。

府君有孙三人，封君为长子，一人既老而独，家道中衰。先时，府君有田以亩计者为数三百，有钱以贯计者为数三千。十一子母取息，九三耕余算食。绌所入为出，无少，赢于常备。卒无多时，惜分臬，物不琐弃，宾祭有经，养育无缺，服食居室，苟完自足。年且六十，传政于子，己则日从老人饮博为乐，以娱晚年。既而其子以废著折阅，尽耗其资，土地梨出大半，忽忽亦卒。府君时年七十余矣。子初生时，宗孙年甫十六，喀血久病，面有忧色，府君靳之坦然，无忧忻惧，日从场圃，与㛦俯仰，无乐①有喜。及子之卒，府君又戒家人勿哭。起督诸孙稼穑诗书，长幼并课，生肥植殖，未四五年，家复如故。其后宗孙既壮，痛其先人贾用有失，既廪而市，大起其家，府君已不及见矣。

府君之卒，以某年正月初一日起五更时。起五更者，每岁除夜守，至五更起而迎新，邻比相与往来拜贺，吾乡之方言也。府君时初无疾，端坐长逝，正寿八十，人喜称道，传为佳话。越若干年，府君之曾孙来请表其外碑。昔庄周、列御寇哀天下之人湛溺于利害得丧，惑于夭寿，徇官骸无盈欲壑，神罢精漓性命之真，自焚天和。其所称引多所谓天之君子，若府君近似之矣。富而不溢，贫有以为，安时处顺，终其天年，无所于恋，生虽未学，不谓之学，且知道不可也。娶某氏，先府君卒。府君卒年之某月日与合葬祖兆之次。一子佩镕。三孙，枢，即封君宗和之父也；某；某。曾孙若干人。宗和兄弟已详封君之墓，不再著。某所生宗某、宗某；某所生宗某、宗某。枝条叶敷，式谷一本。以农易仕，宦日显闻，张氏其起而大乎？宗和吏治昭彰，敬师亲学，固于是乎在。

## 题李允恭照像

李生允恭少予二岁，初从予学，吾与之皆年少气锐，同汲汲于没世不死之名。其后，予卧病家居，生亦归家为政，奄忽便已二年。间以

---

① "乐"，原本作"藥"。

事，偶过其家，生出所照像示予，索题。予受而孰视，笑谓之曰："予与若，此生皆成老丑矣。"

往年儿子钟滢为予照一像，予讶其不肖，家人皆以为肖。因出前五六年游日本照像视之，不肖；更出前廿年在吾冀照像，自以为肖，家人皆以为不肖。取镜自视，则家人所谓肖不肖，肖；予所谓肖不肖，不肖。人苦不能自见，既能自见，反令人憎，转不如不自见之犹堪偷自喜也。予了不解神仙之说，传闻其术能令人不死，能却老还少，然见世所图神仙，不尽美好少年也。果其术能却老还少，何苦为此老丑之形，故取人憎也。若其不能，则其所谓不死者亦不真。固不如吾与若向所汲汲之有可自信也。

惜乎！吾与若多病多事，皆不能专心一志，以致力乎此。已逾古人见恶之年，而其像亦实予人以可恶也。

## 西北银行设立旨趣

甘肃、新疆为吾国物产蕃殖之区。羽毛、筋角、齿革、铜铁、五谷、诸果实、材木以及人民所织造雕琢，多至不可胜数。向特以运输不便，故蕴藏未启耳。今绥远至包头之铁路，指顾可成，以接大河输送；海兰铁路，亦在经营，南控巴蜀、青海、西藏，西接中央亚细亚、土耳其斯坦，北通蒙古、西比利亚。地四达，实据居中制驭四方之胜。世运日进，贸迁有无，中古以粟易布之风，久已不行于内地。其所以由中央分布于四方，由四方交会于中央者，实维财币调补酌剂之力居多。今自京师至东南各行省，凡所称都会阜盛之区，银行在在星罗棋置。权子母，算锱铢，利析秋毫矣。

自古谓西北收东南，作事之功，实居高驭下，匪惟地势形胜，天运人事，无一理不然也。乃今观于新、甘二省，无一银行以为通商惠工之用，一遇有与内地交通财用往来，汇费往往各高至百分二十以上，而犹难得，此何怪其货弃于地而莫之知往。清之季年，尝有票号十余家，藉以汇兑，然本小利微。国体既改，营业随倾于此。而设一银行，以枢纽之，上贾所争，此其时也。

然近观银行之设立，自京师至东南各行省，其成效已约略可睹矣。以市商之业而用人行事，一切与各官寺争豪侈举，只有此数之钱与不再来之光阴，忽漫掷之，在官寺亦属敝习，又况弃其本业，专以胲削国用为利数。至国用既空，则又叠息取息，息息无已，按簿记利市三倍权，实已一无所有，而犹不足以偿债。卒之出资者累及身家，食力者亦一身以外无长物，全耗散于声色征逐之中。其自私自利能赡其身家者，君子论之，转觉其可恕。此亦时世之一蔽也。

同人有鉴于此，特创立西北银行，内以银号之法组织之，凡所谓用人行事，一依商贾本谋，论其有余不足，以求践通商惠工之实务，完物无息币，欲其行如流水，开启西北富源，与东南各行省相埒，斯则同人创立之帜志也。

## 赵府君墓志

先父弃养于己未仲夏十有九日，周岁季夏，先母考终十二日，于今四年。窀夕未安，乃季夏初六日，弟彬又卒。衡生兄弟四人，叔季早亡，惟二人在。弟今又亡，闵予茕茕，肩时大事，不敢不勉。

维先父生七十有四年，盖无一日不在兢兢业业之中。禔身敏事，实有合于古之圣贤。衡不肖，不能敬承先德锡类，式似生辰，又非故家硕学，泄泄皆是，大惧波靡，坠其世守，为先人辱。先父讳钦颜，字维薪，号农山，母氏耿。先王父讳魁升，字超群，王妣氏刁、丁、李。衡少读书，从吾父卧超，及见孝事王母、王父，即世衡才四岁，伺未有知。姑妹于归，不计有无，顺适母意。宗人有饥，推食解衣。尝谓"人之施济，必待富足；施济何日，量力所至，行心所安，如是而已"。又谓"人生成材，于逆顺无意味，厚福之飨，归诸庸庸，困厄艰虞，则孟子所谓降大任之人也"。生平取《易》"谦吉"、《论语》"恕之"，"终身可行"为连对，悬室壁，昕夕维见，庶几能行，犹若弗见。吾母亦能配其有，尝语诸儿妇，人以息事为主。每汝父有所争持于外，吾惟明明勿较短长。盖吾父少孤，有敢侮予而并夺之者多矣。

衡幸从桐城大儒吴挚①父先生游，又受业武强贺先生之门，先父生时，衡常思所以不朽于两先生者。顾念寿序非古，又见称贺之家，堂罗嘉宾，吊客临门，鬼神害盈，理当不爽。父有雅言，况非所教，用是惴惴，造次弗敢。今既无禄，知言君子人皆云亡状行义。年前往四川荣县赵尧生熙书求铭幽。葬既不远，虑弗及事。泣最一二，记其大凡，用告来世。铭曰：

日居月诸，四载有余。从先入喻，归于其居。惟永终是图。呜乎！

子四，衡，光绪戊子科举人，娶张、温、王氏；彬，州学生，娶钱、韩氏，已卒；谦，八岁殇；季，未名殇。女，长适束鹿县学生牛增奎；次适本州壬寅补行庚子、辛丑科举人谢润廷；次适本州王。孙七，钟滏，法部技师；钟深、钟抃天津工业专门肄业；钟渤，衡生。钟泽，军医药科长；钟洺，彬生。冀州赵氏，明永乐二年迁自洪洞县，至府君凡十二世。衡又记。

## 书宁河《邵孝子事略》后

今江苏督军宁河齐公某，以其乡《邵孝子事略》见遗，属为诗文，传没世之名。予受而读之卒业，作而言曰：

世尚有是人者？宇上宙下，所以有所支柱而不至毁堕者，端于是赖，固不在兵甲金贝之多也。然则，吾国家尚有望乎！既而究其事，在光绪十五年，去今一世矣。孝子亦已物化，今不得见其人矣。公与诸乡人表而出之，传载其事，用以纲纪人伦，激励末俗，则虽孝子今存可也。

往尝见人有印行尹元孚之母太夫人事者，为事于已然，固不如未然之易，用力少而成功多也。汉时谚有之曰"焦头烂额为上客，曲突徙薪无恩泽"，此为常人言之耳，达识之君子夫岂待焦烂哉？予治国闻，每见事出骨肉所日与耳目为缘，睹孝子之事，惊为创见，传之文字，吾于是有以窥公寓目之远，而孝子亦能令文字生色也。

---

① "挚"，原本作"至"。

# 附录一　赵衡诗文辑佚

## 阎府君墓表[①]

府君讳飞熊，字良弼，姓阎氏，世为冀州东罗口村人。曾祖士贤；祖秉公；父讳珍，字待聘。有兄弟三人，班居最后，实生府君。幼入乡塾，颖敏异常，长而有力，习武事，受业武举人田克廉先生之门，弓矢刀石无不精熟。应试补州学武生，益自淬砺，锐意进取，思跻通显，为国干城。父母年迈，辍业居家服侍，克尽子职。老人步履维艰，负之出入，日以为常，人皆称孝。有暇则致力农商，督率佣仆，时其耕耘，无荒无怠。募人废著，口授机宜，归时弃取，最所收入，有赢无绌。月日既积，大倍袭籍，置田营舍，为里富人。

是时，海城李公秉衡、桐城吴公汝纶先后为州，悉其贤，委掌村政。府君以实心化导乡人，遇事排解，一本至公，遏止讼争，视为急务。三十余年，里巷无事，未尝有以屑故小争论公庭者，府君一人之力也。

府君既以财雄乡里，不自吝秘，每遇善举，输将恐后。光绪壬辰，中州大饥，各省设局筹赈，府君慨捐巨金，为众倡率。蒙赏守御所千总衔。其子长裕，渐濡遗训，复于有清之季，捐赀兴学，赏加五品顶戴。一门两世并喜公义，再膺奖励。乡人归仰，啧啧称慕。长裕字丰年，法政学校毕业，今充县会议员。府君再继配娄宜人出。元配王宜人，继配尚宜人，皆先府君卒。府君卒光绪二十八年二月二十三日，距生道光二十四年三月初六日，春秋五十有九。娄宜人生道光二十九年四月十四

---

[①] 辑自常海成主编《历代冀州文存·碑文卷》，河北教育出版社2016年版。

附录一　赵衡诗文辑佚

日，卒民国六年八月二十日，春秋六十有九。孙一人锡福，孙女二人。

衡与府君同州，年齿差后，懿闻令德，久习于耳。三子钟汴既长，求婚长裕，归以长女。既托肺腑，府君，衡父行也。长裕今状府君行义年，来请外碑之文，衡不敢辞，谨依状纂次，俾归而揭诸阎氏之阡，以式乡邦而诏奕世。

## 赋得神巫何事苦吹箫①（得神字五言八韵）

类聚缘何事，群巫敬鬼神。箫吹休惮苦，庙古总如新。笙磬人口乐，宫商处处陈。咏歌虽有致，祷媚果奚因。只有哀蝉伴，畴为跨凤伦。半随欢孺子，一笑淡诗人。断瓦残碑冷，荒烟蔓草春。试寻山谷意，诚正可修身。

## 赋得游女髻鬟风俗古（得陵字五言八韵）

此地多游女，欧公路共登。髻鬟存古道，风俗振夷陵。螓首颜如掬，蛾眉力不胜。黑②云低一角（倩袖冷三），红日腻千塍。容异淫曾海，脂原淡以凝。坚贞三代似，绮丽六朝惩。休或于乔木，寒非惮薄绫。归来诸士子，相敬若宾朋。

## 赋得溪水诘曲带城陴（得溪字五言八韵）

一带桃花水，城陴路欲迷。苍茫寒古郡，诘曲荡情溪。雉堞重重合，鱼鳞泛泛挤。树高摇绮縠，萍约划玻璃。天直波中涌，云从郭外低。桥通门以外，舟系径之西。缭绕容如掬，参差势不齐。楼台应倒入，孺子咏清溪。

---

① 以下诸诗辑录自《赵衡信都文卷》。此卷收录赵衡光绪甲申（1884年）至光绪戊子（1888年）间课卷及试帖诗。其中试帖诗共得三十余首。诗中有贺涛批语和圈点。

② "黑"，一作"低"。

201

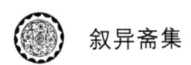叙异斋集

### 赋得旌旗日暖龙蛇动（得蛇字五言八韵）

早日三竿暖，旌旗一望赊。树来依殿阁，动处是龙蛇。绕柱看初舞，笼烟认莫差。木鸢同①上下，铁骑衬喧哗。袖未香炉惹，旃先彩电斜。春光凭鼓荡，天气借交加。虎队前也引，仙班后面遮。羔羊丝赋五，退食故侯家。

### 赋得麦行十里不见土（得土、丰字五言八韵）

不见郊原土，行来麦尽同。四时真阅历，十里色溟濛。润岂凭晨气，吹应借暖风。似超红世外，但在绿云中。扑去尘三斗，惟余经一弓。难分田上下，直捲浪西东。花裒天边落，荷香水外通。双歧今献瑞，圣世兆年丰。

### 赋得黑白苍然发到眉（得僧字五言八韵）

古寺深山里，苍然见一僧。发披眉欲到，黑半白相仍。色相悟空中②，光圆顶上曾。莲花开世界，蒲座老髯鬙。画月丹青瘦，低云菩萨凝。毛宜分二种（种字不稳），业早证三乘。慧眼传孤磬，危肩耸夜灯。谈元参妙果，鹤听势峻嶒。

### 赋得暮烟秋雨过枫桥（得秋字五言八韵）

桥畔多枫树，神凝过客眸。烟催三界暮，雨打一时秋。岸曲湾难辨，林疏颗（俗）转稠。远惊渔火暗，近（俗）对彩虹愁。眼断前程雁，魂销此际鸥。溟濛危（俗）树倒，萧瑟大江流。看拟寒山径，询应

---

① "同"，一作"鼓"。
② "中"，一作"久"。

202

附录一 赵衡诗文辑佚

古渡头。归来明月照,醉卧酒家楼。

## 赋得先生醉袖挽春回（得迴字五言八韵）

人愿春常在,先生即挽迴。酒痕襟半醉,诗意袖中催。不系金泥带,裳①衔白玉杯。山中真气味,画里好半裁。似逼花开领,谁知月照台。诈余高士佛,并把美人来。岂有龙钟泪,凭看翠砌台。寻君君莫去,携手共徘徊。（诗大欠工雅）

## 赋得春还宫柳腰支活（得腰字五言八韵） 以下光绪乙酉

何处春还早,宫中景欲描。柳刚舒醉眼,支又活柔腰（腰支二字不可折）。极力晴光腻,多情淑气招。妒妨婢子媚,舞学美人娇。向日丝应拂,近风絮共飘。依依情若此,袅袅势频摇。碧透婆娑带,青凝洩漏条。几时天遍暖,陌上路迢迢。

## 赋得僧言古壁佛画好（得僧字五言八韵）

山中危壁立,古刹历层层。好画惟成佛,相言赖有僧。苍洲图共满,碧岭忆同登。对语休烦絮,担经或借藤。丹青传妙手,清净伴孤灯。寺老云三面,更深月一棱。拈花开眼笑,坐石会神凝。得句先呈彼,禅参最上乘。

## 赋得忧国愿年丰（得丰字五言八韵）

父母惟元后,忧勤鞠厥躬。频书年大有,偿愿国绥丰。邦本人为重,民天食可充。推三劳睿虑,余九报耕功。纪鸟官分理,维鱼梦祝问。心传凤驾外,意切雨声中。瑞兆占冬雪,花开验信风。篝车逢圣

---

① 此字下本批"×",疑为"常"字。

世，满满慰宸衷。

## 赋得君才有如切玉刀（得刀字五言八韵）

玉竟如泥切，昆吾有此刀。奇才君握管，使气我吹毛。斗石诚难计，乾坤自可豪。洪炉烦鼓铸，太璞快逢遭。秋水神可朗，崑山宝肯韬。及锋悬直试，迎刃解奚劳。声价千金值，丝纶一字褒。断金交道重，解佩陋伊曹。

## 赋得小雨初成十月寒（得寒字五言八韵） 以下光绪戊子

月已阳春届，风光未改观。半天零小雨，十日逗新寒。料峭闻檐滴，溟濛湿袖单。烟笼枯草白，气逼晓枫丹。岭上梅冲放，篱边菊罢餐。梁成人迹滑，寒远雁声酸。雪信留今酿，霜威入夜看。待当开霁后，暖意圣恩宽。

## 赋得老去羞无汗马功（得功字五言八韵）

回首千年恨，旂常汗马空。羞时惟笑骨，老去①竟无功。剑可明予志，鞭休策我躬。未能应自愧，相让与谁同。甘蹈庸人辙，难矜命世雄。发随残露白，颜趁夕阳红。熊虎围綦惯，麒麟绘阁工。暮年心尚壮，端不负宸裘。

## 赋得尧长舜短（得形字五言八韵）

稽古尧兼舜，虞书考帝廷。后先能媲美，长短竟残形。八彩昭神异，重瞳毓秀灵。心同咨警戒，象宛肖伶仃。尺寸嗤交陋，羹墙识孔铭。千秋垂骨格，一幅写丹青。鹤立传风度，龙文溯典型。荀卿留妙

---

① "去"，一作"大"。

附录一　赵衡诗文辑佚

语，万古誌香馨。

## 赋得心会真如不读经（得如字五言八韵）　以下光绪丙戌

莲花开世界，佛法幻真如。衔口经无读，冥心道自储。蒲团僧入定，贝叶字何书。诵习皆陈迹，深思得故予。身完清净果，舌笑广长虚。传钵珠光彻，拈花粟影舒。空空余磬寂，了了剩灯疏。神莫说仙远①，三乘悟最初。

## 赋得飞动摧霹雳（得摧字五言八韵）

飞下骚坛令，挥毫锐走雷。云烟铺纸湿，霹雳染翰摧。雨洗分题在，星驰索句来。虹腾文气远，电迅笔花开。叱咤千人辟，惊疑百里猜。临池原是露，刻烛尽成灰。神鬼声声泣，江山处处催。杜公诗里圣，并驾谪仙才。

## 赋得至今憔悴空荷花（得湖字五言八韵）

满满荷花放，当今望五湖。茫洋千里远，憔悴一身孤。胜地空如洗，游人寂欲无。波心清似点，月色剩常铺。两岸萦余草，扁舟掠乱芜。此时风味别，竟夜水声粗。怅望愁团盖，繁华瞬转珠。多情鱼共戏，何处问荣枯。（诗有佳联）

## 赋得至人贵藏辉（得藏字五言八韵）

辉岂终能秘，光芒万丈长。至人深晦养，大器贵珍藏。圣固由天纵，心知与世忘。智宜愚以守，道自暗然章。剑任锋全匣，锥嗤颖脱囊。虚堂澄镜影，幽谷味兰香。韫玉山完璞，怀珠水润芳。式金昭圣

---

① "远"，一作"缘"。

205

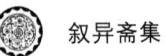 叙异斋集

德，拜手效赓飏。

## 赋得四皓有芝轻汉祖（得轻字五言八韵）

天下皆归汉，仙芝有亦轻。八荒高祖定，四皓子房倾。函谷团王气，商山傲晚荣。传香堪俎豆，得味厌戈兵。伯仲呼黄石，侯公薄赤精。犹龙追李耳，烹狗笑韩彭（李耳一人也，韩彭两人也）。薇采差堪拟，兰芳未可衡。失身缘吕后，高尚总为名。

## 赋得横槊尚传瞒相国（得曹字五言八韵） 以下光绪丁亥

作赋谁横槊，英雄共仰曹。千秋传相国，一世快挥毫。篡汉名难洗（句粗），吞吴气自豪。鸟飞明月夜，鲸立大江涛。诗酒悲穷骥，功名付钓鳌。三分成霸业，一管接风骚。志事伤朝露，经纶陋饮醪。至今游赤壁，惟见浪沙淘。

## 赋得笋蕨俱怒长（得俱字五言八韵）

几费东风力，怀春草木俱。笋芽窗外长，蕨色野横铺。不断烟如织，连番雨似酥。生机回昨夜，春意郁前途（此句圈）。竹解猫头活，薇萦鳖脚腴。柳人眠欲起，樵子梦全苏。邶卫歌青簌，齐秦异号呼。冕笼浮瑞气，咫尺接蓬壶。

## 赋得村春雨外急（得春字五言八韵）

到耳声何急，骚人梦易惼。连番听夜雨，不断响村春。寺远钟应湿，窗虚酒正醺。黑添云碓重，翠捲浪花浓。遥赴烟千缕，深穿雾几重。色留天漠漠，韵隔水淙淙。寒气团空宇，余音格远峰。诘朝开霁后，万树郁葱茏。

206

附录一　赵衡诗文辑佚

## 赋得飞电著壁搜蛟螭（得藤字五言八韵）

搜得蛟螭避，携来杖一藤。电飞明色耀，壁古著光凝。吹火奇情焕，挑云健气凌。蛇形红照澈，鹤胫赤翻腾。鳞爪纷纭出，垣方洞见曾。怪疑燃犀烛，神欲化龙乘。紫竹玲珑似，青藜屈曲承。昌黎工比拟，拂拭意为兴。

## 赋得扶藜上读中兴碑（得藜字五言八韵）

唐代中兴颂，碑高与岭齐。上怜鞋是葛，读竟杖扶藜。天子吹箫管，胡儿乱鼓鼙。朝闻王士北，夜出帝舆西。问罪①高杨大，论功李郭稽。肃宗诚圣②武，元结费标题。巍焕文成古，苍茫日向低。梧溪歌咏去，剩有草萋萋。

## 赋得甚莫苦爱高官职（得高字五言八韵）

爱也偏成苦，官阶甚恐高。只当思别绪，慎莫恋恩叨。味领诗书奥，形休案牍劳。池塘嗤梦③谢，札橄漫欣毛。手足堪偕乐，荣华岂自豪。学原追孔孟，名已陋萧曹。出没怜乌帽，归来谢锦袍。眉山奇气在，著作接风骚。

## 赋得露叶霜枝剪寒碧（得柑字五言八韵）

底甚生寒碧，园中快熟柑。叶兼枝并润，霜与露同酣。携客吟诗便，呼僮任力担。秋光来井畔，春色满江南。湛湛痕犹染，凌凌气共

---

① "问罪"，一作"罪问"。
② "圣"，一作"睿"。
③ "梦"，一作"劳"。

207

参。凝眸珠错彩，到口颊回甘。低衬阶前翠，遥拖岭上岚。东坡诗句在，佳品味醰醰。

## 赋得管乐有才真不忝（得才字五言八韵）

诸葛躬耕日，常称管乐才。扶危真不忝，一逝亦何哀。齐国成宏业，燕王筑蠹台。南阳先主顾，西蜀武侯来。指定曹兵慑，经纶汉运开。萧曹休比数，伊吕共追陪。千载风流在，当时柱石推。魏吴终恨事，日暮且徘徊。

## 赋得来降燕乃睇（得来字五言八韵）

羡尔知时燕，春和乃肯来。故飞情缭绕，转睇意徘徊。翠羽新携至，红丝旧约猜。双襟晨雾湿，一路夕阳催。耽阁愁今雨，差池静俗埃。乌衣层垒在，青琐半帘开。相识情如许，无言恨自媒。梁间明月上，宾主共衔杯。

## 赋得懒朝真与世相违（得朝字五言八韵）

安敢违心骨，随时去早朝。懒将余是问，不与世同器。花底人听漏，风中我弄箫。不为情恋恋，却自意萧萧。稚子琴堪抱，官僚酒莫招。附①羞攀骥尾，贵耻响鸾镳。杜甫诗曾诵，扬雄论作嘲。笑他谀谄者，鹤俸折其腰。

## 赋得况乃秋后转多蝇（得蝇字五言八韵）

料谓衙居好，谁知乃苦蝇。况当秋至后，转值夜长增。已是清光到，犹为暑气蒸。何来飞集此，邃欲扰相仍。逐臭寻香惯，趋炎附热

---

① "附"，一作"榞"，又作"枎"。

曾。犹能攒故纸，未许说寒冰。明月情知照，凉风力不胜。搅人昏未寐，窗下伴孤灯。

## 赋得鸟下见人寂（得人字五言八韵）　以下光绪戊子

静躁胡多异，相观物我真。飞来空见鸟，寂后下窥人。舞蝶酣幽梦，流莺话比邻。吟诗僧入定，学语客生嗔。宝相三生昧，珠喉一串匀。间关调管细，耽阁卷帘新。几度绵蛮巧，前宵笑语频。上林翘首地，鸳鸯沐恩均。

## 赋得弱云狼籍不禁风（得禁字五言八韵）

一任云狼籍，飘飘弱不禁。斜吹风力软，沉影月光淡①。缥缈留前浦，氤氲隔远岑。鱼鳞千点碎，羊角几回侵。林半烟同约，村中雨尚阴。摩天容作势，出岫总无心。霭若楼中笛，薰兮座上琴。至今成五色，向日献丹忱。

## 赋得芳草得时依旧长（得依字五言八韵）

掩映多芳草，冬余望尽非。有时欣得得，仍旧长依依。冷雪新年隔，东风昨夜归。前途寻别梦，尽目逗生机。触手兰蕙握，关情蕙茝霏。幽香闻久熟，净色腻何肥。树共长堤活，花争小院飞。枯荣原上感，著我惜芬菲。

## 赋得雷动蜂窠闹两衙（得蜂字五言八韵）

忽讶雷声动，窠前正闹蜂。两衙同扰扰，一簇甚匈匈。雨霁花初放，云深树欲封。蜜脾应未满，松发定仍松。花使如争路，阿香若失

---

① "沉影月光淡"，一作"淡认月光沉"。

叙异斋集

踪。砰訇疑虩虩，来往讶憧憧。乍见缘三径，遥听透几重。禁林韶景丽，庶汇庆时雍。

## 赋得独树花发自分明（得愁字五言八韵）

一树花齐发，花花迥不犹。分明都在眼，惆怅独添愁。朵朵风光腻，亭亭露色浮。交加形影赠，点缀叶英稠。红让芳盈浦，青连草满洲。寒烟萦半面，夕日照从头。物景犹如此，人情禁得否。少陵工此赋，□□□□□。

## 赋得蠹书懒架抛纵横（得抛字五言八韵）

蠹已残书透，纵横架上抛。好奇谁问字，爱懒我羞包。万卷琳琅富，千函锦锈淆。一丁非不识，二酉昔频钞。古籍难论价，傭奴敢代庖。鱼仙容竞走，獭祭莫轻嘲。户任微风入，门惟旧雨敲。然藜东观读，有道重神交。

## 示诸生①

遐夷都海外，自古绝不通。圣清有天下，面内常喁喁。叩门使献见，船舶交海风。置邸辇毂下，服杂言语哤。轻黠善反覆，国家一包容。其人类多智，默好深湛思。上步碧空杪，下戏黄泉荄。旁出溃八极，细入析一厘。其学形与名，在器不在道。其治富与强，德教荡如扫。其业迨父子，述继期于成。其政统上下，杂沓谋其平。其法工测算，糅合与析剖。始粗终至精，神奇出朽腐。始弱终至强，羸尰变豺虎。运重以至轻，千钧举一羽。驭远以至近，万里累一黍。凡此皆微学，乃数之极致。入礼乐射御，加书曰六艺。兴王皆有时，流衍各有地。我中绝不传，守乃在四裔。近百余年来，治其术益精。自天地空

---

① 辑自吴闿生编《吴门弟子集》卷九，中国书店2009年版。

附录一　赵衡诗文辑佚

气，洎万物成形。取材逮尘缁，利用连奥清。毫厘辟千里，冰炭镕一型。幽冥不可思，淫衍无能名。化光动静重，各以其学鸣。及制为器械，创古所未有。假物使工作，旁观人袖手。赢余溢龙珠，本值但牛溲。车行木作轨，后又更以金。大陆失修阻，迅速遗飞禽。掉舟始用火，近思鼓以气。入水如飘风，环瀛达烟燧。礧硠震电气，取之以传命。倏忽神非神，万里接睹听。智创巧者述，皆我之绪余。挟术游内地，有如反哺乌。（吴闿生曰：此语未是。当时论者谓西学导源皆自中国，因谓其窃我之绪余，此妄说也。）天启大神圣，庙堂摅远谟。骈巘本无外，安容限方隅。予嘉乃技艺，可道吾民愚。自昔人有言，贤者与变俱。小拘坐智井，芒不知可否。曰彼安有善，粟秕苗之莠。必痛断乃止，否则有后咎。大地九万里，海为物最钜。水居十之七，余分大洲五。亚美欧澳非，强半据岛屿。大国三十余，小以百千数。德不能尽化，力不能尽取。立政要自强，夫谁敢予侮。昔舜舞有苗，大禹袒裸国。武灵亦胡服，骑射拓疆域。汉武开四夷，首蓿足马食。始皇画中外，万里长城填。夷人慴威武，今犹名我秦。陈吴奋白梃，刘项绝其咽。过强患在内，积弱尤在边。览史数前事，果孰得孰失。日者倭构衅，朝鲜饱饕餮。言官冥目谈，孤注掷王室。樊哙固尝斩，赵括不可率。前车后车鉴，南边又喋血。蛮胡易怨变，昔人已有言。好人怒则兽，耆乱如趋羶。简节而疏目，控驭之蹄筌。况今诸蛮胡，尤非昔时比。四塞以为固，美独据有美。上下饱而嬉，物产累山垒。俄横跨欧亚，论者比之秦。开关斗六国，闭关噬比邻。探囊括四海，首与尾一身。英法德奥义，错处欧罗巴。同舟尽敌国，入室皆操戈。英常执牛耳，有耀光自他。属地遍天下，摄极星为罗。全倭著太空，小仅一丸耳。与我同亚洲，投袂奋然起。西人闻之警，太息不能已。介此屈强问，胡为不知借。贱彼而贵我，小智终多蔽。夏人使绝域，自张骞凿空。宣明汉威信，采俗习夷风。郑吉踵而起，开幕西域中。通知四夷事，充国称元戎。以至延寿汤，遂成千载功。鼓物风最神，超忽数万里。汉自武至元，不过数十载。晓习外国事，奇材踵而起。今上求异能，谁与可青史。岂容妄尊大，概量我不齿。儒究天地人，一物不知耻。屈首拘一墟，不复问四海。曰我知唐虞，唐虞忽没矣。理乱资古今，兴亡切彼

叙异斋集

已。在昔姬周衰，七国争雄雌。策士竞功利，孟叟卑不为。规模魏齐肿，指画滕薛嬴。若烛照龟卜，如数计图披。豪杰识时务，往古皆如斯。今者环海通，万事异前古。天子弘远谟，势欲混区宇。名参彼之长，实以取为与。使暗昧耀光，疏逖覆襜庬。于是封泰山，禅云云梁父。驰思乎参两，同符乎三五。听者音未闻，观者旨末睹。万口哄訾謷，犹虻使咋虎。鲲鱼游天池，渔者视网罟。噫嘻乎悲哉，不可与庄语。（吴汝纶曰：五言盛轨自樊川《秋娘诗》后仅见斯文。吴闿生案：此诗议论词藻多本于先公文集，独其字句崛奥，气体渊雅，如读扬马词赋，具见作者本领。）

# 附录二 赵衡研究资料汇编

**1. 姚永慨著，江小角整理：《姚永慨集·陶庐文集序》，安徽教育出版社2014年版，第252页。**

光绪壬辰癸巳间，吴至父先生方主讲莲池，馆我于院中。昕夕纵谈，则闻北方文学巨子，首推新城王晋卿、武强贺松坡。久之，松坡自冀州来，相聚十余日，为余题《西山精舍图》以去。晋卿先生则官蜀、陇、新疆，余寻亦南归。国家多故，变乱相寻，自念生平倾慕之人，不知会合在何日也。

乙卯年，余来京师，晋卿先生方任参政，因得相见。先生诵余文大喜，为之序。悉发其橐中文，已刻若未刻，凡数十篇。余读之，光气发见，万怪皇惑，而一准以规矩，尤工为长篇。盖先生少善骈偶之文。自交吴先生，索观其古文，笑曰："此非晋卿之文也。"先生始不服，已取《太史公书》以下治之数月，试作数篇以示吴先生，乃曰："此真晋卿文矣。"于是尽屏骈偶，专治古文，而先生之文成。松坡既殁两载，相国徐公为刊其遗稿。松坡之文敛其才于学之中，先生能发其学于才之内，信乎皆豪杰之士也。

始，吴先生官直隶也，以兴学为务，尤重择师。其知冀州，欲得先生，而黄子寿方主修通志，倚先生，靳不肯与，腾书互争，李文忠和解之，令先生居冀与志局各半岁乃已。而同时教于冀者，为通州范肯堂当世。先生既去，继之者则松坡。松坡教冀土最久。肯堂弟子尤者为李刚已，刚已得进士，令山西，死年未四十。赵湘帆衡者，先生及松坡弟子也，文亦雄健，名重于世。

今先生门下士将葺先生未刻之文，续刊以行。先生属序于余，因举数十年北方文学文承传以为言，亦以见先生之文关于盛衰之故者大也。

2. 赵熙著，王仲镛主编：《赵熙集》，浙江古籍出版社 2014 年版。

## 怀湘帆

北道韩徒出，文章天下才。青山元气厚，素学古风回。近病闻高卧，殊方各劫灰。冀州横四海，谁渊屈平哀。（第 257 页）

## 高山流水

怀冀州赵湘帆衡，是名能古文辞者，自宣统后不相见，用梦窗韵

故人一别五秋风。老余生，双鬓如葱。前世望长安，凉天碣石旧鸿，年年是战血腥红。西飞燕，身世依然是客，奇迹雕栊。撰东京杂记，一一梦华浓。

霜中。寒梅作花了，茅屋在，鸭涨牛宫。天外冀州山，涧石定采蒲茸。画蛾眉，揽镜难工。唐经事，应仿昌黎素业，间气天钟。莽燕云杳杳，消息雁书慵。

（清宣统时与赵湘帆相识于北京，回荣以后，尝撰集在京时与朋辈宴乐所作"诗钟"，曰《香宋杂记》。时湘帆依徐世昌，倡四存学会，人多非之，故有画蛾眉之句。）（第 1056 页）

3. 李崇元：《清代古文述传》，商务印书馆民国三十二年铅印本，第 102—103 页。

## 王晋卿先生（李刚己　赵衡）

王先生树枏，字晋卿，直隶新城人。祖振纲，以名进士都讲郡城，门下著籍者数千人。其学始于兵农礼乐河渠地理，旁及释老卜筮相等家言，靡不详究，而归本经学。于朱子为宗，务居敬穷理。子诠，侍业治诗。先生承父祖后，濡沐先业，早惠凤成，锲学不舍，老而弥笃，复为北方大师。光绪间吴挚父先生主讲莲池书院，称北方文学，必首先生及武强贺松坡先生。先生始好为骈体之文，自交吴先生，索观其古文，吴先生笑曰："此非晋卿之文也。"先生始不服，已取太史公书以下治之，数月，试作数篇，以示吴先生，乃曰"此真晋卿文矣"。于是尽摒骈偶而

专治古文。又潜心群经诸子，实事求是，一本之故训。其考舆地，及纪泰西列国事，皆精碻而具史裁。吴先生之知冀州也，以兴学为务，尤重择师，欲得先生。而黄君子寿方主修通志，倚先生，靳不肯与。腾书互争。合肥李文忠公，方督直隶，和解之，令先生居冀与志局各半岁，乃已。先生著书四十余种，凡百八十余卷。所为古文词，光气发见，万怪皇惑。尤工为长篇，而谨守家法，一准于规矩，于方、姚诸先生之绪论，尤津津道之不厌。其为书虽浩博而戾于道者鲜。所著文曰《陶庐集》。自贺先生殁后，至今北方言文学，必推先生。论者谓贺氏文敛其才于学之中；先生则发其学于才之内。门下著者，南宫李刚己，刚己；冀州赵衡，湘帆。亦并工文。二君又尝受业贺氏及通州范伯子，皆称一时文学之彦。

**4. 刘声木撰，徐天祥点校：《桐城文学渊源考》，黄山书社 1989 年版，第 290 页。**

赵衡，字湘帆，冀州人。光绪戊子举人，官候选教谕，师事吴汝纶、贺涛、王树枏，受古文法。其诗文能窥古人崖岸，循途守辙，兢兢焉尺寸不敢逾越，其独到处或可智过其师。撰《叙异斋文草》三卷。

【补遗】赵衡，主讲文瑞书院七年。读书信都书院几二十年。吴汝纶授以方、姚、梅、曾相传古文义法；贺涛又出诸家评点旧册恣之探讨；得顾、王考订之学于王树枏。专力于文学，其文锤凿幽冥，融金开石，翔潜于浩渺荡谲之境。散遏掩抑，骚骇听睹，若湖海之吐纳蛟螭而时露其笋帘；实有独到处，他人莫能及，断然为一代之文。平日丹墨罗列规模绝乙，冥心孤往，索解于圜锐杂糅之标识；于无语言中开其会悟，无文字处识其旨趣，怳若古人之声叹笑貌，藉诸家所圜所锐者傧介之而亲与周旋。衡既能观其通，平昔所学训诂悉为驱使，名物悉来附丽，宙恢芒剖，细大从心，状人所难状之物，发人所未发之理，凡有造述，假道韩氏，上窥历代，承嬗斯文之传。尝谓："不能文而高语性命，皆溲渤也；不能文而泛言考证，皆糟粕也；不能文而侈谈事功，皆瓦砾也。"平生所阅历经史有一字之泥，一义之滞，旁引曲证，诂解冰释，签附卷内者凡数百条。撰《叙异斋文集》八卷，《诗集》四卷。

**5. 张舜徽：《清人文集别录》，中华书局 1963 年版，第 633—634 页。**

《序异斋文集》八卷（一九三二年刻本），冀州赵衡撰。衡字湘帆，乃吴汝纶及贺涛课冀州时所得士。师事涛尤久。涛门下从游者甚众，而衡才为最高。涛称其深于史学，故论史诸作，皆有不刊之论（见是集评语）。今观其识议之佳者，如谓"古之能治天下者，莫不有愚天下之具。自唐虞迄周，愚天下以礼、乐；自汉迄今，愚天下以诗、书。礼、乐之兴，能使人拘；诗、书之行，能使人迂。群天下之人，夺其智勇，黜其辩力，而惟从水于拘迂之途。黄小穷经，至白首尚不能通，而昕夕无暇。上之人为所欲为，天下岂有不顺之民。吾固以为秦始皇之燔书坑儒，为不知治天下之道也"（是集卷一《河间献王论》）。此论至奇，为昔人所不敢道。至于论定"史迁叙夏、商、周三代为三本纪，而于秦独别始皇为二，乃实为武帝而作。始皇、武帝行事相类，故藉叙述始皇事迹，以发其不平之意"（卷一《书始皇本纪后》）。斯则逞臆而谈，大失史公著书之旨矣。史公著书，恒详近而略远。故五帝合为一纪，夏、商、周各成一纪。至秦，既有《秦本纪》，复有《始皇本纪》；至汉、则自高祖以迄武帝，每人自为一纪，皆明例也。其书言秦汉事独详者，以闻见亲切，采访易周耳。衡昧于古人著书义例，而漫为论列，终不免文士之见矣。衡尝奉手问业于王树枏。亦从徐世昌受所谓颜、李之学。及世昌当国，衡出入其门，掌书记。受世昌旨，取颜元《存人》《存性》《存学》《存治》四编之义，倡四存学会。是集卷七有《颜李丛书序》，所以发明其意也。卒后，世昌为刊行是集。

**6. 徐成志、王思豪主编：《桐城派文集叙录》，安徽大学出版社 2016 年版，第 320 页。**

赵衡（1857—1926），字湘帆，冀州（今属河北省衡水市）人。光绪戊子（1888）举人。官候选教谕。徐世昌当政时曾为掌书记。衡先后师事吴汝纶、贺涛、王树枏受古文法。贺涛门下从游者众，而衡才最高。刘声木云："其诗文能窥古人崖岸，循途守辙，兢兢焉尺寸不敢逾

越，其独到处或可智过其师。"（刘声木《桐城文学渊源考》）

《序异斋文集》八卷，赵衡文集。民国二十一年（1932）刻本，水竹村人徐世昌题签，共八卷。卷首有徐世昌《序》云："余以授受渊源，途辙昭然，为后学所宜取法，不可以无传，因为付梓以布于世。"知是赵衡去世后五六载，徐世昌为其付梓。书前有卷数、目录。内容为传、史论、寿序等，尤以墓表、墓志铭为多。

**7. 梁淑安主编：《中国文学家大辞典·近代卷》，中华书局1997年版，第315页。**

赵衡（1865—1926），字湘帆，河北冀县人。幼随父学，又从金正春学李恕谷小学，遂即笃嗜六艺。试于郡，文采斐然，为冀州（今冀县）知州吴汝纶所激赏，补弟子员。入信都书院，受业于贺涛门下，从王树枏学顾、王考订之学，得吴汝纶、姚鼐、梅曾亮、曾国藩古文义法，受贺涛研讨诸家评点旧册之学。光绪十四年（1889），举于乡。二十一年，大挑二等，得候选教谕。不赴。任信都书院监院。后应深州（今深县）文瑞书院聘，执教七年。晚年至京师，徐世昌聘其为礼制馆编辑。1918年，徐世昌任大总统，又充徐公府秘书，并编《颜李师承记》。张凤台取颜习斋存人、存性、存学、存治之意，倡设四存学会，赵衡任副会长。与赵熙、易顺鼎、吴闿生交游。文宗桐城派吴、贺之说，溯追曾国藩及唐之韩愈。发为文章，"锤凿幽冥，融金开石，翔潜于浩渺荡潏之境。散遏掩抑，馺骇听睹，若湖海之吐纳蛟螭而时露其笋帘也"（齐廑蒂《湘帆先生行状》）。著有《叙异斋文集》八卷。生平事述见（河北省）《冀县志》卷十九。

**8. 杨增荦，《仁智林丛刊》1926年第3期。**

### 移居答赵湘帆见赠

避喧颇不易，一岁三移居。何物使心动，所经皆梦余。几时辟岩薮，与子笺农书。尽涤身外虑，因之游太初。

### 柬湘帆

往约湘帆入山著书，卜之近畿西山与洪州西山，两俱未遂，赋此解嘲。

梦中两西山，相望南北斗。斗南蔚以幽，斗北童而厚。入山思著书，何者真不朽。境乃身之庞，文亦道之垢。所以古达人，寓诸无何有。

9. 齐赓芾，《四存月刊》1922 年第 15—16 期。

### 湘帆先生用泰西摄真法为《寒夜课子图》奉题

伏老经图授未残，仪容展向鲤庭宽。奇觚急就督承诏，幻境空明笑正冠。器自童年观予季，灯将书味溢更阑。屠龙艺谱有家法，白首门生试捧看。

# 李刚己集

# 目　　录

**李刚己先生遗集序** ………………………………………（227）

**卷一　诗（附词四首）** ………………………………（228）
　　冀州宅中用通州先生赠别桐城先生韵，兼呈两先生
　　　（此以下在冀州作，丙戌）………………………（228）
　　画地作书，取落叶为戏，口占一首 ………………（229）
　　读孟子 ………………………………………………（229）
　　立秋呈范先生 ………………………………………（229）
　　晓晴 …………………………………………………（229）
　　深州桃 ………………………………………………（229）
　　和孟君燕 ……………………………………………（230）
　　上范先生兼简子城兄 ………………………………（230）
　　望月 …………………………………………………（230）
　　秋风动和孟君燕（丁亥）……………………………（230）
　　过赵北口（戊子）……………………………………（231）
　　春日杂咏（庚寅）……………………………………（231）
　　怀魏征甫（此下在保定作，壬辰）…………………（231）
　　拟郭景纯游仙诗七首 ………………………………（231）
　　怀濂亭先生关中（癸巳）……………………………（233）
　　游城北朱氏园用王荆公杭州修广师法喜堂诗韵 …（233）
　　寿徐椒岑先生 ………………………………………（233）
　　哭外舅朱公（乙未）…………………………………（234）
　　和答辟疆见赠之作元韵（丙申）……………………（234）

依前韵再和辟疆 …………………………………………………（234）

书辟疆诗后 ………………………………………………………（235）

辟疆见和仍用前韵答之 …………………………………………（235）

阴雨闷坐怀范先生并吴、刘诸君 ………………………………（235）

连日与辟疆唱和而君昂暗无一语，戏以长句相挑，想仲达
　　读之，亦当发愤，谋为泰山一掷也 ………………………（235）

题傅润元《红拂解妆图》 ………………………………………（236）

登莲池假山 ………………………………………………………（236）

莲池晚眺，用辟疆挑济生诗韵 …………………………………（236）

怀孟君燕 …………………………………………………………（236）

哭濂亭先生（改旧作）…………………………………………（237）

月夜庭中独步 ……………………………………………………（237）

效君昂和姚锡九诗元韵 …………………………………………（237）

再依前韵效作一首 ………………………………………………（237）

赠君昂 ……………………………………………………………（238）

和辟疆登台元韵 …………………………………………………（238）

再用前韵和作一首 ………………………………………………（238）

同乡诸子会饮，归来已大醉，三次前韵 ………………………（238）

病愈寄平西 ………………………………………………………（238）

赠济生 ……………………………………………………………（239）

赠济生 ……………………………………………………………（239）

用黄山谷双井茶韵赠辟疆 ………………………………………（239）

君昂见和前作仍依前韵奉答 ……………………………………（239）

辟疆见和再依前韵答之 …………………………………………（240）

连日与君昂、辟疆唱和甚欢，念仆不久当去，恐将来游宦
　　四方，此乐不可多得，辄复用山谷松扇韵作小诗一篇 …（240）

再叠前韵 …………………………………………………………（240）

送姚笃生之桐城 …………………………………………………（240）

辟疆以诗送别，即次原韵答之 …………………………………（241）

和辟疆元韵 ………………………………………………………（241）

目 录

再依前韵赠辟疆 ………………………………………… (241)
感兴用辟疆韵 …………………………………………… (242)
怀凯臣二首 ……………………………………………… (242)
怀平西 …………………………………………………… (242)
哀任丘许烈妇 …………………………………………… (242)
感兴 ……………………………………………………… (243)
和辟疆元韵二首 ………………………………………… (243)
赠汉卿同年二首（此下在太原作，己亥）………………… (243)
感兴二首 ………………………………………………… (244)
书怀二首 ………………………………………………… (244)
怀凯臣 …………………………………………………… (244)
赠丹阶 …………………………………………………… (245)
梦吴楷臣（此下在湖北作，辛丑）………………………… (245)
和蒋艺圃挽吴凯忱 ……………………………………… (245)
和蒋艺圃重挽吴凯忱 …………………………………… (246)
和蒋艺圃放浪吟 ………………………………………… (246)
和蒋艺圃六言 …………………………………………… (246)
桐城先生持莲池毁后图象见视属题，敬赋绝句
　（在保定作，壬寅）…………………………………… (247)
县斋书怀（此下在静乐作，辛亥）………………………… (247)
初见白发有感 …………………………………………… (247)
示葆初、葆光 …………………………………………… (247)
秋叶病起庭中散步 ……………………………………… (247)
题天柱山龙泉 …………………………………………… (248)
早雁（感于中俄近事而作）………………………………… (248)
即事 ……………………………………………………… (248)
病卧 ……………………………………………………… (248)
思归 ……………………………………………………… (248)
读桐城先生遗集 ………………………………………… (249)
过村间废圃 ……………………………………………… (249)

223

登城有感 …………………………………………………（249）
读范先生诗 ………………………………………………（249）
村行即事 …………………………………………………（249）
寄吴辟疆 …………………………………………………（250）
口号遣闷 …………………………………………………（250）
庭中双桂连日盛开，漫咏遣兴 …………………………（250）
蒋君次贤送菊数种，甚佳。比闻邑中菊事颇盛，拟俟九日，
　循津沪故事，遍征群品，校其高下异同，以博一笑。预作
　小诗报之 ………………………………………………（250）
苦雨遣闷，用杜工部秋雨叹原韵 ………………………（251）
过赵王城（相传为武灵王驻兵处） ……………………（251）
怀武强贺先生 ……………………………………………（251）

词

感旧并索济生和章（满庭芳，用秦少游别意韵） ……（251）
晚间济生连作二词，追悼旧游，感愤时局，凄音苦节，
　令人不忍卒读。仍用前调前韵，和成一首，以通其
　怫郁焉 …………………………………………………（252）
济生读前篇结末数语，以为古来英雄豪杰、文人学士，
　或功成业立，或日暮途穷，乃始遁身于此，尚非吾辈
　所宜言。因究极鄙说，推之至于无垠，而终以"却
　试问，蒲团入定，坐老几晨昏"之语相戏，乃益为
　荒诞不经之辞以答之（前调前韵） …………………（252）
夜读《史记》感事，兼怀范先生（前调前韵） ………（252）

诗（补）

读六国表 …………………………………………………（253）
读管晏列传 ………………………………………………（253）
追和江文通杂体（元韵） ………………………………（254）
　古别离 …………………………………………………（254）
　刘文学感遇 ……………………………………………（254）
　李都尉从军 ……………………………………………（254）

# 目 录

班婕妤咏扇 …………………………………………（254）
阮步兵咏怀 …………………………………………（254）
张司空离情 …………………………………………（254）
陆平原羁宦 …………………………………………（255）
左记室咏史 …………………………………………（255）
刘太尉伤乱 …………………………………………（255）
陶征君田居 …………………………………………（255）
附原唱（前为"秋风动和孟君燕"）…………………（256）
又七律一首 …………………………………………（256）
又阎凤华作一首 ……………………………………（256）

## 卷二 文（附函牍二十篇）………………………（257）

村居赋 ………………………………………………（257）
故记名总兵鲍公碑 …………………………………（257）
读苏明允《权书》第八 ……………………………（260）
濂亭先生七十寿序 …………………………………（260）
读《法言》重黎、渊骞二篇 ………………………（261）
拟昭明太子上《文选》表 …………………………（262）
续皇甫持正《谕业》 ………………………………（263）
拟修保定曾文正公祠碑 ……………………………（265）
《毛诗·采芑》传"言其强美，斯劣矣"解 ………（266）
拟集录齐、鲁、韩三家诗序例 ……………………（267）
书《史记·万石张叔传》后 ………………………（268）
再书《万石张叔传》后 ……………………………（269）
拟韩退之《感二鸟赋》（并序）……………………（269）
拟张燕公《畏途赋》（用元韵）……………………（271）
汪星次墓表 …………………………………………（271）
合肥相国八十寿序（代）……………………………（272）
祭吴先生文 …………………………………………（273）
姚母蒋太宜人七十寿言 ……………………………（275）

225

《中小学堂古文辞读本》序 …………………………………（276）
《左传文法讲义》序 ………………………………………（276）
函牍（附）
  致鹿相国函（代张筱帆中丞作）……………………………（278）
  送游学日本诸生训辞（代张中丞）…………………………（278）
  致江苏某中丞函（代山西戒烟会作）………………………（279）
  家书（七通）…………………………………………………（280）
文（补）
  读《汉书·张禹传》书后 …………………………………（285）

## 原书附录 ……………………………………………………（287）
  李刚己传（南宫刘登瀛）……………………………………（287）
  李刚己墓志铭（桐城姚永概）………………………………（289）
  李刚己墓志铭（冀州赵衡）…………………………………（290）
  李君刚己墓表（盐山贾恩绂）………………………………（292）
  先府君行述 …………………………………………………（293）
  刚己字辞（通州范当世）……………………………………（296）
  李刚己传（桐城吴闿生）……………………………………（297）
  先公文集辑刻跋语 …………………………………………（299）

## 附录一　李刚己研究资料汇编 ……………………………（300）

## 附录二　李刚己的诗文创作与文学思想 …………………（321）

# 李刚己先生遗集序

　　刚己既殁，求其书，得文廿篇、诗词百十三首、函牍十篇、《西教纪略》三卷，以付其子刻之。乃为之序曰：

　　嗟乎！如刚己者，信所谓不世出之豪杰者也。其大者，既已契乎前圣，达乎幽眇。区区求之于语言文字之间，则其人之精微固已隐矣。虽然，古之圣哲君子所自得以待于后者，莫不如是。世有豪杰之材出，因其文以求之，固可以通其意，惜多散佚，不得观其全；然苟不相知，即尽传何益！陆士龙曰："文章诚不贵多，此不可以为凡人言者也。"昔王介甫之论王回，以为可几扬雄、孟轲；而韩退之盛推李观，侪之李白、杜甫之列；李长吉死，杜牧、李商隐之属争叹之。三子皆不幸早世。今回所为不大显，观之才虽足有为而未极其至，长吉之诗则至矣，世亦不甚知之。士之难知也如此。

　　嗟乎！如刚己之文，岂观之徒所可望。其诗亦不下长吉。至其意量之，所存则介甫之所以称回者，固可以当之而无愧也。惜乎独不得如退之者而论定之也。民国六年六月桐城吴闿生序。

# 卷一　诗（附词四首）

## 冀州宅中用通州先生赠别桐城先生韵，兼呈两先生（此以下在冀州作，丙戌）

高山屹相并，举世所瞻依。品谊当天出，文章极古稀。教言能记忆，书味本芳馡。感触因成志，披吟欲动机。纵怀天内小，开卷古人非。（范先生评曰：此指伪书。）（吴先生评曰：不必专斥伪书，具此解识圣贤豪杰恣所欲到矣。）

歧路难分愿，周行久独睎。（范先生评曰：措一"久"字，其局立换，此神勇也。）

此钱当万选，来试有群讥。红雨花疑落，青云鸟竟飞。雉犹劳凤顾，龙尚爱鱼肥。欲作山千仞，初阶土四围。（吴先生评曰：自造奇语。）铭心真已固，有命岂能违。微石泰山积，细流沧海归。好书吾尽有，大禄尔何祈。道欲探精奥，情真似渴饥。穷年恒兀兀，入室庶几几。成败皆天意（吴先生评曰：志趣识度，岂小夫所能解），姑为慎钵衣。

（范先生评曰：此作之惊人，乃又当数倍于昨日之文。此子得道之猛，虽六祖之一夕顿悟何以过。而令我抚中自问，平生所受师门笃训，千言万语，强半遗忘，可为痛心。我何足以范此子哉！挚父先生非上智不传。而过意与我，尚非其人。愿以平生所得于文正公者，一付诸此子，而益非我之所敢忝然并居者也。）

（吴先生评曰：相此儿所诣，便已突过老夫，那不诧为奇宝！故知殊尤环玮之才，率由超悟，不藉声闻证禅也。近日强留肯堂，自愧老荒，不能相与上下追逐，得此儿相从问学，不负范公此行矣。）

## 画地作书，取落叶为戏，口占一首

官阁为儒日月深，绿纱窗外写闲心。时扶老树拈花笑，更立长街听鸟吟。几阵和风空外度，无端妙绪静中寻。烟花三月离家候，转盼庭槐布午阴。（范先生评曰：情景交融，雅人深致。）

## 读孟子

神降尼山后，灵归邹峄中。光犹存大火，人孰慕王风。时雨滋心内，朝阳在我东。岂真群圣统，千古竟濛濛。（范先生评曰：光芒万丈。）

## 立秋呈范先生

仰陪夫子下阶吟，呜咽鸣蝉向我喑①。半月偎城动凉色，一风入木作秋音。星云高灿还相媚，雾雨横凄忽见侵。应有列仙在空阔，徘徊不下暝烟深。（范先生评曰：置之姚氏《今体诗钞》中，亦殊尤之作。真可喜也！）

## 晓　晴

怒雨暴雷山奔撞，顿飞缥缈之霁光。孤鹤啾啾万峰静，柏松枯翠森雪霜。大鹄凌秋五千里，飞云明灭追鸾凰。脚踏绝空峭独立，溟溟海岳烟低昂。

## 深州桃

豆②疏瓜冷碧桃酣，风味清深夙所耽。旧部进鲜君子喜，封疆作贡县官惭。秋飞老圃多萧瑟，霜落孤林岂郁醲。极望寒空最高树，冥冥雾

---

① "喑"，原本作"瘖"。
② "豆"，原本作"荳"。

李刚己集

露抱仙昙。(吴先生评曰：后半卓然大家，盖学杜之雄者也。)

## 和孟君燕

君歌我唱互相听，小树含悽晚更鸣。心到秋天亦萧瑟，人从月夜得空明。雁飞或向吾家去，龙吷时闻别院惊。仰笑芳园一摇落，菊花何日动孤城。

## 上范先生兼简子城兄

花香能醉枝头蝶，蝶亦绕枝不忍飞。有鸟啼呼下空阔，向花深处恋晴晖。六街风动沙尘遍，念尔鲜衣归不归。(范先生评曰：此诗忠厚之至，可与言三百篇矣。)

## 望 月

皎皎月华冷于秋，曾照我祖诗酒楼。我祖精灵化明月，播扬清辉贻我谋。照我弹琴响泠泠，照我读书声悠悠。我作此声散月下，不问他年何人收。(末二句吴先生评曰：此便是太白意境。)

## 秋风动和孟君燕（丁亥）

秋风动，悲秋风，长日西下天雾蒙。山薮翁郁稀人踪，蒿莱极望奔狐㹢。大火飞灰烟瑟瑟，寒焰作磷①鬼懵懵。(吴先生评曰：此殆所谓高歌有鬼神者乎。)亭立浑茫日不转，两仪荒黑奚有穷。君不见，四天高，万星浓，杂光错点向极冬。君不见，大江莽阔水奇兀，黄河急溜破天窾。雷訇訇，风颰颰，仰涛俯波下溟渤。(吴先生评曰：气势驱迈，雄怪惊人。韩门以镌镂造化为能事，孟、李二子，真范公之郊、翱乎！)

---

① "磷"，原本作"燐"。

230

卷一　诗（附词四首）

## 过赵北口（戊子）

行李仓皇暮未休，前途烟水更悠悠。岸收罗网鱼争窜，浪打蒲荷叶乱流。汉季英雄如过鸟，赵家明月入行舟。区区长抱图南志，数仞蓬蒿亦可游。

## 春日杂咏（庚寅）

几时独树卧荒园，弱质经冬强自存。雪压枝条春未上，地中长郁百年根。

过眼秾华此地残，自擎勺水种秋兰。只今寂寞无人赏，看尔孤芳入岁寒。（贺先生评曰：奇警。）

## 怀魏征甫（此下在保定作，壬辰）

君才似鹰隼，培风翎翮壮。纵使凌高秋，百鸟未可傍。中岁困长饥，辽天还欲放。摩霄势不能，摧折落尘网。我本拓落人，幼年颇率妄。知者惟孟刘，余子多消谤。见君广坐中，意气飞精爽。幽兰出蓬蒿，孤菌生粪壤。仓卒遂订交，辗转成至赏。冀州风雨夕，对酒歌慨慷。怆悽夜灯暗，磨飐风叶响。即景各酣嬉，抚事反惆怅。入山有龙蛇，涉世逢魍魉。欲断悲生肠，曾无剑在掌。日月几代更，离合殊今曩。昨得报我书，略识家居状。历境诚难凭，定志谁能枉。学道如治军，成败要自强。一旅尚可兴，三北何足创。要及沛公帝，无为苻坚丧。我欲观戎行，君当陈轏鞅。（范先生评曰：气体陈雄。）

## 拟郭景纯游仙诗七首

扁舟行沧海，晓夜无宿栖。苍苍横烟雾，何由见蓬莱。悬圃产瑶草，满地同蒲荑。欲上撷其秀，惜无万丈梯。日为羲和驭，月有后羿妻。昔日金华子，终岁自牧羝。斯须变化间，谁识跖与齐。

老聃未知道，何况庄周子。灵蠢千万族，糁洒一尘里。西方有至人，高行接我耳。深宵日月际，神仙排云起。万里饷我餐，五味不复齿。颇欲执贽从，长作冥栖士。自适谅不能，佻鸠何足使。

世途日昏昧，被服惜芳鲜。每读列仙传，慨然念林泉。林泉亦何有，寥落浮荒烟。幽兰不盈佩，萧艾或没肩。明月照我衣，流光盈万山。此境难骤得，临风动哀弦。视息几何日，局促无穷年。

宫阙罗太清，云是紫皇舍。丹霄几万程，俯视渺夷夏。我来问丹诀，奇说足惊咤。前身曾见之，中被俗缘化。一览开天真，尘埃从此谢。语罢西溟昏，迟返蛟龙驾。

风波满天地，欲济时无舟。纵使寸草力，难障江海流。安得遗尘迹，逍遥任风游。玉山有琪树，长养足春秋。孤鹤亦无倚，迟尔来相投。①

传闻东海上，壶峤接蓬莱。来往皆羽士，戏遨等僮孩。彩云覆琼馆，天浆酌金杯。宓妃与玉女，趋走承其颐。俯仰一室内，珍怪倾八垓。古来贤智人，欲往多遗灾。悲风击秦柱，蔓草荒燕台。吾疑神仙境，豢②养皆凡才。

西风吹众绿，仓猝已成白。繁花尽枯槁，百植无滋液。当春树蕙兰，相恃如金石。雪霰尚后时，摇落及今夕。纵复事灌溉，何能饫精

---

① 此诗原本与上诗合为一首，诗意既不联属，用韵又各别，今析为二首。以成七首之数。

② "豢"，一作"酣"。

魄。历险逾冰霜，受质非松柏。拂衣谢故人，浩荡凌霞客。（吴先生评曰：奇思壮采，勃郁奋动，无一字凡响。）

## 怀濂亭先生关中（癸巳）

斯文百代发雄光，旧六渊源到此长。晚抱遗经向函谷，世留绝学嗣湘乡。好贤六一今无继，受业三千已半亡。耆旧如公几人在，栖迟零落为时伤。

## 游城北朱氏园用王荆公杭州修广师法喜堂诗韵

园中景物无奇殊，嚣尘不到清有余。晚花向人愈媚好，老树蔽日犹扶疏。我来时当秋之季，玩花倚石连晨晡。坐无丝竹与樽酒，俯仰自足忘忧虞。城西废园郑氏旧，当时亭阁连空虚。繁华弹指百年尽，碎甃乱石堆崎岖。盛衰反覆只一瞬，风尘不返宁非愚。一丘一壑自可乐，吟眺何必山与湖。（吴先生评曰：辞气驱迈，后半神气俱变，近似古人。）

## 寿徐椒岑先生

胸中奇气本峥嵘，身世艰危愈不平。岂独高谈倾六国①，真能飞檄下千城。河山已罢龙蛇斗，屠贩皆邀带砺盟。谁见拂衣鲁连子，荣名万古一毛轻。

纵横天马冠群才，今日②长鸣入世来。百尺元龙豪气尽，九原随会后人哀。（椒翁曾在曾、胡诸公幕下。今老矣，穷无所归，客于天津。思之慨然。）不闻太学征三老，翻用空文照八垓。倒海鲸波随事动，刺天鸾翮任风摧。

---

① 一作"四座"。
② 一作"日暮"。

 李刚己集

## 哭外舅朱公（乙未）

天风扬海波，大地随飘荡。浮世茫无根，顷刻迷归向。客此今四年，三归哭死丧。哀哉一不归，妇翁遽黄壤。翁本淳朴人，童年违父养。读书百无获，孤寡茕相傍。外接乡里欢，内营甘旨饷。往往饥肠鸣，辘辘震闾巷。晚节境颇丰，爱子复夭枉。零落惟一身，忧勤逾万状。报施乃如斯，神理诚惝恍。贱子狂且愚，幼腾百口谤。萝蔓附蓬麻，安能逾寻丈。孰知巴与里，谬蒙钟期赏。听彼瓦缶鸣，隐若金石响。拭眼望云霄，铩羽悲草莽。敝帚索千金，期我亦云亢。十年战艺文，三度沦轗轲。自惭长平北，独信孟明将。癸巳小报捷，病眸忽一放。日出阴霾豁，天地重开朗。（公素有目疾。是时闻刚己乡捷，则大喜，双眸遽明，能见人物。）去年捷南宫，见我喜且怅。自嗟蒲柳衰，恐后风云壮。我时戏谓翁，前路谁能量。终及陈平侯，莫疑王适诳。但恐江海姿，不安鲁门飨。呜呼几何时，生死如反掌。万语皆虚空，一穷仍昔囊。翻思平生恩，泪落不能仰。矧无五尺童，岁时扫陵圹。薄俗何万端，衰门谁一障。百年不敢知，身在吾何让。愁绝他日归，独谒蒿里葬。

## 和答辟疆见赠之作元韵（丙申）

明光冠剑郁嵯峨，叩角凄凉亦罢歌。蜃海潜沉忽成市，蚁宫苦战未离何。纵①无大略追三杰，犹②要余声震四科。学海十年莽无岸，欲携孤棹问江沱。（来诗有比岁连收甲乙科之句，故前四句云然。）千灵万怪饷君诗，天骥生驹今见之。方驾中原吾不敏，他年聊比道林师。

## 依前韵再和辟疆

新亭不用泣滂沱，且整哀弦为子歌。万道奕棋方对局，百年枯蘗已

---

① 一作"生"。
② 一作"死"。

成柯。诸儒谈辩空三古,末世贤愚尽一科。何日天衢骋高步,愿铭丰绩照嵯峨。

## 书辟疆诗后

今无与让古无侬,逸气雄才似子稀。谈笑名登三不朽,诗书手破万重围。明珠抵鹊真虚掷,短翮依鸾却退飞。再拜东皇勤拂拭,长令寒谷发春晖。

## 辟疆见和仍用前韵答之

十年山斗紧相依,检点才华与日稀。月下孤萤聊自照,笼边百鸟任群飞。看公落笔如开弩,令我闻笳欲解围。惆怅古人随世尽,茫茫百代见容辉。

## 阴雨闷坐怀范先生并吴、刘诸君

卧病羞为愁苦言,放歌恐断别离魂。秋霜未降草花落,鸿雁欲来烟雨昏。被酒迳寻燕市筑,裹粮谁至子桑门。平生知爱能多少,眼底还无一二存。

## 连日与辟疆唱和而君昂喑①无一语,戏以长句相挑,想仲达读之,亦当发愤,谋为泰山一掷也

日月双丸骏下坡,劝君有兴且高歌。古今亦是人相续,血肉谁能石不磨。大鸟三年仍未语,水犀百败已无多。耕屯渭上诚非计,奈此深沟坚壁何。

---

① "喑",原本作"瘖"。

# 李刚己集

## 题傅润元《红拂解妆图》

莫恨杨公失卫公，后堂埋没几英雄。平生亲近犹如此，况识高材一盼中。

落落勋名冠李唐，却从闺阁得孙阳。为龙为鼠宁由己，欲奏高山泪万行。

百战隋唐寸土无，眼中杨李更区区。从今莫问凌烟阁，长与英雄拜此图。

## 登莲池假山

男儿无计觅凌烟，病骨摧颓却自怜。御榻千龙悬眼底（曾文正公有"御榻霄汉千龙蟠"之句，故此用之），太行万马落襟前。空余高密从军志，已过巴丘定霸年。（周公瑾佐孙伯符收取江东，镇巴丘时才二十三、四岁耳。）丹凤碧梧何处所，侧身四望极敷天。

## 莲池晚眺，用辟疆挑济生诗韵

金支翠羽今何处，想见遗民拜柘袍[①]。终古云章辉日月，无边风叶响波涛。功名要极龙千变，文字徒窥骥一毛。独立苍茫感兴废，横流满地欲安逃。

## 怀孟君燕

回首梁园客散稀，酒醒梦断更依依。随时花木自开落，向日亭台今

---

[①] "柘袍"，一作"采旄"。

是非。陵谷十年人事改，江湖万里壮心违。（当时有南游江淮之约。）相看依旧穷愁在，长剑飘零何处归。

病觉浮生念念非，向来哀乐与心违。① 乱鸦并逐昏钟到，败叶争随暮雨飞。海国夸河还自喜，竽门抱瑟更安归。十年不见郢中质，欲运风斤泪满衣。

## 哭濂亭先生（改旧作）

置身高蹈汉唐间，沧海横流逐手还。空有五千存柱史，但闻六一自眉山。中兴耆旧今谁在，盖世文章只等闲。② 驷马高车何扰扰，凤麟一去不容攀。

## 月夜庭中独步

茫茫哀乐两无因，局促诗书秋复春。世事急于前后水，月华阅尽古今人。千年大药生何处，万道狂澜逼此身。便欲乘风游汗漫，再来城郭定沾巾。

## 效君昂和姚锡九诗元韵

磊落群材拥庙堂，陆沈百里困明扬。千薪压首成班白，五鬼催诗入老苍。却看除奸如大薤，定知医国似长桑。金元文物消磨尽，聊与哀歌吊混茫。（获鹿有元遗山先生史亭。）

## 再依前韵效作一首

岩壑争趋宓氏堂，郁葱佳气正飞扬。万牛无奈栋梁重，尺蠖将伸鳞鬣苍。

---

① 此诗原本与上诗合为一首，据诗意今析为二首。
② "盖世文章只等闲"，一作"大战龙蛇暂此闲"。

 李刚己集

坐见讼亭长春草,永留诗卷挂扶桑。兴来莫作归田赋,满眼风波接混茫。

## 赠君昂

圣伏神徂杳莫攀,纵横箕口笑疏顽。一言置我青云上,万古思君黑塞间。惊见高风落珠玉,坐令平地变江山。(连日正读君诗集。)何时携手大荒去,被发骑麟更不还。

## 和辟疆登台元韵

浩荡秋心未易裁,悠悠倚剑立荒台。百年枯木长相保,万里征鸿不自哀。倒地江河争利涉,漫天箕斗妒雄才。穷途满眼吾何往,驱逐牢愁剩①此杯。

## 再用前韵和作一首

百感纵横强自裁,乾坤浩漫此登台。背人落日还相照,动地狂歌尽可哀。目接交亲长恨少,数穷贤圣不能才。十年未彻人天障,何异螺纹转水杯。

## 同乡诸子会饮,归来已大醉,三次前韵

醉舞佯狂不受裁,焉知卿相与舆台。家贫骨肉翻为累②,世乱诗歌忽告哀。管乐生今亦犹我,宣光求治岂无才。向来徒说如川酒,欲挽明河注此杯。

## 病愈寄平西

羁愁旅病③两相摧,浩荡生机始此回。莫笑酣歌忘岁月,犹能抚剑

---

① "剩",原本作"賸"。
② "翻为累",一作"宁相救"。
③ "羁愁旅病"一作"无端愁病"。

动云雷。① 眼中日月双鸿去，笔下文章万马来。劲草疾风要公等，岂宜终古拨秦灰。

## 赠济生

上窥屈宋下曾梅，滚滚辞源笔底来。身若处囊当脱颖，色能倾国奈无媒。共云蜃伏终成市，岂信龟灵反作灾。举世方求速化术，谁能向此稍迟徊。

## 赠济生

中宵云汉气昭回，手向天孙借锦裁。王本好竽公不艺，女能倾国世无媒。三山大震随鳌②去，百鸟环鸣望凤来。平地烟霄何处是，极天关塞要人开。

## 用黄山谷双井茶韵赠辟疆

上马已降天下儒，汗牛难挽胸中书。长夜坐守不能旦，欲剖君腹求明珠。自镜犹知吾道疏，况从浮世问何如。仓卒宦游不称意，同君放手咏山湖。

## 君昂见和前作仍依前韵奉答

廊庙峨冠讲唐虞，草叶发冢求诗书。公之光明照万里，世间只取蔽乘珠。天风激荡霜花粗，今我不乐将何如。但愿斧门去关锁，与君相忘渺江湖。

---

① "莫笑酣歌忘岁月，犹能抚剑动云雷"，一作"幸我不材逾十仞，喜君作善抵千灾。"
② "鳌"，原本作"鼇"。

## 辟疆见和再依前韵答之

中夜落笔群灵趋,海风吹下蓬莱书。茫洋德水含五采,望气知有千年珠。

吾学枯瘠不自腴,牛铎哄市真粲如。却忆中兴贤太傅,一杯遥奠莫愁湖。

## 连日与君昂、辟疆唱和甚欢,念仆不久当去,恐将来游宦四方,此乐不可多得,辄复用山谷松扇韵作小诗一篇

黯淡名山万张纸,古今作者牛毛似。谁知道在《阴符经》,笑杀当年苏季子。凛凛冰霜天下寒,琪树照耀昆仑山。视梅着蕊吾当去,万岁千秋念此间。

## 再叠前韵

十年食尽洛阳纸,谁能终古蠹鱼似。家种枣栗今参天,真欲耕桑长儿子。屋头斜月侵肌寒,俯仰衣光流万山。(范先生诗有云"万山明月见衣光"句,本此。)神物潜升皆有理,不须望气斗牛间。(来诗有"邻舍不敢觑墙壁,知有神怪蟠其间"之句,故以此戏之。)

## 送姚笃生之桐城

鱼蠹蛛丝守故纸,世间视我螟蛉似。迎门一笑故人来,灯火繁如木樨子。雪虐风饕海路寒,前岁战血成冰山。中有悲魂乡里旧,为我收入风骚间。(故人于丁夫乃武备学生,前岁威海之战阵亡。)

## 辟疆以诗送别，即次原韵答之

湘乡太傅轲雄俦，笔力横挽三千秋。吾师继之道益大，如开沧海朝群流。罗珠网玉不知数，我瓦砾耳犹相收。束发受书今十载，足疲路远无时休。扶摇羊角未能上，飞抢还作榆枋游。天寒岁晚林木死，风烟惨淡交龙虬。凄绝曾张旧游处，白日一跌归冥幽。孤寒八百沧草莽，大硖三万开穷愁。孰料纷拏燕雀际，鸾章凤质惊双眸。吐气刚如断马剑，论文高似元龙楼。诸公谁司荐达事，苹藻可以为神馐。昨来苦语更牵挽，归期已决焉能留。事变真难巧历算，出处或作山灵羞。侯王将相亦人耳，空有余责如山丘。

## 和辟疆元韵

湘乡论著实雄裁①，收拾遗文待后来。陋我小言真自郐，惊君②大句似闻雷。乾坤浩浩成孤注，生死茫茫咏八哀。慎莫著书藏牗下，镳云广殿已闶开。

## 再依前韵赠辟疆

细思吾道真何用，岂③怨君门不大开。管晏久为当世诟，苏张翻是济时才。④迂儒漫作亡羊计，圣主⑤还思宛马来。忽忆高皇南狩日，茫茫兴废使人哀。⑥

---

① "裁"，一作"才"。
② "君"，一作"人"。
③ "岂"，一作"却"。
④ "管晏久为当世诟，苏张翻是济时才"，一作"管乐至今为世诟，迁雄虽巧背时裁"。
⑤ "圣主"，一作"天子"。
⑥ "忽忆高皇南狩日，茫茫兴废使人哀"，一作"高卧东山须一起，看君谈笑静云雷"。

 李刚己集

## 感兴用辟疆韵

永夜严寒透帘幕①,经时羸病卧衾裯。怀才或倚夷门啸,涉世常深杞国忧。自古穷途收老马,连年入目失全牛。丈夫事业诚难料,芥蒂曾无大九州。(男葆光谨案:此韵又有一首,后半云:"落笔尚如曹霸马,论才何异景升牛。蛟龙失水真何益,愁绝当时刘豫州。"余佚。)

## 怀凯臣二首

邹鲁名流接后先,斯人一出冠三千。早随诸子争坚白,近有佳儿与太玄。谈笑已无大瀛海,风尘且证小乘禅。驰驱并驾吾何有,太史生今合执鞭。

吾土荒凉故蜀同,初开榛莽自文翁。廿年文学成通里,三辅英豪尽下风。顾我真为貂尾续,见君遂使②马群空。闭门尚草凌云赋,未信诗书可救穷。(时余与凯臣均以留殿闭户作小楷,故末二语云然。)

## 怀平西

尺寸科名不补劳,古来贤智叹兰膏。宫中有蝎还憎命,眼底无鸡可下刀。债客打门猛于虎,书生论事细如毛。百年尧跖同归尽,蜾蠃螟蛉且自豪。

## 哀任丘许烈妇

只今闺教已颓波,大节真当永不磨。慷慨便同蝉蜕去,忧虞已历③

---

① "幕",原本作"幞"。
② "使",一作"令"。
③ "已历",一作"更较"。

茧丝多。梧桐岁晚成双死,兰菊香清入九歌。当世曾无蔚宗史,凄凉彤管更如何。

## 感 兴

俯仰人间事事非,文章更与众相违。眼看经史将为烬,家种松筠已可围。一哄蜩螗何足辩①,百年枭凤会同归。向来颇有江湖兴,日暮②天寒要换衣。

## 和辟疆元韵二首

麟亡凤杳时将变,愁绝陈生感遇篇。前岁包茅犹入楚,后来宝器恐收燕。不才谬附三千士,继世仍如六一贤。便上万言取卿相,归来分汝买山钱。(君诗有"谁料闭门摹小楷,眼穿不得买春钱"之句以相戏,故结句云云,以自张其军。)

年年膏火自熬煎,力竭心疲守故篇。六籍微茫将覆瓿,万端废弃坐无钱。翻思知己难为报,岂怨当时不好贤。六印十书等闲事,尚思蹀躞薄游燕。

## 赠汉卿同年二首（此下在太原作,己亥）

薄宦沉冥盖世豪,兴来文字接风骚。鸾凰故合凌千仞,驽骥谁知混一槽。趋府有时书纸尾,充厨终岁厌溪毛。从容且试庖丁手,不必全牛始下刀。

辛苦名场二十年,宦游依旧突无烟。乱丝镠镣难为理,方枘消磨尽

---

① "辩",一作"计"。
② "暮",原本作"莫"。

向圈。苦道风尘求马骨，岂知部曲困鸢肩。何时携手江湖去，万里扁舟水拍天。

## 感兴二首

惨淡河山落木时，搅怀愁绪乱如丝。家贫更奈诗为祟，性拙曾无药可医。浩荡鸥波长入梦，纵横蠹简且忘饥。人生不作鲲鹏变，飞抢蓬蒿未足悲。

学尽屠龙不补劳，更来辛苦试牛刀。河山自古生廉蔺，世俗如今重倚陶。时事渐惊桑变海，宦情都似火消膏。寥天一夜商飙起，万里饥鹰愿掣绦。

## 书怀二首

前秋辛苦赋西征，落叶萧条满驿亭。世事真同蕉覆鹿，流年又到草为萤。霜前野水三篙碧，云外寒山万点青。安得良宵载亲友，晋祠烟月可扬舲。

西山当户碧嵯峨，无数烟云入醉歌。亲旧连年伤薤露，辛勤一世等槐柯。向来贤圣皆如是，此后穷愁复几何。惟有斯文心未已，可怜才力亦蹉跎。

## 怀凯[①]臣

才气[②]真同万斛泉，飞流平地作深渊。殷勤樽俎知何日，奔走风尘

---

① "凯"，原本作"闿"。集中他诗涉及凯臣均作"凯"，今统一之。
② "才气"，一作"笔势"。

卷一　诗（附词四首）

不计年。岁晚龙蛇方入蛰，丹成鸡犬尽升仙。汉廷①屡下求言诏，未敢期君早②着鞭。（时京国多事，不欲阁臣急自表见，故末二语云然。）

## 赠丹阶（此君为山西循吏第一，去年召对时，陈奏至为狂直，颇触权要之忌）

士气衰微二百秋，至今贻祸遍神州。那知木腐虫犹蠹，直到堂焚燕不忧。顿觉长鸣暗③万马，会看游刃解千牛。汉家将相多猜忌，终古长沙恨未休。

董生事业存三策，惠子诗书漫五车。道丧仍闻鸱笑凤，官贫未办马如蛙。仕途橘变多为枳，客路蓬生赖倚麻。岁暮天寒宜近酒，世间名利等抟沙。

## 梦吴楷臣（此下在湖北作，辛丑）

形容憔悴异当时，握手无言泪若丝。五夜梦回鸡乱叫，凄凉片月下桐枝。

岂惟人事等浮沤，乱后莲池异旧游。无限④楼台刬地尽，寒⑤藤枯木自鏖秋。

## 和蒋艺圃挽吴凯忱

十年共学江西社，三度同游蓟北春。交臂竟成生死别，盖棺已是乱

---

① "廷"，原本作"庭"。
② "早"，一作"便"。
③ "暗"，原本作"瘖"。
④ "限"，一作"数"。
⑤ "寒"，一作"荒"。

李刚己集

离人。颇闻嗣子能传业，更恐遗书不救贫。今日故山方寂寞，天涯回首一酸辛。

## 和蒋艺圃重挽吴凯忱

乡里从游弱冠时，平生风义令人思。原期毕世长相保，岂料中途忽见遗。梦幻浮生君自了，报施神理久难知。殇夭彭寿同归尽，五夜思君益自悲。

## 和蒋艺圃放浪吟

淮南草长风日迟，枝条红糁初离离。昼渐长，花渐好，岂知韶华已暗老。日月真同蚁磨旋，冰霜难使夏虫晓。

柳拂地，麦平畴，湛湛春酒碧如油。自古沧桑同旦暮，一樽聊散故乡忧。（男葆光谨按：原诗盖思乡之作。）

## 和蒋艺圃六言

昨辱赐诗二章，皆似山谷，而次章尤为妙远。夜间反复循诵，追忆凯忱往日情好，不觉陨涕。因纵笔和成二篇，一以吊凯忱，一以答赐诗之义。

往事都成一梦，新诗不忍重吟。墓木于今盈把，膏兰自古伤心。[①]

执斤随匠石后，望洋愧大方家。百年证菩提果，再世现优昙花。

---

[①] "墓木于今盈把，膏兰自古伤心"，一作"绕墓松楸盈把，粘天烟草伤心"。

## 卷一 诗（附词四首）

## 桐城先生持莲池毁后图象见视属题，敬赋绝句（在保定作，壬寅）

亭废留遗址，池枯减旧痕。沉沉冰雪底，蒲藕自传根。

## 县斋书怀（此下在静乐作，辛亥）

乱山合沓水周遭（县城四面皆山，汾、碾二水于南郭外合流），滞守荒城不记曹。闾井凋残田若艺，簿书旁午令如毛。驽疲自愧无长策，专乱终当属孟劳。蝼蚁小臣敢知国，客来相与醉醇醪。

## 初见白发有感

背人岁月逝滔滔，坐见秋霜上鬓毛。身世几穷罷五技，文章空秃兔千毫。旧传桔梗时为帝，今信明星不自高。闻道芦芽多胜迹（芦芽山在县之北境），结庐拟此脱巾袍。

## 示葆初、葆光

薄宦沉冥百不闻，端居终日对炉薰。已拚落拓为时弃，要有贤豪解世纷。九局山河龙斗野，十年雾雨豹成文。男儿事业谁能料，圣户重重望策勋。

## 秋夜病起庭中散步

终岁昏昏簿领间，病来闭阁暂偷闲。秋荒老蔓纷如织，夜静凉飙飒已还。谯鼓三终河按户，邻歌一曲月沉山。明当联辔游天柱，寄语重门早放关。

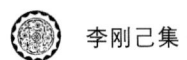李刚己集

## 题天柱山龙泉

环环石洞乱松围,神物潜藏果是非。岁旱祷祠常不绝,一泓积水长蛙①衣。

## 早 雁（感于中俄近事而作）

入秋才几日,递②雁已横天。散出难成阵,虚惊欲坠弦。岂无羁旅恨,且与岁时迁。塞北多风雪,寒威胜旧年。

## 即 事

前代兹雄郡,萧条旧迹空。城荒官似隐,市小货才通。骤雨侵曛黑,惊柯簌乱红。幽怀无可写,披洒向秋风。

## 病 卧

病卧无来客,萧斋只独吟。山岚经雨合,庭莽入秋深。寸廪终何有,尘羁忽至今。愁来披蠹简,时见不传心。

## 思 归

汾水秋风雁又归,故园东望梦魂飞。尘冠欲挂仍无日,庭树新增复几围。水远坐输鸥独往,竹荒不救凤长饥。愁来策马西郊路,一曲劳歌送落晖。

---

① "蛙",原本作"䵷"。
② "递",原本作"遞"。

卷一　诗（附词四首）

## 读桐城先生遗集

手拂丝虫发箧藏，悲风飒沓动衣裳。虿声远过东西海，论学兼传内外方。胸际逶迤九云梦，世间流落一毫芒。驷虬乘鹥无归日，怅望高天泪数行。

## 过村间废囿

扰扰征途日欲昏，竭来小憩坐荒园。草无耘薙多滋蔓，木欲蕃荣半露根。井废仍看鲋射谷，夜深时报虎躩藩。少来亦学齐民术，且引村夫为一言。

## 登城有感

惨澹云天度雁行，登高望远意茫茫。六龙不返时将暮，七圣皆迷路已荒。饰艺谁知成莽祸，著书迢欲续迁藏。别生离死知交尽，独立风尘只自伤。

## 读范先生诗

荆棘荒坟岁几周，高文不死寸衷留。暮年别有伤心事，穷老原非吾道羞。乱柝敲风山郭夜，惊霜杀叶讼庭秋。骑鲸一去无消息，南望吴天涕泗流。

## 村行即事

烁烁风灯出暮烟，村民争拜马蹄前。闾阎凋弊征求急，无路披陈上细旃。

 李刚己集

## 寄吴辟疆

异时趋侍醉翁旁,终岁从君翰墨场。壮志真思迴日驭,高文仍看发天藏。十年阔别身将老,百虑无成业尽荒。书至尚期①一发药,僻居多病少良方。

## 口号遣闷

坐领穷城岁欲周,略陈风土备歌讴。万山压境无余地,六月煨炉似晚秋。高下穴居蜂启户,纷纭私斗蚁争丘。韩公尝作鼺猱尹,持比阳山定孰优。

## 庭中双桂连日盛开,漫咏遣兴

手移两株桂,齐发向秋风。试问荒庭畔,何如皓月中。馨香宁与让,根地故难同,犹胜常榆柳(谓白榆与柳宿),婆娑荫碧空。

## 蒋君次贤送菊数种,甚佳。比闻邑中菊事颇盛,拟俟九日,循津沪故事,遍征群品,校其高下异同,以博一笑②。预作小诗报之

海边胜事知难继,官下尘襟取暂开。准拟重阳观菊战,请公早备冠军材。

樊川鬓上将堆雪,彭泽篱边又报秋。但恐孱兵无胜算,却持君盾御君矛。

---

① "期",一作"思"。
② "笑",原本作"哄"。

卷一 诗（附词四首）

## 苦雨遣闷，用杜工部秋雨叹原韵

秋花烂烂满庭宇，淫雨肆虐失芳鲜。愁条悴蔓纷挂地，苔藓得意铺连钱。众水交汇汾流急，长风蹙浪如山立。便恐崖崩天柱折，千年石湫蛟龙泣。（城南天柱山有龙泉）

揲蓍问蔡徒纷纷，惜无长彗扫浮云。坐看平地变川泽，嘉谷稂莠谁能分。天日暗澹氛霾黑，饥鸦绕树啼不息。两翅湿垂黄鹄病，嗟汝冤愤何由直。

九雨一晴何足数，蚓窍蜗涎满墙堵。富者悬釜燃湿薪，贫无担石泪如雨。天公号令风云寒，鞭电笞霆欲住难。遮莫殚残河岳气，后无涓滴救枯干。

## 过赵王城（相传为武灵王驻兵处）

文献凋零余旧迹，城池堙灭委荒烟。堂堂霸业今何在，想见笞兵下九边。

## 怀武强贺先生

一从曾傅上骑箕，旧六光芒已稍衰。两海大通文益弊，三豪尽覆士无师（谓张、吴、范三先生相继弃世）。先生于世如维斗，贱子尝从问路歧。安得雍容更趋侍，高谈为破万重疑。

# 词

## 感旧并索济生和章（满庭芳，用秦少游别意韵）

绕地歌清，连天月皎，秋风又到都门。章台花下，几度共清樽。最

李刚己集

忆天津道上,醉梦里、丝管纷纷。酒醒处,匝船蒲苇,灯火出荒村。

伤魂。才几日,胜游雨散,故侣星分。试樽前检点,几辈犹存。回首旧游何处,三年事、一梦无痕。莫惆怅,寒鸦疏木,风雨送黄昏。

### 晚间济生连作二词,追悼旧游,感愤时局,凄音苦节,令人不忍卒读。仍用前调前韵,和成一首,以通其怫郁焉

市骨何年,埋忧无地,泪落不待雍门。休谈往事,努力尽芳樽。多少故家亭阁,一弹指、荆棘纷纷。君记取,吴宫楚馆,寂寞似荒村(来篇感叹家门之零落,追诉江南旧游,有吴头楚尾等句,故此云云)。

怆魂。人艳说,苏张七国,瑜亮三分。问沧桑百变,尺土谁存。可叹数行青史,模糊似、雪影沙痕。归去也,青灯古佛,经卷送晨昏。

### 济生读前篇结末数语,以为古来英雄豪杰、文人学士,或功成业立,或日暮途穷,乃始遁身于此,尚非吾辈所宜言。因究极鄙说,推之至于无垠,而终以"却试问,蒲团入定,坐老几晨昏"之语相戏,乃益为荒诞不经之辞以答之(前调前韵)

世界浮沤,英雄过鸟,沧桑不到空门。薰天事业,那值水盈樽。蝼蚁侯王等耳,只赢得、恩怨纷纷。君不见,丰碑员碣,历历白杨村。

招魂。休更论、蚁宫豪贵,蜗角崩分。任茫茫大地,一粒无存。却看普施法水,洗千番、浩劫余痕。且莫问、名山片语,尘世几朝昏。

### 夜读《史记》感事,兼怀范先生(前调前韵)

稷下人归,信陵客散,曳裾更欲何门。沟中断木,时至或牺樽。南

望邯郸旧道，悲风起、落木纷纷。知多少，卖浆屠狗，奇士老荒村。

悽魂。古亦有、杜邮剑斩，秦市车分。问螳僵雀败，弋者何存。倒挽银河下泻，洗不尽、怨渍冤痕。看公等，手携皓日，照破十方昏。

# 诗（补）

## 读六国表①

建侯利草昧，末载难为通。天心思混一，宇宙茫茫中。真人未能作，六国犹逞雄。南箕北斗下，日夜鸣刀弓。沉沉复郁郁，天地何有穷。强秦出函谷，三面奔从风。尚力不尚德，厚望孤苍公。项王气盖世，焦土阿房宫。一声惊霹雳，雾雨开鸿濛。彼苍亦不祐，大业乌江空。东南事所起，西北常收功。帝王坐可享，嗟尔徒战攻。不见刘季子，酣歌气似虹。（范先生评云：古诗规模又开创于此矣。）

## 读管晏列传

泰山之云色苍苍，渤海之水波洋洋。水多气厚蛟龙强，夭矫变化云中央。（范先生评云：此人之变化亦真不可测。）雷轰电走雨既滂，烟收雾散天有光。（吴先生评云：此等真令人有好勇过我之叹。）鲍叔昔进管夷吾，尊周攘楚恢齐疆。执政善以与为取，争献玉帛来趋跄。曩时埋没草泽里，多行无赖真颓唐。此时甘心负鲍叔，那有一鸣向孙阳。身相青齐既富贵，悲歌慷慨潜自伤。古人结交有如此，那不令人摧肝肠。后百余年有晏子，如日再出明东方。志念极深气转下，作事亦继前人芳。弹指星霜二千载，把卷一诵心茫茫。量才用恩故不易，何况用恩难可忘。呜呼此人不得见，惟见山高与水长。（范先生评云：天骨开张，法度亦合。）

---

① 下二诗皆十五岁作。

 李刚己集

# 追和江文通杂体（元韵）

## 古别离

黄河走中国，旅雁辞胡关。游子无定踪，一去无由还。昔别桃李日，草露今成团。亦知风霜苦，谁见边塞寒。江海合有涯，参商长分离。感时百不采，苕华成枯枝。君意良难必，妾心固不移。

## 刘文学感遇

山泽雷雨霁，万卉争光色。大海混清浊，穹林包曲直。威凤翔丹霄，百鸟承羽翼。微才托末照，谬领文史职。断木为牺樽，无乃愧被饰。仁恩方横流，寸衷徒反侧。圣德如龙蛇，变化难邃测。

## 李都尉从军

送君大海滨，张酒同欢宴。朔风吹原野，流云化为霰。良马三十匹，矫若龙与燕。落日望八荒，尺寸何由见。沧海有变更，奇士难论荐。

## 班婕妤咏扇

皎皎手中扇，哀我平生素。寒暑有代更，恩爱间新故。箧笥一闭藏，皓月霾云雾。八月天气凉，霜满长门树。落叶深复深，玉辇无来路。

## 阮步兵咏怀

白日不照临，蚊蚋争拼飞。及时各自得，天晓将安归。共以苏张是，而谓于陵非。松竹日荒废，腐鼠非所希。霜降草花落，所保讵乃微。

## 张司空离情

木落万瓦霜，素月流阶墀。风吹芭蕉叶，片片成素丝。初与君别

254

时，及瓜以为期。赫赫朱火流，瀼瀼白露滋。日出月复没，莎鸡号空帏。草木有荣落，人生长相思。

### 陆平原羁宦

结发存微尚，慷慨不谋身。悠悠困羁旅，郁郁绝交亲。虚逢圣明代，无才据要津。上惭廊庙臣，下愧陇亩民。洛阳名利地，悽恻难重陈。振衣北邙阪，浩荡望三川。近思东汉帝，远想西周年。今古代兴废，万事如晴烟。富贵诚足尚，衰落夫谁怜。男儿志四海，登览心茫然。

### 左记室咏史

飞藿乱如雨，雀啅孟尝门。当其荣盛时，意气何腾轩。翻云覆手雨，荣辱由片言。纵横三千士，小大承一尊。珊瑚出海底，明珠起河源。一朝失宠势，下客能报恩。古来出世士，念此伤心魂。赫赫当途子，谁知上蔡门。扰扰车马客，谁念于陵园。

### 刘太尉伤乱

掩袂望中原，浩浩隔尘雾。惊风击砂砾，飞鸟乱云树。四海沸如汤，莫辨旧京路。自我更乱离，随事煎忧虑。静思理乱才，深念废兴故。天道有亏盈，圣者莫能度。周网昔解网，五伯争纷鹜。四海诛暴秦，力竭仅能举。岂无天下雄，风尘不一遇。叱咤清六合，身无寸土据。荀卿废兰陵，仲尼老韦素。已矣何足言，丧乱信恒数。

### 陶征君田居

束发受诗书，垂白事阡陌。良苗八九亩，纵横随所适。木落天地秋，虫鸣田园夕。招邀二三子，樽酒娱农隙。忧患四十年，于今免于役。大儿已任饷，小女粗能绩。本无济世才，耻贫复何益。（吴先生评云：沉浸古学，能各效其人之体，文通当畏此后生。）

 李刚己集

## 附原唱（前为"秋风动和孟君燕"）①

风声接地逢门撞，奔雷一激收电光。大壑当胸对星月，长空墨墨谁雨霜。泰山直北凌高秋，冥坐一作蓬莱游。黄河万怪腾西北，长江倔强东南流。天在室，龙争窟，与君学得神仙术，倒翻沧海看日出。（先大夫②曰：怪骇奇倔，凭虚欲仙。）

## 又七律一首

黄鹄萧条倦汉游，长江一怒下燕幽。风声驾月乘天出，斗气横河倒地收。海上山孤银浪阔，淮阳木冷碧潭秋。仰空清啸雁南渡，莽树遥云动客愁。

## 又阎凤华作一首

清潭上下两龙吟，蝉翼萧萧亦在林。今夜忽成秋后意，世间犹有古时音。白苹红蓼乘时见，瑶草仙葩底处寻。薄骨良知一朝暮，可无丹鼎望宏深。（阎、孟及刚己、凯臣、平西，皆范先生在冀州所拔高第弟子也。此三诗从刚己日记中抄出。此诗末二句得范公神髓，疑范公所改定也。）

---

① 以下三首补自《晚清四十家诗钞》。
② 先大夫，指吴汝纶。《晚清四十家诗钞》为吴闿生所辑，诸家诗中多录存其父评语，间录吴闿生所作评语。

# 卷二　文（附函牍二十篇）

## 村居赋

　　云漠漠而霏烟兮，暮色来乎苍茫。携小扇而披襟兮，步出余之村庄。扶老荷锄而同归兮，话鸡犬与麻桑。牧子弄笛于风中兮，声婉转而悠扬。蝉鸣咽而悲鸣兮，夏木之苍苍。鸟咿哑而来下兮，有归乎洋洋。心徘徊而一动兮，忽悲感兮交临。（范先生评云：佳在声随意变，古人诗无无故转韵者，聪明人遂能见之。）沿萝径以返家兮，聊慨慷以长吟。叹人生之合离兮，尝吾艰乎自今。卧闲敞而独悽兮，妇焉知乎余心。取鸣琴而一奏兮，见月色之沉沉。

## 故记名总兵鲍公碑

　　自洪、杨倡乱，东南聚徒党掠郡县者不可胜数。其一时忠愤之士，有一材一能者，无不争效所长，以建功业于世。独吾乡士大夫未闻有所表见，刚已尝以为怪。及闻鲍公仪轩之事，心窃向往焉。虽未竟其志，遽以疾归，归而治团练于乡，未及再出。然方其在军也，提一旅之师转战四五行省，未尝挫败。复名城擒巨寇，皆身先士卒，故所向无不克捷者。使竟其材用，则大者可取封侯，而次者亦不失万一于方面。乃大业未就，遂婴剧疾，岂所谓功名之际，有天有人，而在己者诚不足恃邪？抑当咸丰十年之时，江南大营再陷，而寇氛日张，其亦有感于时事之难为，而其中有不目得者耶？究其训练乡兵，保卫故里，以与夫建勋名、取将帅于一时者较其得失，岂遽有所歉欤？

　　公讳云翥，字仪轩，世为南宫鲍氏。曾祖讳某，赠某官，妣某氏。

李刚己集

祖讳某，赠某官，妣某氏。考讳某，赠某官，妣某氏，赠公生公及弟某。公家故南宫望族，昔雍正朝，簏亭先生梓以文章学行震铄畿南，纪文达公、戈太仆兄弟皆出其门下。文达著书所称敬亭先生者，公之族祖也。公性忼爽，善骑射，尝殪猛虎而寝其皮，人叹为神勇。以道光癸未科武进士选湖北宜昌镇左营守备，剿夷寇及歼湖匪钟人杰等。历保都司、游击，赏戴花翎。咸丰元年，往击粤匪，擒匪首晏仲武。征高淳、东坝、三角井，皆克之。大吏叠保至副将，题补荆州城守营参将，交部优叙。六年，复桐城，捷平塘，以记名总兵，任湖南永绥协副将。连克庐州、和州，钦赐图哩模格依巴图鲁勇号。是岁为咸丰八年，派带大树街兵勇剿贼，因庐州失守，兵单粮绝，退守梁园，以参将降用。十一月，由界牌池、河藕塘等处迎战获胜，复副将。又经大吏保奏勇鸷忠勤，老成谙练，以总兵用。九年五月，补陕甘永固协副将。十年正月，击灭炉桥贼巢，大吏请旨简放总兵，并交部优叙，奉俞旨。五月，以股疾久未愈，请开缺回籍调理。而是时，捻匪方纵横于山东、河南、直隶，土匪亦乘时四起。同治元、二年之间，畿辅益大乱。而公于吾乡创办团练，乡里赖以安堵，至今犹感颂焉。

公于同治某年某月某日卒于家，春秋几十有几，葬于某村之先茔，其配某夫人祔以葬。方吾乡之创办团练也，承平久，知兵者鲜。而公久在兵间，负重望，群推公主其事。公以为团练与将兵异。将兵者，主将有权，功有赏，罪有罚，士卒皆久经战阵，然缓急犹有不足恃者。今团练既皆无是，而欲其犯锋镝，冒矢石，争胜负于死生之际，势诚有所不能。然其意故非战胜攻取也，足以自守，庇乡里而其功已毕。故欲为团练，非先置火器、购子药、造大小枪炮无可致力者。当其始，寇患犹未深，而又或顾惜财费，咸不以公言为然。厥后，贼掳掠益亟，财产室庐皆荡尽。而近乡之团勇比遇贼又皆惊溃横决，束手而就诛戮者，往往而有。然后人知其不足恃也，始思用公之言，计田亩，籍出财物，购造枪炮、子药，其进退攻守之法一遵公约束。由是贼至则望而轰击，贼退则从而追袭，而其事乃济。当是时，公岂不知世乱民贫，宜颇为节省物力之计？而特以团练之事，胜则气固，而败则瓦解，诚不敢惜小费而贻大患。且贼势虽横暴，然皆马队，无火器。诚以枪炮望而击之，则其马既

卷二　文（附函牍二十篇）

必溃，而其军械又必不能及我，而我乘其敝而穷尽兵力，诚得势，固可以破贼。即不然，亦不至败覆。此其计固因己之不足而用之，非得已也。而贼之不能逞残于吾乡，与吾乡之得以稍安者，夫亦岂不以是欤？

尝以谓用兵之术，其情势虽难预料，要其临敌决机，则莫不视器械之利钝、技击之巧拙以为强弱。吾中国历代用兵，其军械技艺类不甚相远，故奋其材力，皆得仓猝以徼旦夕之功。自西夷入中国，其舟、车、枪、炮一切应敌之具，皆穷奇极变。而其将士又研磨淬厉，曲尽其器之所长，致力少而功多，所操狭而用广。当其锋者，虽有雄杰之才，而智力未施，已震荡摧挠，如沙飞河决之不可禁御。此匪独人谋之不臧，诚亦器械技巧之不相敌。故也，虽咸、同以来，谋国者颇欲兴西法，造船炮，设立外国诸学，而一倡而百败之，阳附而阴沮之。及其说稍见施行，而敌国制造之法已月异日新，驾出乎曩者之上。辗转牵掣，而吾所购制恒处于不及之势，是不战而已见屈于人矣。士大夫方斤斤于华夷之辨，以为吾礼仪冠带之国也，彼夷狄诈伪之法何足效及。一旦有事，见所为攻守之具百无可恃，而顾归罪于将士之不忠与谋国者之不善也。呜呼！可谓大惑也已。吾今者论公团练之事，而有感于当世之得失，因推本其强弱盛衰之原，附著于此焉。

公娶韩夫人，生子男二，绩、纬，纬出为弟后，孙印川、印月、印塘、印书、印苔、印累，曾孙某某。公既殁二十余年，公之子绩又将老矣。乃执公行状，请予文以表其墓。予于公家为姻戚，又夙慕公之所为，故不敢以不文辞。公生平战功，虽见于平定粤匪方略，然其深谋硕划，家人既不与闻，故莫能具其终始，今略而不载。独详纪其捍卫乡里之功，以永乡人之思焉。其辞曰：

在咸同世，乱者蝟毛。忠义感会，熊咆虎嗥。桓桓鲍公，翦暴除凶。千里转斗，如舟御风。方吞群丑，凌韩跨彭。天乎人耶，败我垂成。彼登将帅，衣绣而还。华榱大厦，耸入云烟。琼筵高会，罄海穷山。丝管嘈啾，晓夜相连。惟公归里，仅继饔飧。曾无中产，以裕后昆。彼起屠贩，骤贵而倨。叱牧呵令，如使婢奴。健仆骏马，横行通逵。逞威里巷，报及睚眦。惟公居乡，寇盗屏除。金堤万丈，以障江湖。觥觥将军，恂恂儒生。斯须变化，雨露风霆。凡公材德，故老流

259

传。卓哉名将，于古犹鲜。从军之始，粤寇方萌。告归之岁，大营再倾。有蠢者卵，或飞戾天。江河万里，始于涓涓。萌蘖而折，一夫成功。谁令坐大，流毒万方。茫茫世变，孰究孰推。勒此片石，以诫方来。

## 读苏明允《权书》第八

明允谓汉高帝不去吕后，欲以制将相诸臣，是不然。使诸臣之材与禄、产等也，则禄、产既不足忧，而独以备诸臣者，何也？使诸臣之材远过于禄、产也，一旦果有异心，一女主乃能镇服之耶？既欲其镇服天下，必当为之厚其势、广其援，而顾先诛樊哙，以戬其羽翼也，其颠倒乃至此耶？论者知其说之难通也，遂以为帝之欲诛哙者，所以绝吕后之党而防其变。夫党一而已，而重轻殊焉，诸吕譬则根本也，樊哙譬则枝叶也。杀樊哙而诸吕之祸未必止，杀诸吕而吕后之祸无自生。而其所以或不杀、或杀之者，固未知吕氏之必变耳。明知其必变，而独舍根本而图枝叶，自稍有智识者所不为，况以高帝而为之哉！且明允谓高帝决不以一女子杀功臣，彼彭越、韩信非功臣乎？吕后之陷害之者岂非过乎？然高帝固未尝责而禁之也。

盖高帝者，藉诸臣以取天下，而自知其材能不及诸臣，诚恐其终有反覆，而其势不可禁御，故必欲以次削平而后已。以萧何之纯谨也，而濒及于危；以张良、曹参之智也，而至于辟谷、饮醇酒以自晦。其所以猜忌诸臣而深防祸患者如此，而不知诸吕之变之随其后也。使知之，亦已不待其为变而除之矣。至其论樊哙不死必乱之说，予犹不敢信。诚如是，则萧、曹亦乱也，张良亦乱也，彼平、勃者又乌知其不乱也！夫以诸臣之贤而难恃如此，即古今宁复有可信之人与？

## 濂亭先生七十寿序

自刚己游吴、范二先生之门，因得濂亭先生之文而读之，窃私心向往，思欲瞻仰山斗以自壮。戊子之秋，刚己应乡举于京师，先生亦送其子往试，尝敬谒先生，数往终不遇。方欲俟其异日，而是岁也，吴先生以病去官，范先生归江南，先生亦去保定南归矣。是后，吴先生馆于保定，范先生复北来馆于天津，独先生辗转迁徙，莫知在所。至今年，公子会叔会试北上时，始得其主讲襄阳之状。

襄阳于东汉之季，贤人君子之所萃薮也。昔者庞德公尝携妻子隐居于岘山之下，时时与诸葛孔明、庞士元、司马德操等过从往还，而不应刘表之聘。其后孔明、士元各出相世主，而庞公独采药鹿门，终身不仕。其风期盖已远矣。方是时，汉网解结，豪猾并争，操、备、策、权、表、璋、绍、术之徒，各屈己下士。天下之士，皆风举云趋，争效其用，以建功名于时。而庞公深居岩穴，不自表暴，在当时最为暗澹。及今阅千余载，其亮节高风愈表表不泯于世。而向之巨奸大猾毕世经营之业，久荡然归于无有矣。

今先生以硕德耆学，躬际乎圣人之世，而困抑不施，转徙无所，尝历应封疆大吏之聘以主其讲席。今老矣，复主讲襄阳。世之论者，或见其卒老于穷，而惜其学行文章不能苟合于世。诚观于庞公之事，其于当世得志者之所为贤不肖，果何如也？虽然，先生蓄德能文，其道固不同于隐者。自古贤者不遇时，往往托于文章诗歌，以自伸其志。吾意先生虽衰老，必能啸歌自得，是非今古，作为一书，以跻孟轲、杨雄之列。刚已他日得遂南游之志，间道谒先生，受其学，愿先生勿秘略也。敢敬献此文，为先生寿，且俟他时得先生文而征之。（吴先生评曰：托意高远，气体至为雄深。）

## 读《法言》重黎、渊骞二篇

乌呼甚哉！王莽之乱也，诸夏岌岌，四夷怨畔，而在廷诸臣独相与侈符瑞、颂功德，即当世名儒如孔光、刘歆辈，亦皆颠倒而不能自任。其澹泊而不骛于利者，惟子云一人。今观其书，其本志颇隐遏蔽抑。而其所以讥刺权暴，避远祸患，其文辞至可悲也。其大旨言及家国盛衰及奸猾僭窃之际，皆引义深严；而于君子处乱世之道，则兢兢于得失祸福，而不诡于正。颜渊、闵子骞得圣人并世而师之，其于当时之治乱固不暇及；箕子、接舆之徒，惧干当世文网而佯狂自污，或歌啸以舒其愤懑，凡以达其意而已。子云当禅代之际，意欲托空言以诛乱暴，而尤恐身及跕危，其所志终不得伸。故其称新德，美汉公，犯儒者之重忌，而不辞世之衰也。士君子有世教之责者，莫大乎以言正天下，而莫难于自保其身。自三代圣王不作，士之怀材抱德，思著书以救世变，而迫于暴主贼臣，卒莫能自达其志，何可胜道哉！且莽之所以得行其志者，声誉浃也，符瑞盛也，汉氏根本销弱，而取天下于妇孺之手，其事易也。

　　子云著此二篇，述孔子之不语神怪以讥符瑞，推周氏建诸侯之利与秦废封建之害，以著汉所以亡；反复于霍光、荀息所以处兴废之际者，以风莽之负汉；论战国四君、吕不韦之所为，以见莽之盗窃虚声与穿窬者无以异。其所以深恶痛恨于莽者如此，而且与之浮沉者所谓欲去而恐离其祸耳，而世之论者或谓之贡谀，或责以不死，何其谬也！嗟乎！祸患之积非一日也。王氏自音、凤根商以来，小者穷侈靡，大者盗弄威权。及莽之世，附圣经，结人心，有逆志焉。子云著此书当平帝时，其所以推其逆乱之萌者，可谓至切。其文义虽深奥，刘棻、桓谭等犹能通知其意，而世主不深察，卒以汉氏二百余年之祚潜移于堂序之上而莫能禁御。而子云者，虽感愤时事，无所籍以信其志，遂至依违乱世以全性命，并其著书之旨，后世亦鲜有能知者矣。国之废兴，彼各有命，夫岂人力所能及也与？（吴先生评曰：能得杨子云著书本旨，行文亦劲健可诵。）

## 拟昭明太子上《文选》表

　　臣某言：圣人既殁，大道遂分。七十子各以所能教天下，或以道鸣，或以艺显，由是天下化之。凭轼结靷之徒，曳裾抵掌之士，皆思著书自见，以学干时。其大者，原本于六经，其细者，孤行于百世，固圣人之支与流裔，而后世文章之源也。汉氏代兴，作者蔚起，一时风流衍溢，莫不协咸韶以振响，附星日以耀辉。至于建安之时，曹氏父子扰攘于戎马之间，而被服于儒者之化，使天下文学之士飙举而云驰，霞烝而波诡，从容衍雅，若不知有兵革之事者，何其盛也！晋、宋、萧齐以来，日趋浮伪，侈排比以为博，务涂饰以为工。自陶、谢诸君子而外，类皆陈于积薪而靡于腐草，文章之衰至斯极矣！

夫近观汉魏，远揽衰周，其世类非极盛之时，其人类无至隆之遇，而文章之作犹且反复揄扬。或以鼓吹乎休明，或以润色乎鸿业，或寄忠爱于无已，或探万化于无形。当时传以为讴歌，而后世播之于金石。至于星霜旷邈，烬火销沉，犹使读其书者慨然以慕，唏然以悲。抑其时若三代之隆，而跻其文于六经之亚。而况乎圣人御世，山川舒气，百类向明，而独其文章考之前古而不过，问之后业而无传。兹岂非臣子之深羞，而有识者之所重惜者与？

臣窃不自揆度，上采周，下及齐，泛揽百家，都为一集，号曰《文选》。赋若干卷，诗若干卷，骚、七、诏、册若干卷，令、教、文、表若干卷，上书、启、弹事、笺、奏记、书移、檄若干卷，对问、设论、辞、序、颂、赞、符命若干卷，史论、史述赞、论若干卷，连珠、箴、铭、诔、哀、碑、志、行状、吊、祭若干卷，共凡三十卷。众制虽殊，至美则一。得失之原既备，古今之制以昭。伏望陛下颁示士林，裁以圣鉴，匪惟古今之才人学士，发幽光于既往，感至德于无穷。而后起之英、承学之士，蹈其辙，循其途，探群言之沥液而文以工，究百氏之变迁而体以尽。由此，蔚人文于薄海，耸梁德于无伦，岂不懿欤？（吴先生评曰：以单行之气为之，使人不知为偶俪之体。其瑰放实能窥见曾文正深处，非骈文家所有也。）

## 续皇甫持正《谕业》

经词质而诗独华。春秋以降，王泽衰而《诗》亡，《离骚》作而文辞之士兴。汉氏有作，风流衍溢。乘、迁、相如之徒倡于前，向、雄、衡、固之徒继于后，莫不震铄金石，蹑①拂云霓。降魏迄晋，洎于六朝，天下承学之士崇其华而忘其实，逐其末而失其本，夸奢斗靡而无所于归。其敝也遂窳败而不可复振。自韩退之氏起，删削虚华，廓清荒蔓，文辞戛然复反于古，辅之以柳、李，继之以欧、曾、苏、王，由是

---

① "蹑"，原本作"蒳"。

天下化之。庠序之儒，里巷之秀，皆束群书，屏百事，以从事于空虚之域。其敝也，遂至于空疏以为精，窘缩以为高，惝恍以为深，腐熟以为正。文章之道至于宋、元之末，何其陋也！国初，方、姚氏兴，推大斯文，倡明绝学。湘乡曾公继之，尽取汉儒之博、宋儒之纯、经子之闳深、骚赋之瑰丽以自治。其文昭章，粲烂炳焉，与周、汉同风，岂不伟欤？

今夫草木百产皆良药也，无神农则不能效其灵；稻粱五谷皆美食也，无后稷则不能尽其用。骅骝虽善驾，不遇王良不能展其千里之长；杞梓虽良材，不遇匠石不能中乎栋梁之选。是岂其质之不善哉？由用之无其术也。故道者，文之实也，而有时行若周、程，其文不能工；学者，文之本也，而有时博若郑、马，其文不足贵。故博其材不若精于法，明其义不若浃于神。理有时而背①，事有时而乖。考之于古，或不合；措之于时，或不宜。而其文，则之人心，皆所谓天下之至文也，而况于无其弊者哉！（吴先生评曰：真能与于此道者。）

入国朝以来，治古文者众矣。然或放于古而不自骋，或徇于俗而不深造。求其断然成一家之言者，得五人焉。方侍郎之文如忠孝之士，深忧苦论，其义正，其情挚，其忠诚之意足感于人而不自已。姚惜抱之文如骚人之永叹，其志洁，其行芳，邈乎其如思，慨乎其如慕，皭乎其不可干以尘垢也。梅郎中之文如酷吏决狱，无遁辞，无隐情，如秦皇、汉武之用兵，贪而不已，竭而愈奋。吴南屏之文，湛乎其如水，飘乎其如风，如藐姑仙人之吸风饮露，尘浊之气无所容于其间，非天下之至洁者，孰能与于此。曾文正之文，其峙如山，其决如川，其慨乎以悲也，如侠士之哀歌，如遗臣之独叹；其粲乎以丽也，如山川雨霁，而万卉萌芽。凡此五人之文，体貌既殊，浅深不类，要各有孤诣独到，非可伪也。

夫斯文之衰久矣，古今异变，而难易不相谋。当衰周、盛汉之时，人一道，家同风，即闾里小生无不能文、无不知文者，其势易也。及至近世，党同门，嫉异己，一人为之而百人败之。为汉氏之说者，曰如此

---

① "背"，原本作"倍"。

则几，否则为空言；为宋氏之说者，曰如此则几，否则为害道。为者鲜矣，而成之者抑又鲜焉；成者鲜矣，而传之者抑又鲜焉。乾嘉之后，英才辈出。然自方、姚诸子而外，志不究而业不就者，不可一二数也。可胜叹哉！（吴先生评曰：推论流失，究极能事，真乃搔着痒处。平议诸贤，各写心得之言，不袭蹈他人一语，可谓知言。）

## 拟修保定曾文正公祠碑

自道光末载，乱端煽动浸淫。至于咸、同之际，盗贼四起，天下糜沸。而粤匪倡乱于南，捻匪倡乱于北，尤强悍不可猝定。同治四年，文正公既平粤匪，而捻匪日炽。僧亲王战殁，于是天子以公治捻，而有总制直、东、豫三省之命。然公虽受命治捻，天诛未竟，会以病去，今相国李公继之。而资济饷馈、商度方略，卒能助李公以平直、东、豫之乱者，乃反在两江总督之任。其前此视师山东，固未有成功；及其后，同治七年总督直隶时，则捻匪擒灭，而三省已告肃清矣。公始至直隶，兵燹之后，百事弛懈，于是激厉士勇，振兴吏治。到官数月，凡清理积案四万余事。而天津民、教相讧，几成大乱，亦卒赖公以无事。大抵津之为郡，总会河海，财力繁富，其民气最称浮嚣。而地当南北通衢，仕宦、商贾、游侠之雄尤辐凑并至。故奸宄不逞之徒，亦往往萌蘖其间，其乘间触机而发者，随事而然也。

咸、同以来，泰西之教日盛。其言论、行事皆足矣震骇心目，彼津人已积不能平。而豪猾喜事者复从而造作蜚语，以激之使变，故万众相和，而其祸遂一发而不可禁御。方津人发难之始，皆以公勋高望重，而望其有以庇我。即士大夫之有识者，亦意公必乘民之怒而惩创西夷，禁治教民，以雪往者国家败覆之耻。而公乃坚执己意，以谓"善持和议以为保民之道，预备不虞以为立国之本"，维朝廷亦以为然，故卒违众意而致奸民于法。当时众情汹汹，皆归怨于公，及今数十年而其论未定。当公之赴天津治教民之事也，仓猝东上，有置身度外之志，亦岂不欲俯遂民望。顾用兵十载，国本未复，卒不敢遽启兵端。而前此削平洪、杨，尝藉其力。因小故以起大难，又非所以抚绥四裔之义，故遂断

李刚己集

然而出于和。然和议虽成,而于所谓自守之道、战攻之备,犹不懈而益严。凡后来用西法治中国之端,皆自公发之。而其时顾隐约而不骋者,事会未至故也。异日患气所激,或遂至于天动地岌,正赖慷慨敢任之士出,而已天下之乱,又乌可以履常蹈故,借口于公之已事以自弱也哉!

自公殁后,其生平立功之地皆有专祠。今祠既成矣,将谋树石以纪其事,因以思公之丰功伟绩,震铄寰区。直隶为公所亲治之邦,而愚民无识,或病其治捻之无功,而议其治教民之事之稍弱。因本诸旧闻,推原其意,粗为发其凡于此。世有知言之君子,其何如论定也与?(吴先生评曰:文每峰峦将落,又起一峰,其要归止须数语,笔力斩截,庶几当者立碎。)

## 《毛诗·采芑》传"言其强美,斯劣矣"解

《毛诗》"有玱葱珩",传云:"三命葱珩。言周室之强,车服之美也。言其强美,斯劣矣。"某未能究见诸儒笺疏,而窃即其所闻于师者,以意推之,盖是诗之微旨即见乎此。昔韩退之自称其文章源于《诗》《书》,而《元和圣德诗》《平淮西碑》,一则陈诛杀刘氏之惨以折诸镇之气,一则陈抚定淮西之威以风示诸镇而招之降。今《采芑》为北伐狁①狁之诗,而侈陈军容,虚喝声势,末乃归之于蛮荆来威,其即韩氏风示诸藩镇之意乎?刘子政云:"方叔、吉甫为宣王诛狁狁而百蛮从。"是宣王未尝伐百蛮也。使其第伐狁狁而无以震慑百蛮,彼百蛮奚自从哉!独是外观太盛,则其中必有所不足,故毛氏云尔也。

夫文章乃学者之一事耳。春秋之世,卿大夫之盟聘、列国之离合,恒兢兢于是。而宣王承积衰之余,赖文士骋其虚辞,遂以播王者之威灵于无外,而况人臣竭智勇以事其主者乎?然使人臣各尽其智勇,则又何必饰空言以震耀天下!为人臣子而徒恃区区之语言文字以取胜,皆所谓衰世之风也。虽然,吾读毛氏此传,而以叹汉儒说经犹能得其本意。读古人之书而不先知言,信不可欤。(吴先生评曰:《毛传》中多微言大义,如"言其强美,斯劣矣"一语乃古人论文之奥旨也。后来经生不解文字,何能识此微

---

① "狁",原本作"玁"。

文。此篇独用《元和圣德诗》《平淮西碑》二文作证,则毛公大意不待讲说而已明,固无俟繁称博引也。)

# 拟集录齐、鲁、韩三家诗序例

自毛、郑诗行,而齐、鲁、韩三家之说渐衰,然终汉之世犹并立于学官而未尝偏废也。齐诗亡于魏,鲁诗亡于晋,惟韩氏之传最久,然存于今者独《外传》尔,其他所著述亦于北宋而亡。自是以来,虽单辞只义时见于他说,而学者无复见其全书者矣。惜哉,惜哉!

夫仲尼删而定其文,商、赐继而延其绪。及战国之时,孟子、荀卿之徒皆承其遗学。秦燔六经,斯道终废。齐、鲁、韩、毛诸儒出,《诗》之旨复粲然大著于世。虽其间不无疵缪,然各有渊源授受,古圣贤说《诗》之旨赖是而不绝,非苟焉而已也。韩诗虽亡,《文选》注释文、《太平御览》等书犹所在多有,惟齐、鲁二家,则自《汉书注》、石经残碑而外,盖已鲜矣。然三家之传既久,凡两汉贤杰之士多承用其说。太史公、刘向、蔡邕为鲁诗;匡衡为齐诗;曹植为韩诗;而杨雄①、班固、郑康成氏亦无不为三家学者。此数子者,虽未必守乎一师之传,然即其著书以考见三家之学,盖亦十得八九焉。圣人之书固无所不统,诸儒者不能尽知。或偏执其辞,或显违其义。要其立说,各有所感发,合之古人,无不可通者。惟善学者博观而慎取耳。

吾尤惜自宋氏以来至于近世,承学之士若王氏《三家诗考》、范氏《三家诗拾遗》、陈氏《三家诗遗说》,考其采撷,可谓勤矣。然王氏所采惟三家诗本传,其所取未免稍隘。范、陈氏之书即据为三家者之言而定为三家之旨,其所取亦未免稍滥焉。因为折衷其义录于篇。学残文缺,采择斯难,而其说要归于有据。录三家诗之确有可据者为第一卷;汉世之儒最重师传,即其委可溯其原,录诸儒为三家者之言为第二卷;三家诗颇有异文,于古虽不可考,即文字之变以定为谁氏之说,失者寡矣,录零章断句其文字有合于三家者为第三卷。

---

① "杨雄",即"扬雄"。

嗟乎！诗学之不明久矣！《离骚》作而士兴于文辞，载籍亡而士勤于笺传，斯二者皆治《诗》之盛业，而汉儒之所长者也。自东汉而后，迄于唐而文章遂衰，至于宋而传笺之学亦废。国朝诸大儒出，钩棘训故，收拾散亡，汉代遗说不可谓遂绝。独所谓文辞者益日销月坏，靡靡焉而不知所底止也。兹岂非斯文绝续之交，而有志之士所为望古而兴叹者欤？（吴先生评曰：略叙源委而本意乃别有所属，寄托甚高。）

## 书《史记·万石张叔传》后

自武帝表章圣学，一时鸿伟博辨之才蔚然兴起。而其以笃行称者，则自石奋父子、卫绾、张叔之外无几人。余以为数子者特庸懦之徒尔。夫以天下多故，事变繁兴，而数子者上之既不能匡救过失，下之又不能殚忠尽力，以立功名于世，而惟是矫情饰貌，伪托于忠厚长者之列，以邀世主之荣宠，是岂贤者之所为耶？

韩子曰"儒以文乱法，而侠以武犯禁"，意以谓二者皆衰世之风也。夫游侠之士虽足以败法乱纪，然其意气凌荡万物，固不为众人所悦而国法所禁，又易以动天下畏避之心，故为之者犹鲜。独所谓道德之儒，其托体也至正，而致力也至易，及其术之成也，则君父师友以为贤，而乡党国人以为法。由是而后起俊秀之士皆步规趋模，争效其所为。而风会所激，胥天下之人皆限于庸迂浅近之途，终其身无以自振，无怪乎礼法日以严，防制日以密，而天下靡靡愈日入于衰坏而不可复返也。虽然，此非独世儒之过，而人主用人之不审也。

余观武帝诸臣如汲黯者可谓直矣，而卒以罢黜；如石庆者亦可谓庸矣，而卒以为相。然此二人之直与庸，武帝非不知也，彼自恃其聪明杰特，凡在廷之臣，不过取其奉行意旨而已。而不料其一旦小有变故，如流民徙边之事，已退靡而不可复恃，而况于应天下无穷之变乎。古今之以此致败者，何可胜道，如武帝者，犹其幸焉者哉！

卷二 文（附函牍二十篇）

## 再书《万石张叔传》后

或以为石庆之相武帝，虽无所匡救，犹不失为纯谨寡过，而不可厚非焉。庸讵知夫惟纯谨之是求而纯谨之是应，彼人主者，遂以纵其无等之欲，而及终也，遂以大失乎天下之心，而濒及于危亡之祸。且使为相者而不以纯谨自安，则人主且为束缚驰骤，亦何由而肆其志，何乐而有此臣哉。然则石庆之为相与武帝之几致大乱者，无异故也。由其纯谨而已矣。

夫君子之事君也，亦未尝出以慢易也，而忠愤所激，终不敢自欺其志。至于小人，匪独无忠愤之心而已。即其有忠愤之心，而其气已弱丧而不能自达，实避乎诛戮之责而伪托于纯谨之名。知其事不可为而为之，而且以为吾君之意吾故无可如何也；知其责不可辞而辞之，而且以为吾虽无所建白，天下后世固可共谅吾心之无他也。夫以沉默隐畏之小人而事英果武断之主，其畏祸远罪而自安于无可如何，诚不足怪。而竟以阿媚导谀之故，俾武帝之志日纵，天下之变日繁，而已亦以补救无术而及于辱也，亦岂其意料之所能及者哉！

孔子曰："鄙夫不可与事君，既得之，患失之。"吾观于古今得失之变，或直行而无害，或避祸而误蹈，斯二者，类不能自主如石庆者，吾尤反覆而深惜焉。悲夫！自三代之衰，君臣之际何其难也。英伟奇逸之士既不能合意旨而得荣宠，而士之善于阿谀者又用焉，而不足知天下之变，知焉而不敢言人主之失，以至于祸患纷起，上下俱困，卒相顾而无可如何，此诚天下之至苦者也。而民之生于是时愈可哀矣。（吴先生评曰：二篇风格苍老，议论、笔力皆已脱弃凡近，骎骎入古。）

## 拟韩退之《感二鸟赋》（并序）

韩退之上宰相书，后世以为讥议，其《感二鸟赋》辞旨尤深痛，而欧阳公亦复讥其羡二鸟之光荣，叹一饱之无时，且推极其意，以为使退之光荣而饱则不复有言矣。欧阳公持议之深严如此。然吾观自古贤圣

269

李刚己集

之文，若《客难》、《宾戏》、《解嘲》、《惜誓》、《感士不遇》、《离骚》二十五、《诗》三百篇以及庄周、太史之书，其感愤身世而伤悼不遇者十居八九，未闻有非之者也。今退之以绝世之才而困厄于时，百世之下，读其书，论其世犹或慨慕叹息，想见其概。而当时之人乃轻贱之、摧抑之，其所遇者曾庸众之不若，感愤于中者既久，时时借文字以发其抑郁，乃人之常情，何足怪也。富贵显奕之途，或以行其志，或以纵其欲。彼君子虽不汲汲于利禄，然亦与有所借资。大者行其道，小者谋升斗之奉，以事父母，蓄妻子。二者无一得，然后发愤著书，垂空文以自见，诚不得已之极思也。论者不深悲其遇，而或以尺寸之义绳之，则是孔子之历聘，孟子、荀卿之遨游六国，反不若后世枯槁寂寞之士也。不其惑欤？

乌呼！情驱势迫，天下之变百出而不穷。君子置身之道，或伸或屈，或进或退，一视其情势之所值，历百世而不能齐。若曾参、原宪潜身藜藿之中，处一亩之宫而乐圣人之道，此天下之至幸，而士君子所难必也。伊古以来，负绝异之姿而中道变化、迫于饥寒以枉其志者，何可胜道！而仁人志士不得志于时者，亦或为负贩，或为屠钓，或湛冥于曲蘖，或披披发佯狂，或蹈江海而死，或务为荒唐谬悠之辞以自恣。夫此数者，皆流俗之所羞，而宏达有志之士乃或毅然为之而不顾，此其志诚可悲，而其材诚可惜也。昔微、箕事周，管仲相桓公而孔子明之；伊尹、百里奚为世诟病而孟子明之。士不幸生于乱世，其出处进退之理诚难言也。孙况、杨雄、柳子厚、韩退之之智百倍于后世，而世之讥数子者方断断而未已。苟非圣人心知古人之意者，吾孰从而正之哉！

予诚悲退之此赋，因放作一首，且略述古君子进退之概，以正欧阳氏之误，使学者知立身之道非一端而已，而不敢轻议古人之是非焉：

道何高而不蹈，理何深而不思。嗟重华之日远，独持此其安之。乘大河而下浮，犯朱火之炎景。何天地之漫漫，而余行之辽永。尝羁旅之深艰，悔趋营之旧猛。管三战而俱北，苏十上而无幸。览二鸟之宠荣，伤余生之孤耿。此何罪而见捐，彼何功而使逞。谓跖蹻兮为圣，谓孔墨兮为愚。笞骐骥于荒野，牛与驽兮安居。棹孤舟而涉海，莽不知其所如。谓余行兮不信，固不谬于诗书。览百代之茫茫，通肸蚃于宵寐。有接膝而寇仇，亦旷世而邻比。商多财而善贾，士贱贫而多累。何贤圣之能周，谅古今而同致。幸斯文之在兹，岂游身之无地。吊幽灵于草莽，惊淫昏于高位。挫造化而长伸，弄古今而小戏。何微物之足言，起尧禹而为类。

## 拟张燕公《畏途赋》（用元韵）

绝地轴，叩天关，路崎岖兮杳难攀，盲前进兮不如还。登高山，望故道，人纷纷兮蚁附草，莽无极兮伤怀抱。前有兮激湍，后有兮重峦。策我马兮骨已折，日惨惨兮风云寒。有故园兮灌溉缺，君不还兮芳草歇。振六翮兮生长风，登九天兮抱明月。嗟此志兮苟不由，君不还兮雪生发。（吴先生评曰：有骚意。）

## 汪星次墓表

自桐城吴先生官冀州时，刚己即从学于官廨。通州范先生尝从容手制艺一卷以示刚己，读之则博辨宏丽，辞气骏发，既而知为汪君星次之文。刚己之与汪君友善自此始也。

君讳应张，字星次，幼而警悟。及稍长，益博学能文，尤善制举业。十七岁补学官弟子，二十岁举于乡。君虽生长富厚，然志意朴雅，不事侈靡。其事亲，自宁居燕处以及侍疾居丧，虽造次必循礼法。其与兄弟处，自家居以及客游四方，虽一钱必计籍与弟，货财无私蓄者。其与人交，自至亲宿好以及疏逖，一接之以和，未尝稍忤。虽其怨家仇人，宿所深恶，而待之卒不忍操切。其天性然也。君既夙负异禀，而行义纯备，誉望允洽，方冀其深诣远到，以为宏达之材，以光大汪氏之门户。乃所志万端未及一酬，而遽客死怀庆，实十七年七月二十五日也。卒之前数日，犹时时代人为应试文字。自束发为此，至于濒死而不辍，其可哀也欤！

当丙戌、丁亥间，刚己初游吴先生之门，先生方卿纳四方豪俊，一时幕府宾客、僚佐之盛冠于畿辅。如通州范先生、武强贺先生、新城王晋卿之徒，皆天下闳材硕学，先后来吾州。其余材辨明敏之士犹不可胜数。而星次亦以会试报罢，留冀州宅内，数与诸公旦夕过从。是时先生牧冀已数年，化洽政成，上下和乐，暇则日率诸君子驰骋文词，留连觞酌，往往穷日夜不倦。而刚己于时年虽少，幸得追陪左右。尝私以谓自古贤人君子，身殁向千载，后之人读其遗文，经其生平宦游之地，犹或慨慕叹息，想见其交游之乐，以为不可常得。而吾冀以区区一州，贤才萃聚之盛至于如此，诚可谓天下之至幸。乃前后不过十年，而知交零落。自贺先生外，类皆以饥寒穷困散走于四方；吴先生已衰老；刚己亦以连年羸病，无复往日进取之志；而星次前卒于怀庆，距今且六七年矣。

乌呼！富贵利达之途，其得失不可以力争。至于文章道艺，故人人可以自为者，而犹且有饥饿、困苦、疾病、死丧之患百端以相厄。虽欲求一日之从容，以毕力于举世不为之业，而犹若岌岌乎不敢以自保也，悲夫！

君曾祖讳某，某官；祖讳某，某官；考讳某，字毅山，官布政使衔，河南候补道，两署南汝光道，有政声。君无子，以弟凤桐子某为之后。女子二，长女信，许字太湖余氏；次女保，待字。妻吴氏，狷介有节操，吴先生次女也。初，君在襁褓中，先生过汴，见之曰："此子清秀入骨，非凡器也。"及君之殁，先生尤痛惜，曰："吾第一佳婿，何遽短命耶！"观于先生之言，其于君之为人可以知其概矣。

君生于南阳，后父官于汴，遂久居汴中。君之弟凤桐将于某年月日移祖父柩，卜葬于河北武陟县某乡某原，以君祔葬二代墓侧。光绪丁酉八月南宫李刚己表。

## 合肥相国八十寿序（代）

皇帝御极二十有六年，北方乱民肇衅，英、俄、法、德、日本诸国联军入畿辅。天子深惟保邦睦邻之义，不欲究武，乃命大学士一等肃毅伯合肥李公自两广移镇直隶，与庆亲王议和于京师。越明年七月，和议告成。中外既罢兵，于是天下吏民感公再造之德，莫不讴吟慕叹。而江西文武吏士、荐绅之徒咸谋以公明年八十诞辰，执爵称寿，宣扬功德于无穷。乃以其寿言属之于某，且问于某曰："往者洪、杨、任、张之乱，天下无完土。我公以词臣佐咸、同中兴，南清江表，北奠河朔，盛德闳烈，震骇于今古。厥后秉国钧，镇畿甸且三十年，内修政治，外抚戎夏，其渊居密谋，销折未萌之患，盖不可殚述。而前岁马关之约与近日京师之议，方其事变之殷，举天下皆惶惧震愕，四顾而莫知所届。及我公之至，则从容指顾，不下堂序，而百万虎狼之众乃莫不敛手屏息，一听我公之所谓。方之前古，虽方叔、召虎、赵充国、李德裕之伦，其何以加于此乎？"

某惟载籍以来，所传名贤将相，能镇抚内外者多矣。中国自古号为一统，四面附着，类皆小蛮夷，以游牧射猎为生，以侵掠杀戮为俗，匪有礼义、政教一切化导斯民之具也。然周、汉以降，所谓制驭戎夷之策，其上者不过斥逐之，其次者不过羁縻之，自余覆军杀将、举天下之力而困于一隅者不可胜数也。圣清受天命，恺泽桃被，远人慕思。结盟约、通互市者，帆樯纵横于瀛海，而东西强大之国日昌月炽，至今条教大备，材艺各精。各嚣然挟其富强之资，以陵跞乎六合。我公处至难之势，丁多事之时，以一身横塞其冲，为天下藩蔽数十载。持之以坚忍，应之以委蛇，疏壅决滞，摧蘖披枝，徐抵其隙而扼其机，卒能穷其变诈，制其恣睢。至于改图易向，事既定而天下莫知所为之。而最其功效，虽十万之众，百战之劳，莫能庶几于兹，何其伟也！以视夫方、召之所为，其大小难易何如哉！

某既为此对，因复推本此意，以为跻堂之献。窃意继今以往，大难既夷，万端具举，天祚圣清，默佑耆德。必将滋益我公康强寿考，辅成万世无疆之业。某等与海内士大夫称颂功伐，歌咏盛美，盖方自此始也。我公其以为知言而鞎然，为举一觞也夫。（吴先生评曰：浑坚朴茂，情韵蔚然，议论亦搔着痒处。）

## 祭吴先生文

维年月日，为桐城先生既卒十有八日。门下士李刚己、常堉章、邓毓怡、籍忠寅、赵宗抃、韩德铭、梁建章、吴鼎昌、武锡珏、杜之堂、尚秉和、阎志廉、李景濂、李景滮、叶崇质、崔谨、谷钟秀、马锡蕃、马鉴滢、王振垚、王笃恭、刘培极、吴篯孙、弓汝勤、徐德源、刘春堂、高步瀛、刘寿山、杨润芳、刘焕章、刘吟皋、高彭龄、赵荣章、赵缵曾、赵炳麟、王余庆、贺葆经、郭增廓、刘汝荣、步以崚、李广濂、王仪型、马钟杰、冉楷、韩殿琦、齐立震、刘祖培、赵显曾、刘春霖、张以南、李鸿林、廉泉、杨士贤、马镇桐、李骏声、黎炳文、邢襄，设位于保定莲池校士馆先生旧时莅讲之堂，哭而致祭曰：

於戏！昭代盛文，方、刘滥觞。降姚迨曾，斯道益光。我公后起，遂无对者。排荡百川，日夜东泻。万代茫茫，熔于一冶。自昔幽冀，贤哲代产。钜制闳文，纷腾载典。宋氏以还，道穷运蹇。千岁寂寥，古风不返。众雌无雄，其又奚卵。洎公之至，大启门庭。手携皓日，烛我昏冥。删条落蔓，凿牖掊扃。蛰虫欲苏，震以雷霆。山泽雨霁，万汇萌生。非公之力，终古晦盲。方公始至，己丑之岁。下逮癸巳，士风愈厉。四远来学，丝联襫继。是时寰海，内外熙和。日会多士，俯仰啸歌。商经榷史，进退百家。咸韶窈眇，破彼淫哇。名园郁郁，盛自乾嘉。连冈跨谷，楼观巍峨。古藤老木，华蔓樛加。蛟龙郁起，籋①霓拂霞。炎风吹水，猎我蒲荷。激红荡绿，猗靡清波。林泉既胜，徒友既多。追从游衍，为乐无涯。岁月几何，人事遽变。虺蛇嘘毒，遍于郊甸。楼阁潭潭，尽付煨炭。花木毁伤，徒党漂散。公亦旋去，万端冰泮。抚念盛衰，悼怀理乱。谁为戎首，构此多难。公既去此，爰客京师。国家兴学，以公尸之。不获固辞，遂与逶迤。问道东海，一揽靡遗。撷其精华，拨其糠秕。方期归国，次第推施。高揭斗柄，以正四时。如何半驾，斩辔摧羁。吾党之痛，天下之忧。昔闻公去，忧心如结。百计牵挽，公志愈决。送公西郊，惨怆不悦。顾惟两地，密如庭闼。犹指后期，以慰离索。及公东游，山海辽绝。念公旋归，曾非久别。百事纷纭，待公剖析。岂谓人生，倏忽变灭。西郊一散，竟成永诀。伤心远望，涕泪交挥。山川变色，日月无辉。茫乎安适，忽乎何

---

① "籋"，原本作"籣"。

依。悠悠天地，莫足以归。载陈醴酒，载荐芳菲。望公不见，徒增我悲。於戏！尚飨！

## 姚母蒋太宜人七十寿言

自范史传列女，后世纂史志者莫不承用其体。然类皆崇尚奇异，以震惊众人之耳目，至于门内庸行，往往置而不道。而节妇贤母，攻苦食贫，奉亲教子，兢兢数十年，或不得与彼割股殉身、一时激烈之行争流俗之声誉。其流弊可胜言哉！

某月某日为吾友姚君思济之母蒋太宜人七十寿辰，思济将延宾称庆，而以侑觞之辞属刚己。且谓刚己曰：吾母年十七而归我亡考某府君。时先大母已逝世，先曾大母及先大父犹在堂。吾母总持家政，亲操井臼，事二亲毫氂无失礼。后值捻乱，吾母随府君奉先曾大母避地潜山之麓。时先大父守故里，府君归省，猝被寇掠，逾二日，始间关逃免，而惊悸致疾，遂以不起。吾母闻凶耗，痛愤不欲生，特以亲老子幼，不敢陨身。而兵燹之后，生计益绌，惟赖纺绩以资事畜，其艰苦可知也。然家虽贫，不欲令子废学。献年七岁遣入乡塾，稍事嬉戏，辄加箠楚。后献稍壮，奔走四方，献之子某又赖吾母抚育教诲。凡献父子稍有成立者，皆吾母之力也。先曾大母病笃时，吾母昼夜守侍，四十余日无怠意。先大父之弃养也，献方客蒙城，不得归，凡医药丧葬之事皆吾母任之，尽哀尽礼，乡人无间言。生平尤喜拯厄困，济贫乏。先叔祖故后遗一女无所归，吾母抚之如妹。及出嫁，仍倾资以治奁具。亲戚中有贫苦请贷者，虽典质必应之。吾母之苦节懿行如此。献不肖，无以为显扬之计。虽于某年月日循例请旌表，然犹恐后世子孙忘先型而失法守也。吾子诚更赐一言以表章之，则感且不朽。

呜呼！纵观太宜人之所为，类皆伦常日用之庸行，固无所谓奇异也。然自古圣贤豪杰，支拄患难，所恃以动天人而挽气数者，实在庸行而不在乎奇异。方太宜人遭值变难，勤困拮据，岂知其后之果克有济？而至于今日，卒致门户鼎盛，子孙贤孝，膺旌奖而享大年者，岂非庸行之效也？夫天道因材而笃生，太宜人之福泽寿考自此方未有涯量，固不

待余之赘言。特以世之重奇异而轻庸行,其流弊将不知所底是用,略抒鄙见,以正史氏之误,并应思济之命。太宜人览之,其或以为知言,而幸进一觞也夫。

## 《中小学堂古文辞读本》序

自唐虞至今数千载,天人之理,事物之变,圣哲之微言奥旨,胥于文焉传载之,故后生为学,非深明文事,必不能通知政治学术之大原。近日新学浡兴,士大夫炫于奇异之说,辄以废弃文事为言,顾不念文事废弃,则数千载之政治学术即将同归于澌灭。而新学虽号称精博,不得能文之士以传达之,亦终无以穷其微而尽其变也。而邌迟其私见,倡异论而误后学,不亦过欤。虽然,欲后生之讲明文事而不得善本,则亦徒劳而罔获。

历代选评古文辞者多矣。坊行俗本既浅陋无足取,而老师大儒所论述又皆精微高远,非初学所能领悟。今中丞南皮张公病之。乃取周、汉以降,辞约义显之文三十六首,属刚己详加评识,杂采旧说,以为中小学堂读本。刚己既不敢辞让,爰请公开陈义例,退而述录先师吴挚甫先生所论为文大指,旁逮旧闻,兼附己意,以缀辑成书,上之于公。公以继此将取鸿篇钜制为高等学堂读本,此编实所以启途径,植基础也。亟欲印而行之,仍属刚己为之序,以识其缘起。

夫文章之道至为奥赜难明,心能知之,而宣之于口则加难焉;口能言之,而达之于笔又加难焉。今是编虽无当于著作之义,然后生诚精思详玩于古人立言之旨、行文之法,亦可以知其崖略矣。其或间有讹谬,世之闳达君子厘举而正之,则厚幸也夫。光绪乙巳孟春南宫李刚己序。

## 《左传文法讲义》序

古之传《春秋》者五家,今惟公羊、穀梁与左氏并行。公、穀二家皆深明经旨,而穀梁之出较晚,其大端皆取之公羊,而时以私意增损之,为说虽稍密,而闳识眇旨顾不逮公羊远甚。《左氏传》非一人所为，其解释经义尤肤浅，类后儒妄羼。然其为书闳博识体，要凡史氏之记载、私家之著述，靡不搜采，而网维以己意。横轶旁出，不离其宗，匪独圣人笔削之意赖以粗明，而唐虞三代数千载之流风遗俗，与夫列国之政制文物，世族之成败废兴，贤士大夫之奇谋至计、嘉言懿行，灿然具备。综其本末而察其要归，皆足为成学治国闻之助。夫岂公、穀而二传所能及欤？

自西学浡兴，论者病中国文字之深奥，难于普及，乃务为浅近便俗之说以矫之。而后生新学，于文事遂以日荒，汉、唐以降名家之文已不复能读，至词理深隐如周秦作者之书，其能通晓者尤鲜[①]。虽有一二深识之士力图挽救，而风会所趋，亦归于空言而无补。往者吴挚甫先生游日本，见其校师说《左氏传》，深以其浅陋为讥。今中国学校讲授《左氏传》者所在多有，而浅陋与日本无以异。无他，以左氏书文义至深，不能究极微眇，徒规规焉传其故训，记其事实，无当也。世儒见欧美语言文字之无别，辄用为中国古学诟病。岂知希腊、罗马之诗歌、历史、哲学诸书，其奥衍难明不下周、秦，而西国学校或列之常科，或以为专门，其历世葆守，固未之敢忽也。左氏书之于中国，视希腊、罗马旧学之于欧美，其为用尤切，而顾以暗于文义之故，致令古人精微之旨若存而若亡，不亦重可惜哉！

周子樾宏荫，与予家有内外姻连，少从余问文法。尝叹其才高而志远，以近日古学之日衰，深以斯文废坠为忧。爰取大兴王或庵先生所评点《左氏传》印而行之，名为《左传文法讲义》，以牖迪初学，并属刚己为之序。刚己惟评点之学于古无有，施之经史，尤多为世所讥笑。然若归氏之于《史记》、姚氏之于《汉书》及所纂古文辞，实为有识者所宝贵。左氏之书惟方望溪氏评点为最精，或庵尝从望溪游，而平生师友如魏叔子辈亦皆以撰著知名。其于文事，盖确有渊源。此书虽未能方驾望溪，然学者诚潜心研诵，于左氏为文义法固可以窥见其端绪焉。

夫左氏在古书为最难，读左氏明而他书无难类推。然则此书之裨益初学，岂可量也哉！

---

[①] "鲜"，原本作"尠"。

 李刚己集

# 函牍（附）

## 致鹿相国函（代张筱帆中丞作）

一别庭阶，再离寒暑。山川迢隔，思心为劳。兹值某官七十揽揆之辰，在京亲友，邕容揄扬，捧觯称庆。而某独滞留于远，不获亲举一觞，拜舞长者之前。瞻望云天，只增忉怛。敬集苏、陈长句一联，暨如意一柄，为长者寿。区区微物，深自愧恧。惟苏、陈二公之句，施之我公，颇为相宜。

盖自古国家兴隆，必有耆宿重臣谟谋帷幄，镇抚中外。《诗》曰："方叔元老，克壮其犹。"汉、唐、北宋之世，赵充国、郭汾阳、文潞公之徒，并以老成硕望系天下轻重，保有功名。康强祉寿，与国无穷；声名光耀，传于百祀。莫不称庆，以为中兴之耆耉，一世之典型。今我公出入三朝，险夷一节，耆德宿望，与方叔、营平诸人后先同揆。天下之慕赖我公，而祝其黄发齯齿、永绥眉寿，以辅成圣清无疆之业者，岂有穷极！惟愿为国自爱，加意珍摄，以副天下之望。幸甚！幸甚！

## 送游学日本诸生训辞（代张中丞）

维光绪三十年七月初五，山西特遣文武学堂诸生暨自费生五十余人游学于日本。本部院亲送于南门之外，进诸生而告之曰：

晋省山河四塞，民生不见外事，风俗之朴厚、性情之循谨，均非他行省所及。今诸生复慨然奋发，远故乡，踔大海，以从学于异域，异日成就尤难限量，本部院诚爱之、重之。惟是中日礼制各殊，习尚亦异，诸生一旦远适异国，诚恐又扞格难入之患。故特派监督维持调护，诸生当恪遵约束，禀承进止，以期共底于成。

至于为学之道，莫患乎浮伪而不实。西学之所以骤致乎富强，中学之所以无救于贫弱，即在乎实与不实之辨。诸生赴东之后，虽所学之门

类不同，要归于实事求是而后已。计日而程功，循名而责实，他日诸生归国，本部院将以此觇其所诣。即诸生自课之法，亦莫要于此也。

夫我国自甲午以来，游学日本者甚众。而人数不齐，邪正互见，学者往往为其沉惑而不悟。今诸生根柢已深，固可以无庸过虑。而本部院终望诸生力防乎歧途，潜心乎大业，学成归国，上以分朝廷之忧，下以备晋省之用。是则既不负国家作育人才之意，而本部院艰难筹款，资遣诸生，与诸生慷慨辞家、就学异国之初心，亦均可以稍慰矣。诸生其勖之哉！

## 致江苏某中丞函（代山西戒烟会作）

送别旌麾，瞬逾一月。寸衷驰系，尺楮难宣。侧闻执事乐受尽言，敢贡所疑，务祈鉴察是幸。

查禁烟一事关系中国存亡，朝廷功令至为森严。执事在晋，于官员吸烟以自违禁令之故不能深究，固无足怪。乃一切要缺、要差反以为沉沦烟籍者奖励之具，是诚何心？他人吸食，可诿不知。若升任志臬司、升任杨守、代州联直牧、调署大同澄倅等，或日在左右，或素有姻连，其深染嗜好，抗不遵戒，为通省官民所共见共闻，在执事岂有不知之理？乃既不认真查参，又或优予保奖，调署繁要，以致全晋官员大半视禁令为具文。而士民见官长如此，益复肆意吸食，毫无忌惮。执事亦知众论之不容也，而又不能躬自戒绝，率先僚属，以痛除官场之沉痼，乃不得已而勉从诸绅一年禁种之议，聊以塞责。

夫以晋省之陷溺烟祸，历数十年，一旦廓清，诚属快举。方事之殷，函牍交驰，风霆震厉，莫不以信赏必罚为言。而在事各员，亦皆奋勉图功，用底于成。乃近阅报纸所载禁种保案，其于绅界之是否核实，姑勿置论。第即官界而言，其身任地方，实在出力各员，幸厕此选者十中不过一二。而院司私人顾纷纷滥登荐牍，如元守、周直牧、陈署倅等，并非在事人员，即强云在事，亦止安坐省垣，襄办文牍，保以异常，已属难解。至张令，则其时方绾厘差，于禁种之事更无关涉，并蒙优保，尤骇听闻。以上各员，仅就耳目众著者略为摘发，此外尚多冒滥，无暇悉数。似此颠倒谬乱，在执事既悍然为之，固已不顾公义，不恤人言。独是新政繁兴，来日方长，禁卖禁吸各事亦拟刻限实行。倘以此等淆乱名实之保案，致使后之为大吏者再有教令，无复信从，其贻患地方何可胜道！

夫晋士气不振，公论难伸，执事固无庸深虑。若吴中则素多英挺不顾利害之士，陈公之事，是其前车，可为炯鉴。愿执事之留意勿忽也。除肃丹奉闻外，合先登报布达。敬请勋安，诸维垂鉴。

# 家书（七通）

字谕光儿知悉：

两接来禀，具悉一切，并惊闻汝伯母与汝三叔凶耗，令人伤痛不以。呜呼！以汝伯父之向来作事全无经纬，不知继娶后能否令小儿女辈不至失所。而汝三婶命薄如此，不知现在作何情状，又不知将来如何处置，始可令存殁无憾。反覆思维，尤令人愁绪如麻，不知所措。奈何！奈何！

吾与汝母均尚平安，汝母四五月间发愤读书作字，吾为渠选抄唐、宋五七言绝句数十篇，皆能成诵，与之讲解，亦颇能领悟。所作大字，笔力清劲，进步尤速。方期从此进授蒙学、教科等书。而自汝祖母来后，不暇专力于此，加以近来汝祖母与汝六姑相继患病，此事又复废辍。呜呼！中国妇女无学，不明世事，不明义理，不明养心之法，不明卫生之术。小则贻害于身体，大则贻累于家庭，其流毒实不可胜言。而汝母以家事所累，不能副吾此志，惜哉！惜哉！

汝等此次回家，办一蒙学甚好，甚好。此间现筹定经费一千余串，拟在城关开办初等官小学堂四处，官立半日学堂一处，筹划一切尚未就绪。高等学堂现亦正在整顿。惜此间绅士于学务全不在行，地方官终日公事纷纭，又不能专力办此，恐将来终难结良果也。

汝等半年以来，各种科学现已及何程度，下次来禀可一一告我。堂中注重东语甚好，东文功课原不必甚多，盖汝等既通中文，所难者在东语，不在东文也。惟中文功课太少，此大缺点。松坡先生既在彼开文学馆，汝等若能常往听讲，于中学实大有裨益。但恐堂中无此工夫尔。（八月初六日）

告初、光二儿：

汝等来禀均已收到。吾病较前轻减，汝等毋庸过虑。光儿所购药物已照信查收。达赖已于七日过境，幸尚平静，达赖及护从人等皆以此间尖宿，两站均在深山无人之境，较各处办差艰苦数倍。而桥道如此修治，供张如此周倍，实出望外，是以欢喜异常。达赖于十八日清晨延见，闻省南各州县见者少，不见者多，省北惟代州未见。见与不见，亦何加损。而彼则以一见为非常荣宠，故为汝等略述耳（不见者于帐外站班时交递哈达，见者请入帐内递哈达）。

观光儿禀词，大有忧贫之意。此殊不必。汝年甫逾冠，尚非营谋衣食之时，但能勤学励行，植远大基础，吾心已慰。其余汝等不必过问。贫者士之常，自古贤哲皆以乐天知命为贵。目下家计虽窘，吾尚不至作无益之愁苦。放翁诗云"生平力学所得处，正要如今不动心"，汝等其念之哉。

阅初儿来禀，今年中学堂课程似颇可观。其注重东文、东语亦与汝等预备东游宗旨相合。如真能照办，汝等即在此毕业亦无不可。吾牙痛病源，初儿所言皆非，是问光儿自知。（二月二十一日）

母亲大人膝下敬禀者：

顷接南弟来函，惊悉竹弟竟于五月十五日病殁①，曷胜悲恸！男于四月间接南弟信，知竹弟时有吐痰之症，犹谓其旧日原有此病，近时减吸洋烟，偶然复犯，不久即当痊愈，故心中不甚介意。呜呼！其竟因此而没耶？抑别有他疾而至此耶？呜呼！男虽不才，幸蒙祖宗余荫，得以取科第，窃禄仕。吾父未尝受甘旨一日之养，遽已见背，至今深为恸憾。而吾弟又相继而逝，此恨曷有穷极！

---

① "殁"，原本作"没"。

竹弟天性和顺，事吾母甚孝，于兄嫂前亦能尽礼，男心深为喜慰。前到灵丘，男本不欲令其回家，惟以吾母与六妹决计欲归。竹弟与吾母亦不可相离，是以勉令归去。呜呼！署中虽万分艰窘，而饮食日用自较家中为便。诚知六妹与竹弟相继溘逝，男岂忍令慈驾东归，又岂忍令弟妹随侍而去耶？

呜呼！竹弟年力正强，男方冀其与吾母同来署中，长侍膝下。今竟中道而逝，悲夫！惟死者不可复生，徒事悲哀亦复何益。万望大人裁抑哀情，保重慈躬，不独男等之福，亦阖家之幸也。本宜遣光儿回家省视，奈渠近亦有病，赴太原就医（光儿病症近日似成外科，详细情形问宝林自知）。故遣宝林侄前请慈安，并请示西来之期（男意决请慈驾西来，两弟妇亦当随侍。万一弟妇辈有不愿前来者，男拟每年寄与二三十金供其零用。或在吾家居住，或在娘家，听其自便可耳）。

此时天气暑热，自不便出门。但俟七八月间略为凉爽，即请就道，并祈预将行期示知，以便派人携带川资前往迎接。吾母处花用银钱，嗣后署中无论若何匮乏，必当设法措备，不敢有缺。请大人放心。

男戒烟已经一载，现只食梅花参片两枚，身体较前健壮。惟办公事略多，心中即觉不奈烦耳。署中公私事件均尚顺适，惟缺分赔累不堪，调动尚无消息，只好听之而已。（六月十五日）


凯臣老弟左右：

顷接来函，惊悉竹弟于五月十五日溘逝，至为伤痛。竹弟近来事亲孝顺，吃烟减少，吾心深为喜慰，不谓其遽至于此。呜呼！人谁不死？独念竹弟有兄掇科第，窃禄仕，不获处一日丰裕之境，遽归泉台，此恨曷有穷极！惟死者不可复生，徒事悲伤亦复何益。望吾弟于老太太前时常设法譬劝，勿令过悲，致生他变，是为至要。

吾决意请慈驾带同两弟妇西来，一俟大人示知行期，即当派人携带川资前往迎接。此时大人如嫌东院寂寞，即移西院亦无不可。但房屋不利之说，吾实不信。且现在时疫流行，居处以宽敞洁净为要。西院人多地狭，似不如东院于卫生为宜。请吾弟与大人酌之。

昨阅初儿与光儿信，知大嫂病势甚重，时时思念淼儿。且淼儿在此

卷二　文（附函牍二十篇）

无事，故遣令与程宝林结伴东归。此间公私平顺，惟缺分赔累不堪。下忙收毕，尚亏七八百金之谱。今春支应佛差，繁邑用款将及四千金，均系由地方挪借。前经造册报销，现据藩宪批回。除由司酌拨外，其余均归就地设法筹补，是此差县署当可不至赔累。然他处因此差发财者多矣，惟吾实无此本领耳。

弟前信戒吾作事不宜过急，此实深中吾病。然若以桐山与吾相较，则未免比拟不伦。桐山本无吏才，其用人亦多失当。当未被议之前，有人自皖来信，即预知有今日之事。吾往时惟虑吃烟一事为忌者所中伤，致蹈周培之之覆辙。今则烟瘾戒断已经年余，即有相忌之人亦苦无隙可乘。况现时各上宪虽于我无德，亦不至有怨乎。

闻吾乡近日已得透雨，想秋收尚有可望，麦田闻已薄有收获。署中与家中同一艰窘，吾兄弟惟当坚忍支持，济此厄运，无他术也。（六月十五日）


谕光儿知悉：

接阅节次来禀，具悉一切。此间公私均顺适，汝祖母泻症忽好忽犯，深为可虑。汝母每日食鸡子数枚，久未间断，颇有功效。菜儿健旺异常，拟于月底倩人种痘。

杨博翁从代郡算交代，回署交案约省二百余金，繁任交代亦已清结矣。东三省鼠疫至为酷烈，京、津、山东各处皆受波及。近闻津郡、哈尔滨等处已渐轻减，然消防所需，计款已不下千万金。保定近日有无此症？汝辈处此险地，当十分谨慎也。深州、武邑一带传染既盛，吾乡何能幸免。浩劫茫茫，念之忧惧！

日、俄、德三国近已同盟，从此列强中与日、俄相抗者惟一美国。美固不能独当此难也。吾国外交家办理如稍失机，恐美人亦将折而入于日、俄之党，则中国瓜分之祸行将立见。禹域神州沦为异域，而当局者仍若熟视而无睹也。杞人私忧亦何补哉！

杜诗"莽"字古音读若"母"，并无讹误。日本绣工山水两幅并玻璃罩二块已收到，尚是佳品。闻蜀中所绣较胜东西各国，未识确否耳。（二月望日）

283

 李刚己集

伯冲吾侄左右：

接来禀，具悉种种。汝病非瘟即疟，刻下如未尽除根，可购取金鸡纳霜服之，定能奏效。毛橘红容当设法物色，然中药多有名无实，吾意终未深信。

《钱注杜诗》、《文科词典》并《国风报》可各购一份①寄来。《民约论》有无译本？吾甚欲一观此书。中俄交涉已了，蒙疆事去，大局垂危。莽莽神州，将沦异种，此不独政府之责，亦全国人民之耻也。

此间公私均平顺，可无烦挂念。（四月朔日）


告光儿知悉：

中秋日来禀已受到。汝病比已全愈否？念念！前去手谕二次，计此时均已接阅。此间诸凡平顺。昨接新民政长谷芙堂君来电，对吾辞官一事亦极力慰留。原电云"电悉。屈公数月，以慰小民借寇之思，倚畀方殷，幸勿固执"云云。其词意之勤挚，实足令人生感。晋人待我固不为薄，只得勉图进行，以冀相与有成，不拟更作归计矣。

杜子诚奉阎公命，改编中后两路防营为陆军，其办法先止改易名目，所有官弁兵丁皆暂照旧。察看此间情形，当不至为难，惟归化稍宜注意。然陈公如允为臂助，自当俯首听命。

闻杜公本日由灵启行，不日便可抵同。其婚期闻已择定重阳后三日，现各界正在预备欢迎也。陈公明日公回，闻此老初抵京师，总统因有要公，命姜军统先行接见，并询地方详情。仍属其先赴太原，与孙中山及阎都督接洽后转回京城，再见总统。故陈公由京前赴晋垣，计与阎、谷诸公相见，定当水乳相融。晋北军界局面当有变动。吾前所矜杜公之策或将见之实行也。陈公于姜军统前为吾极力揄扬，要其转达总统。惟吾之官职与总统不能直接于实事，殊无裨补耳。然即此以观，则其亲见总统及冯、阎诸公时，自必力为嘘拂，固可概见。吾平生与人寡合，独吴、范二先生及杜、陈二公，其信爱之深，往往出于意计之外。

----

① "份"，原本作"分"。

卷二　文（附函牍二十篇）

呜呼！吴、范尚矣，如杜、陈者，于今世结交之场亦宁可多见哉！

吾近被委为第三区（即大、朔两府属地）覆选监督，公事益忙碌。天气渐寒，家眷宜速就道。昨已函嘱伯冲为我一行，汝可更作函促之。补牙者所有材料不佳，另向京城购办，故尚未着手。闻刻已购到，日内将为镶补，不审果能得力否耳。并闻此人能照像，较此间照像者手艺稍佳。俟稍暇当令拍一照寄去。《燕子笺》一书亟思一阅，汝母过保时可交给带来也。（九月三十日）

# 文（补）

## 读《汉书·张禹传》书后

灾异機祥之说盖盛于周末。及汉兴，更秦焚，家异学，人异说，其治《易》《洪范》《春秋》，尤好推衍灾变消息、阴阳五行，其迂谬至乃不可究诘。虽一代闳骏之士若董仲舒、刘向父子，犹不能正其谬误。而班氏撰《汉书》，乃掃取诸说为《五行传》，风会所趋，虽贤者不能振拔，类如是也。

今张禹虽曲学阿世，然其对成帝也，独能折众论，斥灾异之说，其识固远出于一代儒者之上矣。而班氏之意，乃若以成帝之终信王氏与王氏之所以日盛归咎于禹者，何也？说者曰："灾异之说虽不可尽信，然人臣之所以谏戒人主而防其纵恣者，固有赖于此。"是尤不然。自古言灾异者，若诗人所刺、《春秋》所纪，可谓至深切著明。至西汉尤廪廪于此，其以灾异策免三公、废戮大臣者，累世而不绝。然世主因此而改行者，十不得一二也。夫古今亡国败家相随属，前者既覆而后者复蹈，方其肆意极欲，虽诛灭放废、宗庙不血食而有所不恤。而谓区区灾变之浮辞，足以警动而惩劝之，何其谬论者欤！且张禹固非不信灾变者，观其遇天变而感动忧色，则此之对成帝者岂其本心哉！独其所言者自正论，以其人而忽之，诚不可也。

当元、成之世，天下承平久。其君臣相与为声色侈靡之乐，非有兵

李刚己集

戈寇乱、奸雄僭窃之祸，足以为社稷之存亡者也。而诸儒言灾异者，方务为危言激论，悚动朝廷。当时愤忧国家者，独一刘向而已，其余如京房、谷永之徒，类皆诡随不忠。上者窥合人主意，下者阴为大臣关说。自是以后，鄙儒新进苟且取富贵者，盖不可胜数。浸循至于平帝之末，行路者皆知莽之将篡。而缙绅耆老、诸侯守土之臣方且称祥瑞、造符命，故奸臣从容于堂序之上，而汉氏遂亡矣。

呜呼！有国家者，夷狄盗贼之是防固也。而吾谓矫饰经术、靡靡无自立之者，其为人尤可虑哉，尤可虑哉！（吴先生评云：自邹衍五行说起，千载沉溺其中，独孙卿、太史公、退之、子厚、欧阳公、王介甫数人不信怪妄耳。此独于张禹侧媚之事而畅论灾异之无稽，非如他卷欲翻旧案也。末幅尤为旷远。）

# 原书附录

## 李刚己传

南宫刘登瀛

君姓李氏，讳刚己，字如其名，直隶冀州南宫县人。曾祖盛山，祖怀芳。父永敬，邑增生。妣氏梁、氏王。君赋性渊朗，志气卓拔，自幼时头角已崭崭异众。年十三四学为应试文字，同学数十人无出其右。会桐城吴挚甫先生牧冀州，试得君卷，大奇之，拔冠其曹。召至署，使从通州范肯堂先生学。范先生南归，乃从武强贺松坡先生于州之信都书院。及吴先生弃官，都讲保定莲池书院，复往从之。三先生皆以古文名世，而吴先生学问经济，度越时贤，其闳识高行，尤非一切号为文士者所能睎冀。君居莲池前后几十载，极其才于学，精进不已。吴先生尝称为一日千里。所为诗古文，雄肆淋漓，先生谓在古人亦所罕觏。余力治举业，敛就时范，而光气故震越不可蔽抑。光绪癸巳恩科乡试，闱艺初出，合肥李文忠公见之惊曰："此人材器闳远，异日当为吾辈事业。"榜发，中式第四名。甲午成进士，戊戌廷试即用知县，分省山西。庚子夏，丁父忧，其冬佐湖北学政蒋公幕。明年复依吴先生于莲池。癸卯服阕，赴晋补大同县知县，历署代州、直隶州知州，灵丘、繁峙、五台、静乐等县知县。

吴先生之学，于古人书务求其意，不徇世儒为说；其为政不阿上官，不干俗誉，必行其志与学，苟事所宜为，虽难不避，虽从疑府谤不自沮。当同、光间，中外初通，见闻诡创，吾国上下群以攘夷自高，恶闻外事。先生独潜究其政治、艺术之要，谓宜取彼长以自辅益。及甲午、庚子两受钜创，国势大绌，不得已而谋变革。政治教育，一仿东西各国成法，士大夫幡然向风，人矜新知，先生则又逆测流极，悁焉以国学废灭为忧。君从吴先生久,冥契师道,既莅官,新法方兴,所至必延访士绅,求民疾苦,相所宜与之兴革。于学校、巡警诸政皆变通定制,自创规模,期收实益,不牵文法。又善折狱,邻县狱久不决者,大吏辄檄君往讯,曲直立辨。广灵县某狱讯结,两造皆请为君建生祠,君不许也。君循声暴著,同僚皆貌敬而心忌之。

又廉直不善事长官。所补大同,剧邑也,顾名虽除授而连署僻县,迄未获履本任。及辛亥革命军起,大同亦响应。嗣大局略定而网弛纽解,暴民乘机肆扰,官不敢何问。雁门道梗,商旅绝行,署知县某藏匿不出,晋抚屡易人往代,莫敢应。于是檄君赴任,君叹曰:"平时如鸥吓鼠,乱起似鸟惊弓,是何为者?"毅然前往。沿途暴民相戒,敛迹不敢有所触犯。抵任十余日,忽城内淮军哗变,淫杀焚掠,亘六日夜。大同总兵、知府皆畏怯,缩首自保。君独创善后联合会,集士绅筹设挽救之方。变兵就抚后,闾市凋残,公私困敝,复立地方银行以通其有无。艰难擘画,寝食不遑者数月,民始安堵。于是都督阎公手函嘉奖,民政长谷公呈大总统请以方面监司之职,交国务院存记。而君以洊更忧患,形神交瘁,卒坚请解职养疴以去。

君宦晋十年,所在士民爱戴而弗忘。生平恶言利,不家于官。罢职后,私产不益于前,旧有田数十亩、屋二十余椽而已。顾慷慨好周人之急。在灵丘以新政费繁,民力不供,则取平余、行费、堂规等旧为官有私入者,移以充学款。辛亥乱时,君卸署静乐,送眷东归,赀用不给,假幕客百金以行。抵盂县,适晋抚陆公钟琦到任,甫数日遇难。家属逃避至盂,馁困无以自存。君悯之,赠以五十金,又为书告忻州牧朱君。朱高君义,亦贻重金欤助之。陆氏赖以出厄。他义举多此类。

君笃耆文学,虽在官,治事稍暇,即手一编,披读不置。尝谓行谊文章,相待为用。吾国历代作者,其襟①抱、识量莫不高出流俗,卓立尘埃之表。故发为文章,其瑰词闳识,亦复非世人所能及。盖文字本以抒写胸臆,惟其有之,是以似之也。近年两海大通,国人率讳言古学,竞谭新术,桀黠者又往往假借西说以阴济其私。民德既日卑污,而文体

---

① "襟",原本作"衿"。

亦从而阘茸，不能上跻于古。此其风会所趋，不独为斯文之不幸也。吾国先哲垂训，所赖以建人极而奠国基者，其精微难言之妙，仅于文焉可窥寻一二。文事不能讲明，则古人之嘉言懿训，虽存犹亡。而人民之修德立行，亦将无所取法。其贻害国家可胜道哉！且新学日益昌盛，非待能文之士从事译著，无以穷微尽妙，裨补国学所未备。由是言之，则文章之亟宜研求，审矣。而研求文章，苟断断于章句之末，而于古人宅心之道、垂教之旨不能通晓，微独古人高躅无由攀继，即文章亦难自振于凡庸。是乃征诸古载而未或稍谬者也。

君既为此论，常以训迪后学。去官家居，慨然以守，先禋后为志。会保定高等师范学校设立国文专部，校长赵君请君主其教事。甲寅春来保定，诸生聆其讲说，感悟警奋，方以得师相庆。而君自大同积劳，时患痰嗽，是夏触暑，复患泻痢，至冬遂卒。时民国三年也，年四十三。

娶同邑朱氏，子葆光，吉林地方审判厅推事，年少而通敏有守。孙元泽。君所为诗古文稿多散失，葆光方拟搜集付梓。又著有《西教纪略》若干卷，评选诗文若干卷，已刻者若干卷云。

刘登瀛曰：自吴先生来官圻辅，学者始知学为古文。如贺松坡先生涛，如冀州赵湘帆衡，如君，尤为卓然有立。而能以吴先生之道施之政治者卒鲜①。君有意乎先生之吏治矣，然亦不得竟其志。盖文学求诸己而已，政治则与人相际相需，有待于外，故难必也。呜呼！治道之隆污，彼自关世运焉。无其时与位，而欲以区区之力逆流而与之竞胜，其终不济，宜耳。岂独君寿之不永为有命也哉！

## 李刚己墓志铭

桐城姚永概

君讳刚己，字刚己，直隶南宫人。年十三应冀州试。时吴先生牧冀州，而贺先生涛主书院，范先生当世在幕中，方倡文学教士。得君文，大惊曰："此天才也！"录冠其曹，召居署，使从范先生游，久之，吴

---

① "鲜"。原本作"尠"。

先生弃官，主讲莲池书院，君居院，每试辄第一。时试于院者皆高材，年皆长于君，莫不翕服。中光绪甲午进士，以知县分山西，补大同，历署代州知州，灵丘、繁峙、五台、静乐知县。君所至求民隐，刻己矫俗，以能政事闻。在灵丘也，新政方厉，行费不给。君不忍苛小民，取旧例规费、平余，悉以兴学。士皆振奋，灵丘遂名多才。善折狱，邻县疑狱不决者，大吏悉以檄君，数语即服。

君性高洁，不屑附上官，虽补大同，反连署它僻县，不得上。辛亥变起，大同亦和应。事定而境内凋弊，暴民横起，军志反侧，同官引为畏途，不敢往，遂以属君。君笑曰："平时如鸥嗜①鼠，今视大同乃如弓，何也？"卒奉命往。既抵官十余日，淮军变，焚杀连六日，总兵、知府怯不出。君集士绅，创善后联合会，乱者就抚，市肆乃安。复立地方银行，财用流通，民获苏②息。都督、民政长交誉君，且荐可大用。君三请，卒归不顾。晋人杜上化方为省议长，乃叹曰："牧令中有李君，在今日真马生角、天雨粟也。"

君归，教于保定，遂卒，年四十三。君文闳壮有法度，才棱棱出俦辈上。既作令，不得一意为前时，所作又漫不收拾，故多散佚。既卒，其孤蒐录得若干篇，刊焉。北方文学，自贺先生后，惟君能张之。而享年不永，不克极其才之所至，悲夫！昔欧阳永叔集苏子美之文而序之，曰："斯文，金玉也。"君文虽不多，固金玉也。余识君于莲池，君既官，遂不相见。子葆光来请铭其墓，乃叙而铭之，铭曰：

古之圣哲，孰不多文。条理不达，政乌能闻。余初知君，文章而已。仕宦廿年，迹乃可喜。天泽易位，群乱如麻。懦夫缩足，君往若家。是惟大勇，儒者有焉。我铭斯石，诏亿万年。

## 李刚己墓志铭

冀州赵衡

刚己，南宫李氏。生负异禀，髫龄秀发，弱冠业就。为文章肘尺指

---

① "嗜"，原本作"耆"。
② "苏"，原本作"甦"。

寸，屈信由心，动以序合而精耀光焕，顾炫失视。来挟山流，往回海立；一气旋荡，殖落万有；反侧上下，托焉不觉。年若干，举光绪甲午进士，用知县，分发山西，补大同，历署代州、灵丘、繁峙、五台、静乐诸县。风其刚柔，亦母亦父，治与地易。

辛亥变起，大同令某匿不敢出，疆吏数檄人往换，无应者，则饬刚己驰赴本任。至大同，兼署知府，戢彼鸱张，蛰蛰有矛。既数月乱平，刚己遽移病归。次孟县，倾囊出白金五十两，资被戕抚臣陆钟琦妻子归葬。陆钟琦莅任数日戕死，刚己初不与识，其囊有亦称贷借归者也。

刚己生不言利，归无与存。清史馆馆长赵尔巽以协修聘之，不就。会其乡人长保定优级师范，有员程专课国文，刚己以人心波荡于异说，吾国古昔圣贤之微言大谊，将于是扫地也，慨然思为千钧一线之延。履事自春徂冬末，未尽岁一月日，短至前后日，卒保定旅社。

刚己始年十几，以童子升应州试。时桐城吴先生为州，先后招延通县范肯堂先生客署中，武强贺松坡先生都讲信都书院。三先生同在试院，得刚己文，愕起环诵，大奇之，曰："此天才！吾辈所畏也。"拔置第一。既补弟子员，因从三先生受①学。三先生皆绝重刚己，撰语尉藉，方拟古贤，侪夷瞠后。

刚己卒后，诗文多散失。十二月二十六日，其子归葬其乡东北某阡。曾祖盛山；祖怀芳；父永敬，邑诸生。前妣氏梁，母氏王。室氏朱。一子葆光，吉林地方审判厅推事。书征刚己往时知友福录出所箧藏，都付剞劂，名今示后。

刚己生平固未尝轻为文，观班史所载司马相如与枚皋优绌，文唯其善，不贵多也。昔柳子厚悲独孤申叔之死未信于天下，籍志多信诸友。今刚己既得三先生师之，又经其论定，一习褒无异辞。后世胥于此焉取信。渠不唯今天下生附名彰，没施无已。铭曰：

刚己名，以字行。卒甲寅，壬申生。卅三岁，寿不至。留文章，照后世。畴与铭，友赵衡。勒此石，利永贞。

奚然而生，奚然而名。其文夙成，其年不赢，寿以兹铭。

---

① "受"，原本作"更"。赵衡《叙异斋集》卷五此文作"受"，从之。

 李刚己集

# 李君刚己墓表

盐山贾恩绂

有清末造，文章学术崒然为天下望者，推桐城吴挚①父先生，宾客徒党皆当代豪杰，其并时崛兴者，南则有范君肯堂，以其诗歌雄视江表；北则有贺君松坡，以古文词振起河朔。三先生者，渊源相接，并称当代宗师。而三先生之高第弟子，则李君刚己其尤也，服事三先生如一，皆能传厥肧劘，高压辈曹。吴、范、贺三公复为穷力尽气，以宏奖其名声。当吴先生之牧冀州也，延贺、范二公为之课士。刚己应试来，十三四耳，二公得其文，狂喜传诵，曰："此子之年之才充其诣，吾辈将弗逮也。"留之州署，范公日为讲授切磨，年未二十文益进。同列者走僵弗之及，乃大忌嫉之，且继以谤。比刚己名成，昔之忌以谤者服膺褒叹，视吴、贺、范三公无或异词。吴先生去冀，即主保定莲池书院，为海内大师，刚己复从游。先生于门徒素严许可，独刚己文成则方拟前贤，都讲辈率避，莫敢当者，辄以施诸刚己无靳词。尝撰骈语为赠，以西汉三辅奇才目之。而肯堂则曰："李生拜韩、李，揖欧、曾，而凌籍、湜者也。"

刚己冀州南宫人，以名为字。曾祖盛山，祖怀芳，父增广生永敬。君于光绪甲午成进士，年方二十有二，以即用知县，分发山西，授大同知县。以不屑屑迎附上官，凡七年不得履任，反连署僻县灵丘、繁峙、五台、静乐及代州知州。鼎革变亟，上官始畀之大同，而君意已厌食事，为之敉变数月，投劾径归。

民国三载，君与余方同客保定，而君遽卒，年仅四十有三。以早岁服官之故，撰著颇简，前著者又多散佚。君殁，其孤葆光搜访共得诗文若干首刊之。又尝评点古文，批窾中綮，食古入奥，然亦仅廿余篇。识者每以不足尽君为憾。夫著述存亡，亦何常之有！汉黄宪不传一书，得李、郭诸人为之推挹，而世皆信其品量为莫及；樊宗师多诸而尽佚，得

---

① "挚"，原本作"至"。

韩文公为之奖借，世皆信其文词为足传。刚己殆其人欤！刚己幸生于三十年前，得宗工如吴、范、贺三先生者裁成襃大，凡天下之信仰三先生者，皆得以信刚己而惜之、重之。是文之有无、多寡，不足为刚己病也。

今君之葬且逾年，其孤葆光来书，谓墓碑未刻，敢以请。君本以文章取重当世者也，余故著其收名之远与聚散生死之感，揭诸墓隧，以报亡友。至其履官政绩，荦荦可述者，刘君登瀛之状已具详矣，兹故得而略云。

## 先府君行述

先君讳刚己，以名为字，直隶南宫县人。曾祖讳盛山，妣氏李；祖讳怀芳，妣氏张、氏王。考讳永敬，邑增生，性慷爽，急人之难，里人咸敬重之，妣氏梁，生母氏王。

先君生负异禀，年十三四，文学已卓然不群。会桐城吴挚甫先生牧冀，见先君诗文，与通州范肯堂先生、武强贺松坡先生相顾惊叹曰："此天才！非尔我所能逮也！"先君亦以吴、范、贺三先生道德文章崒然为一代师表，因委贽受学。年甫弱冠，所业大就。嗣吴先生辞官，主讲保定莲池书院，先君复从之游。莲池本畿辅人才渊薮，更得张濂亭、吴先生坛坫相继，绩学能文之士负笈来游者日益众。先君以诗文与诸贤相角逐，莫不拜服，自愧不及也。

先君居莲池近十载，由附生以光绪癸巳举于乡，甲午成进士，即用知县，分发山西。庚子夏，丁先王父艰，回籍守制。是冬，往湖北佐学政蒋公式芬幕。癸卯服阕，赴晋补授大同县知县，历署代州直隶州知州，灵丘、繁峙、五台、静乐等县知县。先君以吾国变法不能收富强之效者，半由于吏治之污下，乃大吏进退人才既不能持平，而各牧令亦皆以官为市，不稍措意于政治之得失。以是吏治日偷，民生益困，非有人焉力矫俗弊以为百僚倡，则流毒不知胡底。是以凡至一县，即邀集地方公正绅耆，详求民隐，相宜施治。如学校、巡警诸新政，皆变通定制，独创规模，但期便民收实益，考成殿最不顾也。任灵丘时，值时政维新，庶政繁兴，小民不胜诛求之苦。先君视事，首将历年规费，如平余、行费、堂规等项之应归官有者，全数提充学款。士子皆感奋向学，

李刚己集

人才蔚起，遂跻为晋北名邑。

又善听讼，邻县之疑难大狱，大吏往往檄先君谳讯，一语立决，群惊为神明。广灵县民某狱讯结，两造同，请为先君建生祠，而先君不许也。后由灵丘调署繁峙，灵民不忍先君之去，公举代表赴省，恳请当道收回成命。虽未邀允，而先君政声益震襮，同僚皆貌敬而心忌之。先君性又高洁，不屑屑迎合上官意指，是以大同补缺六七载未获履任，反连署僻县。迨辛亥革命军起，大同亦响应。嗣乱事虽平，而闾阎凋弊，风鹤频惊，知县某藏匿不出。雁门一带，暴民遮途劫杀，行旅不通。晋抚屡易替人，迄莫敢应，始饬先君赴本任。先君叹曰："平时如鸱吓鼠，乱起则似鸟惊弓，此为何者？"毅然前往，沿途暴民皆相率敛迹，曰："如李明府者，何可稍有触犯哉！"及抵任十余日，忽城内淮军哗变，淫杀焚掠亘六日夜。大同总兵、知府皆怯懦不敢出。先君独任艰巨，首创善后联合会，日集绅士筹议挽救之策，寝馈殆废。后变兵就抚，市面仍未复原，复立地方银行，籍资周转艰难。擘画历数月之久，同民始庆更生。兼署大同府知事，都督阎公锡山手函嘉奖，民政长谷如墉呈荐大总统，请以方面监司之职，交国务院存记。当轴期待之意至为殷渥，然先君忧患迭经，形神交瘁，再三禀请辞职养疴。同民百计牵挽，当轴亦坚留不许，而先君去志已决，卒请回籍。

计先君宦晋十年，所至黎献爱戴，如慈父母。虽移任他县，而旧部士绅犹岁时往来不绝。平生最恶言利，不治生产，罢职后无担石之储。山西前省议会议长杜先生上化语人曰："今日牧令中乃有李公其人，天雨粟、马生角也。"而谷公如墉则曰："李君以儒术润色吏治，夫岂可以吏才目之哉！"盖深知先君者矣。先君自以所长文学为最，见挽①近异说播腾，人心波荡，中国数千载古先圣贤之精言微意，将遂破坏而不可收拾，慨然思振兴而光大之。会保定高等师范学校设立国文专部，校长赵君力请先君前来施教。先君乃于今春来保定就馆，讲学数月，生徒皆额手相庆，先君亦冀陶铸真才，以继斯道之统。乃自大同积劳之后，时患痰嗽，夏间触暑，复病泻痢，延至十月，遂卧床不起。不孝方服官

---

① "挽"，原本作"輓"。

294

吉林，闻报跟跄归侍。先君病已沉重，百方医疗无效，竟于民国三年十一月二十七日申时卒于寓寝，距生于清同治十一年正月二十五日，享年四十三岁。积学不显，又不获登中寿，呜呼痛哉！不孝谨于十二月初六日扶柩回籍，二十六日葬先君于村东北之阡。

先君以文章气节取重当世，尝谓行谊文章，相待为用，不可别为二事。吾国历代作者甚众，或通显于时，名垂竹帛；或黯澹终身，托空文以自见。虽遭际各有不同，要其襟抱识量，莫不高出流俗，卓立尘埃之表。故发为文章，其瑰辞闳识亦复焉非世人所能及。盖文字本以抒写胸臆，惟其有之，是以似之。诚至言也。近年两海大通，国人率讳言古学，竞谭新术，桀黠者又往往谬托学说以阴济其私。民德既日流于卑污，而文体亦从而阘茸，不能上跻于古。此风会所趋，不独为斯文之不幸也。且恐文学衰微，而民德益难望有修饬之一日，何则？吾国先哲垂训，所赖以建人极而奠国基者。其精微难言之妙，仅于文焉可窥寻一二。文事不能讲明，斯古人之嘉言懿训，虽存犹亡。而人民之修德立行，亦无所取法矣。其贻害于国家，可胜道哉！泰西各国亦知古代文学之于民彝邦本所系甚重也，故咸珍视希腊、罗马旧学，或立为专门，或列之常科，肆力探讨，未敢稍有息忽。矧吾国文学为四千余年圣贤豪杰心灵所寄托，其重要远过于希腊、罗马之学，又乌可不潜心一考究之乎？且新学日益昌盛，非待能文之士从事译著，无以穷微尽妙，裨补国学所未备。由是言之，则文章之极应研求，审矣。惟是研求文章，徒龂龂于章句之末，而于古人宅心之道、垂教之旨不能通晓，岂但古人高躅无由攀继，即文章亦决难自振于凡庸。是乃征诸古载而未或稍谬者，学者试深思熟虑，宜知所务矣。

先君既为此论，常以训迪后学，而自修尤极刻苦。为县尽心民事，每值公暇，手一卷披读，穷日夜不休，余无可扰心者。至为文章，则陶熔百代，独成异观。吴先生谓先君诗文雄肆淋漓，殆为绝诣，即在古人亦所罕觏。撰联赠先君曰："奇才间出汉三辅，闳识下视禹九州。"而范先生亦以曾文正公撰赠张濂亭，濂亭转以见赠之联移赠先君曰："眼底町畦凌籍湜，袖中诗句压江山。"此联曾文正所以期许濂亭，濂亭与范先生皆谦不敢当，而卒以归之先君者也。呜呼！吴、范二先生皆一代

李刚己集

大儒，其推重先君者若是，亦足以觇先君学问之广大矣。

先君性伉直，不苟同于人，无亲疏贵贱，一接之以至诚慷慨。好周人之急，每忘己之贫困也。辛亥乱时，交卸静乐，送眷东归，宦橐匮乏，假幕客百金以行。抵盂县，适晋抚陆钟琦在太原遇害，其眷属避难来盂，转徙山谷之间，冻馁不能自活。先君悯之，赠以五十金，同行戚友皆以先君与陆公无素，力劝勿尔。先君不听，且函请忻州牧朱君量为资助。朱君高先君之义，亦贻以重金，陆公遗族卒赖以出厄。其他义举多此类。

配吾母，本邑附生朱公讳鹤龄之女。先君兄弟三人，先君最长。先叔父讳修己、讳正己，皆早世无后。子一葆光，吉林地方审判厅推事，娶威县房氏。孙一元泽，生仅三月而先君弃养，名犹先君所赐与，而迄未一面也。女孙一，亦幼。

先君诗文不自收拾，而不孝又随侍日少，故平生稿件散失大半。吴丈闿生每叹嗟，以为宇宙憾事。不孝拟广征同人，搜集成帙，与现存诗文若干首，一并刊刻行世。此外《西教纪略》若干卷，评选诗文若干卷，有已刻者，有未刻者。不孝谨将先君学术、政绩粗陈概略，伏乞海内知言君子采择一二，赐文表扬。不孝世世感且不朽。不孝男李葆光谨述。

## 刚己字辞[①]

通州范当世

呜呼刚己！吾取夫子难其人者而名汝，字汝。汝来学者，不过不为竖，汝遂由是而博通以归，不过不为腐，汝不淫于财，不过贤于贾，不苟为官，不过保全不为虏。努乎！努乎！而鞭退乎！吾而接迹于古乎！伊岂流人所得而侮哉？而终焉为圣者所俯矣。凡无所借而开者为圣，为君主；踵袭而傍依者为庀，为屡，为执鞭之御。由孔子而来，至于我，汝亡虑数十百人者，更模而迭抚之。子或希其父，孙不敢望其祖，而况由后者！以方其初，乃不啻高天之于下土。是强人从我者过与。汝轩轩乎植兹宇，吾不敢贼汝而使之瓜。有若回之圣，夫子无不与回也，可以

---

[①] 以下续刊。

296

不自树，七十子无能而和之，何其妩也！呜呼刚己！天不惧而气不窳，庄生游而孟子处，外弗可加内，无蛊是以可群亦可踽。或曰刚之字以强诂，我则意味刚无所争，而强者无所不用其战取。故刚德为龙而强德为虎。故我以名汝者字汝而无所辅。

## 李刚己传

桐城吴闿生

李刚己，字刚己，南宫进士。先公为冀州大兴文教，延通州范先生来课士。时刚己年十三，随诸生后应试。范先生一见奇之，以语先公，召试，果非凡，因辟一室廨舍西，使刚己及孟生君燕居其中，从范先生学。昕夕督课，同卧起。先公官暇，辄就范先生谈讌，穷极奥窔，而坐两生旁听之。所课文艺日程皆亲与厘定，丹黄、平骘駮荦行卷间无隙地。刚己益锐发不可御，洞穴扃要，山立潮涌，日千万里。先公大喜，目为圣童。时濂亭先生在莲池，亟以书报，且邮寄其所为。濂亭亦绝诧，以为旷世所希有也。

既而先公罢官，主莲池，刚己亦从来，每试必列第一，同辈咋舌捧手莫敢校。癸巳、甲午连捷，成进士。先公重其才，期以大用，属停廷试三年，冀工楷法入翰林，已而卒以知县发山西。山西巡抚胡聘之与先公同年，将之任，过先公莲池，问晋吏贤者，先公举刚己及安文澜以告。胡公至晋，遣藩司到门，候问致殷勤，刚己殊不措意。胡公还语先公曰："公所言李生，迂儒也。吾遣藩司先礼，竟不报。"先公以诚刚己，刚己竟不知也。先公与人言，尝述以为笑，恨其不达世故。及张曾敭抚晋，宾礼刚己，延之幕府，倾心委纳，事大小一依办刚己，刚己措之裕如，晋政大举，曾敭以此博贤能声。众乃知儒者之效，必待用而后兴也。

补大同，未莅任，历署代州、灵丘、繁峙、五台、静乐各县。刻己矫俗，所至有绩。辛亥国变，始赴大同。既抵官，值淮军哗变，知府怯不敢出。刚己集士绅绸缪抚集，刻日而定。兼摄大同府事，都督、民政长交章荐，谓堪方面。刚己以世乱，不乐久仕，移疾遂归。既来京师，与余相见，具述弃官，将复求学，以酬宿志。余力赞之，然刚己故羸疾，及是益愈。保定师范学校延为国文教授，刚己雄于讲说，生徒向服，而已病不能兴。民国三年十一月卒于保定，年四十三。

刚己十五岁从范先生作《村居赋》，曰：

云漠漠而霏烟兮，暮色来乎苍茫。携小扇而披襟兮，步出余之村庄。父老荷锄而同归兮，话鸡犬与麻桑。牧子弄笛于风中兮，声婉转而悠扬。蝉鸣咽而悲鸣兮，夏木之苍苍。鸟咿哑而来下兮，有归乎洋洋。心徘徊而一动兮，忽悲感兮交临。沿萝径以返家兮，聊慨慷以长吟。叹人生之合离兮，尝吾艰乎自今。卧闲敞而独悽兮，妇焉知乎余心。取鸣琴而一奏兮，见月色之沉沉。

暨在莲池拟张燕公《畏途赋》，曰：

绝地轴，叩天关，路崎岖兮杳难攀，盲前进兮不如还。登高山，望故道，人纷纷兮蚁附草，莽无极兮伤怀抱。前有兮激湍，后有兮重峦。策我马兮骨已折，日惨惨兮风云寒。有故园兮灌溉缺，君不还兮芳草歇。振六翮兮生长风，登九天兮抱明月。嗟此志兮苟不由，君不还兮雪生发。

先公逝世，刚己作祭文，曰：

呜乎！昭代盛文，方、刘滥觞。降姚迨曾，斯道益光。我公后起，遂无对者。排荡百川，日夜东泻。万代茫茫，熔于一冶。自昔幽冀，贤哲代产。钜制闳文，纷腾载典。宋氏以还，道穷运蹇。千岁寂寥，古风不返。众雌无雄，其又奚卵。洎公之至，大启门庭。手携皓日，烛我昏冥。删条落蔓，凿牖掊扃。蛰虫欲苏，震以雷霆。山泽雨霁，万汇萌生。非公之力，终古晦盲。方公始至，己丑之岁。下逮癸巳，士风愈厉。四远来学，丝联裸继。是时寰海，内外熙和。日会多士，俯仰啸歌。商经榷史，进退百家。咸韶窈眇，破彼淫哇。名园郁郁，盛自乾嘉。连冈跨谷，楼观巍峨。古藤老木，华蔓樛加。蛟龙郁起，蹳①霓拂霞。炎风吹水，猎我蒲荷。激红荡绿，猗靡清波。林泉既胜，徒友既多。追从游衍，为乐无涯。岁月几何，人事遽变。虺蛇嘘毒，遍于郊甸。楼阁潭潭，尽付煨炭。花木毁伤，徒党漂散。公亦旋去，万端冰泮。抚念盛衰，悼怀理乱。谁为戎首，构此多难。公既去此，爰客京

---

① "蹳"，原本作"簫"。

师。国家兴学，以公尸之。不获固辞，遂与逶迤。问道东海，以揽靡遗。撷其精华，拨其糠秕。方期归国，次第推施。高揭斗柄，以正四时。如何半驾，斩辔摧羁。吾党之痛，天下之忧。昔闻公去，忧心如结。百计牵挽，公志愈决。送公西郊，惨怆不悦。顾惟两地，密如庭闱。犹指后期，以慰离索。及公东游，山海辽绝。念公旋归，曾非久别。百事纷纭，待公剖折。岂谓人生，倏忽变灭。西郊一散，竟成永诀。伤心远望，涕泪交挥。山川变色，日月无辉。茫乎安适，忽乎何依。悠悠天地，莫足以归。载陈醴酒，载荐芳菲。望公不见，徒增我悲。呜乎！尚飨！

先公主持文教数十年，一时俊彦云起，至于文章学力，未有庶几及刚己者。其后继先公志事，以斯文诏后进，惟武强贺先生为大师。其为文卓然自立一宗。然以刚己较之，其才气犹若胜也。刚己不幸早逝，遽止于此，惜哉！而与刚己同学孟君燕者，未几即罢去，卒无所知名于世。范先生每以此叹成才之难云。刚己子葆光，哈尔滨特别检察官，喜为诗，能嗣其父业。

## 先公文集辑刻跋语

先君体素弱，复困于吏事。平生所为诗文甚少，迭更变乱，而稿册散失者又五六焉。兹由知好搜求所得，辑而存之诗集中。丙戌著作皆从日记录出。时先君年才十五耳，吴、范朱先生均绝叹，谓不可及。惜生平论著不尽存也。

《西教纪略》本四卷，前三卷经先君手自点定，稿本具在，惟末卷已佚。先君在时，葆光尝请暇时补入，以成完书。先君谓末卷率抄录公牍成案，佚不足惜，勿须补也。故《通行章程》一卷遂缺云。

吴辟疆丈知言士也，间论文于当代作者，少所许可，独推重先君，以为旷世未有。此次刻集，开示款式，校勘伪误，吴丈之力为多。附缀数语，以志感焉。民国六年四月男葆光谨述。

（摘抄故友录）

# 附录一　李刚己研究资料汇编

**1. 徐世昌：《晚晴簃诗汇》，中华书局 1990 年版，第 7953 页。**

李刚己，字刚己，南宫人。光绪甲午进士，官大同知县。有遗集。诗话：刚己为莲池书院高才生。诗为吴挚甫、范肯堂所激赏。中遭世变，学业未竟其志，才命略似唐李贺、宋王令。诗亦雅与二家相近。

**2. 钱仲联、傅璇琮等主编：《中国文学大辞典》，上海辞书出版社 1997 年版，第 1275 页。**

李刚己（1872—1914），近代诗文家。字刚己。直隶南宫（今属河北）人。光绪二十年（1894）进士，官大同知县，署代州直隶州知州。师从张裕钊、吴汝纶、贺涛、范当世诸家，受古文法，与吴汝纶游最久。善于评点古文，批窾中綮，阐幽入奥。其文"雄肆淋漓，才气宏伟，涵浑迤演，殆为绝诣"（刘声木《桐城文学渊源考》），其诗为范当世弟子，"辞气驱迈，植体杜、黄，得法于师，几于具体"（汪国垣《近代诗人小传稿》）。著有《李刚己遗集》。

生平事迹见汪国垣《近代诗人小传稿》、赵衡《李刚己墓志铭》。

**3. 汪辟疆著，王培军笺证，《光宣诗坛点将录笺证》，中华书局 2008 年版，第 106、260 页。**

李刚己，字刚己，南宫人。光绪戊戌进士，官山西大同县知县。肯堂弟子。民国三年卒，年四十三。有《刚己遗集》。河北诗人，新城王晋卿、南宫李刚己最有名。晋卿能文，诗以纪游诸作为胜，所造得杜韩为多。刚己得诗法于范通州，清刚健举，则又从涪翁直溯杜韩者也。

附录一　李刚己研究资料汇编

**4. 钱基博：《现代中国文学史》，吉林人民出版社2013年版，第176页。**

刚己以字行，为吴汝纶官冀州时所得士，俾受学于通州范当世及涛。汝纶每叹刚己诗文雄肆淋漓，殆为绝足。赠联曰："奇文间出汉三辅，闳识下规禹九州。"然得科第早，以光绪甲午进士，补官山西大同知县。诗文不自检拾，传有《李刚己遗集》五卷，乃其死后桐城吴闿生搜刻而为序之。其文大抵由王安石以学韩愈，亦衍曾国藩一脉；虽未臻韩公之雄奇瑰伟，而颇得介甫之瘦折拗劲。其在师门，雄茂逊张宗瑛，而清遒则胜赵衡；盖衡缛绵不免填砌，而刚己瘦硬乃饶风力也。其诗则由李长吉以学韩愈，略似王树枏早年作，往往警丽，而不免雕琢伤朴，以民国二年卒。

**5. 徐成志、王思豪主编：《桐城派文集叙录》，安徽大学出版社2016年版，第171页。**

李刚己（1872—1915），字刚己，直隶南宫（今属河北）人。清光绪二十年（1894）进士。历署代州知州，灵丘、繁峙、五台、静乐知县。宣统三年（1911）辛亥革命后始赴大同任，兼署大同府知事，旋告归。少师事吴汝纶、贺涛、范当世，受古文法，所为诗古文雄肆淋漓。

《李刚己先生遗集》：李刚己诗文集。民国六年（1917）刻本。有民国六年吴闿生《李刚己先生遗集序》，知是书为李刚己去世之后，吴闿生为之搜求遗集，以付其子刻之。有《李刚己先生遗集总目》。卷一为诗百九首、附词四首；卷二为文二十篇、附函牍十篇；卷三为《西教纪略》一；卷四为《西教纪略》二；卷五为《西教纪略》三。附录：刘登瀛《李刚己传》，姚永概《李刚己墓志铭》，赵衡《李刚己墓志铭》，贾恩绂《李刚己墓表》，民国六年葆光《先府君行述》。知"迭更变乱而稿册散失者又五六焉，兹由知好搜求所得，辑而存之"，吴闿生校勘之力为多。

6. 俞樟华、胡吉省：《桐城派编年》，人民文学出版社2015年版，第901页。

（1915年）李刚己卒。刚己字刚己，以字行，直隶南宫人。少师事吴汝纶、贺涛、范当世，受古文法。光绪二十年进士，以知县用分发山西，旋丁父忧。服阕，补授大同知县，未赴任。历署代州知州，灵丘、繁峙、五台、静乐知县。宣统三年辛亥革命后，始赴大同任，兼署大同府知事，旋告归。著有《李刚己先生遗集》5卷、《教务纪略》4卷首末2卷。事迹见刘登瀛《李刚己传》、姚永概《李刚己墓志铭》、赵衡《李刚己墓志铭》、贾恩绂《李君刚己墓表》、李葆光《先府君行述》（均见《李刚己先生遗集》附录）。

7. 刘声木：《桐城文学渊源考》，黄山书社2012年版。

（李刚己）师事张裕钊、吴汝纶、贺涛、范当世，受古文法，从汝纶尤久。其为文雄肆淋漓，才气宏伟，涵浑迤演，殆为绝诣。评点古文，批窍中綮，食古人奥，仅二十余篇。撰《李刚己遗集》五卷、《附录》一卷……诗文雄伟特出，张、吴同门中推为第一。

周樾，生卒年不详。字宏荫，"师事李刚己，受古文法，才高志远"。

秦嵩，生卒年不详。字山高，"师事李刚己，受古文法，亦一时贤隽"。

8. 范当世著，马亚中校点：《范伯子诗文集》，上海古籍出版社2015年版，第169页。

### 赠雨生

我之徒曰李刚己，颇揖梅曾拜韩李。我有两子罕最佳，泛滥周秦汉诸子。亦若我婿陈师曾，总角声名挂人齿。兹皆足以娱吾年，老死蓬蒿弗恨矣。何哉访旧来汝门，见汝兄弟竟如此。诗有不烦绳削成，胸襟所怀益奇诡。莫我岁晚穷途间，昊天哀怜用相侔。百夫之特千人英，看我

附录一 李刚己研究资料汇编

从头下鞭箠。汝宾生是秾华才，屈宋班张惟汝使。弗于郡国擅风流，要向明堂歌喜起。汝寓得气滋益多，已有清言发如水。此宜拓地成河江，眼底一泓乌足喜。噫乎得师良独难，古有高才化为俚。我之得汝鱼水论，汝亦应将风虎比。记取人又一时，不信吾门仅三士。

### 秦昌五诗序

昌五之弟问桐亦问学于余，时与李刚己、刘乃晟共斋而读，昌五时来观之，若津津乎有味于此也。

### 9. 吴闿生著，寒碧点校：《晚清四十家诗钞》，浙江古籍出版社 2006 年版。

### 晚清四十家诗钞自序

先大夫垂教北方三十余年，文章之传则武强贺先生，诗则通州范先生。二先生皆从先公最久，备闻道要，究极精微，当时有南范北贺之目。其后各以所得传授徒友，蔚为海内宗师，并时豪杰未有或之先也。二先生外，则有马其昶通伯、姚永朴仲实、姚永概叔节、方守彝伦叔、王树枏晋卿、柯劭忞凤孙，咸各有以自见。其年辈稍后，则李刚己刚己、吴镗凯臣、刘乃晟平西、刘登瀛际唐、步其诰芝村、赵宗抃铁卿、张以南化臣、阎志廉鹤泉、韩德铭缄古、李景濂右周、王振垚古愚、武锡珏合之、谷钟秀九峰、傅增湘沅叔、常育璋济生、尚秉和节之、梁建章式堂、刘培極宗尧、高步瀛阆仙、赵衡湘帆、籍忠寅亮侪、郑毓怡和甫等，皆一时才士。贺先生门下著者曰张宗瑛献群；范先生门下著者则推刚己，刚己既从范先生受学，又久事先公，才气雄伟，涵弘迤演，益以光大，同时俦辈莫之及，惜其早逝，流风所披未广。而刚己之子葆光子建作诗颇有父风，其门人泰嵩山高亦近今之贤隽也。今钞近代诗以师友源澜为主，凡四十一家，可观览。当二先生从先公游，闿生方始髫岁，奉觞跪起，窃闻余议，以为宾客豪俊极一时之盛选，亦人事之适然者耳。当时忽忽诚不深知郑重，俯仰数十年，时事日非，前踪日远，然后咨嗟太息，以为此数公者皆千古不常见之人也。世变愈降，则贤哲之所树为弥高，宜其益不相及。往者不可接，来者无由知。持此区区残简，质之无极之人世，其存其亡，茫乎不可究诘也。兹余编览未竟，益惶然继之以悲也。甲子十二月阆生自序。

## 10. 俞明震：《觚庵诗存》，民国庚申铅印本。

### 和范肯堂兼示李刚己

自我来天津，一日一课诗。出门泥没踝，嵲屼窥天倪。登高夜气静，得此晨风吹。日光附大地，万象皆离披。拓境无留影，一隙天所悲。悚身伺其间，寸寸还自持。百年太散漫，魂魄遂从之。卓哉范长公，黯淡天人姿。谈诗有余地，割取晴空丝。及门尽贤达，李子尤恢奇。深谈破蒙翳，真气相因依。悠悠人间世，扰扰长安儿。道德偶中人，耳徇心为疲。何哉寂寞中，获此真支离？

## 11. 姚永概著，江小角点校：《姚永概集》，安徽教育出版社2015年版。

### 调李刚己

李生不横行，局促守燕郊。徒然郁豪气，上与云雨捎。乌睹天下丽，浪结江南交。何不从吾去，流观一解嘲。狼山跨海蠢，范子昔所巢。呦呦新绿轩，犹留一把茆。沂江到京口，金焦俨以庨。朱栏浚飞鸟，笑语压潜蛟。苍翠堆百迭，群舒山周包。龙眠接浮渡，步步逢林坳。石泉清可饮，涧蔬妙能肴。野花红破蕊，高竹青抽梢。复多能言鸟，弄舌欺管匏。雄奇拟龙虎，纤巧类螟蛸。往往绝谷中，五石大瓠抛。喟然不世用，笑听群言咬。乃知山水窟，人富地岂硗！裹粮傥将许！舟我非嘐嘐。

## 12. 高步瀛：《唐宋文举要》，上海古籍出版社1982年版。

### 韩愈《杂说》四选其二

龙嘘气成云。（李刚己曰：起句破空而入，卓如山立。韩文于起笔尤擅胜场。)

云固弗灵于龙也。(李刚己曰:逆笔。)

云,龙之所能使为灵也。若龙之灵,则非云之所能使为灵也。(李刚己曰:此上四句逆笔。)

然龙弗得云无以神其灵矣。失其所凭依,信不可欤!(李刚己曰:此上四句正笔。)

异哉!其所凭依,乃其所自为也。(李刚己曰:挽转首句之意。)

《易》曰:"云从龙。"既曰龙,云从之矣。(李刚己曰:结笔窈然无际。)

世有伯乐然后有千里马。(李刚己曰:将通篇主意一笔揭明。)

千里马常有,而伯乐不常有。故虽有名马,只辱于奴隶人之手,骈死于槽枥之间,不以千里称也。(李刚己曰:此段反对起句,言无伯乐则无千里马,意较浅,笔较轻。)

安能求其千里也?(李刚己曰:此段发明无伯乐则无千里马之故,意较深,笔较重。)

天下无马。(李刚己曰:自策之不以其道以下,纯用逆笔喷薄而出,奇纵无匹。)

呜呼!其真无马邪!(李刚己曰:前文语势过于峻急,故用宕漾之笔以疏其气。)

其真不知马邪!(李刚己曰:一句收转,笔力千钧。)

## 韩愈《答李翊书》

六月二十六日愈白……抑愈所谓望孔子之门墙而不入于其宫者,焉足以知是且非邪?虽然,不可不为生言之。(李刚己曰:此上虽系闲文,然用笔曲折尽致,无一语平直。)

蕲胜于人而取于人。则固胜于人而可取于人矣。李刚己曰:再顿一笔,取足逆势。

将蕲至于古之立言者。(李刚己曰:转捩有力。)

则无望其速成,无诱于势利。养其根而俟其实,加其膏而希其光。根之茂者其实遂,膏之沃者其光晔,仁义之人,其言蔼如也。(李刚己

曰：自无望速成以下，揭明正意，气道语炼，字字腾跃而出。）

抑又有难者，愈之所为，不自知其至犹未也。（李刚己曰：先用此句逆探下文，所谓凌空倒影之笔。）

虽然，学之二十余年矣。（李刚己曰：总束一笔，然后从始至终，逐层追叙，文势便不散漫。）

其观于人，不知其非笑之为非笑也。（李刚己曰：此句与下笑之则以为喜二句，均发明无望速成之意。盖人非不为毁誉所摇，决不能无望其速成也。）

如是者亦有年，犹不改。（李刚己曰：顿挫生姿。）

而务去之，乃徐有得也。（李刚己曰：潆洄尽致。）

气之与言犹是也，气盛，则言之长短与声之高下者皆宜。（李刚己曰：自抑有难者以下，转接超忽，起落迅疾，笔势如飘风，如涌泉，令读者心骇目眩。至此数句，忽换用凝重之肇，遂变为渊渟岳峙之概。所谓前有浮声，后有切响，即此法也。）

虽如是，其敢自谓几于成乎？虽几于成，其用于人也奚取焉？（李刚己曰：转入无诱于势力一层，笔势矫变。）

志乎古必遗乎今，吾诚乐而悲之。（李刚己曰：语语深至，如闻慨叹之声。）

亟称其人，所以劝之，非敢褒其可褒而贬其可贬也。周问于愈者多矣，念生之言不志乎利，聊相为言之。愈白。（李刚己曰：昔归熙甫论为文之法，谓如儿童放纸鸢，愈放愈高，要在手中线索牢，此文中幅历叙平生为学之方，一层深一层，即所谓愈放愈高也。而其行文则一线穿成，半丝不乱，即所稍手中线索牢也。）

## 韩愈《答吕医山人书》

愈白：惠书责以不能如信陵执辔者。（李刚己曰：直起斩截。）

夫信陵战国公子，欲以取士声势倾天下而然耳。（李刚己曰：折笔矫健明快。）

如仆者，自度若世无孔子，不当在弟子之列。（李刚己曰：乘势将本意揭出，文笔奇纵，如风起水涌。）

附录一 李刚己研究资料汇编

又自周后文弊,百子为书,各自名家,乱圣人之宗,后生习传,杂而不贯,故设问以观吾子。(李刚己曰:此文虽有凌迈无前之概,然如此等处,辞气固极淳厚,故尔足贵。若纯以巉岩峭刻为奇,则非君子立言之体矣。)

其已成熟乎,将以为友也。其未成熟乎,将以讲去其非而趋是耳。不如六国公子有市于道者也。(李刚己曰:回应首段,笔势横属绝伦,与寻常前后呼应一味掉弄虚机者不同。)

方今天下入仕,惟以进士明经,及卿大夫之世耳。其人率皆习熟时俗,工于语言,识形势,善候人主意。故天下靡靡,日入于衰坏,恐不复振起。(李刚己曰:自方今天下句至此,全系凌空起步,而体势雄直,辞指沉郁,与刘子骏《移让太常博士书》相近。)

务欲进足下趋死不顾利害去就之人于朝,以争救之耳,非谓当今公卿间无足下辈文学知识也。(李刚己曰:再覆一句,文势愈加峻迈。)

然足下衣破衣,系麻鞋,率然叩吾门。吾待足下,虽未尽宾主之道,不可谓无意者。足下行天下,得此于人盖寡。(李刚己曰:有此一段,意义愈觉圆足,局势愈觉展拓,所谓笔力破余地者也。)

此真仆所汲汲求者。(李刚己曰:转捩无迹,乘势递入结意。)

### 韩愈《送董邵南游河北序》

董生举进士,连不得志于有司,怀抱利器,郁郁适兹土。(李刚己曰:折落题面,承明首句,如无此语,则起笔为无着矣。)

而观于其市,复有昔时屠狗者乎?为我谢曰:"明天子在上,可以出而仕矣。"(李刚己曰:末段托意高妙,措辞深婉,文境颇近司马子长。)

### 韩愈《送李愿归盘谷序》

太行之阳有盘谷,盘谷之间,泉甘而土肥,草木丛茂,居民鲜少。或曰:谓其环两山之间,故曰盘。或曰:是谷也,宅幽而势阻,隐者之所盘旋。友人李愿居之。(李刚己曰:起段词笔简宕……凡为文,宜专就篇中紧要之处极力抒写,其余闲文末节,不宜浪费笔墨,如此文紧要

307

处在中三段，故作者精神全注于此。起段则但求简净，不求精采也。）

愿之言曰。（李刚己曰：忽开异境。）

吾非恶此而逃之。（李刚己曰：逆折有力。）

伺侯于公卿之门，奔走于形势之途，足将进而趑趄，口将言而嗫嚅，处秽污而不羞，触刑辟而诛戮，徼倖于万一，老死而后止者，其于为人贤不肖何如也？（李刚己曰：自愿之言至此，三段文字，奇气喷涌，异采怒发，正如蜃楼海市，一转瞬而消归乌有，洵天下之奇观也。初学悟此，于文章构境设色之法，思过半矣。）

昌黎韩愈闻其言而壮之。（李刚己曰：简劲。）

与之酒而为之歌曰：盘之中，维子之宫……鬼神守护兮，呵禁不祥。饮且食兮寿而康。无不足兮奚所望？膏吾车兮秣吾马，从子于盘兮，终吾生以徜徉。（李刚己曰：按此歌词意颇为危悚，虎豹远迹，蛟龙遁藏等语，皆寓远引避害之意。盖是时朝政昏乱，藩臣矫恣，退之浮沉其间，不能无惧祸之心欤！）

## 韩愈《毛颖传》

毛颖者，中山人也。其先明眎，佐禹治东方土，养万物有功，因封于卯地，死为十二神。尝曰："吾子孙神明之后，不可与物同，当吐而生。"已而果然。（李刚己曰：叙述此事颇难措辞，此乃就死为十二神句化出，奇妙不测。）

卢怒，典与宋鹊谋而杀之，醢其家。（李刚己曰：此段犹史传中之叙述世次，其用笔之疏宕，叙事之简洁，不让史公。）

今日之获，不角不牙，衣褐之徒，缺口而长鬚，八窍而趺居，独取其髦。（李刚己曰：双关语。）

简牍是资，天下其同书。（李刚己曰：筮词奇古绝伦，置之《左传》占筮辞中，当无以复别。）

遂猎，围毛氏之族，拔其豪。（李刚己曰：亦双关语。）

秦皇帝使恬赐之汤沐，而封诸管城。（李刚己曰：汤沐管城等字，皆取双关之意。）

号曰管城子，日见亲宠任事。（李刚己曰：首段专就兔言，此段方

附录一 李刚己研究资料汇编

叙取毫为笔，行文步骤极严。）

虽后见废弃，终默不泻。惟不喜武士，然见请亦时往。（李刚己曰：此段犹史传中之撮举行能，行文纵横恣肆，不可羁勒，然却无语不精，无字不切，所以为妙。"惟不喜武士"二句，笔势尤为奇宕。）

上召颖，三人者，不待诏辄俱往，上未尝怪焉。（李刚己曰：以上因笔推及纸墨砚三物。）

毛氏有两族，其一姬姓，文王之子，封于毛，所谓鲁、卫、毛、聃者也。（李刚己曰：以实证虚，奇妙不测。）

春秋之成，见绝于孔子而非其罪。（李刚己曰：此二语笔势横溢，出人意表。）

及蒙将军拔中山之豪，始皇封诸管城，世遂有名，而姬姓之毛无闻。（李刚己曰：萦拂尽致。）

颖始以俘见，卒见任使，秦之灭诸侯，颖与有功，赏不酬劳，以老见疏，秦真少恩哉！（李刚己曰：结末感喟无端，顿挫有节，尤为史公神境。）

## 韩愈《殿中少监马君墓志铭》

少府监赠太子少傅者也。姆抱幼子立侧，眉眼如画，发漆黑，肌肉玉雪可念，殿中君也。（李刚己曰：此上追溯往事，由庄武递入少傅，由少府递入少盖，叙次极篇曲折敏妙。）

兰茁其芽，称其家儿也。（李刚己曰：以上摹篇少监三世状态，历历入画，虽未尝叙述一事，而其人之精神意象，无不毕见，是为神妙。然自下文言之，则皆系逆笔，与平铺直叙者迥别。）

后四五年，吾成进士，去而东游，哭北平王于客舍。后十五六年，吾为尚书都官郎，分司东都，而分府少傅卒，哭之。又十余年，至今哭少监焉。（李刚己曰：此段系正笔，然神气已直注于末段。）

呜呼，吾未耄老，自始至今，未四十年，而哭其祖子孙三世，于人世何如也！人欲久不死，而观居此世者何也！（李刚己曰：此段感叹深至，乃通篇作意所在，结笔尤有淡宕不收之音。）

309

### 韩愈《五箴并序》

人患不知其过,既知之,不能改,是无勇也。余生三十有八年,发之短者日益白,齿之摇者日益脱,聪明不及于前时,道德日负于初心,其不至于君子而卒为小人也昭昭矣。(李刚己曰:此序词简意挚,无一字浮浪,读韩文宜深玩此等,不宜专学其奇倔之作,以其易涉叫嚣也。)

### 韩愈《游箴》

余少之时,将求多能。蚤夜以孜孜。余今之时,既饱而嬉。蚤夜以无为。(李刚己曰:笔势飞动。)

呜呼余乎!其无知乎!君子之弃,而小人之归乎!(李刚己曰:后四句语意极为沉挚。)

### 韩愈《言箴》

不知言之人,乌可与言?知言之人,默焉而其意已传。(李刚己曰:起四句语意警动。)

幕中之辩,人反以汝为叛……汝不惩邪,而呶呶以害其生邪!(李刚己曰:结笔有悠扬不尽之意。)

### 韩愈《行箴》

行与义乖;言与法违。后虽无害;汝可以悔。行也无邪;言也无颇。死而不死,汝悔而何。(李刚己曰:起八句曲折尽意,令读者忘其为有韵之文。)

宜悔而休。(李刚己曰:承上文前四句。)

汝恶曷瘳?宜休而悔。(李刚己曰:承上文后四句。)

汝善安在?悔不可追,悔不可为。思而斯得,汝则弗思。(李刚己曰:结末笔势拗折。)

附录一 李刚己研究资料汇编

### 韩愈《好恶箴》

无善而好；不观其道……今其老矣，不慎胡为？（李刚己曰：此首笔势尤为纵横跌宕，不可羁勒，其析理之精，亦不让宋贤也。）

### 韩愈《知名箴》

内不足者，急于人知。霈焉有余，厥闻四驰……既出汝心，又铭汝前。汝如不顾，祸亦宜然。（李刚己曰：读此等文字，细玩其往来向背之势，可以悟古人用笔之妙……汉氏以降，为四言韵语者，自太史公、杨子云之外，鲜能出三百篇之范围，惟韩公不袭取三百篇形貌，而力足与之并，如此五首，词悄深切，笔势奇宕，实周成小毖、卫武抑戒之嗣音也。）

### 韩愈《子产不毁乡校颂》

我思古人，伊郑之侨……川不可防，言不可弭。下塞上聋，邦其倾矣。（李刚己曰：以上概括《左传》所记事实，文气极为疏宕。）

既乡校不毁，而郑国以理。（李刚己曰：束顿有力。此等处乃文字筋节，不可忽也。）

维是子产，执政之式。维其不遇，化止一国。（李刚己曰：文势略顿，旋用纵笔。）

诚率是道，相天下君。交畅旁达，施及无垠。（李刚己曰：四句笔势奇纵，在韵语中尤为难得。）

于嘑四海，所以不理，有君无臣。谁其嗣之？我思古人。（李刚己曰：咏叹作结，有含蓄不尽之意。）

### 韩愈《祭柳子厚文》

维年月日……我又何嗟？（李刚己曰：起四句反覆嗟叹，痛惜之意溢于言表。）

人之生世……岂足追惟？（李刚己曰：此段全用比喻。）

凡物之生。（李刚己曰：此下正喻错杂，造语尤为奇瑰……凡古人为文，遇幽隐难显之意，多以譬况出之。周、秦诸子文章妙处全在于此。至有韵之文，尤非正喻杂糅无以尽其变化。观毛诗、楚辞及两汉以来诗歌箴铭之类，可以见矣。）

不愿为材。牺尊青黄，乃木之灾。（李刚己曰：逆笔。）

子之中弃……大放厥辞。（李刚己曰：正笔。）

富贵无能，磨灭谁纪。（李刚己曰：逆笔。）

子之自著，表表愈伟。（李刚己曰：正笔。）

不善为斫，血指汗颜。巧匠旁观，缩手袖间。（李刚己曰：逆笔。）

子之文章，而不用世。乃令吾徒，掌帝之制。（李刚己曰：正笔。）

子之视人，自以无前。（李刚己曰：逆笔。）

一斥不复，群飞刺天。（李刚己曰：正笔……此二句妙处，在先言子厚之不得志，而后言他人之得志者，以反衬之，故笔下有苍茫不尽之势，若凡手为之，将二句之意，上下颠倒，则奄奄无生气矣。）

凡今之交，观势厚薄。余岂可保，能承子托？（李刚己曰：逆笔。）

非我知子，子实命我。犹有鬼神，宁敢遗堕？（李刚己曰：正笔……语意真挚，可贯金石。）

## 柳宗元《桐叶封弟辩》

古之传者有言……乃封小弱弟于唐。吾意不然。（李刚己曰：转捩迅捷。）

王之弟当封耶？……其得为圣乎？（李刚己曰：自王之弟当封耶以下，纯用宕漾之笔，以展拓文势。）

且周公以王之言……亦将举而从之乎？（李刚己曰：此数语驳辩至为透快，然其用笔则仍取宕漾之势。）

凡王者之德……是周公教王遂过也。（李刚己曰：自凡王者之德以下，为前半篇文字结穴，笔势虽仍屈曲盘旋，然较上文则为坚重。即此可悟浮声切响之法。）

且家人父子尚不能以此自克，况号为君臣者耶？（李刚己曰：此数语提顿有力。）

是直小丈夫缺缺者之事，非周公所宜用，故不可信。（李刚己曰：

附录一 李刚己研究资料汇编

断制森严。）

封唐叔，史佚成之。（李刚己曰：结笔妙远不测。）

### 柳宗元《游黄溪记》

北之晋，西适豳……元和八年五月十六日，既归为记，以咨后之好游者。（李刚己曰：子厚山水诸作，其寄兴之旷远，状物之工妙，直合陶、谢之诗，杨、马之赋，熔为一炉，洵属文家绝境。）

### 柳宗元《始得西山宴游记》

觉而起，起而归，以为凡是州之山有异态者，皆我有也。（李刚己曰：以上极言平日游览之胜，以反跌下文……此与《钴鉧潭记》以下七篇文字，首尾呼应，脉络贯输，合之可为一文，此段语意确是第一首发端，移置他篇不得。）

而未始知西山之怪特。李刚己曰："入题飘忽。"

攀援而登，箕踞而遨，则凡数州之土壤。（李刚己曰：自此以下，形容西山之高峻，纯从面着笔，构意绝妙，撰语绝工。）

萦青缭白，外与天际，四望如一。（李刚己曰：此三句气象尤为雄远。）

苍然暮色，自远而至。（李刚己曰：写景微妙。）

心凝形释，与万化冥合。（李刚己曰：词旨精奥，似晚周诸子。）

然后知吾向之未始游，游于是乎始。（李刚己曰：回应首段。）

### 柳宗元《至小丘西小石潭记》

隔篁竹闻水声，如鸣佩环。（李刚己曰：从水声引入，行文曲折有逸致。）

近岸卷石底以出，为坻为屿，为嵁为岩，青树翠蔓，蒙络摇缀，参差披拂。（李刚己曰：此上皆就石言。青树翠蔓，即附石而生者也。）

日光下澈，影布石上，佁然不动，俶尔远逝，往来翕忽，似与游者相乐。（李刚己曰：此上皆就水言，摹写鱼之游行，正以见水之清洌……此八句摹写物状，尤为穷微尽妙，具此比例，可以镌鑱造化，雕

313

刻百态矣。）

潭西南而望，斗折蛇行，明灭可见。其岸势犬牙差互，不可知其源。（李刚己曰：此五句溯潭水之来源，语妙而神远。）

四面竹树环合，寂寥无人……不可久居，乃记之而去。（李刚己曰：此数句文境，亦极悄怆幽邃，尘劳中读之，可以涤烦襟而释躁念，此古人所谓一卷冰雪文也。）

## 欧阳修《五代史记伶官传序》

呜呼！盛衰之理，虽曰天命，岂非人事哉？（李刚己曰：三句绾摄通篇。）

则遣从事以一少牢告庙，请其矢，盛以锦囊，负而前驱，及凯旋而纳之。（李刚己曰：此段叙事，笔势骞举。）

方其系燕父子以组，函梁君臣之首，入于太庙，还矢先王，而告以成功，其意气之盛，可谓壮哉！（李刚己曰：回应"盛"字。）

至于誓天断发，泣下沾襟。何其衰也！（李刚己曰：回应"衰"字……自方其系燕父子以组以下数行文字，横空而来，如风水相搏，洪涛钜浪忽起忽落，极天下之壮观，而声情之沉郁，气势之淋漓，与史公亦极为相近也。）

岂得之难而失之易欤？（李刚己曰：回应"得失"二字。）

抑本其成败之迹，而皆自于人欤！（李刚己曰：回应"岂非人事"……归重人事，是通篇主意所在，妙在用笔纤徐宕漾，不参死语，故文外有含蓄不尽之意。）

故方其盛也，举天下之豪杰，莫能与之争。（李刚己曰：承上文"方其系燕父子以组"数句言。）

及其衰也，数十伶人困之，而身死国灭，为天下笑。（李刚己曰：承上文"及仇雠已灭"数句言……此数语虽仍就后唐之盛衰反覆咏叹，而神气已直注于结末三句。）

夫祸患常积于忽微，而智勇多困于所溺。（李刚己曰：千古名言。）

岂独伶人也哉！（李刚己曰：推开作结，有烟波不尽之势，所谓篇终接混茫者也。）

附录一 李刚己研究资料汇编

## 欧阳修《丰乐亭记》

于是疏泉凿石，辟地以为亭，而与滁人往游其间。（李刚己曰：此文精神团结之处，全在中幅，故前后皆用轻笔，此即浓淡相济之法也。）

滁于五代干戈之际，用武之地也。（李刚己曰：顿开异境，按此乃凌空倒影之笔，近则反对天下之平久矣句，远则反对及宋受命，今滁介于江、淮之间，两节语意。）

盖天下之平久矣。（李刚己曰：跌出正意……自滁于五代干戈之际以下，数行文字，横空而来，兴象超远，气势琳漓，极瞻高眺深之概。）

自唐失其政。（李刚己曰：再用提掇之笔。）

海内分裂，豪杰并起而争，所在为敌国者，何可胜数？（李刚己曰：此数语皆系逆笔。）

而孰知上之功德休养生息涵煦百年之深也！（李刚己曰：此乃一篇作意所在，腾踔而出，魄力绝大，文外有一片冲融骏邈之气。）

风霜冰雪，刻露清秀，四时之景，无不可爱。（李刚己曰：此数句于景物略加点缀，虽非要义，然不可少。）

又幸其民乐其岁物之丰成，而喜与予游也，因为本其山川，道其风俗之美，使民知所以安此丰年之乐者，幸生无事之时也。（李刚己曰：此数语乃通篇关键。）

夫宣上恩德，以与民共乐，刺史之事也。（李刚己曰：结末复加提振，文势便不衰弱。）

## 王安石《读孟尝君传》

世皆称孟尝君能得士，士以故归之，而卒赖其力以脱于虎豹之秦。（李刚己曰：起数句虽是案语，亦是逆笔。）

岂足以言得士？（李刚己曰：将上文一笔折倒，辞气极为骏快。）

尚何取鸡鸣狗盗之力哉？（李刚己曰：此数句即承上文"岂足以言得士"句转出正论，用笔有高山坠石之势。）

315

夫鸡鸣狗盗之出其门，此士之所以不至也。（李刚己曰：此二句仍趁上文语势捩转，义愈深，势愈陡。文外尤有苍茫不尽之意。）

（李刚己曰：此文笔势峭拔，辞气横厉，寥寥短章之中，凡具四层转变，真可谓尺幅千里者矣。）

## 苏轼《方山子传》

方山子，光、黄间隐人也。（李刚己曰：起二句不叙姓名，留于后文倒点。）

所著帽方耸而高，曰此岂古方山冠之遗像乎！因谓之方山子。（李刚己曰：首段撮举生平，而独不及岐山相见时事，亦留于后文追叙也。此等皆为文时惨淡经营，取逆避顺之法。）

此吾故人陈慥、季常也。何为而在此？（李刚己曰：此二句笔势奇横，破空而游。）

余既耸然异之。（李刚己曰：文势略顿，旋用奇纵之笔……按此数语，自通篇言之，则为正意，自下文言之，则为逆笔，以此见顺逆之无定也。）

方山子怒马独出，一发得之。（李刚己曰：插叙琐事，意态横生，是为文外远致，其法本于史公。）

及古今成败，自谓一世豪士。（李刚己曰：以上写少时豪侠，凛凛有生气，行文亦跌宕尽致。）

今几日耳？（李刚己曰：顿挫尤为有力。）

精悍之色，犹见于眉间，而岂山中之人哉？（李刚己曰：自独念方山子少时以下，文势横空而来，令人莫测其发端所由。至于韵趣之奇逸，神气之超远，则坡公本色也。）

河北有田，岁得帛千匹，亦足以富乐。（李刚己曰：此上铺叙其家世之富盛，以反逼下文，尤篇穷尽笔势。）

皆弃不取，独来穷山中，此岂无得而然哉？（李刚己曰：此三句转落正意。）

余闻光、黄间多异人，往往阳狂垢污，不可得而见，方山子傥见之与！（李刚己曰：结末复起一波，有苍茫不尽之势……东坡文字长于议

附录一 李刚己研究资料汇编

论,叙事之作,不逮韩、欧远甚,惟此篇跌宕有奇气。)

## 12. 洪本健编:《欧阳修资料汇编》,中华书局1995年版。

### 五代史宦者传论

(按此文论宦者之祸,层层剥入,节节搜剔,一缕心精,直凑单微。初学作议论文字,当以此为极则。此外如东坡策论,亦足以开拓心思,增长笔力,惟篇幅较长,不如此文之便于揣摩也。)

女,色而已;宦者之害,非一端也。(自古以宦官与女子并言,公独谓宦者之害深于女祸者,乃文章加倍写法,并非谓女祸可以忽视也。)

能以小善中人之意,小信固人之心,使人主必信而亲之。(此上抉发宦者所以见信于人主之故。)

不若起居饮食、前后左右之亲为可恃也。(此数语反跌"向之所谓可恃者"二句。)

向之所谓可恃者,乃所以为患也。(应"不若起居饮食"二句,极萦拂回旋之致。)

患已深而觉之,欲与疏远之臣。(应"虽有忠臣硕士"三句。)

此前史所载宦者之祸常如此者,非一世也。(自"盖其用事也近而习"以下,论宦者之祸,可谓究极事情,穷尽笔势。清圣祖以为如千岩万壑,洑流回澜;茅批以为如倾水阴于地,百孔千穴,无所不入。洵曲尽其妙矣。)

夫为人主者,非欲养祸于内,而疏忠臣硕士于外,盖其渐积而势使之然也。(此四句关锁前文。)

宦者之为祸,虽欲悔悟,而势有不得而去也,唐昭宗之事是已。(昭宗信狎宦者,左右军中尉刘季述、王仲先,乘昭宗醉而作乱,突入宣化门,拔帝赴东宫而囚之。其后帝出,与宰相崔胤共图宦者。胤力不能讨,乃召兵于梁王朱温。梁兵且至,宦者挟天子走之岐。梁兵围之三年,卒诛宦者第五可范等七百余人;其在外者,悉诏天下捕杀之。昭宗得出而唐亡矣。)

故曰深于女祸者,谓此也,可不戒哉。(自"夫女色之惑"以下,回应起笔,章法最为完密。)

(以上《古文辞约编》序跋类)

## 五代史伶官传序

(按庄宗既好俳优,又知音,能度曲。至于宋时汾、晋之俗,犹往往能歌其声,谓之"御制",则其流毒远矣。至今晋人喜为杂剧歌舞之声,岁时不绝,盖庄宗之遗俗也。上之化下,疾于影响,可不慎哉!)

呜呼!盛衰之理,虽曰天命,岂非人事哉!(此三句绾摄通篇。)

梁,吾仇也;燕王,吾所立;契丹与吾约为兄弟;而皆背晋以归梁。(唐乾宁二年,李克用表刘仁恭为卢龙军节度使。又明年,克用征其兵,仁恭谩骂,执其使,尽囚太原士之在燕者,克用由是恨之。其后梁封仁恭子守光为燕王,实由仁恭先为卢龙帅,故克用自谓晋所立也。又天祐中,梁将篡唐,克用使人聘于契丹。阿保机以兵三十万,会克用于云州东城,置酒约为兄弟。克用赠以金帛甚厚,期共举兵击梁,阿保机遗晋马千匹。既归而背约,遣使者聘梁,寻奉表称臣,以求册封。)

此三者,吾遗恨也。与尔三矢,尔其无忘乃父之志。庄宗受而藏之于庙。其后用兵,则遣从事以一少牢告庙,请其矢,盛以锦囊,负而乾驱,及凯旋而纳之。(此断叙事,笔势骞举。)

其意气之盛,可谓壮哉。(回应"盛"字。)

及仇雠已灭,天下已定,一夫夜呼,乱者四应,仓皇东出,未及见贼而士卒离散,君臣相顾,不知所归。至于誓天断发,泣下沾襟。(同光四年三月,李嗣源率亲军讨赵在礼,至邺城。甲子夜,军士张破败作乱,帅众大噪,劫嗣源入城。城中不受外兵,杀破败,外兵皆溃。嗣源诡说在礼,请出收散兵,因得脱,至魏县。屡上章申理,皆为李绍荣所遏,不得达,由是疑惧,遂起异图,谋进据大梁。庄宗闻变,幸关东,招抚乱兵。至万胜镇,闻嗣源已入大梁,诸军离叛,神色沮丧,即命旋师,扈从兵已失万余人。还至石桥,置酒悲涕,语李绍荣等诸将相救。诸将皆截发置地,誓以死报,因相与号泣。)

何其衰也。(回应"衰"字。自"方其系燕父子以组"以下,数行

附录一 李刚己研究资料汇编

文字，横空而来，如风水相搏，洪涛钜浪，忽起忽落，极天下之壮观。而声情之沉郁，气势之淋漓，与史公亦极为相近也。）

岂得之难而失之易欤。（回应"得""失"二字。）

抑本其成败之迹而皆自于人欤。（回应"岂非人事"句。归重人事是通篇主意所在，妙在用笔纡徐宕漾，不参死语，故文外有含蓄不尽意。）

忧劳可以兴国。（此盛之由于人事。）

逸豫可以亡身。（此衰之由于人事。）

故方其盛也，举天下之豪杰，莫能与之争。（承上文"方其系燕父子以组"数句言。）

及其衰也，数十伶人困之，而身死国灭，为天下笑。（承上文"及仇雠已灭"数句言。此数语虽仍就后唐之盛衰反复咏叹，而神气已直注于结末三句。）

夫祸患常积于忽微，而智勇多困于所溺。（千古名言。）

岂独伶人也哉。（推开作结，有烟波不尽之势，所谓终篇接混茫者。）

（以上《古文辞约编》序跋类）

## 丰乐亭记

（按欧公文字，凡言及朋友之死生聚散与五代之治乱兴亡，皆精彩焕发。盖公平生于朋友风义最笃，于五代事迹最熟，故言之特觉亲切有味也。此文及《送田画秀才序》，皆以五代事迹为波澜。彼以风致跌宕取胜，此则感发至深，措注浑雄，楮墨之外，别有一种遥情远韵，令读者咏叹淫泆，油然不能自止。朱子以此为篇为公文之最佳者，岂虚语哉？）

修既治滁之明年，夏，始饮滁水而甘……于是疏泉凿石，辟地以为亭，而与滁人往游其间。（以上略叙作亭缘起，词笔极为整洁，按此文精神团结之处，全在中幅，故前后皆用轻笔，近则反对"天下之平久矣"句，远则反对"及宋受天命""今滁介于江、淮之间"两节语意。）

盖天下之平久矣。（跌出正意。自"滁于五代干戈之际"以下，数行文字，横空而来，兴象超远，气势淋漓，极瞻高眺深之概。）

自唐失其政。(再用提掇之笔。)

海内分裂，豪杰并起而争，所在为敌国者，何可胜数。(此数语皆系逆笔。按"天下之平久矣"以下，文势已直接"今滁介于江、淮之间"一段，而乃不遽接，下仍就五代与宋初之治乱反复咏叹，此乃笔势酣恣、精神洋溢处。必如是而后为往复尽致也。又按此数语乃浑言五代之乱，与上文专言南唐者有别。)

及宋受天命，圣人出而四海一。向之凭恃险阻，铲削消磨。(按此数语亦系浑言，不专指平定南唐，而平定南唐亦在其内。)

百年之间，漠然徒见山高而水清。(以下回应"天下之平"句。)

欲问其事，而遗老尽矣。(回应"故老皆无在者"句。跌宕处气韵极为沉雄，体势极为阔远。)

安于畎亩衣食，以乐生送死。(自"今滁介于江、淮之间"以下承明正意，与"滁于五代干戈之际"及"唐失其政"两段反对。)

掇幽芳。(春)

荫乔木。(夏)

风霜。(秋)

冰雪。(冬)

四时之景，无不可爱。(此数句于景物略加点缀，虽非要义，然不可少。)

因为本其山川，道其风俗之美，使民知所以安此丰年之乐者，幸生无事之时也。(此数语乃通篇关锁。)

夫宣上恩德，以与民共乐，刺史之事也。(结末复加提振，文势便不衰竭。)

(以上《古文辞约编》杂记类)

# 附录二　李刚己的诗文创作与文学思想

李刚己（1873—1914），字刚己，直隶南宫人。家世代以儒为业。他天资聪颖，年十三四学作八股文，已能超越侪辈。桐城吴汝纶为冀州知州，看到他的文章，非常欣赏，列入优等。并让李刚己跟随范当世、贺涛在冀州信都书院学习诗古文。吴汝纶主讲莲池书院，李刚己往从受教。他在莲池书院读书前后近十年，才学并进。李鸿章认为"此人材器闳远，异日当为吾辈事业"①。光绪甲午（1894）成进士，历任山西灵丘、繁峙、五台、静乐等县知县。辛亥革命爆发，至大同，兼署知府。民国三年（1914），受聘于保定高等师范国文部教席。李刚己古文受吴汝纶、贺涛指授；诗歌得到范当世真传，与吴闿生等人唱和交游，是近代诗坛"河北派"诗人群体的健将，与于光宣诗坛主流②。吴闿生《吴门弟子集》《晚清四十家诗抄》收他的诗歌甚多，将他视为莲池学派诗学的重要人物。然入仕以后，为宦计所困，诗文既不多作，又不自爱惜，散佚颇多。其子李葆光搜罗其遗文，成《李刚己先生遗集》五卷，民国六年七月刊于北京。

## 一　绍述桐城文统，拓展莲池学派文学新境界

李刚己诗文散佚颇多，《遗集》所收十不余一，依据这些作品自然

---

① 刘登瀛：《李刚己传》，《李刚己遗集·附录》，民国六年刊本。
② 汪辟疆撰，王培军笺证：《光宣诗坛点将录笺证》，中华书局2008年版，第105、260页。

无法窥见他文学创作的规模。又因李刚己享年不永，去世时不及中寿，他的文学创作之路因生命终结戛然而止，其诗文造诣所能达到的境界，也就无法预知了。然尝一脔而知鼎味，就其《遗集》做一番"以意逆志"的考述，或许也能从吉光片羽中窥见他真正的才情和学问。

光绪庚子之乱，张裕钊、吴汝纶等桐城古文家苦心经营的斯文重地——莲池书院毁于战火。吴汝纶等人痛心不已，请人作《莲池毁后图》以志痛悼之意，并嘱莲池同仁、弟子题诗。李刚己诗曰："亭废留遗址，池枯减旧痕。沉沉冰雪底，蒲藕自传根。"[1] 战火可以毁掉莲池的亭台楼阁、花草树木，斯文的种子却早已深埋士子们的心中，犹如冰雪之下，凝藏生机于根茎的蒲藕一样，春回自能荣发。莲池学派自张裕钊始，均以绍述桐城古文所传承的斯文之道为己任。他们以义理为轨辙，以辞章为风骨，以考据为筌蹄，通权达变，经纶人生与时务。在晚清内忧外患、中西文化大碰撞的政治文化背景下，积极拓展文人因应世变的精神世界和事功格局。受政治立场和文化学养所限，他们总体上并未超出"中体西用"的时代思潮。但他们坚持护守中华文化之根，融通中西以植新生的文化改良路径，在一些具体方面取得了明显的实效。在中国现代化进程中，他们的文化活动，在文化改良主义和狂飙突进的革命之间，形成了引导与制衡、纠缠与矛盾、挣扎与叛离、反思与回归的内在发展逻辑。对我们揭示和反思中国近现代文化嬗变的历史真实具有重要的意义。李刚己作为直接参与这一文化进程的当事人，有着强烈的自觉意识。这源于他世代业儒的家庭文化氛围，更与他受业吴汝纶、范当世、贺涛门下，涵濡斯文之道、桐城义法密切相关。李刚己对三位恩师有很深的拳拳之意、感戴之情。《冀州宅中》诗谓吴、范二人"高山屹相并，举世所瞻依。品谊当天出，文章极古稀"[2]。对吴汝纶、范当世的德行与文章推崇至高。《怀武强贺先生》诗曰："先生于世如维斗，贱子尝从问歧路。"[3] 充分肯定了贺涛继张裕钊、吴汝纶之后，

---

[1]《李刚己遗集》，民国六年刊本，卷一。
[2] 同上。
[3] 同上。

附录二　李刚己的诗文创作与文学思想

李刚己也在家书中说："吾平生与人寡合。独吴、范二先生及杜、陈二公其信爱之深，往往出于意计之外。"① 但他却独能造次、颠沛必于斯文，其《病卧》诗曰："病卧无来客，萧斋只独吟。山岚经雨合，庭莽入秋深。寸廪终何有，尘羁忽至今。愁来披蠹简，时见不传心。"② 故而，李刚己于莲池门庭感情之笃、进道之猛常常突过诸人。民国二年，李刚己辞官东归，于秋月间至京访吴闿生，即索录其《左传》评点。贺葆真日记中载吴闿生口述曰："现李刚己来京，索余所为《左传》评点甚急，因速为录副，坐余于旁，仍自录写。"③ 李刚己为文之精勤专注，由此可见一斑。然而，在晚清民国之际，斯文道丧，天下动荡流。更何况在当时激进的文化潮流下，从事古文的创作与研讨，就更显得扞格难通了。因此吴闿生当即以诗劝慰曰："高文盛世尚沉埋，况复诗书剩劫灰。倒地狂澜谁与问，燕天高焰子何来？蜉蝣自了终朝计，培塿宁容挂厦才。且共儃佪观变态，苍茫莫更起遐哀。"④（《喜刚己到京漫成》）然而，道理虽如此，时势也难为，却总也无法澌灭传统文人如李刚己等以斯文建构起来的心灵世界。这个心灵世界即是他们寄寓生命的精神家园，又是他们借以觉世牖民、成就事功的生命动力之源。

## 二　才学并驶，清刚雄深

姚永慨谓北方文学自贺涛之后，惟刚己能张之。⑤ 李刚己学殖深厚，又极具才气，其诗古文才学并驶，形成了雄肆淋漓、宛转有法的艺术风格。赵衡论其"为文章，肘尺指寸，屈信由心，动以序合，而精耀光焕。顾炫失视，来挟山流。往泂海立，一气旋荡。殖落万有，反侧上下"⑥。试以《读〈汉书·张禹传〉书后》为例。

---

① 《李刚己遗集》，民国六年刊本，卷一。
② 同上。
③ 贺葆真著，徐雁平整理：《贺葆真日记》，凤凰出版社2014年版，第231页。
④ 吴闿生著，余永刚点校：《北江先生诗集》，黄山书社2009年版，第194页。
⑤ 《桐城派名家文集·姚永慨集》，安徽教育出版社2014年版，第341页。
⑥ 赵衡：《李刚己墓志铭》，《李刚己遗集·附录》，民国六年刊本。

327

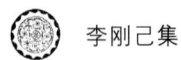 李刚己集

表一　　　　　　　《读〈汉书·张禹传〉书后》分析

| 层次 | 文意 | 内容 |
|---|---|---|
| 一层 | 灾异禨祥之学流行两汉，风会所趋，贤者不能自振拔。然迂谬乖违，不可究诘 | 一、叙灾异禨祥之学自周末至汉初的发展<br>二、汉代学士陷溺其荒诞，多不能自振于俗<br>三、班固以灾异禨祥之学入史，亦同俗说 |
| 二层 | 张禹斥灾异之说，以正论事成帝，其人自有可取之处 | 一、张禹斥灾异，以经言正论事成帝，有迈俗之风<br>二、正反立论，驳斥以灾异谏戒帝王防其纵恣的观点<br>三、张禹非不信灾异，其以经论谏成帝，乃惧因言贾祸 |
| 三层 | 灾异禨祥之学对西汉政权的崩溃起到催化、助推作用 | 一、汉元、成之时上下奢靡，政刚驰废，然太平盛世，人情偷怠。儒者多以学猎取功名，以灾异耸动帝听，求治者少<br>二、王莽将篡之时，陋儒言灾异已晚，况又有一般造符命，以助成之儒者 |
| 四层 | 文人学士学术需自立 | 一、帝王应以制度、权术备内外之患<br>二、矫饰经术，靡靡无自立之志的文人学士，亦可为虑 |

此文为书后体，书后一体为序之变，乃一文之后的题记，自宋代才发展成熟起来。此体与跋近似，然颇有不同，"大抵书后者意必抽于前文，事必引于原著。跋则不烦抽引，言可自恣，体更无拘"①。李刚己此文针对班固《汉书·张禹传》而发。班固以史家笔法，叙述张禹在汉成帝一朝的历史功绩。认为他曲学附世，暮年又惧王氏一族势盛，当汉成帝问计时，不因灾异禨祥以讽谏，导致后来王莽篡位、西汉灭亡的历史悲剧。其文曰：

禹虽家居，以特进为天子师，国家每有大政，必与定议。永始、元延之间，日食地震尤数，吏民多上书言灾异之应，讥切王氏专政所致。上惧变异数见，意颇然之，未有以明见，乃车驾至禹第，辟避左右，亲问禹以天变，因用吏民所言王氏事示禹。禹自见

---

① 姚华：《弗堂类稿》，大华印书馆1968年版，第78页。

328

附录二 李刚己的诗文创作与文学思想

以古文号召斯文的文化地位,及对其学术的引领之功。李刚己对莲池学派的另一重要人物张裕钊也怀有真挚的感情。张裕钊辞莲池书院讲席之后,曾到湖北的襄阳书院继任讲席有年,后由其公子迎养关中,直到逝世。李刚己《怀濂亭先生关中》诗曰:"斯文百代发雄光,旧六渊源到此长。晚抱遗经向函谷,世留绝学嗣湘乡。好贤六一今无继,受业三千已半亡。耆旧如公几人在,栖迟零落为时伤。"① 此诗意思、句法虽嫌平淡,但对张裕钊嗣响曾国藩、肩荷斯文的学行和造诣是非常敬仰的。此诗怀人的同时,镌刻着深深的道统斯文之忧,两条感情线索一明一暗,交相映衬,读来一唱三叹;令人对张裕钊的人生遭际,道统斯文系于苞桑、不绝如缕的传承之路唏嘘不已。当张裕钊在关中遽归道山之时,李刚己《哭濂亭先生》诗曰"中兴耆旧今谁在,盖世文章只等闲",此句与上诗忧怀老成、慨叹斯文难继的主旨相同,却多了一层无奈与哀伤。

尚友古人,慨慕豪杰,倾情知己是莲池学派诸家建构起来的共同文化心理。孟子曰:"一乡之善士斯友一乡之善士,一国之善士斯友一国之善士,天下之善士斯友天下之善士。以友天下之善士为未足,又尚论古之人。颂其诗,读其书,不知其人,可乎?是以论其世也。是尚友也。"② 古圣先贤,用嘉言懿行演绎斯文在兹的文化担当和自信,是后世文人循轨辙以入道的里程碑。"尚友古人"即强调与古圣先贤在文化生命精神上的沟通与冥契。张裕钊《送刘殿塽序》曰:

> 前吾之世,千百载之遥,杂然而生,蠢然而食且息者,不知其几也。并吾之世,四海九州之广,杂然而生,蠢然而食且息者,不知其几也。而有人焉,固亦杂然而生,蠢然而食且息于其间,而独杰然出于群焉。生而食且息者之伦,若是者殆千万,不知其几之人。乃时得一人,而天之特命于是,以为凡为人者之先而厚之,若极其至也。虽然,天既独厚是而生之,而命之,至其卒之所就,则

---
① 《李刚己遗集》,民国六年刊本,卷一。
② 杨伯峻译注:《孟子译注》,中华书局1960年版,第251页。

李刚己集

其数固亦与天相权,而终视视其人之所命诸志,以承乎天者之至不至。盖能至者,又十而时时二一耳,岂不谓难哉。①

《赠查生燕绪序》又曰:

《诗》《书》问学之业,道与志通,而气机密应于其间,莫或知其所以然。虽万里之外,殊邻绝域,邈不相接之区,而常一旦猝然其忽合。故夫君子之相与,冥契于其心也,亦惟其道之合焉。②

时空的间隔无法阻遏君子志意与大道的沟通,也不能阻挡同道知己同气相求,同声相和,在德业文章上砥砺切磋。然促进文人与时贤君子、古圣先贤突破时空限制进行沟通、交流,以冥契大道的根本动力,要有一种豪杰的精神品质。张裕钊《重刊毛诗古音考序》中说:"夫惟特立之君子高蹈远览,不与时俗贸迁,独为绝学于举世不为之日,深造自得,而卓然不谬于古人,夫然后独立于百世而不可磨灭。孟子所以称'豪杰之士'者,此也。"③ 他在其诗文中将这种豪杰的精神品质归纳为独立自由的治学精神,自得无外的人生旨趣。张裕钊文章事业上崇尚独立和自得的旨趣,通过尚友古人、倾心知己得到证悟和提升。这种人生体验和文化心理,也作为莲池学派的心法,在莲池弟子中代代相传。其核心是对古文所代表的斯文之道的尊崇,而外化为以莲池诸大家、桐城派古文家上接斯文的文统叙述。李刚己《汪星次墓表》曰:

丙戌丁亥间,刚己初游吴先生之门。先生方倾纳四方豪俊,一时幕府宾客僚佐之盛冠于畿辅。如通州范先生、武强贺先生、新城王晋卿之徒,皆天下闳才硕学,先后来吾州。其余材辨明敏之士,尤不可胜数……是时,先生牧冀已数年,化洽政成,上下和乐。暇

---

① 张裕钊著,王达敏校点:《张裕钊诗文集》,上海古籍出版社2002年版,第28页。
② 同上书,第37页。
③ 同上书,第15页。

附录二 李刚己的诗文创作与文学思想

则日率诸君子驰骋文词，留连觞酌，往往穷日夜不倦。刚己于时，年虽少，幸得追陪左右。尝私以谓自古贤人君子身殁向千载，后之人读其遗文，经其生平宦游之地，犹或慨慕叹息，想见其交游之乐，以为不可常得。而吾冀以区区一州，贤才萃聚之盛，至于如此，诚可谓天下之至幸。①

张裕钊、吴汝纶诗文中常追忆在曾国藩幕府中与诸文人的交游之乐。李刚己以相同的笔调和情感追怀其在吴汝纶幕府中的快乐生活。此"乐"是文人们生命旅途中的精神依归和信仰，是他们以"即世间又超世间"的情感为根源、为基础建立的文化精神②。其间潜隐着知己同道间铿锵谐鸣的生命旨趣，凝聚着他们慷慨自得、弘道济民的理想和情怀。这无疑是莲池学派以斯文号召起来的文人生命协奏曲。其《冀州宅中》诗曰："道欲探精奥，情真似渴饥。穷年恒兀兀，入室庶几几。"③叙写在吴、范门下游从问道的情形和心态。《上范先生兼简子城兄》："花香能醉枝头蝶，蝶亦绕枝不忍飞。有鸟啼呼下空阔，向花深处恋晴晖。"④以蝴蝶依恋花丛，小鸟依偎晴晖暗喻对范当世的敬仰与爱戴。范当世评曰："忠厚之至，可与言三百篇矣。"《怀魏征甫》前半部分追忆少年交游之乐，后半部分叙述入世以来的艰辛，最后以勉励之语结束曰："历境诚难凭，定志谁能枉，学道如治军，成败要自强。"⑤以"悦志"之旨，激荡同道的斯文自觉，描画生命的归趣。正如李泽厚先生所论，儒家的"悦志"充满了悲剧精神，"特别是因为无人格神的设定信仰，人必须在自己的旅途中去建立依归、信仰，去设定'天行健'，并总是'知其不可而为之'，没有任何外在的拯救、希冀和依托，因此其内心之悲苦艰辛、经营惨淡、精神负担便更沉重于具有人格

---

① 《李刚己遗集》，民国六年刊本，卷一。
② 李泽厚：《论语今读》，安徽文艺出版社1998年版，第29页。
③ 《李刚己遗集》，民国六年刊本，卷一。
④ 同上。
⑤ 同上。

325

神格局的文化"①。从李刚己的诗文来看，尽管他自认有幸进入吴汝纶、范当世、贺涛之门，并与刘乃晟、孟君燕、吴闿生等才俊唱和往还，但植于内心的忧道意识、个人理想在现实中展开时所遭遇的压抑和扭曲、晚清内忧外患的政治形势，都在李刚己心灵中投下了巨大的阴影，使他的诗文涂上了一层深深的悲慨与沉郁。他哀晚清时势曰："士气衰微两百秋，至今贻祸遍神州。那知木腐虫犹蠹，直到堂焚燕不忧。顿觉长吟瘖万马，会看游刃解千牛。汉家将相多猜忌，终古长沙恨未休。"（《赠丹阶》）②慨叹文人命舛，难以施展抱负与才华则曰："王本好竽公不艺，女能倾国世无媒"③（《赠济生》），"身世几穷齸五技，文章空秃兔千毫""鸾凤故合凌千仞，驽骥谁知混一槽"④。（《赠汉卿同年》）多是愤激讥刺之言。感慨心中的文化圣地莲池书院旧游凋零："岂惟人事等浮沤，乱后莲池异旧游。无限楼台地尽，寒藤枯木自麇秋。"⑤而《登城有感》诗则可视为千古文人悲剧精神的缩影。其诗曰："惨淡云天度雁行，登高望远意茫茫。六龙不返时将暮，七圣皆迷路已荒。饰艺谁知成莽祸，著书迄欲续迁藏。别生离死知交尽，独立风尘只自伤。"⑥

李刚己个性廉直，入仕之后不善逢迎。好友吴闿生曰：

> 先公重其才，期以大用，嘱停廷试三年，冀工楷法入翰林。已而，卒以知县发山西。山西巡抚胡聘之与先公同年，将之任，过先公莲池，问晋吏贤者。先公举刚己及安文澜以告。胡公至晋，遣藩司到门候问，致殷勤。刚己殊不措意。胡公还，语先公曰："公所言李生，迂儒也。吾遣藩司先礼，竟不报。"先公以诚刚己，刚己竟不知也。先公与人言，尝述以为笑，恨其不达世故。⑦

---

① 李泽厚：《论语今读》，安徽文艺出版社1998年版，第29页。
② 《李刚己遗集》，民国六年刊本，卷一。
③ 同上。
④ 同上。
⑤ 同上。
⑥ 同上。
⑦ 吴闿生：《李刚己传》，《李刚己遗集·附录》，民国六年刊本。

## 附录二 李刚己的诗文创作与文学思想

年老,子孙弱,又与曲阳侯不平,恐为所怨,禹则谓上曰:"春秋二百四十二年间,日蚀三十余,地震五,或为诸侯相杀,或夷狄侵中国。灾变之异深远难见,故圣人罕言命,不语怪神。性与天道,自子贡之属不得闻,何况浅见鄙儒之所言!陛下宜修政事以善应之,与下同其福喜,此经义意也。新学小生,乱道误人,宜无信用,以经术断之。"上雅信爱禹,由此不疑王氏,后曲阳侯根及诸王子弟闻知禹言,皆喜说,遂亲就禹。①

李刚己文并未如其他人欲为张禹翻案,而是就张禹侧媚王氏家族,畅论灾异之无稽。其文分四个层次,每一层次又多有正反曲折。篇制虽小,却有千回百转之势。此文从汉以来的阴阳谶纬之学入手,以学术的兴衰得失反思社会政治的变迁,胸次深沉旷远,识度不凡。其他文章如《合肥相国八十寿序》历叙李鸿章的功绩时,在文中嵌入一段论述:"汉以降所谓制驭戎夷之策,其上者不过斥逐之,其次不过羁縻之,自余覆军杀将,举天下之力而困于一隅者,不可胜数也。"② 史识颖发,鞭辟入里。又《再书万石张叔传后》曰:"吾观于古今得失之变,或直行而无害,或避祸而误蹈,斯二者类不能自主……自三代之衰,君臣之际何其难也。英伟奇逸之士,既不能合意旨而得荣宠,而士之善于阿谀者又用焉而不足知天下之变。知焉而不敢言人主之失。以至于祸患纷起,上下俱困,卒相顾而无可如何。此诚天下之所至苦者也。而民之生于是时,愈可哀矣。"③ 吴汝纶评曰:"议论笔力皆已脱弃凡近,骎骎入古。"此段文字将文人的命运与时代的变迁结合起来,深悟古今君臣之道与兴衰之理。曲终以天下、民生为念,正是李刚己生当末世,心中深系家国荣辱、天下兴亡的儒者之思。

李刚己"得诗法于范通州,清刚健举,则又从涪翁直溯杜韩者也"④。吴闿生曰:"刚己即从范先生受学,又久事先公,才气雄伟,涵

---

① 班固:《汉书》,中华书局1962年版,第3350页。
② 《李刚己遗集》,民国六年刊本,卷三。
③ 同上书,卷二。
④ 汪辟疆撰,王培军笺证:《光宣诗坛点将录笺证》,中华书局2008年版,第260页。

李刚己集

弘迤演，益以光大，同时侪辈莫之能及。"① 论者谓李刚己是桐城诗学北传承前启后的关键性人物。吴闿生认为李刚己诗歌清刚雄深，其《读刚己诗敬题其后》曰："三峡鼍龙挟浪来，极天冥晦斗风雷。惊疑几欲帏中避，叹诧焉知纸上裁。近世颓靡无此诣，少年腾达遽须哀。病余精力多珍重，塞上重关已洞开。"② 其诗歌所以形成这样的风格，固因其性情才气所致。而犹可重者乃是他因学养所充而形成的独特人格精神。《春日杂咏》曰："过眼秾华次第残，自擎勺水种秋兰。只今寂寞无人赏。看尔孤芳入岁寒。"③ 通过此诗的层层比喻，一位自得独立的文人形象屹立在我们眼前。他有穿越寒暑而不变的清静之心，有灌溉斯文，守护如一的恒兀之志，也有笑看繁华的自得独立的雅趣。这种人格精神正是莲池学派文人相传的心法，也是他们赖以修己成人的精神原力。其中融汇了儒者悦志不移的胸次，文人清旷骚雅的趣味，豪侠豪迈蹈厉的奇气。曾国藩《劝学篇示直隶士子》曰："前史称燕赵慷慨悲歌，敢于急人之难，盖有豪侠之风……即今日士林，亦多刚而不摇，质而好义，犹有豪侠之遗。才质本于士风，殆不诬与？"④ 就豪侠之气而言，恐怕受燕赵地方文化风习的鼓舞。其《怀魏征甫》诗曰："学道如治军，成败要自强。一旅尚可兴，三北何足创。要及沛公帝，无为苻坚丧。我欲观融行，君当陈鞿鞅。"⑤ 气体沉雄，颇有燕赵慷慨之气。论者谓李刚己诗歌"辞气驱迈"，当与此豪侠气质有密切关系。然从诗法来讲，当指其诗歌以古文为诗所形成的艺术风格。古文的辞气层次，形成诗的气势和韵调，单笔行气，于整饬之中透出郁勃不羁之情，遂有河川下注，万里奔涌之势。如《游城北朱氏园用王荆公韵》诗曰："园中景物无奇殊，嚣尘不到清有余。晚花向人愈媚好，老树蔽日犹扶疏。我来时当秋之季，玩花倚石连晨晡。坐无丝竹与樽酒，俯仰自足忘忧虞。城西废园郑氏旧，当时亭阁连空虚。繁华弹指百年尽，碎瓮乱石堆崎

---

① 吴闿生评选，寒碧点校：《晚清四十家诗钞》，浙江古籍出版社2006年版，第25页。
② 吴闿生著，余永刚点校：《北江先生诗集》，黄山书社2009年版，第146页。
③ 《李刚己遗集》，民国六年刊本，卷一。
④ 《曾国藩全集·诗文》，岳麓书社1986年版，第441页。
⑤ 《李刚己遗集》，民国六年刊本，卷一。

附录二 李刚己的诗文创作与文学思想

岖。盛衰反复只一瞬,风尘不返宁非愚。一丘一壑自可乐,吟眺何必山与湖。"① 此诗单笔行气,句调拗劲宛转,后半部分神气尽变,与前半部分若另起一意,然结束以丘壑自得之乐,意脉似断实连,气体高古沉雄。

## 三 李刚己的文艺思想

李刚己受时代的熏染,于西学多有领略。所以其思想较莲池前辈为新锐。他不但将二子送入西式学堂读书,任职山西时又亲自编选诗文,教授夫人读书写字。在给诸子的家书中他说:

> 汝母四五月间发愤读书作字,吾为渠选抄唐宋五七言绝句数十篇,皆能成诵。与之讲解亦颇能领悟。所作大字,笔力清劲,进步尤速。②

李刚己认为整个社会习俗、道德、制度对女性之束缚与压抑,造成了中国女性普遍的知识寡陋、文化浅薄。而且损害了她们的身心,影响到了家族的兴旺,社会文明的进步。他说:

> 中国妇女无学,不明世事,不明义理,不明养心之法,不明卫生之术,小则贻害于身,大泽贻累于家庭。其流毒实不可胜言。③

李刚己的女性观与张、吴、贺三子也有一脉相承之处。其《姚母蒋太宜人七十寿言》曰:

> 自范史传列女,后世纂史志者莫不承用其体。然类皆崇尚奇异

---

① 《李刚己遗集》,民国六年刊本,卷一。
② 同上书,卷三。
③ 同上书,卷二。

331

以震惊众人之耳目。至于门内庸行往往置而不道。而节妇贤母攻苦食贫，奉亲教子，兢兢数十年，或不得与彼割股殉身一时激烈之行争流俗之声誉。流弊可胜言哉……综观太宜人之所为，类皆伦常日用之庸行，固无所谓奇异也。然自古圣贤豪杰支柱患难所恃以动天人而挽气数者，实在庸行而不在乎奇异。①

此论实是莲池学派诸子寿序文体思想的总结与概括。然以情入理，用感慨之言发为议论，却别有一番浚发浑脱之致。

李刚己的古文思想秉承了莲池学派固有的文学观，与张裕钊、吴汝纶、范当世诸人大致相同。其诗除强调温柔敦厚的诗教之旨外，亦多儒家游心于艺的风雅情致。他认为文章是学者的一艺，其诗将日常生活的情趣化为诗思，多写"闲心"。如《月夜庭中漫步》："茫茫哀乐两无因，局促诗书秋复春。世事急于前后水，月华阅尽古今人。千年大药生何处，万道狂澜逼此身。便欲乘风游汗漫，再来城郭定沾巾。"② 此诗心曲深沉，哀乐无端，然细味之却有无限幽忧之情溢于笔端。是宁静的月夜，触发了诗人思古之幽情；还是读书求进的枯燥生活，磨耗了诗人的生命，激起了内心深处的躁动；还是放眼茫茫夜空，环顾天下形势，牵动了诗人深深的忧患意识。一时间，万古长情，无边风月，伴着幽忧心曲，发为动情的长吟。李刚己是一个将儒家斯文融入生命的人，其诗多诉此志，而主旨亦往往归于此。其《冀州宅中》诗曰"歧路难分愿，周行久独晞"已明心迹，而《读孟子》不仅崇仰孟子续孔子之道，又曰"时雨滋心内，朝阳在我东"，更明确了充养斯道、以身自任的生命自觉。而所谓"朝阳在我东"，又蕴含着强烈的文统意识，即正是历代以斯文自任的贤人学士，引领着后来者不断追求儒家之道。因此，祖述文统也是李刚己文艺思想的重要内容。其《续皇甫持正谕业》曰：

经词质而诗独华。春秋以降，王泽衰而《诗》亡，《离骚》作

---

① 《李刚己遗集》，民国六年刊本，卷二。
② 同上书，卷一。

## 附录二 李刚己的诗文创作与文学思想

而文辞之士兴。汉氏有作，风流衍溢，乘、迁、相如之徒倡于前，向、雄、衡、固之徒继于后，莫不震铄金石，蘥拂云霓。降魏迄晋，泊于六朝，天下承学之士，崇其华而忘其实，逐其末而失其本，夸奢斗靡而无所于归。其敝也遂痏败而不可复振。自韩退之氏起，删削虚华，廓清荒蔓文辞，戛然复反于古，辅之以柳、李，继之以欧、曾、苏、王，由是天下化之。庠序之儒、里巷之秀，皆束群书，屏百事，以从事于空虚之域，其敝也遂至于空疏以为精，窘缩以为高，惝恍以为深，腐熟以为正。文章之道，至于宋元之末，何其陋也！国初，方、姚氏兴，推大斯文，倡明绝学。湘乡曾公继之，尽取汉儒之博、宋儒之纯、经子之闳深、骚赋之瑰丽，以自治其文，昭章粲烂，炳焉与周、汉同风，岂不伟欤！①

由此可见，李刚己推崇两汉与唐宋文章，特别赞美韩愈救敝起衰之功。于清朝推崇方苞和姚鼐，而且越过归有光，以方、姚上接唐宋八大家；他也推崇曾国藩，颂扬其复兴古文的功绩。当然，明代文章被他所忽视，是不能不指出的缺憾。② 其《辟疆以诗送别即次原韵答之》曰："湘乡太傅轲雄侔，笔力横挽三千秋。吾师继之道益大，如开沧海朝群流。罗珠网玉不知数，我瓦砾耳犹相收。"③ 又《左传文法讲义序》谓大兴王或庵先生"尝从望溪（方苞）游，而平生师友如魏叔子辈亦皆以撰著知名。其于文事盖确有渊源"④。叙述了莲池学派的文统，并将早期桐城派与燕赵文脉的交流、沟通联系起来，对莲池学派建构具有燕赵本土意识的斯文系统具有重要的意义。

李刚己从儒家"有德者必有言"的命题出发，提出"行谊文章相待为用"的观点，进而将德行、学术、经济视为作者涵养胸次的重要途径。胸次闳远瑰伟，抒写胸臆才能自然英发而几于道。因此，他虽然

---

① 《李刚己遗集》，民国六年刊本，卷二。
② 洪本建：《清末民初的中小学堂读本——李刚己的〈古文辞约编〉》，《文史知识》2015年第9期。
③ 《李刚己遗集》，民国六年刊本，卷一。
④ 同上书，卷三。

对西学抱着开放的态度，但就文事而言，还是强调古文是承载中国制度、文化的载体，二者水乳交融，相得益彰，不可分割。即从引入西学而言，译著亦需由信而雅，以文载道，使之与中学打破文化的隔阂，统一于"古人宅心之道，垂教之旨"。其论曰：

> 行谊文章相待为用。吾国历代作者其襟抱识量莫不高出流俗，卓立尘埃之表。故发为文章，其瑰词闳识，亦迥非世人所能及。盖文字本以抒写胸臆，惟其有之，是以似之也。近年两海大通，国人率讳言古学，竞谈新术。桀黠者又往往假借西说以阴济其私。民德既日卑污，而文体亦从阘茸不能上跻于古。此其风会所趋，不独为斯文之不幸也。吾国先哲垂训所赖以建人极而奠国基者，其精微难言之妙，仅于文焉可窥寻一二。文事不能讲明，则古人之嘉言懿训，虽存犹亡。而人民之修德立行，亦将无所取法，其贻害国家可胜道哉。且新学日益昌盛，非待能文之士从事译著，无以穷微尽妙，裨补国学所未备。由是言之，则文章之亟宜研求，审矣。而研求文章，苟斤斤于章句之末，而于古人宅心之道，垂教之旨不能通晓，微独古人高躅无由攀继，即文章亦难自振于凡庸。是乃征诸古载而未或稍谬者也。①

莲池学派文人群体的文统建构，是通过一项重要的文化活动来实现的，即诗古文评选。吴汝纶、贺涛都长于古文评点，且多有发明。李刚己于古文评点与选本之学颇有心得。其《左传文法讲义序》曰："评点之学于古无有，施之经史尤多为世所讥笑。然若归氏（有光）之于《史记》、姚氏（鼐）之于《汉书》及所纂古文辞，实为有识者所宝贵。左氏之书，惟方望溪氏评点为最精。"② 李刚己曾秉承张之洞之意编撰一部《古文辞约编》，作为当时中小学堂国文读本。李刚己序曰：

---

① 刘登瀛：《李刚己传》，《李刚己遗集·附录》，民国六年刊本。
② 《李刚己遗集》，民国六年刊本，卷二。

## 附录二 李刚己的诗文创作与文学思想

  历代选评古文辞者多矣。坊行俗本既浅陋无足取,而老师大儒所论述又皆精微高远,非初学所能领悟。今中丞南皮张公病之,乃取周、汉以降辞约义显之文三十六首,属刚己详加评识,杂采旧说,以为中小学堂读本。刚己既不敢辞让,爰请公开陈义例,退而述录先师吴挚甫先生所论为文大指,旁逮旧闻,兼附己意,以缀辑成书,上之于公。公以继此将取历代鸿篇巨制为高等学堂读本,此编实所以启途径、植基础也。

  此书篇目均为"辞约意显"之作,选取的标准遵从吴汝纶的"为文大旨",旁采旧说,且附以己意而成书,目的在于为初学者"启途径、植基础",为他们继续学习高等学堂读本做必要的准备。此书最早刊行于光绪三十一年(1905),原名《中小学堂古文辞读本》。现存两个版本:一是民国七年(1918)的《古文辞选》,一册,半页10行行30字,小字双行同,白口,四周双边,单鱼尾,内封面题"古文辞选,原名中小学堂古文辞读本,为易今名,戊午清道人",卷前有李刚己序。二是《古文辞约编》,一册,半页10行行23字,小字双行同,白口,四周双边,单鱼尾,版心题"柏香书屋校印",卷前有李刚己序,卷后有汉阳刘其标跋及汉阳钱成浩重印《古文辞约编》跋。版权页镌"中华民国十四年十二月校印,北京前门外虎坊桥京华印书局,原名中小学堂古文词读本"。书中的评注解说文字,分别见于题解、文中双行夹注夹批、眉评与尾评。除了兼收各家评注外,题解与夹注夹批中多李刚己本人的精彩评说。眉评以《古文渊鉴》中康熙皇帝的评语为主,兼收茅坤、沈德潜、张裕钊、吴汝纶等人的评语。尾评系总评,各家独到的评论皆归列其中。总体来看,此书评述了各家古文的风格与特色,指明了各篇的主旨和诸家学养的归趣,对文章结构布局和各家造语的功力剖析尤深。①

---

  ① 洪本建:《清末民初的中小学堂读本——李刚己的〈古文辞约编〉》,《文史知识》2015年第9期。

表二　　　　　　　　《古文辞约编》所收篇目

| 类别 | 作者与篇名 |
| --- | --- |
| 论辩类 | 韩愈《杂说》（四首录二）、柳宗元《桐叶封弟辩》 |
| 序跋类 | 欧阳修《宦者传论》《伶官传叙》、王安石《读孟尝君传》 |
| 奏议类 | 贾谊《谏封淮南四子疏》、司马相如《谏猎书》、诸葛亮《前出师表》 |
| 书说类 | 苏秦《说韩昭侯》、韩愈《答吕医山人书》《答李翊书》 |
| 赠序类 | 韩愈《送董邵南序》《送李愿归盘谷序》 |
| 诏令类 | 汉文帝《赐南粤王赵佗书》《遗匈奴书》、汉武帝《敕责杨仆书》、韩愈《鳄鱼文》 |
| 传状类 | 韩愈《毛颖传》、苏轼《方山子传》 |
| 碑志类 | 班固《封燕然山铭》、韩愈《殿中少监马君墓志铭》 |

　　诗古文的评点与编选，将不同时空前辈学人的声音凝聚在眼前的文本之上，"评点中所包涵的认同、引申、疑问，构成关于评点文本的多重对话"①。而这种累积性、汇集性、整合性的评点，又通过莲池学派文人师友间的过录、研读进一步强化了治学方法、诗古文创作与理论批评建构上的学派特质，成为他们共同享有，以弥合裂缝，生发强化共识的文化资源。莲池学派文人编选的古文选本如吴闿生《桐城吴氏文法教科书》《历朝经世文钞》《国文教范》《汉碑文范》《古文辞类要笺证》《孟子文法读本》《左传微》，高步瀛《古文辞类纂笺》《文选李注义疏》《史记举要》《唐宋文举要》，赵衡《四十二篇文钞》，尚秉和《古文讲授谈》，李刚己《中小学堂古文辞读本》等。这些古文选本简化了桐城古文经典选本《古文辞类纂》，博观约取，多为适应新时代学校教育的古文教材。选文视野和范围有所拓展，在笺注评点中，注重揭示作文之法。古文选本和评点本的流通是莲池学派古文理论和义法传承的重要途径。不仅促进了学派内部成员的诗古文思想和创作的交流，凝聚了增强了群体间的凝聚力；也使斯文一脉，得以在西学涌入，人心趋向新文化、新思想的躁动和彷徨中，为古典文学的传播与发展抢占了民国文化教育版图中的重要地位。

---

①　徐雁平：《批点本的内部流通与桐城派的发展》，《文学遗产》2012 年第 1 期。